文春文庫

ノモンハンの夏

半藤一利

ノモンハンの夏＊目次

第一章 参謀本部作戦課
〝戦略戦術の総本山〟参謀本部はすでに対ソ作戦方針を示達していた。
「侵されても侵さない。不拡大を堅守せよ」
9

第二章 関東軍作戦課
関東軍の作戦参謀たちは反撥した。
「侵さず侵されざるを基調として、強い決意を固めて万事に対処する」
41

第三章 五月
モロトフ外相はスターリンに指示された抗議文書を東郷大使に手渡した。
「これ以上の侵略行為は許さない」
69

第四章 六月
関東軍の作戦参謀辻政信少佐はいった。
「傍若無人なソ蒙軍の行動に痛撃を与えるべし。不言実行は伝統である」
145

第五章　七月　207
参謀本部は、関東軍の国境侵犯の爆撃計画を採用しないと厳命した。
「隠忍すべく且隠忍し得るものと考える」

第六章　八月　315
歩兵連隊長須見新一郎大佐はいった。
「部隊は現在の陣地で最後を遂げる考えで、軍旗の処置も決めています」

第七章　万骨枯る　427
死屍累々の旧戦場をまわりながら、生き残った兵たちはだれもが思った。
「ああ、みんな死んでしまったなあ」

あとがき　457
参考文献　460
解説　土門周平　464

ノモンハンの夏

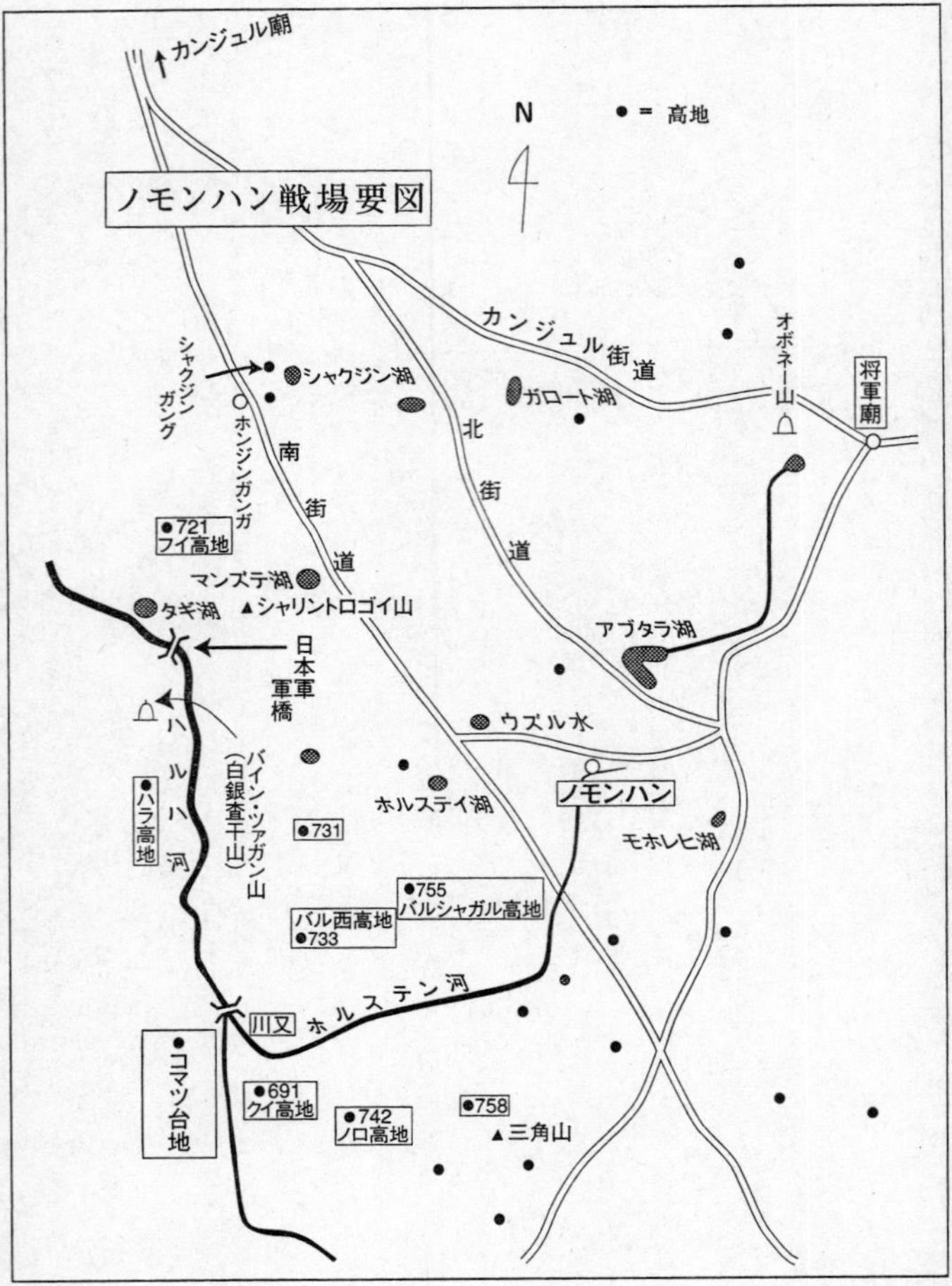
ノモンハン戦場要図
カンジュル廟
N
● = 高地
カンジュル街道
北街道
南街道
シャクジンガング
シャクジン湖
ホンジンガンガ
ガロート湖
オボネー山
将軍廟
●721 フイ高地
マンズテ湖
タギ湖
▲シャリントロゴイ山
日本軍軍橋
アブタラ湖
ウズル水
バイン・ツアガン山（白銀査干山）
ハルハ河
●ハラ高地
ホルステイ湖
ノモンハン
モホレヒ湖
●731
●755 バルシャガル高地
バル西高地 ●733
ホルステン河
川又
●コマツ台地
●691 クイ高地
●742 ノロ高地
●758
▲三角山

第一章　参謀本部作戦課

●東京・三宅坂上

古くは加藤清正の上屋敷がそこに建てられていた。大きな黄金の鯱が門の上に飾られて、遠望される品川の海を背景にきらりきらりと光る様は、ようやく形成されはじめた江戸城下の絶景として広く賞されたという。

加藤家は清正の子・忠広のあと断絶し、そこは彦根藩井伊家の上屋敷となる。下って、万延元年（一八六〇）三月三日、大老井伊掃部頭《かもんのかみ》はこの屋敷からだらだら坂を下って、登城しようと濠端ぞいに桜田門にさしかかったとき、水戸浪士の襲撃をうけて暗殺された。

三宅坂の名が起ったのは、いまの国立劇場の建つあたりに、三河の田原一万石の三宅土佐守の邸が隣接してあったからである。しかもその名が有名になったのは、その学殖ゆえに自刃せねばならなかった蘭学者渡辺崋山がこの田原藩邸で生まれ育ったためらしい。

皇居をとりまく内濠のなかで、もっとも眺めの美しいこの坂上は、そんな歴史をもっている。その地に、イタリアの美術家カッペレッチの設計による三階建ての白亜の大殿堂が建てられたのは、一八八一年（明治十四）のこと。白の清潔な三層の上に、緑の銅屋根がのり、ならんだ数多い屋根窓の豪華さが、当時の東京市民たちの度肝をぬいた。日本陸軍の参謀本部の建物である。

昭和十年代の大日本帝国のそこは、建物こそ古びていたが、まさしく国策決定の中枢であった。三宅坂をのぼりきった正面に太い門柱が立ち、「大本営陸軍部」の大きな標識があたりを圧してかけられている。そして左手に馬上の元帥有栖川宮熾仁《たるひと》親王の銅像が、陸軍の威厳を象徴するかのように建っていた。いまはすべてが消滅し、とりはらわれて、かわりに本部のうしろにあった兵器本廠跡に菊池一雄制作の「平和の群像」が建てられている。

いまも名残りとして、憲政記念館の庭内にあるのが、日本水準原点標庫である。参謀本部陸地測量部が明治二十四年につくったもので、日本全国の土地の標高をきめる基準となる。原点標の標高は二四・四一四メートルであるという。

いまこの地に立ってみると、おかしなことに気づかされる。ここは左手の皇居と右手の国会議事堂や首相官邸の、ちょうど中間にある。国政の府が直接に天皇と結びつかないように、監視するか妨害するかのごとく、参謀本部は聳立《しょうりつ》していたことになる。書くまでもないことであるが、参謀本部とは大元帥（天皇）のもつ統帥大権を補佐する官衙である。主要任務は毎年の国防および用兵の計画を策定すること、参謀の職にある陸軍将校の統轄そして教育である。また全国各地の陸地の測量も管掌した。

しかし、一九三七年（昭和十二）七月の日中戦争の勃発いらい、十一月には宮中に大本営も設置され、日本は戦時国家となった。参謀本部の主要任務は、大本営陸軍部として海軍部（軍令部）と協力し、統帥権独立の名のもとに、あらゆる手をつくしてまず中国大陸での戦争に勝つことにある。つぎには来たるべき対ソ戦に備えることである。そのために、議会の承認をへずに湯水のごとく国税を臨時軍事費として使うことが許されている。

大本営報道部の指導のもとになされる新聞紙上での戦局発表は、順調そのもので、南京（昭和十二年十二月）、徐州（昭和十三年五月）、漢口（同十月）、広東（同十月）と、つぎつぎに中国の主要都市を攻略した。「土も草木も火と燃える／果てなき曠野踏み分けて／進む日の丸鉄兜……」と軍歌の文句そのままに、日本軍は中国大陸の奥へ奥へと進撃していった。そのかがやかしい戦果を、日本本土では国民が旗行列と提灯行列をくりかえすことで慶祝した。

三宅坂上の参謀本部は、そうした民衆からは常にたのもしく、微動だにしない戦略戦術の総本山として眺められている。その門柱には大書して「東洋道義文化の再建へ」「日満支善隣の結合へ」の看板をかかげた。参謀本部がこの二つの国家理想実現のための先頭に立つのである。なるほど、行く人来る人で陣容はわずかにうごいているが、重要な任にあたる参謀たちがいずれも陸軍大学校出の俊秀であることには変りがない。海軍もそうであるが、とくに日本陸軍には秀才信仰というのがあった。日露戦争という「国難」での陸の戦いを、なんとか勝利をもってしのげたのは、陸大出の俊秀たちのおかげであったと、陸軍は組織をあげて信じた。

明治天皇が手ずからデザインしたという菊花と五稜星を組みあわせた陸大卒業記章を、かれらは胸にかざった。記章は大きさ輪郭が天保年間の百文銭に似ているというので「天保銭」といった。明治十五年の創設から昭和二十年の廃校まで六十余年間、天保銭を軍服につけえたものは三四八五名にすぎない。字義どおり日本陸軍のエリートは天保銭をつけたものにかぎられた。

とくに参謀本部第一部（作戦）の第二課（作戦）には、エリート中のエリートだけが集結した。第一部にはほかに第三課（編制・動員）、第四課（国土防衛・警備）があるが、花形はだれが何といおうと、作戦と戦争指導を掌握する第二課。そこが参謀本部の中心であり、日本陸軍の聖域なのである。

すべての根基となる作戦計画は第二課で立案された。天皇の勅許をえて大元帥命令（奉勅命令）としてそこから発信され、かつ下達された作戦の指導も作戦課の秀才参謀たちによってなされる。そこでたてられる作戦計画は外にはいっさい洩らされず、またその策定については外からの干渉は完璧なまでに排除された。

こうした高度の機密を要求されることとも関連して、作戦課の参謀はできるかぎり他部課との接触を少なくした。このため、ややもすれば唯我独尊的であると批判された。

たとえば第二部（情報）からの報告などを無視しきって、自分たちのえた情報だけで作戦計画をたてることもしばしばあった。

しかも、作戦課の面々はいかなる批判にもたじろぐことはない。責務が重大であればあるだけそこに籍をおく自分たちの優秀性を証明すると考えている。また、全陸軍がそれを認めていると胸をはることができた。

一九三九年（昭和十四）の夏を迎えようとするころ、三月の人事異動で若干の交代があったものの、第二課にはいつの時代とくらべても遜色のない面々が布陣した。陸大恩賜の軍刀（優等）の作戦課長稲田正純《まさずみ》大佐（29期）を筆頭に、一二名の少壮参謀中の三名が恩賜の軍刀組である。堀場一雄中佐（34期）、荒尾興功《おきかつ》少佐（35期）、島村矩康《のりやす》少佐（36期）。そして第一部長（作戦部長）橋本群《ぐん》中将も陸大恩賜（20期）であることはいうまでもない。（カッコ内数字は士官学校卒業期を示す、以下同じ）

いや、優等のみを記すのは公平を欠く。ほかの主な参謀の名もあげておく。中佐クラスに秩父宮雍仁《やすひと》親王（34期）、有末次《やどる》（31期）、谷川一男（33期）、少佐クラスに櫛田正夫（35期）、武居清太郎（35期）、井本熊男（37期）などである。

と、列記したものの、ほんとうはその必要はない。なぜなら、かれらは常に参謀本部作戦課という名の集団で動くからである。部内ではどんなにはげしい議論があってもよく、徹底的に論じあうことがむしろ奨励されたが、はてしなき論議のはてに、いったん課長がこれでいこうと決定したことには、口を封じたただ服従あるのみである。

個人の存在や意思を認めないというのではない。また、服従と奉仕とを最高の価値と限定しているわけでもない。そこには組織が大事か個人が大切かなどという設問は存在しない。要するに参謀本部創設いらいの長い伝統と矜持とが、一丸となった集団意思を至高と認めているのである。そのために、作戦課育ちあるいは作戦畑という閉鎖集団がいつか形成され、外からの批判をあびた。しかし、それらをすべて無視した。かれらにとっては、そのなかでの人間と人間のつき合い自体が最高に価値あるものであった。

こうして外側のものを、純粋性をみだすからと徹底して排除した。外からの情報、問題提起、アイデアが作戦課にじかにつながることはまずなかった。つまり、組織はつねに進化しそのために学ばねばならない、という近代主義とは無縁のところなのである。作戦課はつねにわが決定を唯一の正道としてわが道を邁進した。

●中国大陸と満洲

しかし、一九三九年の夏を迎えるころ、どんなに秀才をそろえようが、表面の落着きがあたりの塵を払おうが、かれらをとりまいているのは悪化の一途をたどるばかりの戦勢であった。このために「昭和十四年度帝国陸軍作戦計画」が前年末までに策定できず、すでにその年度に入った二月二十七日にやっと全軍に示達するといった有様である。問題解決の道をどの方向にも見出しえない八方塞がりの状況なのである。日中戦争は表面的には連戦連勝ではある。が、漢口攻略をもって日本軍の攻勢は終末点に達して、続行の弾発力は失われてしまっていた。

中国の広漠たる大地のここかしこに、二十四個師団以上（五〇万人）の兵力を吸収されて、満洲・朝鮮に十一個師団をおくと手もちの動員可能の兵力は皆無となっている。兵器生産力に代表される国力も、峠を越えていた。見かけの戦力は軍需動員でハッパをかけているから増加しているものの、その基礎となるべき全国力は前年が頂上で、十四年度からは下り坂になっている。

そればかりではない。満蒙の、東・北・西におよぶ四〇〇〇キロの長大な国境線で真向っている極東ソ連軍の脅威は深刻化するいっぽうなのである。

満洲事変（昭和六年）以後、ソ連は軍備の増強に力をいれはじめた。昭和七年末に第一次五カ年計画が終るとすぐ、第二次五カ年計画の実施に入った。満洲防衛の任に当る関東軍と正面から向きあった極東ソ連軍は、国境線でのトーチカ陣地の構築に力をいれだした。トーチカは二列、三列ときずかれ、野戦築城の陣地を加えて、日本軍からみてほれぼれとするような縦深陣地ができ上っていく。シベリア鉄道の輸送力も改善され、ソ満国境への兵力の集結に大車輪の働きをしはじめた。

日本軍も昭和八年三月から鉄道建設三カ年計画をたて、最大の努力をそそいできたのであるが、とても間にあわない。建設が思うにまかせないのは、満洲のいたるところで匪賊《ひぞく》が跳梁《ちょうりょう》するからで、まず兵を分散配置して、その討伐に全力を傾注しないわけにはいかなかった。治安をどうにか保って関東軍が作戦兵団としての本来の面目をとり戻し、対ソ戦に頭を向けたのは、昭和十年に入ってからで、実にソ連にくらべれば二年以上の立ち遅れである。

このために昭和十四年の春には、日本軍十一個師団にたいしてソ連軍は実に三十個師団。国境線にソ連軍は圧倒的な攻撃力を誇っている。日本軍の戦車二〇〇輛、ソ連軍二〇〇〇輛、日本はソ連の九パーセントにすぎない。飛行機も五六〇機対二五〇〇機でソ連軍は四・四六倍の戦力である。中国大陸で戦いをつづけながら、いっぽう満蒙ではこの状況である。もしソ連軍が進攻してきたらという恐怖は、作戦課の参謀たちの背筋をつねに凍らせている。

しかしその任務とするところから作戦課は「八号作戦計画」と名づけた、昭和十八年完整を目途とする対ソ開戦計画を作成して関東軍に内示した。十四年の春のことである。東の沿海州ウスリー江沿岸方面の敵をまず撃破し……という理想とする甲案と、開戦と同時にハイラルを起点に主力をもって西方ザバイカル州方面において敵主力を撃滅す、という乙案とがあった。

甲案はもう戦略上成りたたない、ということから、計画としては次策ではあるが乙案の「対ソ西正面作戦」でいこうとの結論をえていた。それとても、いざ乙案採用となると、陸軍中央と関東軍との合同研究の結果、新たに西方面に三条の鉄道の整備、自動車二〇万輛の準備、多量の作戦資材のホロンバイル方面への集積、という前提三条件が欠かせないことが判明したのである。

これまた、ただちに実行することは不可能という結論になる。つまり日本陸軍は国防の軍事的責任者として〝失格〟を露呈したのである。その最大最高の主務者として、対ソ作戦での必勝の計画を喪失した参謀本部作戦課の面々は、焦燥の念をこくするばかりである。

近代戦争史は、二正面作戦が戦略上もっとも不利であることを、多くの戦訓をもって示している。これを避けるのが戦略の重要課題であることは、参謀本部の秀才参謀ならずとも軍事史を少しでも学んだものは知っている。にもかかわらず、その愚をおかしたのはそもそも陸軍自身なのである。満洲国の長大な国境線でソ連、そしてソ連と軍事同盟関係にあるモンゴル人民共和国ときびしく対峙しつつ、いっぽうでなぜ広大な大陸で中国軍と戦いつづけなければならないのか。

いまさら愚痴をいってもはじまらないのである。陸軍戦術論の主流となっていた「中国一撃論」（中国軍は一撃を加えれば屈服する）という空虚な戦術論によってはじめたのが、対中国戦争である。対ソ戦が起ったとき、中国が対日参戦してくるのは避け難い。ならば、将来の対ソ戦にそなえてまず中国に一撃を加えて、蔣介石政権の基盤をくじいておく。またそれが容易であり可能であると日本陸軍は考えた。

戦争がはじまったときの陸相杉山元《はじめ》大将は、昭和天皇に明言している。

「事変は一カ月で片付くでありましょう」

しかし当時、陸軍が貯蔵していた弾薬量は兵力三十個師団の四カ月分にすぎない。野砲弾も戦時補給率で計算すればようやく七個師団分しかなかった。合理的な戦理を無視し、曖昧いい加減のままに、ただ勇ましい「一撃論」のみがひとり歩きしてはじめられた日中戦争は、半年後には早くも戦術転換しなければならなかった。

国境線への兵力増強というソ連軍の無言の重圧をたえず考慮しながら、兵力の逐次投入という下策に陥った広大な大陸での戦いは、中国軍からも兵力や弾薬の不足をみすかされて、どろ沼の長期戦へひきずりこまれている。蔣介石が長期抗戦を呼号している以上、和平への道はとざされている。

では、どうすればいいのか。このさいは攻勢をとることをやめ、戦線を縮小整理して、経済的に守勢の陣を布く。そしてそれを機として、念願とする「対ソ軍備」に余力を投ずることを第一とする。平時なら予算の制約があるが、いまは事変費という大金をもっている。なんとか師団の増設や、飛行機・戦車・火砲の増産をはからねばならない。

これが一九三九年の夏を迎えるころ、参謀本部作戦課が考えていることのすべてであった。この年はまさに建て直しのスタートの年であり、参謀本部は熱心にその方向へ歩きだした。武器弾薬の消費から備蓄への転換である。とにかくこれ以上は何事も起ってほしくはない。外からは微動だにせぬ三宅坂上とみえようものの、うちに一歩踏みこめば、このように自信のないことおびただしいものがあったのである。

「漢口陥落して国民狂喜し、祝賀行列は宮城前より三宅坂に亘り昼夜に充満す。歓呼万歳の声も、戦争指導当局の耳にはいたずらに哀調を留め、旗行列何処へ行くかを危ぶましむ」

堀場一雄参謀の手記の一節である。良識派といわれる少佐は、参謀本部の窓より旗行列を俯瞰しながら、国家の前途に暗澹たる想いをいだいていたのである。この少佐の危惧と不安とは、一個人にとどまるものではなく、作戦課参謀すべてに共通したものであった。

●東京・首相官邸

しかも、同じときに、秀才参謀をいらいらさせている現実的な問題が、もうひとつあった。日本とナチス・ドイツそしてイタリアの三国軍事同盟をめぐる国内政治のはげしい動きである。外交案件ゆえに本来は陸軍省軍務局の所轄であって、統帥部が関与することではなかったが、ときの首相平沼騏一郎からの軍事にかんすることゆえとくに陸海統帥部もという要請もあって、作戦課もこの問題に首をつっこんでいる。

ことの起りはドイツからの急速な接近にある。昭和十一年十一月にすでに日本はドイツと防共協定(正式には「共産インターナショナルに対する協定」)を結んでいたが、その協定をソ連だけにかぎらずさらに他国にまでひろげて、軍事同盟に切りかえようという強い申し出が十三年夏ごろにドイツからあった。ソ連の脅威に直面している陸軍中央

（陸軍省と参謀本部）はむろん望むところであったから、この画策にのった。

陸軍中央のねらいは明瞭そのもので、要は、どろ沼の日中戦争の早急な解決にある。そのための有効な手段ならなんなりと積極的に採用すべきである。ドイツと同盟を結ぶことで、ドイツの軍事力をもってソ連を背後から強力に牽制することができる。これによって北からの攻撃の心配なしに、中国にたいして全兵力を行使することが可能となる。また、そうした勢いを誇示することによって蔣介石を和平に応じさせることができよう。その上に「持たざる国」（日独伊）が、「持てる国」（英米仏）とのアンバランスを崩して世界新秩序を打ち立てる、という日本帝国の希望も、三国同盟で国際的地位を向上させることをもって可能となるであろう。

それは陸軍省と参謀本部とを問わず、全陸軍の将校たちがひとしく共感する国家政略であったのである。とくに新進気鋭のものに推進論者が多かった。

いうまでもなく、そうした日本陸軍の腹づもりと、ドイツのそれとはかなりかけ違っている。そのことを陸軍中央は十分に承知している。ドイツは前年の一九三八年三月オーストリアを併合した。同じ年の十月にはチェコのズデーテン地方を併合した。そしてこの年一九三九年の三月にはチェコのボヘミア、モラヴィアを併合し、スロヴァキアを保護国にしてしまった。あくなき領土拡張でつぎに目ざすのはポーランド併合である。そうなればポーランドと相互援助条約を結んでいる英仏との全面戦争は避けがたい。英仏は「平和を欲する」からといって、いつまでも引きさがってばかりいられない。

四月に行われたイタリア首相ムッソリーニとドイツ空軍の元帥ゲーリングとの会談内容が興味深い。残された記録によると、ドイツがもっとも心配しているのはポーランドに侵入したさいの英仏の動向である。なんとか英仏との開戦をドイツの戦備の完整する一九四二年まではおさえておきたい。二人の意見はこの開戦時期について一致した。そこで世界三大海軍国の一である日本を味方にひきこんでおかねばならない。

ゲーリングはいった。

「もし日本がどうしてもヨーロッパ戦争に参加するのが嫌だというなら、それでも構わない。名目だけでよい。日独伊三国同盟を世界に発表することで、日本の強力な海軍力で十分に英仏を牽制し威嚇できる」

そのためにも、ソ連だけを条約の対象とするというのでは意味がない。ドイツは、結ぶなら英仏をも対象とする全面的な軍事同盟でなければならないと、この点だけは一歩も譲ろうとはしなかった。

陸軍大臣板垣征四郎中将はそうしたドイツの腹は承知している。ドイツ外相リッベントロップより、その真意を伝えられていた駐ドイツ日本大使大島浩よりの報告を受けていたからである。板垣はすべてを呑み込んだ上で、駐日ドイツ大使オットーに、

「職を賭けても、この同盟を成立させる」

と約束していた。

それにしても陸軍中央は、独伊対英仏のヨーロッパ戦争が起きたとき、本気で独伊側

に立って参戦するつもりがあったのであろうか。中国大陸でのどろ沼の戦いをつづけながら、また極東ソ連軍の強大化に怯えながら、その上に英仏と戦う力がどこにあるのか。しかもこの対英仏は当然のことながら対アメリカの戦争にもつながっていく。米英は別だという考え方もあったが、緊密な提携ぶりから見て米英不可分とするのが自然である。とてもこれ以上の戦いは常識では考えられない。その常識では考えられないことを幻想するのが、秀才参謀たちであったのである。

陸軍中央の課長会がひらかれたとき、ほとんど全課長が三国同盟締結に賛成したことでそのことが知れる。ただひとり参謀本部第二部（情報）第六課（欧米）課長辰巳栄一大佐が反対の意を表明した。

「英国は腐っても鯛である。軽視して敵にまわすべきではない」

しかしそれは単に勇気ある発言にすぎず、完全に無視された。陸軍中央に秀才軍人たちが集結してくると、ものの考え方は奇妙なくらい現実離れしていく傾向があったのである。こうした陸軍中央の意思統一を反映して、政界の一部、そして右翼団体も三国同盟案を支持し、さらには宮廷内にも賛成意見をもつものがふえていった。外務省部内にも陸軍にエールをおくる親ドイツのグループが次第に勢力をまし、軍事同盟にまで拡大することに反対の外相有田八郎をたじたじとさせていた。(1)しかも困ったことに、平沼首相は外交にまったくの門外漢であったゆえ、陸軍の強圧に屈することが多いのである。いきおい、「時代の流れ」に真正面から立ちふさがるのは、海軍省の首脳ということになる。海軍大臣米内《よない》光政大将、次官山本五十六《いそろく》中将、軍務局長井上成美《しげよし》少将のトリオである。ただしかれらもやみくもに反対するだけではなく、妥協しうるかぎりは妥協した。

同盟はあくまでソ連を主たる対象とすること。状況により英仏等をも対象とすることもある。しかし、軍事的な武力援助は、ソ連対象のときは、これを行うことはもちろんであるが、英仏など対象のときは「これを行ふや否や、それは状況による」。つまり決定権は日本にあるというのが、海軍側の譲りうる最大限度の条件であった。

簡単にいえば、ドイツがソ連と戦争をはじめた場合には、日本は武力援助をきっと約束する、しかし、ドイツが英仏と戦端をひらいたとき、日本は援助するかもしれないし、しないかもしれない、ということである。

こんな曖昧模糊とした、自分本位の、煮えきらない条約をドイツが承知しないことは、はじめから明らかである。しかし米内も山本も、不本意ながらここまで妥協したの思いなのである。

山本五十六がのちに、自分自身のこのときの判断について、こう語っている。

「世界新秩序を目標とするドイツと与することは、必然的に英米旧秩序を打倒せんとする戦争にまきこまれることであり、日本の海軍軍備とくに航空軍備の現状をもってしては、対米英戦争には勝算はまったくない、それで自動的参戦などとんでもない、ということにあった」

海軍トップの考えは、おそらくこの山本の発言に収斂《しゅうれん》させてもよいであろう。ソ連への牽制という点では、三国同盟は有効であろう。しかし、その結果は世界戦争への恐怖と抱きあわせである。ヒトラーにひきずられて、日本は英仏はおろかアメリカとの大戦争にまきこまれる。要は「欧州戦争不介入、英米不可分、対米不戦、国力を養って国家百年の計をはかるべし」に海軍の方針があったのである。したがって、英米との戦争に自動的にまきこまれるような約束は、条約の上で厳格にさけておくという一点だけを守りぬいた。

ナチス・ドイツの興隆にうかれ、海軍力にほとんどみるべきもない国と結んで、英米を相手に歯向うことなど、どんなことがあってもしてはならない。アメリカを第一の仮想敵国として、厖大な海軍予算を年々とっておきながら、「いざとなったら戦えない」とは腰抜けもいいところであるが、海軍トップはそんな悪評など屁でもなかった。

こうして三国同盟問題を議するための平沼内閣の五相会議（首相、外相、陸相、海相そして石渡《いしわた》荘太郎蔵相）が、十四年一月からはじまったが、入口のところで足ぶみしたまま紛糾しつづけていた。賛成を主張する陸相板垣にたいし米内海相が正面から対峙した。二月、三月、四月と、会議はいつはてるともなくつづき、数十回を数えたが、合意に達しようもなかった。五相会議という言葉が新聞にほとんど連日のようにのることから、巷には「平沼が一斗の米を買ひかねてけふも五升買ひあすも五升買ひ」という落首がうまれたほどである。

これが夏を迎えようとするころの、一歩の進展もない国内政治状況である。これにたいして陸軍中央は関係課員以上が大臣官邸に集まって、大臣を中心にしきりに会議した。板垣はその結論をたずさえて五相会議にのぞむ。大臣の帰りを待ちうけて省部の会議がまたひらかれつぎの対策をねる。そんな毎日がつづいていた。

そのときに、たとえば、山本海軍次官が各省の次官会議で、ドイツと結んでの新秩序が話題になったとき、

「新秩序、新秩序というが、いったい新秩序とは何のことかね」

と冷やかし半分に反問して、多くの憤激を買ったなどという話が、しばしばとどけられてくる。そのたびに作戦課の強硬論者は歯ぎしりをさせられるのである。腰抜けの代表の海軍次官がいったいなにをほざいているのかと。

そのいっぽうで、強硬派ならずともがっかりさせられる確たる情報が、宮中の侍従武官府から伝えられてきたりした。それは、天皇が明確に三国同盟案の「参戦」条項に反対の意思を表明している、という思いもかけない話なのである。

参謀本部作戦課の面々にとっては、いらいらする日々である。しかも、陸軍が主張する同盟案どおりに内閣の意見一致をみた場合にそなえて、対英仏参戦の戦略戦術をねっておく。それでなくとも足りない時間をそっちのほうにも回しているのに、五相会議は決裂していまやすべてが徒労となる可能性もある。そして巷には内閣崩壊の声がやたら高まっているのにも、三宅坂上の面々はカッカと頭に血をのぼらせた。

●中国・天津

　さらにもうひとつ、中国大陸で参謀本部を激怒させる面倒な事件が起った。反日テロ団による殺人事件が国際都市の天津市内で発生したのである。

　それまでにも天津のイギリス租界はテロ団の根城となっていると、しばしば日本人居留民の憤激の対象となっていた。というのも、イギリスは租界の特権を利用して、国民党、中国共産党、藍衣社など抗日分子の潜入をだまって見すごしている。しかもそこの銀行には、中国国民政府のための八十万ポンドの価値をもつ銀があずけられていた。その資金でテロリストやゲリラが財政的にうるおっている。おかげでかれらは香港や重慶と連絡を密に抗日の策動をいよいよあらわにし、テロ行為が激増している。もはや友好関係は保持できないと、四万余の居留民が怒りをイギリスに向けだしているときであった。

　四月九日、日本側に立つ華北政権の関税委員の程錫庚が、英租界内の劇場で暗殺されたのである。四人の容疑者はすぐに逮捕されたが、むしろ〝事件〟はそのあとに起きた。イギリス側が、四人を日本側に引渡し裁判にかけることを、きびしく拒んだ。このイギリス政府発表の「引渡し拒絶」の報は、天津の居留民のみならず、日本人をひとしく憤激させる事件となり、日英関係をきびしく悪化させる結果をうんだ。

それでなくとも、親ドイツの気運が日本中に瀰漫《びまん》しているときである。おもしろいことにその空気は反英につながった。つかみどころのないふわふわとした気分のようなものが、対象物をしっかりと見出した。それは大英帝国の横暴という具体性である。反英排英の声は日ましに高まり、それが微妙にさきの日独軍事同盟推進の動きとからまって、いっそう騒然たる国内情勢をつくりだしていく。

天津に司令部をおき防衛と治安維持の任にあたっていたのは第二十七師団で、師団長は駐英武官の経歴をもつ親英派の本間雅晴中将である。天津に着任して間もなくこの事件にぶつかった本間は、慎重にイギリス側との交渉に当った。そして容疑者逮捕では日英両警察がよく協力して実をあげた。それゆえ、冷静に話し合うことで問題は日本側の要求どおりに解決するものと、本間は確信していた。

ところがイギリス側は頑強であった。十日たち、二十日たっても、物的証拠が発見できぬゆえ容疑者は渡せないと、いぜんとして要求を突っぱねた。

遠くから本間中将の対英交渉を注目していた陸軍中央の我慢もやがて限界点をこえる。イギリスの強硬さは、本間が断乎たる態度でのぞまないゆえとみてとった。親英家として知られるゆえに、天津防衛の大任をまかせたことは大間違いなのではないか、と本間の弱腰にたいする非難が一気に高まる。

「親英知英はおろか、これでは恐英家ではないか」

と、参謀本部の秀才参謀たちはいらいらをぶつけるように叫んだ。

駐日イギリス武官ピゴット少将は本間をよく知る軍人であり、その著『断たれたきずな』で当時のことを、

「将軍は焦慮を戒め、短兵急な手段をとることを差し控えていた。このため彼は、陸軍省と参謀本部から手きびしい非難を蒙った。本間中将に対し、おなじ日本人から加えられた不当な攻撃を聞くのは、わたくしにとってほとんど堪え難いことだった」

と回想している。東京においていかに本間が批判の矢面に立たされていたか、察せられる話である。

陸軍中央からしてみれば、この事件は処理の仕方によっては暴発を起しかねない大きな危険物をかかえているようなもので、四月の花に浮かれていられない気持であったことはたしかなのである。

こうして三宅坂上の参謀たちは、解決のメドもたたない諸問題をかかえ八方塞がりのまま、その年の憂鬱な夏を迎えようとしている。堀場参謀の言葉をかりれば、日本帝国「何処へ行くかを危ぶ」みつつ、毎日の仕事についていたといえようか。

●ベルリンとモスクワ

秀才参謀たちは知らなかった。いや、のちに愕然たる想いをもって知ることになるのであるが、このころヨーロッパでは微妙に、かつはげしく国家間の情勢が動きだしてい

た。

その中心にあるのがドイツ総統ヒトラーとソ連首相スターリンである。「二十世紀が生んだ悪魔」ともいうべき二人が、それぞれの野心と計算のもとに、地球をあらぬほうへ転じさせようと動きだしたのが、まさにこのときなのである。かれらは自分の目的のためには悪霊であろうと死神であろうと手をにぎるを辞さない男たちである。かれらにくらべれば、三宅坂上の秀才参謀たちは日本帝国を皇国とみなし、その神秘と使命とをあどけないほどに信じ、善良でさえあった、といってもいいかもしれない。

今日明らかにされている歴史的事実を検討してみれば、ヒトラーはもうその年の春からポーランド征服の夢をむきだしにしている。四月三日、つづいて十一日と、「白号作戦」つまりポーランドへの進攻計画の最初の一般的指令を連続してだす。つまり作戦開始は八月下旬か九月上旬。そのための日独伊三国同盟の締結の性急な提唱であったのであるが、かんじんの日本がいつまでも煮えきらない。

ヒトラーは『わが闘争』で、日本人を想像力の欠如した劣等民族、ただしドイツの手先として使うなら、小器用で小利口で役に立つ国民というふうに書いているが、このころにはその認識をいくらか改めていたのか。演説ではむしろ持ちあげて、日本人を喜ばした。

「われわれは不運にも、もつ宗教を間違った。日本人がもっているような、祖国のためにわが身を犠牲にすることを最善とする宗教を、われわれドイツ人はなぜもたなかったのだろうか」

とはいえ正直なところ、ヒトラーは日本の日和見主義的な態度にはあいそをつかしはじめているのである。そして迷いをいっそう深めた。迷いながら考えつづけた。少なくとも四月が過ぎようとしているころには、かれの日本への共感はかなり影が薄くなってきた。

かわりにがぜん存在の色をこくしていったのがソ連である。ヒトラーにとって、これまで周辺の影としてしか存在しなかったソ連が、事態の中心にでてきたのである。なぜなら、つねづね、

「英仏ソが同盟を結ぶようなことをすれば、ただちに英仏を攻撃し潰滅的な打撃を与えるであろう」

と演説などで強がりの発言をくりかえしているが、ヒトラーはこの英仏ソによる大規模なドイツ包囲同盟を真底から恐れていた。事実、四月十七日にはソ連外相が英仏両国との相互安全保障のための三国会議を公式に提案したりして、ヒトラーを脅かした。このとき、フランスはソ連提案に賛成したが、ヒトラーにとって幸いであったのは、イギリスのチェンバレン首相がさして熱意を示さなかったことである。ポーランドやルーマニアを通過してソ連軍を西へ送る権利の保障を、スターリンが強く求めたからで、英首相にとってはとんでもない要求である。それでは東ヨーロッパへのソ連軍の進出を認めるということになるではないか。

ヒトラーはこのわずかな時間的余裕を利用しなければならないと考える。ともかく、ソ連外相の三国会議開催の提案は、ヒトラーにソ連との友好の価値をますます高く思わせる結果をもたらした。そのうえ英仏へ同盟関係を提案したその同じ日に、ソ連の駐ドイツ大使メレカロフが着任いらいはじめてドイツ外務省を訪れて、外務次官ワイゼッカーにこんなことを語ったというではないか。

「ソ連の政策は決して反ドイツではないのである。独ソ両国の関係が正常化からさらに友好へと進展できない理由はどこにもない」

ヒトラーにとってこのメレカロフの提議は、英仏ソの東西両面からの包囲同盟の恐怖からぬけだすための、絶好のチャンスを与えてくれたようなものである。ヒトラーが積極的に動きだしたのはそのためである。その第一歩が、イギリスが対ドイツ戦に備えて徴兵制を発令した翌日の、四月二十八日に行われた演説であったであろうか。この演説で、ポーランド=ドイツ不可侵条約の廃棄をのべたヒトラーは、反イギリス調をむきだしにした。そして、

「われわれが知る英国の包囲政策によって、われわれが確認しなければならないのは、(一九三五年の)英独海軍協定の根拠は失われたということである」

それゆえ協定を廃棄すると高らかに宣言した。

しかし、機敏な観察者ならオヤと思わせられる変化を、ヒトラーはこの演説で示した。いつの場合にもかならずといっていいほど加えられる、たとえば、「ソ連という国には、

無気力な、暴力によってプロレタリヤ化された下層人間だけがいる。その上にユダヤ的人民委員の巨大な組織――現実には奴隷所有者層がそびえ立っている。そういう国である」とか、「ボルシェビズムは、もしこれを阻止しないと、かつてのキリスト教のように、世界中をすっかり変貌させてしまうであろう。三百年もこの運動がつづけば、レーニンは一九一七年の一革命家ではなくなり、新しい世界観の創始者として仏陀のようにあがめられるであろう」とかの、ソ連や国際共産主義の脅威にたいするいつもの攻撃が一言もなかったのである。

ほとんど時を同じくしてヒトラーは、かれを信奉するドイツ国防軍の将軍に、私的な会話のとき愉快そうに語った。

「君には私の考えている次の手がわかるかね？　私が話すとき飛びあがらないように椅子をしっかりつかまえてい給え。それはモスクワへの正式訪問なのだよ」

ヒトラーは本気になっていたのである。きたるべき対英仏戦争に備えて、日本との同盟を半ばあきらめて、ソ連との同盟にのりかえようとしているのである。日本はそれこそファー・イースト（極東）の国であった。いくらか疎遠になっても少しも痛痒を感じなかった。東京よりもモスクワはぐんとベルリンに近かった。

ヒトラーの微笑にこたえるべく、つぎはスターリンの番である。ヒトラーを動かしてみようかと、かれが駐ベルリン大使を使って行ったシグナル的工作の効果は、まことにてきめんであった。ヒトラーは即座に応じてきた。といって、おいそれとそれに乗ってこっちから動くわけにはいかない。

ヒトラーが二正面作戦という力の分散をさけて、進攻方向を西か東に集中しようとしていることは明らかである。英仏の首脳もまたそう観じているにちがいない。かれらがソ連軍のポーランド・ルーマニア通過の権利を認めなかったのは、西に向かわせないためにヒトラーの機嫌をとろうとしているからにほかならないと、スターリンの眼には映った。そして英仏両政府が、東への軍事行動をヒトラーに認める口実を、いつなんどき不意に見出すかもしれない。そんな微妙なときに、ヒトラーにさしのべる手を急ぐのは危険この上ない。

スターリンは考える。弱味をみせることはかえって、自分が二正面作戦を戦わざるをえない愚を犯すことになる。東方のソ満国境には、日本帝国の関東軍が狼のように牙をみがいてすきを狙っているのである。その日本とヒトラーとは強固な軍事同盟を結ばんと、たがいの友情をたしかめあっている。西からドイツ国防軍、東から関東軍の猛攻をうけては、軍備整備のための五カ年計画が進行中のいま、とうてい抗しきれるものではない。

最上のとるべき道を模索するスターリンにとって、わずかに頼るべきものがあるとすれば、三月三十一日に英首相チェンバレンが下院で演説した力強い言葉である。

「何らかの行動がポーランドの独立を脅かし、ポーランド政府が国の全力をあげてこれに抵抗することが死活問題となった場合には、わが国は力のかぎりをつくして、ポーランド政府にあらゆる支持を与える」

そしてフランス政府もこれにつづいて、ヒトラーがポーランドに手を出せばフランスは起つと、宣言した。こうして英仏がポーランドの防衛を引受けると条約を結んだとき、どこまで信じられるかは不確かであるが、スターリンはとりあえず「坐してなりゆきを待つ」ことができると思ったのである。

内戦時代からの僚友である国防人民委員ヴォロシーロフ大将をよんでスターリンはたずねた。

「いかなる国のどんな攻撃にも動じない赤軍を編制するのに、どのくらいかかるか」

軍事問題の責任者であるヴォロシーロフは正直に答えた。

「まず、あと三、四年はかかります」

しばらく考えたあとで、スターリンはいった。

「じゃ、われわれは、知恵をはたらかせねばならない。ヒトラーにたいして好意的な態度をとってごまかさなくては」

スターリンは急がなかった。しかし、東方の日本の動向をしっかりと見すえながら、ヒトラーへのシグナルは忘れない。五月四日の「プラウダ」の最後のページに目立たない四行の告知がのった。一九三〇年（昭和五）いらいの永遠の外相といわれていたリトビノフが「みずからの要求によって」職を退いたことを知らせたものであるが、それがスターリンの最初の具体的な行動である。リトビノフはヒトラーが毛嫌いしているユダヤ人であった。

このとき、内務人民委員のベリアがびっくりして思わず口走ったという。

「かわりにモロトフ？　でも、かれにもユダヤ人の血が……」

スターリンはあやしい微笑をうかべていった。

「なに、かれの遠い先祖がユダヤ人だなどと、だれも知りやしないさ。ヒトラーが、血の問題で、モロトフを非難する根拠はひとつもありはしない。それにモロトフはすごく頭がきれて、超人的な活躍ができる人物だ」

スターリンはこうして外相に人民委員会議議長のモロトフをすえる。しかも「この人事交代はドイツにとってプラスに影響するであろうか」とわざわざドイツ大使館に照会する懇切ささえ示した。ドイツ代理大使はベルリンに電報した。

「モロトフ（かれはユダヤ人ではない）は、スターリンともっとも親しい友人であり、もっとも近しい協力者であるとみられている」

その意味するところは、これからのソ連の外交政策はなんであれスターリンがえらんだ路線をゆく、ということである。

こうして疑心暗鬼のうちにも二人の独裁者は、この年の春から夏にかけて、思いきって接近していった。不安と領土拡張意志とを基本の動機としているところは、共通している。ともに二重取引きである。ヒトラーはソ連と日本と、スターリンは英仏とドイツと。そのためには、過去のイデオロギー上の意見のちがいなど、当面なんの障害にもならなかった。

●東京・三宅坂上

日本政府と軍部が、ヨーロッパでの各国の微妙なかけひきについて完全な無知のままであるはずはなかった。情報はさまざまな方面から送られてきている。その情報をどう分析し、そこからなにを読みとり、つぎの政略戦略にいかに活用するか。それを日本の政治・軍事の指導者は考えねばならなかった。

海軍省調査課長高木惣吉大佐の日記には、ハバロフスクの中国領事館から重慶の蔣介石政府に発信された暗号電報の、傍受内容だけがコメントなしに記されている。

「リトビノフはソ連をして英仏と連合してドイツ包囲策を採らんとせるものなりしが、ソ連は今日、近交政策を採用することによりて始めてよく平和を維持し得るものなり。これに反していたずらに英仏と連絡を継続すればその結果、独ソの開戦を促成しかえって英仏の術中に陥るものなり」(五月五日　〇八五五号発信)

中国の情報部の能力の高さがよくわかる。

また、かなり早くこんなエピソードも残されている。この年の四月二十日はヒトラーの第五十回の誕生日である。その祝宴がベルリンで行われたさい、駐ドイツ日本大使大島浩と駐イタリア日本大使白鳥敏夫が列席、宴もはてた夜半の午前一時ごろ、外相リッベントロップがひそかに、おどろくべきことを二人に語ったというのである。
「もし三国同盟条約交渉があまり手間どるようなら、ドイツはソ連との不可侵条約を考慮しなければならなくなるかもしれません」

腰をぬかさんばかりにびっくりした二人は、リッベントロップの言葉をどう受けとめるかについて、夜があけるまで議論した。白鳥が「ほんとうにドイツはソ連と結ぶつもりだ、日本は置いてきぼりにされる」といえば、大島が「いや、そんなバカげたことはありえない。あれはリッベンのおどかしであり、催促なんだ」と反撃し、口角泡をとばしてやり合ったという。

もちろん、このことも東京へ報告された。東京でもほとんどが大島と同じ解釈をした。ヒトラーのこれまでの共産主義への憎みようはどうだ、もともとソ連とドイツは不倶戴天の敵同士なのだ、そしてなによりかんじんなのは、ドイツは日本と防共協定を結んでいるではないか。それが常識的な見方というもので、だれもがその常識を超えようとはしなかった。独ソ不可侵条約などが結ばれるはずはない、それが結論である。

三宅坂上の参謀本部作戦課の判断もそれである。もしも西方から牽制の役をはたしているドイツの脅威がなくなったら、ソ連軍のアジア正面での行動は完全に自由になるではないか。

いずれにせよ、頭の痛くなるような難問が山積している。日中戦争の処理、三国同盟交渉、天津租界問題と、どれひとつとして解決への捷径《しょうけい》のあろうはずのないものばかりである。ひとつひとつが国家防衛に直結している。その上に、ヨーロッパでの各国の複雑な動きである。国家の安危を一身に背負う作戦課の参謀たちは、焼けこげる鉄板の上に立たされている想いである。

関東軍司令部から『満ソ国境紛争処理要綱』案が送りとどけられたのは、まさにそのようなときであった。その内容は、国境付近で紛争が起った場合にはどう処置すべきかについての、関東軍としての独自の作戦計画案といったものである。しかもそれは、すでに参謀本部より関東軍司令部に示達してある作戦方針「侵されても侵さない。紛争には不拡大を堅守せよ」と背馳《はいち》するような物騒な内容をもっていた。紛争を防止するどころか、むしろ挑発するのである。

参謀本部作戦課にとって、頭が痛いこのときに、その上にソ連軍との国境紛争などとんでもない話である。小さな紛争が拡大して大規模な戦闘となる、そんな不吉なことを考えたくはなかった。当然のこと関東軍司令部の案は「認めず」ということになるはずである。ところが、そうはならなかった。なぜなのか。

（1）　敗戦後、軍部の暴走については完膚なきまでに断罪された。ところが、およそ外務官僚にかんするかぎり戦後処理がよほどたくみであったのか、不問に付されている。昭和十年代に入ると、軍部の対米英強硬派と歩調を一にする革新官僚がぞくぞく誕生していた。

『西園寺公と政局』(原田日記)には、ドイツ帰りの牛場信彦ら、三国同盟に熱をあげる三十代の若い外務官僚十数人が「ぜひ白鳥敏夫をローマから呼び返して外相にせよ」と連判状を作って直接近衛首相に提出した、というような話が数多く書きとめられている。

東光武三、三原英次郎、中川融、牛場信彦、青木盛夫、甲斐文比古、高瀬侍郎、高木広一たちがその主な面々で、ときの霞ケ関外交を「対米英軟弱外交」としてことごとに不満を抱いた。これに栗原正、松宮順、重松宣雄らの白鳥敏夫直系が加わり、藤村信雄、福島慎太郎、平沢和重らのアメリカ組も同調して、上部をさかんに突きあげたのである。かれらは敗戦後もそれぞれの立場から日本外交をリードした人たちである。

第二章　関東軍作戦課

●ソ満国境

島国に生まれた日本人は、国境線というものを重要視することなくきたのかもしれない。

かつてはこのあるかないかの一線の認定をめぐって、戦国大名は戦いで決着させることもあった。が、たいていは話し合いで解決し、せいぜい関所を設けるくらいで、両国の通行は比較的ゆるやかであった。明治以後、いまにいたるまで同じ県にありながら、東西あるいは南北にわかれて、たがいに仇敵視している地域もところどころにあるが、概して融通無礙《ゆうずうむげ》でなんとなくうまくやっている。

日本人が否応もなく国境線を国家の運命線のごとくに意識させられるようになったのは、昭和七年に満洲国ができてからである。国際社会ではまったく認知されなかったが、日本帝国は満洲国を新生の国家としていち早く認めた。さらに満洲国に独立国家としての面目を失わせないため、関東軍は九カ国条約や国際連盟規約にそむかないように、いくつもの苦肉の策をとる。そして中国人自身の独立意志によって満洲国は生まれた、日本はそれに手をかしただけ、という大義名分をくっつけた。

その堂々たる一独立国の満洲国と日本は、その建国後に、「日満議定書」という条約を調印する。日本側はときの関東軍司令官武藤信義大将がサインした。武藤は初代の駐満大使をかね、条約はつまり国家同士の友好のとりきめとなる。

これには二つの密約が、しかも公然たる密約として、結ばれていた。

ひとつは満洲国居留日本人の諸権利の確認尊重であるが、重要なのは第二条である。

「日本国および満洲国は締約国の一方の領土および治安に対する一切の脅威は、同時に締約国の他方の安寧および存立に関する脅威たるの事実を確認し、両国共同して国家の防衛に当るべきことを約す。これがため、所要の日本国軍は満洲国内に駐屯すべきものとす」

要するに、満洲国を侵すものは日本帝国を侵すものにひとしい、であるから関東軍が満洲防衛をひきうける、と謳いあげた密約である。軍事的にみれば、ソ満国境はソ日国境にほかならなくなる。

ソ連は、満洲国建国にたいしては静観を表明し、あえて否定することはなかったが、国家として認めたわけでもない。満洲の大地はいぜんとして中国領とみている。となると、新生満洲国が国家としてあらためて国境線についてソ連と協議するわけにはいかない。結局は、それ以前に清国とロシアの間で話し合われ画定された国境線が、ソ満国境ということになる。

ところが、この国境線が、いたるところでまことに不明確なのである。たとえば平均一八キロごとに一個の石の界標が設置されたというが、長い年月のあいだに失われ、東部国境線にはわずかに十個しか残されていなかった。それも明らかに双方とも、自分の有利な地点へと勝手に動かしてあったりした。

もともとがそんなあいまいな国境線であるから、双方が兵力を展開して相対峙している、それだけでも避けることのできない偶発事件の起ることの想像はつく。当然のこと、諜報、謀略、偵察のやりとりが国境をはさんで激突する。国境侵犯、不法越境、河川上不法行為、拉致暴行など、ほとんど日常的に行われている。満洲建国いらい、国境での紛争事件はたえまなく、ふえるいっぽうである。

昭和十一年一五二回、十二年一一三回、十三年一六六回、これが関東軍調査による紛争事件の件数である。たいして、日満両国は明らかに非は向うにあると、ソ連に抗議書を提出した。十一年一二三（五九）、十二年一〇九（五二）、十三年一五八（五〇）（カッコのなかはソ連側がなんらかの回答をよこしたもの）。半分以上がなしのつぶて、まして解決など期待するほうが無理である。

とくに満洲西北部、興安北省が外蒙古と境を接するノモンハン付近では、十三年から十四年にかけて急激に小さな衝突事件がふえていた。このあたりホロンバイル高原地帯を流れるハルハ河は、幅五、六〇メートル、深さ二メートル以下の、塩けのない清水の流れである。関東軍はそのハルハ河を国境線と認定していたが、外蒙古側はハルハ河は自国領域であるとし、国境は河の東方一三キロの、フロン山─九七〇高地─ノモンハン─ハルハ廟の南北に走る線と主張していた。(2)つまりこの辺での紛争は国境線のあいまいさというより、両国の根本認識の相違にあったのである。

ここで注目されることがある。昭和九年の関東庁の地図では、外蒙古側が主張するハルハ河東方一三キロの線が国境となっていたということである。また、十二年に満洲国外交部が現地調査をしたときにも、同じことが確認されているという。その報告書は、関東軍司令部はもとより参謀本部、陸軍省にも送りとどけられていた。

ところが、いつか、いや、漠然としているが十二年の秋ごろより、関東軍は「ハルハ河東方一三キロ」よりも「ハルハ河」を国境と強く主張するようになる。旧清国との、いつのことかわからない合意による行政境界を、いまの国境と認めるわけにはいかない、と考えたのである。そこで十三年九月から十月にかけて、参謀本部がのりだし、第五課の参謀矢野光二少佐をして現地踏査させた。少佐の報告は、文献上の研究と調査とをあわせて、国境はハルハ河である、ハルハ河東方ノモンハン方面には境界を示す標識が残存していなかった、というものであった。

ただし、それによって参謀本部はハルハ河を国境と断定しようというのではなかった。今後「外交折衝上必要アルトキハ『ハルハ』河ノ線ヲ以テ国境線ト主張スル……」その目安としての国境線のとりあえずの認定なのである。

とにかく陸軍中央はソ連軍と全面対決となるような事態を極度に恐れ、慎重かついくらかは腰のひけた方針を関東軍に示していた。原則として国境警備は満洲国の軍隊および警察をもっておこなうこと、関東軍は国境をはさんでの小さないざこざなどを問題とせず、ソ連軍情報の収集と、いざというときの作戦研究、軍隊編制と訓練にひたすら専念すること、である。一言でいうと「侵されても侵さない」のが参謀本部の示した対ソ方針ということになる。

しかし、これでは関東軍が不満この上ない。では国境紛争が実際に発生した場合には、それもソ連軍が出動してくるようなことがあったら、いったいどう処置したらいいのか。「侵されても侵さない」方針というのは、坐したなりで敗けておれ、ということなのか。参謀本部はその点についての何らの指示も第一線部隊に示していない。「ソ連との国境紛争は絶対に無視すること、重大な紛争が起りそうなときは事前に中央と協議すること」と、その点はわかった。けれども紛争というのは時と場所をえらばず突発的に起るのが常である。いちいち「中央と協議」しているひまもないときにはどうすべきなのか。

事実、ソ連と満洲と日本（朝鮮）が国境を接している朝鮮半島の東北端の張鼓峰《ちょうこほう》付近で、前年の十三年七月中旬に、日本軍一個師団対ソ連軍二個師団が戦火をまじえる大事件が起きていたのである。ソ連軍の飛行機、戦車、重砲をくりだす正攻法の近代戦法の前に、出動した日本軍は叩かれっぱなしの手ひどい損害を蒙る。

この地点は地形上全面戦争に発展する危険のすくないところである。そこでこのときは、参謀本部にはそのきびしい作戦指導のもとに限定戦闘をやってみて、ソ連軍に日中戦争に介入する意図ありやなしや、たしかめてみようというひそかな計画があった。つまり「威力偵察」的な意味から、朝鮮軍に出動を命じている(3)。

だが、〝火遊び〟もいいところとなった。結果は惨たるものとなり、予想だにせぬソ連軍の猛攻の前に、参謀本部作戦課は顔色を失った。

幸いにも八月十一日、外交交渉がまとまって休戦となったのであるが、このように国境付近での小紛争がいつ大きな戦闘へと拡大していくか、予測はつかない。しかも軍の力学からいって、はじまってしまえばとめようにもとめられないこととなる。

そうしたいざという場合の兵力使用の適否と限度、それこそが軍隊統帥の根本である。張鼓峰での羹《あつもの》にこりてすっかり腰がひけて、それがあいまいなまま、とにかく何もするなでは、国土防衛を任とする軍隊の存立そのものを否定することになるではないか。これが関東軍のいい分である。

●満洲国・新京①

そして、ここに関東軍司令部の第一課（作戦）参謀辻政信少佐（36期）が颯爽と登場してくる。

辻参謀といえば、戦後も昭和二十九年の暮に議員会館の一室で会ったことがある。元陸軍大佐・陸軍作戦参謀のエースどのは、代議士先生になっていた。源平時代の比叡山の荒法師をおもわせる相貌、炯々たる光を放つ三角眼で、先生は得意の日本防衛論をまくしたてた。

「まずは自衛隊のいまのような傭兵的性格を是正し、日本的自衛軍をつくり、編制、装備、訓練に根本的改正を加えねばならぬ。そのためには憲法を改めて祖国の防衛は、国民の崇高な義務であることを明らかにし、自衛隊員の精神的基礎を確立せねばならない。そのことを抜かしてなんの国防が成るというのか」

その気焔のうちからは、もう一度先頭に立って、軍を率いる夫子《ふうし》自身の決意と熱望のほかのなにものも浮かんではこなかった。なるほど、この雄弁をもって作戦課をリードしたのかと合点し、大いに納得するところがあった。

そのときに執筆を依頼した原稿「沈潜忍苦の十年」が、翌三十年三月刊の『文藝春秋』臨時増刊「読本・戦後十年史」にのっている。戦犯からのがれるため中国大陸からひそかに日本に上陸し、逃亡につぐ逃亡をかさねた十年間をふりかえったもので、つまり『潜行三千里』の後篇である。例によって張り扇的な痛快な冒険譚で、読者の興味をうまくひいている。

この原稿のなかに、昭和二十三年五月二十七日に佐世保に上陸、米軍憲兵の取調べを突破して、一カ月ぶりに風呂に入るところが書かれている。

「全身に三十いくつかの弾丸が入っているから、その傷痕を見られたら、たちまち身許が暴《ば》れてしまう」と。

これにはびっくりした。代議士の部屋へ同行した先輩のK氏にたずねた。

「あのとき、辻さんは〝俺の身体の中には、世界の五カ国の弾丸が入っているんだ。最初は大場鎮で中国の弾丸、つぎはノモンハンでソ連の弾丸、つぎは……〟と偉そうに、レントゲン写真をだしてみせてくれましたよね。たしか全部で六発でした。ところが、ここには三十いくつと書かれていますが……」

K先輩はからからと笑っていった。

「つまりホラさ。それもだんだん大きくなった。自分で酔うんだ。それが鬼参謀といわれた男の本性なんだな」

また、辻参謀というとすぐに想い出すもう一つの挿話がある。池田純久元中将がその著に書いていたことで、日中戦争のはじまった直後の、昭和十二年七月二十日ごろの話である。天津駐屯軍の作戦参謀をしていた池田中佐のもとへ関東軍参謀の辻大尉が姿をみせ、こういったという。

「あす関東軍は山海関にある爆撃機をもって、蘆溝橋付近の支那軍を爆撃します。私が戦闘機に乗って行きます」

池田中佐は思わず「本気か」と聞くと、辻は「本気ですとも。冗談なんかじゃありません。そのほうがあなた方の仕事がやりやすいでしょう」と答えた。以下、やりとりは、

「いらぬお世話だ。関東軍が支那を爆撃することは中央部では承認しているのか。そうじゃあるまい」

「中央部がぐずぐずしているから、独断でやるんです」

「そんな独断なら、まっぴらご免だ。「どうしてもやるのか」

どうしてもやります」

と辻がすごんだという。辻の剣幕と強硬な態度に、池田中佐は愕然となりながら、きびしくはねつけた。

「仕方がない。やり給え。そのかわりわれわれの戦闘機で、関東軍の爆撃機をすべて叩き落としてやる。その覚悟でやり給え。あとで泣き言をいっても知らんぞ」

「友軍相撃ちですか」

「そうだ、その責任は、すべて俺がとる」

さすがの辻も、池田の厳然たる態度にしぶしぶ爆撃を断念して引きさがった。

この陸軍中央なにするものぞの闘志満々たる辻が、この話のあった直後に、いったんは中国戦線へと転勤になった。しかし、それもほんのつかの間で、ふたたび関東軍へともどってきたのが同十二年十一月、それもこんどは作戦課勤務である。

作戦参謀として辻は、当面している情勢が多端であり関東軍の兵力が劣勢であることは十分に承知している。そうと認識すればするほどさかんなる闘志をもやした。停戦成立の直後、張鼓峰付近の戦場へと飛んだ辻は、死傷一四〇〇名余の犠牲者をだしながら、日本軍が兵力を撤収し、ソ連軍が越境の既成事実を確保し、国境線を拡大形成していることに憤激した。

参謀本部が戦闘を指導したというが、なんたる腰抜けぶりか。とても任せてはおれぬ。朝鮮軍も弱腰きわまる。こんなざまではそのまま影響は関東軍にはねかえってくる。ソ連になめられないためにも、ソ連軍が国境を侵犯してきたときには即座に一撃を加え、これを粉砕することが、紛争の拡大を防ぐことになる。いや、それこそが唯一の道といえる、と辻はいきり立った。

「敵を撃攘して国境線を回復確保せよとの大命は、(張鼓峰の場合)現実に無視されたのである。たしかにわが方が負けた。犯されたまま幕を閉じた。あのときに徹底的に膺《よう》懲《ちょう》し、実力をもって主張を貫徹していたら、恐らくはノモンハンの惨闘を惹き起さなかったのではなかろうか」

と辻は戦後に著書『ノモンハン』にそう記している。「恐らくはノモンハンの惨闘……」以下は事実に反しているが、張鼓峰の戦場視察からえた辻の〝信念〟そのものは正直に書かれている。このとき辻は、参謀本部作戦課の参謀たちのいうことなんか聞くものか、という決意をしっかとかためたものとみられる。

しかし、その〝信念〟と決意とを実現するためには、軍隊という組織にあるかぎりただひとりではできない。志をともにする同志との強い結合と行動はどうしても必要である。辻は時機をまちつつ対ソ戦の構想をまとめていった。このとき、運命をつかさどる神はおかしなことをするのである。魔性の人ともいうべき参謀に、なぜか一臂《いっぴ》の力をかすようなことをした。

昭和十四年三月の人事異動で関東軍の第一課（作戦）に参謀本部から、第三課（編制・動員）の寺田雅雄大佐（29期）と服部卓四郎中佐（34期）、ならびに作戦課から辻と士官学校同期の島貫武治少佐（36期）が転入してきた。参謀本部の意思は、これら陸軍中央勤務をへた参謀を送りこむことで、いま課題となっている「対ソ西正面作戦」すなわちハイラルを起点として、ホロンバイル地方から一挙に作戦終末線のバイカル湖に向かって決戦を求める乙案が、はたして可能かどうか十分に研究してもらおう、ということにある。あくまで現地で研究するためで、積極的な攻勢など夢にも考えてはいなかった、という。

関東軍司令部第一課にはこうしてえりぬきの人材がそろった。高級参謀（通称作戦課長）寺田大佐（陸大軍刀組）、作戦主任服部中佐（陸大軍刀組）、島貫少佐（陸大軍刀組）、すでに着任一年半に近い同じ陸大恩賜の軍刀の辻少佐。それに服部と同期の村沢一雄中佐（34期）、航空主任の三好康之中佐（31期）。

辻にとっては、さながら自分がえらんだような理想の人びとの着任である。恐らくこの異動を知ったとき辻は「してやったり」と歓喜したにちがいない。辻は陸大優等卒業後に金沢（第九師団）の第七連隊第二中隊長として上海事変（昭和七年一月）に参加し、武勲をあげたが重傷をうけ、九月に参謀本部付となった。負傷も癒えて八年十二月には正式に参謀本部部員（編制班）となる。その編制班に寺田中佐と服部少佐（いずれも当時）がいたのである。いってしまえば同じ釜の飯を食った仲間が、満洲に集まってきた。

しかも、関東軍司令官植田謙吉大将（10期）は、上海事変当時の第九師団長であり、また参謀長磯谷廉介中将（16期）は辻が着任する直前まで第七連隊長であったし、参謀副長の矢野音三郎少将（22期）も同連隊の出身である。辻はなにからなにまで恵まれた。同じ連隊出身の結束は鉄よりも固いといわれるように、必然的に植田、磯谷、矢野三将軍の辻への可愛がりようは度を超しており、信頼は絶大なものがある。また、辻はそれにこたえるだけの行動力と立案力と弁舌とをもっている。

そこへさらに気心の知れているものの着任である。なかんずく服部中佐の存在が辻には大きく、有難さを数倍にも感じさせた。参謀本部編制課で席をならべたときから、二人は奇妙にウマがあったという。ともに稀にみる秀才であった。体力・気力とも軍人らしく秀でていた。が、性格的には水と火のごとくに違っていた。辻が内柔外剛、その信念と才智と豪気にまかせて、行くところしばしば風雲をまきおこし、敵をつくったのに反し、服部の歩みはその性格の内剛外柔にふさわしく、先輩後輩の尊敬を集めつつ、包容力ある人物として、エリート幕僚の道を一歩一歩のぼってきた。

剛毅不屈、鬼参謀とか勇士参謀とかよばれた辻であるが、服部には心から信頼し尊敬する上司として仰いで仕えている。逆に、辻を部下としてよく使いこなした上司としては、服部が唯一無二の人といわれた。

二人をよく知る旧軍人がさまざまに、二人の奇妙なとり合わせを説明してくれる。

「相反する性格がかえって深く両者を結びつけたというほかはない。とくに服部は自分にないものを辻のなかに見出したのだ」

「辻は単なる侍大将さ。大軍を統率できる人物ではない。それができる服部に辻がうまく乗っかったのだし、服部もまた権謀術数をふるうには、辻のような暴れん坊が必要だったのさ」

それはまた、こうもいえるのではあるまいか。辻という軍人は、個人の行動で局面を動かせる場合には、縦横無尽の働きができる男であったけれど、ひとたび組織というものの力に頼らねばならないときは、ほとんど疎外されることが多い。そのときにこそ服部が必要なのであると。そしてその逆が、官僚的軍人服部における斬りこみ隊長辻の存在であったのではないかと――。

いずれにせよ辻にとっては理想的な条件がととのった。満腔の信頼を自分においてくれるトップと、「満洲の現下の状況をいちばんよく知るのは君だから」と万事をゆだねる同僚、そして強くバックアップしてくれる尊敬すべき先輩と。しかも関東軍の作戦課は恩賜の軍刀組がずらり、参謀本部作戦課と肩をならべうる陣容になっている。

辻はその信念とするところを実現に移すチャンス到来とみてとった。

なるほど、日中戦争をなんとか処理するあいだ、北方正面で事をおこさないよう戒慎を加えねばならない。これには異論をはさむ余地がない。問題は、ではその事をおこさないようにするにはどうすべきか、というその手段についてである。

参謀本部作戦課は「侵されても侵さない」ことを希望し、それを遵守せよという。しかし、それでなくとも隙あらばと弱味につけこもうとしている相手を眼前にして、消極退嬰におちいることは、かえって事を誘発するものである。われわれは事に当っては常に断乎たるものでなければならない。陸軍中央とは異なり、関東軍の方針は「侵さず、侵されざる」であるべきである。

「〝寄らば斬るぞ〟の侵すべからざる威厳を備えることが、結果として北辺の静謐を保持し得るものである」

と、辻は後年の著書に書くが、おそらくはそのように部内で論じきり弁じぬいたのであろう。結果は、この発想が「軍司令官以下全関東軍の一兵に至るまで」の信条となったと豪語するにいたる。そしてここに一大方針がつくりあげられる。

考えてみるとおかしなことである。その方針には軍隊統帥にかんする厳粛なる遵守の精神がかけらもない。もっとくだいていえば、参謀本部作戦課の方針へのはっきりとした非難ないし嘲笑を聞くことができる。その集団主義への明らかな反逆といっていいかもしれない。

関東軍作戦課はいまや、目鼻のはっきりしない参謀本部作戦課の集団主義とは違って、作戦参謀辻政信とかれをバックアップする作戦課主任参謀服部卓四郎という、きわだって戦闘的な二人を中心にして、独自の道を驀進しはじめた。東京の秀才的集団主義に対抗する新京の暴れん坊的個性主義の挑戦なのである。

辻は書いている。「前後を通じて、当時の関東軍司令部ほど上下一体、水入らずの人的関係はかつてなかった」と。

いい気なものである。

●満洲国・新京②

昭和十四年四月二十五日、満洲国の首都新京の新市街、中央通りより少し西に入った西公園を眼前とする関東軍司令部に、真新しい軍帽軍服に身をつつんだ高級軍人たちが集まった。恒例の軍司令官師団長会同の日である。

その席上で、植田軍司令官は新たな関東軍の処理方針『満ソ国境紛争処理要綱』を、「関作命第一四八八号別冊」として麾下の将軍たちに示達した。

「優勢なるソ連軍に直面しつつ、不明確な箇所の多い長遠な国境線を警備する軍としては、今後は〝侵さず侵さしめざる〟を基調として、強い決意を固めてこれからは万事に対処する必要がある」

と植田大将は語調を強めていった。

書くまでもなく、参謀本部の「年度作戦計画」の遅滞をよそに、この方針は辻参謀が建策し起案し、服部参謀が承認し、作戦課が一致して強力に推進したものである。

「満ソ国境におけるソ軍（外蒙軍を含む）の不法行為にたいしては、周到なる準備のもとに、徹底的にこれを膺懲《ようちよう》し、ソ軍を慴伏《しようふく》せしめ、その野望を初動において封殺破摧す」

という強硬なる方策に主意があった。

八項からなる命令の最初にはこうある。敵の不法行為にたいしては断乎徹底的に膺懲する、それによって事件の頻発あるいは拡大を防ぐことができる、なぜなら、「ソ軍の特性と、過去の実績とに徴し、きわめて明瞭な」ことだからである。

ここにはソ連軍にたいするきわめて安易な思いこみがある。軽視がある。つまり、昭和八年五月六日付で配布された極秘『対ソ戦闘要綱』(4)から一歩も外へ出ない観念的なソ連観が基本になっている。

この昭和八年の『要綱』によれば、ソ連人は「素朴にして特に運命にたいし従順」で、政治的暴圧に「多くは消極的自棄をもってこれを甘受し、あえて難境を打開せんの企図心に乏し」。ただ体力強大にして堅忍持久に富み「よく艱苦欠乏、なかんずく酷寒に堪え」る特性をもっている。されど、

「ソ人は概して頭脳粗雑、科学的思想発達せず。従って事物を精密に計画し、これを着実かつ組織的に遂行するの素性および能力十分ならず。また鈍重にして変通の才を欠く所多し」

それゆえにソ連軍はこんな特性をもっている。

「その事大性から強者には実力以下に怯、弱者には実力以上に勇」

「独断および企図心に欠け、既定計画、命令を墨守して多く戦機を逸する」

「協同動作不良、各個不統一の戦闘に終始することが多い」

以下にも五項目を列挙して、要するにソ連軍は消極鈍重であり、頭脳が粗雑で非科学的で、精神力は欠けるところが大いにある。ただし無神経で困苦欠乏に堪え、小さな敗戦にたいする感受性はすこぶる劣る、愚鈍に近い、ということなのである。

そんなソ連軍を〝敵〟とする戦闘はどうあるべきか。『要綱』の「対ソ戦闘法の要義」は、

「速に敵にたいし決戦を求め、初動において獲得する極大の戦果により、いち早く敵軍の戦意を破摧するにあり」

「わがもっとも得意とする攻勢と機動とによりて敵の消極鈍重に乗じ、常に機先を制してその戦力いまだ完からざるを撃ち、一挙これを潰滅に陥らしむるにあり」

以下「要義」は二十四項までつづくが、「作戦指導は退避的色彩をおびる」とか「情勢の変転に即応するの能力すこぶる欠如する」とか、ソ連軍の能力を軽侮する形容がつづく。つまりはそれが日本陸軍の観念的なソ連軍戦力への一般的な評価であったのである。

こんど関東軍司令部が下達した『処理要綱』はそうした独善的な優越感にもとづいて書かれたものであった。それゆえに『処理要綱』には、もっとも問題となる第三項と第四項とが事もなげに書かれている。第三項では、

「国境線の明瞭なる地点に於ては、我より進んで彼を侵さざる如く厳に自戒すると共に、

彼の越境を認めたる時は、周到なる計画準備の下に十分なる兵力を用い之を急襲殲滅す。右の目的を達成する為一時的に『ソ』領に進入し又は『ソ』兵を満領内に誘致滞留せしむることを得」

となっている。第四項では、さらに言をつくして説いている。

「国境線明確ならざる地域に於ては、防衛司令官に於て自主的に国境線を認定して之を第一線部隊に明示し、無用の紛糾惹起を防止すると共に第一線の任務達成を容易ならしむ。

而て右地域内に於ては必要以外の行動を為さざると共に苟くも行動の要ある場合に於ては、至厳なる警戒と周到なる部署を以てし、万一衝突せば兵力の多寡ならびに国境の如何に拘らず必勝を期す」

そして最後に明示する。

「従来の指示通牒等は自今一切之を廃棄す」

ともかくすさまじい方針である。越境してきた敵を殲滅するためには国境外へ兵を進めてもいいとは、天皇の統帥大権にたいする配慮もへちまもない。完全無視である。また、国境線のはっきりしない地域とは紛争の起きやすいところで、そこでは「自主的に」つまり勝手に国境線を認定したほうが紛争の防止になるとは、まるで通らない理屈ではないか。越権行為[5]もいいところであるばかりでなく、それは危険この上ない戦闘挑発ということになろう。

しかしながら、この武断主義の背景には、すでにふれたソ連軍軽視とともに、昭和陸軍の戦術思想の主流たる「一撃主義」があったのである。それあるゆえに、植田軍司令官や磯谷参謀長ともあろうお偉方がすんなりと受け入れてしまう。単に目をかけている男の案だからというのではお粗末にすぎる。いや、その程度の知能と貧弱きわまる内容の人物が関東軍を率いていたとみるほうが、正しいものの見方かもしれない。

しかし示達をうけた将官のなかには、ただちに危険この上ないことを見ぬいた人もいる。第三軍司令官多田駿《はやお》中将（15期）は立ってはげしく嚙みついた。多田は十三年暮まで参謀本部で参謀次長の職にあって大勢に通じ、とくに張鼓峰事件では苦い体験をたっぷり味わっている。

「たしかにご指示はうけたまわったが、お示しのとおりにやると、あるいは思わざる結果をおこすかもしれない。そう短兵急ではなく、少し考慮の余地を与えられたい」

植田大将はうけつけなかった。

「そんなご心配はご無用とされたい。万事はこの植田が処理するから、第一線の方々はなんら心配することなく断乎として侵入者を撃退されたい」

また、別室の参謀長会議でも、思いもかけぬ方針にびっくりした参謀長のひとりが「こりゃ本当にやってよろしいということかね」と反問し、会議室は一瞬笑いに包まれた、というエピソードが残されている。関東軍参謀長の磯谷中将が「そう書かれているのですから、そのとおりにやって結構です」とテレくさそうに答えるのに、かたわらの辻参謀が、大先輩の将官たちを前に、きっとなって言い放った。

「やってもらう、それが命令です」

そして、この参謀長会議の席上であったようであるが、さまざまな質問をうけた磯谷が、西北部ホロンバイル地方における国境線について、こう明言したというのである。

「ハルハ河を国境とすることを、このたび中央で認められた」

これはのちに問題を残す重要な一言となる。ノモンハン事件の発端ばかりではなく、悲惨この上ない戦闘をつづけ停戦にいたるまで、これが影響するところは実に重大なものがある。

戦後も磯谷はこの言に嘘はないといって、主張をついに変えていない。

「此付近の国境は陸軍大臣より関東軍に『ハルハ河』なることを明示せられあり。従て関東軍としては国境を明確に認識しありたり。国境確不確は軍中央の問題たるのみ。関東軍としては関係なし」

と、質問に答えた磯谷の鉛筆書きの文書が残されている。関東軍にとって国境線がハルハ河であることは自明のことであった。あいまいなのは陸軍中央すなわち参謀本部の連中だけであると、磯谷は死ぬまでいいつづけたのである。

しかし、参謀本部作戦課長であった稲田正純は、磯谷の主張には一瞥さえも与えない。

「大本営からは、関東軍にたいし国境を明示したことはない。関東軍にまかせていた」

つまりこっちは全責任は関東軍司令部にありというのである。かんじんの国境線の認識からして陸軍中央と関東軍司令部とのちぐはぐには、評すべき言葉もなくなる。やがてはじまるノモンハン事件が国境線をめぐっての強引この上ない「惨戦」となるのは当然のことであったのである。

それにしても、稲田作戦課長の国境線のことは「関東軍にまかせていた」の言は、なんともやりきれない。それをしっかり認定することが大本営のしなければならない緊要のことではないのか。それればかりではない。関東軍が独自に策定した『満ソ国境紛争処理要綱』を十分に検討し、しっかりとした判断を下すのが、戦略戦術の総本山たる参謀本部の任務ではなかったのか。

●東京・三宅坂上

関東軍司令官は、発令と同時にこの文書を参謀総長に報告した。きちんとした事務手続はなされている。にもかかわらず、それを受領した参謀本部が、なんら正式の意思表示も確たる判断をも下そうとしなかった。返事がないということで、関東軍が目出たくこの方針が陸軍中央によって容認されたと考えても、これは不思議ではない。実務上よくあることである。

すでに書いたように、参謀本部作戦課は中国戦線での漢口占領後の戦争指導、兵力整備、日独伊三国同盟問題、天津イギリス租界事件などなどで、多忙をきわめていたのは事実である。連続する会議のあいまに東奔西走していた。と同情するよりも、ここはやっぱり「国境紛争には積極的に攻撃にでる」ことをきめた『処理要綱』にたいして、決然たる参謀本部の考えと意思を示さなければならないときであった。黙認とうけとられるようなあやふやな態度をみせてはならなかったのである。

ところで、もっと奇妙なことがある。戦後も昭和三十二年に稲田作戦課長はこんな回想を雑誌に書いている。全般情勢からみて、国境紛争が起った場合でも、

「単に関東軍限りの立場で、兵力使用の適否と限度を判断してはならない」

ときびしくいいながら、さりとてあらかじめ関東軍に原則を示して上から統制するような種類の問題でもなく、関東軍にある程度の裁量をまかせてもいた、と書き、

「要するに中央の意図は、ケースバイケースの方式で、事態を紛糾拡大させないよう、現地と密接に連係をとりつつ処理するということであった。したがって『国境処理要綱』についても、以上の大筋に立脚したうえで、『受理しておく』といったところが真意である。これらの中央の意向については、幕僚連絡その他で十分に伝わっていたはずである」

これまた、実に不可思議な言である。つまり「幕僚連絡その他」で、どんな紛糾があっても「不拡大」の参謀本部の意思と方針は関東軍に伝わっていたはずという。しかし関東軍作戦課はそんなことは知らぬといい、『処理要綱』が中央において受理されたと判断したという。この点は、勝手な、と形容詞をつけようもないくらい明確な判断であ

ったといえる。とにもかくにも東京からはウンともスンともいってこなかったのである。

土門周平氏の興味深い考察によると、どうやら東京の稲田課長と新京の作戦課の面々とは、過去に、というよりつい前年の十三年春に、ある衝突事件を起して、たがいに心のうちにわだかまるものを残していたらしい。ことは当時、世界的な風潮であった一師団三個連隊編成の問題をめぐってのことである。それまでの師団内の連隊数四つを三つに改編すると、限られた予算や資材の範囲内で戦略単位としての師団の数をふやすことができる。しかも運用的には指揮が軽快になる。

日本陸軍はこの三個連隊案を妙案良策であると実行に移すことにして、参謀本部編制動員課（第三課）が中心となり大いに張りきって研究し推進した。その主担任が服部卓四郎少佐で、同課員には寺田雅雄中佐、辻政信大尉がいた。

そこへ三月三日に陸軍省軍事課から転じて、作戦課長に稲田大佐が就任してきたのである。稲田はこの「全面的三単位改編」にたいする大の反対論者である。そこで、ほぼ大綱をまとめ、あと一歩と張切っている編制動員課に、稲田は頭から水をかけるかのようにに待ったをかけた。

服部は衝撃をうけた。もうでき上っている案に突然の異論である。とうてい承服できない服部は再三再四にわたって翻意を求めたが、稲田は頑として譲らなかった。編制動員課の参謀をはじめ服部の後押しをするものは多かったが、饒舌の新作戦課長の言はあまりにも重かった。

このときの大論争のわだかまりがそのままに、東京と新京にわかれてもちこまれているというのである。きまったら、サラリと水に流して感情をあとの仕事に残すな、というが、そうはいかない。土門周平氏が指摘するように「史書『春秋』の筆法をかりれば、ノモンハン事件の敗因ここに在り」という意見に賛成したくなる。

寺田、服部、辻の三人が、新京にいっても三単位論争のシコリが残っていた、とこごも述懐するように、稲田も関東軍作戦課の面々へ解けない隔意をもちつづけていた。関東軍から送達された『処理要綱』をさながら紙くず同然に軽く扱ったのも、それがなお尾をひいているゆえかとも考えられる。

稲田を中心とする集団主義の参謀本部作戦課は、なぜか『処理要綱』にかんしては戦後も右向け右で口をとざしてしまっている。『処理要綱』を即時公式に否認しなければならなかったのに、またそうすべきと考えた参謀もいたであろうに、それをしようともしなかったゆえであろう。おかげで辻参謀は胸を張っていうことができた。

「関東軍が満洲事変いらい中央の統制に反し、断乎として満洲での作戦を敢行した気風は、その後も永年にわたって、中央を恐れず、ソ連をも恐れないよき伝統となっている」

また服部参謀も調子を合わせるかのように陸軍中央の怠慢を責めたてる。

「本要綱は中央部に於て認められるものと考えた。第一に『関東軍司令官は満洲の防衛に任ず』とある。国境不明確な地域における国境防衛は、本要綱の如くにしなければ実行至難である。もし国境外に行動することが権限外というなら、まず国境を確定したのちに国境防衛の任務を附与せられるべきである」

この服部や辻に代表される自信やら鼻息やらが、大事件を惹起する。服部、辻を中心とする関東軍の独善的な参謀たちの耳には、この年の三月十日、スターリンが党大会で行った演説の内容が、はたしてとどいていなかったのであろうか。

「ソ連は侵略国の犠牲となり、祖国の独立のために闘う民族を支持する。ソ連は侵略国からの脅迫を恐れない。ソ連国境にたいする打撃にたいしては、二倍の反撃をもって応ずる用意をもっている」

スターリンもまた、国境の保全のため「侵さず、侵されず」の強烈な意志をもっていたのである。

（2） 日本陸軍がハルハ河を国境と認定したのは、一七二七年に帝政ロシアと清国の間で締結されたキャフタ条約の境界設定基準を準用したためであるという。早い話が帝政ロシア軍の地図がそうなっていたからであった。しかしモンゴル人民共和国（外蒙古）はそれを認めなかった。その外蒙古の強い要請をうけ、ソ連軍は一九三二年（昭和七）から三四年にかけて、兵要図を作製するとき、ハルハ河東岸に国境線を変更した。日本軍がそれを知らされたのは、ノモンハン事件が起ってから敵の二〇万分の一の地図を手にいれたときであった。それまでハルハ河東岸に国境が変わっているなど考えてもみなかった。

（３）張鼓峰事件は、あきれたことに参謀本部作戦課の主導によって拡大したものであった。紛争の初期、解決を求めて外交交渉がはじまっている最中に、課長稲田正純大佐を中心とする作戦課内に、「威力偵察」論にもとづく作戦案が叫ばれだした。しかも、この案に閑院宮参謀総長から多田駿次長、橋本群作戦部長、板垣征四郎陸軍大臣、東条英機次官らの全員が賛成した。ひとり「武力行使はいけない」と反対したのは昭和天皇だけである。しかし作戦課がやる気になっては、天皇の裁可がなかろうが、一直線に突っ走る。現地では陸軍中央が望んだように、火は燃えさかるいっぽうとなったのである。

（４）『対ソ戦闘要綱』は、昭和八年当時の参謀本部第三部長小畑敏四郎少将の意見を参考にし、作戦課長鈴木率道大佐のものとで成案となったものと考えられている。小畑も鈴木も対ソ戦略を第一義に主張する皇道派の面々である。昭和十一年の二・二六事件で陸軍を追われた。ここで面白いのは、「中国一撃論」を第一義とし、かれらを追い落とした統制派中心の陸軍中央が、旧敵のつくった『要綱』をそのままに信奉していることである。不勉強もいいところと評するほかはない。なお、この『戦闘要綱』については前原透氏の著書がくわしい。

（５）戦時・平時にかかわりなく兵力の出動命令は、大元帥（天皇）の軍令大権の発動によるものと定められていた。ただ官憲の請求および軍司令官の自発による平時における兵力の出動は「已ムヲ得ザル急迫ノ場合」においては例外として認められることがあった。（イ）国内の叛乱に対処する場合、（ロ）党を結び武器を用いて国家に反抗するに対処する場合、（ハ）国外における国家または国民の利益を防衛するために必要ある場合、（ニ）兵力による統治の場合（戒厳令宣言、軍事占領地の統治など）の四つが、「已ムヲ得ザル急迫ノ場合」とされていた。ここに軍隊指揮（統帥権）のむつかしさがあるが、関東軍の『処理要綱』はこの例外のうちの（ハ）に該当すると主張するのであろうか。あまりにも強弁と思わざるをえない。なお、軍の指揮官が急迫の場合でないのに、故なく外国にたいして戦闘を開始したときは、陸軍刑法第三十五条「司令官（指揮官）外国に対し故なく戦闘を開始したるときは死刑に処す」（海軍の場合は海軍刑法第三十条）が適用される。

第三章　五月

●ドイツ・鷲の巣山荘

外相リトビノフを退けてスターリンは大物のモロトフに外相を兼任させた。第一石を打っておいてかれは、ヒトラーがつぎの手を打つことを期待した。「悪魔を追い払うためのサタンとの契約」とも評された独ソの交渉は、しかし、一直線に進もうとはしなかった。

このころのヒトラーは、なぜかほとんど大衆の前に姿をみせていない。五月のベルリンは一年のうちでいちばん美しい季節を迎える。ウンター・デン・リンデン通りの菩提樹も黄褐色の花をつけはじめ、芳香がただよい、人の気持をうきうきさせる。そのベルリンにも、ヒトラーはときどきやってくるだけである。さりとて、なにか重大な発表をするわけでもなく、すぐに帰っていく。

かれはほとんどの時間をベルヒテス・ガーデンの鷲の巣山荘ですごしている。五月五日、ポーランドの外相ベックが、議会演説で、ポーランドはなにがあってもドイツの要求には応じない、と強い拒絶の戦闘的な姿勢を示したときも、一言の応酬すらなく、まったく変化をみせなかった。世界の人びとは、やはりドイツには剣を抜いて立つ勇気がいまのところはないのか、と現実的に観察した。

ヒトラーの沈黙は、駐独イギリス大使ヘンダーソンが書くように「盤上をにらみながら、相手が悪手を指して、それが自分の直接利益になるのを待っている、上手なチェス・プレイヤー」のそれであったのかもしれない。思案しながら待つ。と同時に、スターリンのつぎの動きに確信がもてなかったからでもある。

ヒトラーは用心深かったのである。スターリンの外相交代などのジェスチャーが、あるいは英仏相手の交渉をうまく運ぶための偽装なのではないかと疑えば疑えた。ヒトラーはスターリンをほとんど信用していない。その策謀でかためたような不愉快な男によって手玉にとられるようなことは我慢ならないとばかりに、ときには、狂暴な怒りに襲われて想像上の敵の抹殺をすら厳命するヒトラーが、このときはわけのわからないほど忍耐強く、何かを待ちつづけた。

ヒトラーとはそも何者なるか、という設問に簡単に答えられるようなら、これまで世界中で二千冊におよぶ『ヒトラー伝』が書かれるはずもない。第二次大戦における日本のリーダー東条英機なんか、たかだか十冊がいいところ。横綱と序の口で、格が違う。それならヒトラーは「偉大であったと形容されるべきであろうか」（ヨアヒム・フェスト『ヒトラー』の冒頭の一行）ということになると、首をかしげたくなってくる。

側近の軍需相シュペーアが書いている話が、なかなかにいい。パリを占領した翌日

(一九四〇年六月十五日)、ヒトラーは将軍たちにかこまれて、堂々と勝利の入城をした。ヒトラーはまず第一にいった。

「オペラ座に行きたい」

そしてヒトラーは、オペラ座に着くと、隅から隅まで将軍たちを自分で案内した。しかも仕切り席がなくなっていることに気づいた。指摘されて、付きそっていた劇場案内人はその事実を認め、数年前の改修のとき取りはらわれた旨を答えると、ヒトラーは躍り上って喜ぶのである。

「どうだ、諸君、どれほどわしがオペラ座を詳しく知っているか、これでわかったであろう」

いくら若いころ建築に関心があったとはいえ、歴史に冠たる勝利の日の翌日に、青くさい情熱を呼び起し、それにすっかり酔っている。

と思えば、シュペーアが描く別のヒトラー像は、鬼気迫るものがある。シュペーアは「火をヒトラーの本領とみなす」といい、「かれの好きな火は、創造的な面ではなく、その破壊力であった」と結論する。

「総統官邸で、ヒトラーは、火炎につつまれたロンドン、ワルシャワ全市を襲う火災、Uボートにやられ爆発する輸送船団、そんな映画を熱中してくりかえし見ていた。そして戦争末期、連合軍の猛爆にさらされる地下防空壕で、轟音をたてて焼けおち巨大な松《たい》明《まつ》と化したニューヨークの摩天楼、爆発で真っ赤に燃えさかるこの大都会の照り返しに、血のように赤く染まった曇り空……そんな想像の情景をくわしくわれわれに語ってくれた。このときほど、かれの熱狂ぶりが常軌を逸したことはなかった」

結局、このチャップリン髭をたくわえた放浪画家あがりの専制者は、歴史上の偉大な「人格」とよばれる存在ではなかったのではないか。異常性格者、狂的な発作の虜《とりこ》、男色家を装う女好き、ワグナーを聞く暴君、資本家の番犬、あるいは演説のうまいアジテイター。万事に気が変りやすく、しらばくれ、矛盾に満ち、すべてにあやふやな人間である。

いや、そうではなく、屈辱のなかから立ちあがった英雄、ほんものの独裁者。雄弁家で、自然の美を心から歓ぶことができ快活で、丁寧で、幼児や動物の前にあるときは感傷的で涙もろくて……。

あれやこれや論じた書を読みふけってみても、ついにどんな男かわからない。ヒトラーの性格を説明することは、論理的分析をもってしては不可能なようである。

しかし、ただひとつはっきりしているのは、そのめざしていることである。第一次大戦後のヴェルサイユ体制を打破すること、ドイツをふたたび世界的強国に再興すること、旧ドイツ植民地を回復すること、一民族・一国家・一指導者の大ドイツを建設すること、である。

どれひとつをとっても英米仏の支配する旧秩序とは正面衝突する。外交的努力をもって解決できることではない。国境線を変更してドイツの領土をひろげるなどということは、戦争なしには行いえない。いいかえれば、戦争の覚悟もなしの強硬な外交はありえない。領土条約に挑戦することは戦争にそのままつながる。ヒトラーはそのことを百も承知であった。そして、かれは戦争の危険をまったく意に介してはいなかった。

そのヒトラーが鷲の巣山荘にとどまってじっと思案しているのは、世界の情況がいりくんで複雑だからである。モロトフが外相になってからも、ソ連の新聞論調、あるいは公式発言にも、とくに目立った変化はない。英仏とソ連、ソ連と日本、英仏とイタリア、そしてドイツと日本、ドイツとソ連と、各国の利害が微妙にからまって、容易にはほどけない。それにひそかに軍事力を誇るアメリカ。簡単にどこの国も甘い汁をひとりで吸うわけにはいかない。いまは、スターリンの最後的態度が予想できないかぎり、ヒトラーは動かない。いや、動けないのである。

いくらかれの指揮下にあるとはいえ、ソ連が積極的にポーランドの側に立つような場合となれば、ドイツ国防軍の将軍と提督たちは、ヒトラーに世界大戦を賭すような冒険にでることを許しはしないであろう。ドイツの軍事上の夢魔は東と西との二正面作戦をとらねばならないことである。西に英仏と戦い、東にソ連と正面衝突をしてドイツの勝利はない、しかもソ連から聞こえてくる愛国的な演説は「どのような侵略者も、あえてソ連を攻撃するなら、かれらの領土で殲滅する」という勇ましいものばかりである。

けれども、多くの反ドイツ的な声にも負けぬように、ドイツもラジオや新聞を通して、ポーランドへの圧迫を加えることだけは忘れてはいなかった。戦争が起るとすれば、戦争の原因はポーランド政府の強情にあり、とポーランド国民に訴えかけ、「諸君の新しい友たるイギリスを信頼するなかれ。イギリスはやがて、積極的な態度をつづけることに飽きてしまい、ミュンヘンでチェコ国民を裏切ったように、うまいことをいって諸君に一杯食わせるであろう」

と警告しながら脅迫をつづけた。

そしてヒトラーは、ふたたび、なんとなく頼りないアジアの帝国たる日本のほうへ、視線を向け直した。イギリスやフランスと戦わねばならないとき、日本の海軍力はどうしても必要なのである。そしてまたイタリアの陸軍力も……。さらにソ連とことをかまえねばならなくなったら、その背後をおびやかす日本の陸軍力がなんと頼もしい味方であることか。もしも三国軍事同盟が成ったなら、ドイツ軍がポーランドに攻め入ったとき、イギリスはまたしても「ミュンヘン的妥協」政策をとるかもしれないではないか。ヒトラーは山荘でいつまでも地図を眺め、考えている。

●東京・首相官邸

青葉若葉をわたる風のさわやかな五月がきたが、東京の、宮城をぐるりとかこむ中心部は、いぜんとして気分のさっぱりとしない憂鬱な毎日がつづいている。日独伊三国同盟をめぐる政治的混乱はいっそう拍車をかけている。

町には独ソ接近の噂にも近いニュースが流れ、新聞も確信なげにそれを報じていた。街角には「三国同盟即時締結せよ」などのビラが張られ、雑誌などにはポーランドをめぐる英独開戦はもはや必至という観測記事がのりはじめる。

平沼内閣は一部にある交渉打ち切り論をしりぞけて、なお独伊との交渉を継続することにきめたものの、五相が一致せねば何事もきまらず、外からはなんと悠々閑々たることかとあきれられている。一日も早く協定を結びたい陸軍中央はやきもきした。平沼首相の尻をたたき、一種の恫喝まがいの圧力を加えて、五月三日、ヒトラーとムッソリーニにたいして首相のメッセージを直接に送って局面打開をはかる工作を成功させた。ところが五相会議で、外相有田と海相米内の強い抗議に首相が譲って、平沼メッセージは陸軍の期待に反して、かなり腰くだけのものとなった。

「日本としては独伊がソ連以外の第三国より攻撃をうけた場合も、独伊側に立ち、政治的、経済的援助を与え、かつ可能なる武力援助を行う決意である。ただ武力援助については いまは諸事情によりただちにこれを行えない実状にある。もっとも将来可能なるときにはこれを与うるのは当然である」

陸軍中央としては、武力援助をするのかしないのか、はっきりとしない不満足の残る文面ではあったが、内閣を存続させるためには、これでよしとせざるをえない。メッセージはフランス語に訳され、在日本の独伊両国大使をとおして、本国へ打電されていった。

折もよくというか悪しくというか、その同じ日の夜、ベルリンの大島大使が、ドイツの条約局長ガウスによる私案なるものを、日本政府に報じてきた。私案のミソは「参戦義務言明」などの問題事項を正式表明とせず、交換公文にするというところにあった。交換公文とは両政府間のとりきめとしていくつかの事項を秘密としておく、ただし条約と同じ効力をもつ、というものである。

焦燥にかられていた陸軍中央は、がぜん色めきたった。ただちに省部の関係課長の会議がひらかれる。陸相板垣はその結果をもって、六日の午後に、有田、米内、石渡荘太郎蔵相を歴訪して、ガウス案の全面的受諾を表明、そして翌日に予定されている五相会議では、陸軍の総意によき返事をよろしく、と迫った。

ところがその夜、大島からの長文電報が入ってきた。それは前日の五日、ミュンヘンからかけてきた外相リッベントロップの電話の内容を伝えたもので、外相はいったという。

「総統は三日付の平沼メッセージを読んだが、どうも日本の態度にははっきりしないところがあって、同意しがたいといっている。平沼が言う『武力援助を行う決意である』とは、要するに、独伊が攻撃をうけたさい日本が有力な武力援助を行えない場合でも、ただちに交戦国関係に入る覚悟がある、と解しても誤りなきや」

大島はいともあっさりと即答した。

「そのとおりです」

これがのちに問題となる。確言できるだけの、なんらの決定もまだ日本ではなされていない。

また、こうも外相はいったという。

「実はガウス案を私も一見したが、まだ読んでいない総統が、この内容で了承するか否か、どうにも確言できない」

大島の電報は、明らかに、ヒトラーが留保条件のついた条約締結には不同意であることを示している。ヒトラーはもともと、いい訳がましいあいまいな言説は嫌いなのである。なにやら混乱して道筋のたたないことになった。ガウス案も平沼メッセージ案もいざとなると宙に浮きそうである。

三宅坂上は日一日と殺気だっていく。この議が起ってより半歳をへるというのに事態はわけがわからなくなっていくいっぽうである。日本の参戦は自主的に決定する、それでいいではないか。腰抜けの海軍どもがいつまでも女々しいことをいっているのが許せなくなってきた。

五月七日、中央突破を策した陸軍中央の全将校の激励をうけて五相会議にのぞんだ板垣は、陸軍の総意を予定どおりに主張した。最後の頑張りである。そして論は滔々と、と書きたいがそうはいかない。盛岡出身のかれは、どちらかというと口が重かった。

その口の重さが、実は八年前の満洲事変の点火から爆発のさいに役立った。関東軍の作戦参謀石原莞爾という天才的な戦術家をバックアップして、このときの、高級参謀としてのこの人の存在は大きかった。石原プランが、天皇や陸軍中央の不拡大厳守の命をうけて、まさに崩壊寸前のときに、板垣の出番がきたのである。石原をはじめほかの参謀たちがもうアカンと投げだしてしまうなかで、軍司令官本庄繁中将の真正面に坐って、ただ一言のイエスをひきだすためにこの人はねばりぬいた。板垣をよく知る人がいう。

「板垣という人はウィスキー一本くらいあけると能弁になってくるが、へいぜいはトツ弁で、それは本人も知っているから無口で無表情である。本庄軍司令官を口説いた夜もおそらく、なにもしゃべらずにただただ本庄中将をにらんで、三時間半坐りとおしたのだろう」

板垣その人をよく語る話である。陸士の成績も芳《かんば》しからず、陸大入学も同期生よりは三年も遅れた。そのためほとんど第一線の部隊勤務で通し、いわゆる酸いも甘いも嚙みわけた実践的な軍人としてすごし、鋭さにかけては疑問符がつくのに、満洲事変の功績のおかげでいまは陸相にまで栄達しているのである。

そんな生一本な軍人がこの大事なときに陸相であったことは、当人にとっては不幸なことであったかもしれない。全陸軍にとってはどうであったか。親分肌で、そのねばり強さと実行力にかけては、陸軍部内でも定評のある人。なにより名利を蟬脱《せんだつ》していることと、そして承知でみずからがロボットになりうることを唯一の強味としている人なのである。

「板垣さんの足に、もし、ブスッと、針をつき刺したとしたら、板垣さんは、一時間ばかりたってから、はじめてアッ痛いと気がつく人だよ」

石原の板垣評である。大賢か、大愚か、板垣の人物の大きさをたとえた石原一流の言葉であるが、このときに陸軍中央が、そのねばり強さと大らかさ、そしてあやつり人形に喜んでなれるこの人の特質を利用したことだけはたしかである。

板垣は、政治的かけ引きをぬきにして真っ向から、ともかくも幕僚の作文どおりに、協定をいまこそ「結ばざるべからざる理由」を長々とのべた。その論議が米内海相手記と陸海両省の「経過資料」に残されている。この日の模様はそれによって大略がわかる。

「いまわが国が当面している重要国策の問題は支那事変の解決である。それを邪魔して支那を助けているのはソ連とイギリスである。その両国をこのドイツとの協定を結ぶことによってヨーロッパにおいて牽制する。そこにこの条約の意味がある。この両国に気兼ねするような態度をとればとるほど、事変の解決は不可能となるから、かれらの感情を害すること大となっても、このさいはやむをえない。むしろ協定を結んで、独伊としっかり手を結ぶことによって、ソ・英の軽挙を制御できれば日本としては有利である。またアメリカも世界戦争に積極的に投ずるとは思われないゆえ、独伊と結べばアメリカもいっそう起たないことになるだろう」

と板垣は決意と方算を語ったあと、こんどはおどしにかかる。

「たいして、もし協定不成立となれば、独伊との関係は薄弱となり、英仏からも見くびられ、日本の立場は困難となり、事変の解決どころか満洲も失うことになろう。現在百万の兵をだしている陸軍としては、独伊にも英仏にもという二股政策をとりなんら決するところなければ、戦場に内地に、政府に対する信頼を失うことになり、事変解決の前途にたいし心から危惧せざるをえない」

それゆえに、このさいガウス案の全面的受諾を主張する、として板垣は強弁した。

「もともとこの条約の精神は参戦を意味し、参戦を予想する精神ではなかったか。その精神に日独伊が合致する以上、字句に拘泥する必要はないのではないか。参戦を向うは希望している。こちらからの訓電にも参戦の文句は使用している。それゆえ本質的にきまっている以上、ドイツ側の申し出をそのまま受け入れることは当然なりと考える。要するに日支事変解決のために、協定を結ぶのが必要なのである」

これにはただちに米内が反撥した。

「当方の訓電では参戦するとは一度もいっていない。参戦という字句の解釈を陸相はどう考えているのか、うけたまわりたい」

板垣は答えない。知らん顔であったのであろう。

「参戦の意味をどう考えるかで、議論はわかれる。であるから、総理をはじめ、皆の意見をお聞かせ願いたい」

と米内が全員に重ねて問うのに誰も答えない。かわりに石渡蔵相が微妙な問題についてふれた。

「経済問題にかんするかぎり英米を刺激することは、もっとも避けなくてはならないと思うが、陸海軍大臣のご所見はどうか」

　米内は喜んで論じた。

「今日、アメリカはドイツにたいし極度の憎悪をもっている。そのアメリカは、日本がドイツに接近しているから坊主がきらいなら袈裟まできらいな理で、日本を嫌うのである。（声を強めて）アメリカの悪化した対日態度はドイツのためなのである。また、経済問題からいうと、わが国の貿易は七〇パーセントは英米との貿易である。なかで軍用資材は、ことに海軍では多くアメリカから入れている。いまかりにヨーロッパの戦争に日本が参戦したとする。はたしてアメリカが日本にたいし戦いをしかけるかどうかは別問題としても、そのときは日米間の貿易は絶対にできなくなることを当然覚悟しなくてはならない。そのときは軍用資材はおろか民需品も買えなくなる。……」

　外相がただちに応じた。「私は海相の意見にまったく同感である」

　訥弁《とつべん》といわれている米内であるが、このときは大いに弁をふるったことが、その「手記」からもわかる。論戦はまだつづくが略す。結局のところ、九日にもう一度五相会議をひらき、最後の決定を行うことにして、この日は散会ということになる。

　全陸軍の期待を背負いながら、とうてい板垣は米内に敵するところではなかったらしい。三宅坂上の参謀たちの切歯扼腕《せっしやくわん》のさまが容易に想像できる。

　せっかくの中央突破の雄図も空しくなった。ただし、これでやる気を失うほど参謀たちはヤワにはできていない。九日に向けて中央突破一点ばかりではなく、ひろく作戦正面をひろげて、使える手ならすべてを動員し意図の達成を期そうとした。

●東京・宮城

その手はじめに、参謀総長閑院宮載仁《ことひと》親王に出馬を願い、参謀総長の上奏権を使って、天皇へ陸軍の真意を訴えるというとっておきの手段を使うことにする。(6) そのためにも、総長の手から天皇へ直接に渡す内奏書を作成しなければならない。この文案づくりに、堀場参謀を主として作戦課の面々は、わずかな時間に総力をあげた。

それは『日独伊協定締結に関する大本営陸軍部の意見』という文書になって残っている。びっくりするほどの長文で、あらゆる観点からみた条約締結の利害に、それももっぱら利に主点をおいて論じられている。つまりロボット陸相の口を借りるのをやめ、作戦課みずからがのりだしてきた、という意味もあって、作戦課をあげての渾身の力作というものであるが、そのほんの一部を原文のまま引いてみる。(句読点をほどこす)

「一、本協定は元来次期世界戦争に備ふるを以て眼目となし、之に処するため其規模と分野とに関し必然の運命を洞察し、予め与国と方略とを準備するものでありまして、其効果を自主的に利用すべきものと存じます。之に依りまして、我方針に対する独伊の策応力を増大せしめ、極東の負担を軽減し、以て独逸の実力策応に依り我対北方戦勝を決定的ならしめ、又伊太利の存在に依り我対南方措置を軽易ならしむべきものと存じます。

其戦略上最も有利なる形態は、伊太利を以て英国を抑留しつつ、独逸と協同して先づ『ソ』邦を各個に撃破するに在りまして、之を更に一歩進めますれば三国の提携と国力の強化とに伴ひ、戦はずして逐次其効を収むることで御座ります。

此の政戦略上に於ける『ソ』英の各個撃破は、次期大戦の根本方略でありますと同時に、東亜新秩序建設に課せられたる問題で御座ります。而して此の方略は帝国の参加に依り始めて考へ得らるるものと存じます……」

写しているほうが恥ずかしくなるくらいの強弁である、と評するのはたやすい。むしろ八方塞がりで策に窮している弱者が、期待可能性を夢みてちりばめた強がり、と同情したほうがいいかもしれない。ドイツと協同してソ連を撃破するという文面を読むと、そぞろ哀れがもよおされてくる。新聞が報じている独ソ接近の情報など、三宅坂上は聞く耳もたぬものであったらしい。独ソ接近などあり得べからざることというのが、作戦課の確信であった。

それとこの文書で注目していいのは、作戦課が明らかにつぎの世界戦争を必至のものと考え、三国同盟はそれに備えるものとしているところである。それと、引用を略したが、満洲事変いらいのさまざまな経緯および内外の現情勢から、英米とはもう仲よくできないと確言している。そうである以上、つぎの戦争の勝者となるためには、独伊と結ぶのは必然と主張する。

総長閑院宮がこれをふところに九日の正午近くに天皇に奏上する手筈であった。ところが、あてにしていた天皇が、作戦課の面々をびっくりさせるようなはげしい態度を示した。

その日の午前も早く、侍従武官長宇佐美興屋《おきいえ》中将が参謀本部を訪ね、天皇の強い意向を申しいれた。天皇は武官長にこういったという。

「参謀総長が本日参内したいという話であるが、その目的は防共協定強化のことだと思う。もし万一にも参戦というふうな事を申してるようなことがあれば、それには、明確に反対するから、その旨を事前に伝えておいてもらいたい」

宇佐美の話を聞いて作戦課の秀才たちは面くらった。天皇は総長に会うに及ばずとまでいっている。五相会議に並行して総長の上奏をして局面の転換をはかろうとした作戦が、かえって藪を突っついたようなことになった。しかし、予定どおり閑院宮総長の参内は実行に移すことにした。

午後四時二十分に天皇に会った閑院宮は、統帥部の結論として「参戦」条項を認めてもよいことを奏上、三国同盟を一日も早く結ぶのが賢策である旨の進言を行った。天皇にして大元帥は、参戦には絶対不同意であるといい、これをきびしく「拒否」した。

天皇としてみれば、宣戦と講和は憲法によってきめられた天皇の大権であるから、かりにも「参戦」をふくんだ同盟条約に、天皇がはっきり意思を表示するというのは、憲法にのっとった大権行為といえる。また、大元帥としても、自分を補翼する幕僚長である参謀総長にたいして、厳格に「ノウ」の命令を下すことは、統帥者としての当然の任務なのである。

参謀本部の秀才たちが、自分たちの意のままに大元帥を動かせると考えたとしたら、とんでもない話。それは統帥権の尊厳を無視するもので、それこそが統帥権干犯そのものの行為というほかはない。

しかし、内閣の輔弼《ほひつ》によって国務を総攬している天皇としては、宣戦と講和の決定が天皇大権としても、かりに内閣が一致して責任ある決定を進言してきた場合には、自分の意思のままに国策を変更することはできない。自分の意にそおうがそむこうが、内閣一致の決定をかならず嘉納する。それが大日本帝国憲法における天皇の慣習的な立場であった。(7) こうしてまた、内閣の一致すなわち五相会議の決定に、三国同盟問題解決のすべてがかかることになる。

参謀本部は、早々と天皇への直接奏上が無効となる可能性を認めざるをえなくなった。ならば、ふたたび板垣陸相にネジを巻いて、その人間的特色とする陸相のねばりに万事を托すことにせざるをえない。かれらは九日の五相会議めざして頑張りだした。けれども、その前面にまたしても海軍が立ちはだかることは、十分に予想される。

●東京・首相官邸

まさに、そのとおりで、米内海相は、ガウス案を完全に葬るべく、いざとなれば同盟案そのものを打ち切る決意をかためて九日の五相会議に出席している。それだけに、言いのがれは許さんとばかりに、いちいち確認をとりながら、平沼首相や板垣陸相に米内は食いさがった。とてものこと板垣が重い口をはさむ余地などなかったようである。

たとえば、米内はこんなふうに追及する。

「政府の最終案はすでに四月に決定している。独伊がもしわが要求を容れなければそのときは、交渉を打ち切ると総理はしばしば言明されている。そこで独伊との交渉を進展させるためのひとつの方法として、さきごろ総理はヒトラーとムッソリーニにメッセージを直接に発して、わがほうの真意を披瀝された。それはいつまでも出先きの両大使を介しておってはらちがあかぬから、という精神にでたものと解釈しておりますが、総理、そのとおりですか」

平沼は答える。「そのとおりです」

米内は主張する。

「誠意をもって送った総理の親電にたいし、今日にいたるまで、ヒトラーもムッソリーニもなんら返電なきは、はなはだ了解に苦しみます。そして総理の親電と行きちがいにガウス案がとどいたものの、これは（ドイツ政府の）本筋のものではない。したがってこっちはしばし保留して、いまはヒトラーとムッソリーニの返事を督促するのがさきである。その返事によってわが最終案を容れて交渉継続になお見込みがあればよいが、ないようならば言明どおり交渉を打ち切るほかはない」

平沼は「ご趣旨はよくわかったが、そういう督促をやっても無駄だと思うから、そんなことはやりません」と答える。ぶつぶつと「いまさらなんだ」といわんばかりの老首相の渋っ面がみえるようである。米内はどこ吹く風でつづけている。

「それなら、独伊の真意をよく知るために、大島、白鳥両大使を日本に呼び戻して、よく二人から聞いた上で処理することも考えられる方法と思う。総理はどう考えられるか」

平沼は仕方なしに答える。「いまさら無駄でしょうよ」

知れるかぎりでは、この日の五相会議は米内のペースにのせられたままのようである。そして最後はつぎのやりとりで、またしてもなんら決することなく散会した。

米内「ガウス案には修正の余地があると考えるが、総理はどう思われるか」

平沼「あれでよいと思う。大島がいってきた『ただちに交戦状態に入る』といっても、戦争の性質によっては中立を約すこともあり、またやむをえなければ条約を破棄することもできると思う。その選択の余裕は日本にあると思う」

陸軍にせっつかれての平沼の、この投げやり的な発言には、米内はきっぱりといった。

「そういうことであれば、海軍大臣として、また海軍統帥部としても、武力行使を義務づけられることとなり、断乎として同意しかねます」

いい終ってから「海軍統帥部としても」とそっちまで代弁するのはまずいと気がついたのか、米内は一言つけ加えた。

「これは軍令部としても同様の考えをもっているものと信じます」

平沼は若干あわてながらも、首相としての立場をどうやらとりつくろっていった。

「それではいま一度統帥部の意向を確かめてください」

板垣の出番がここでやっときた。

「陸軍としては、省部（陸軍省と参謀本部）ともにガウス案どおりでいくことに決定しております。参謀本部に意向を聞くにおよびません」

ところが平沼は「いや、ここはどうしても陸海統帥部の明確なる意思表示を求める」といいだして、老いの一徹でほかのことは聞こうともしなくなった。話は思わぬところに不時着してしまい、またまた五相会議は後日を期することとなった。

その日の夜、さっそく参謀本部と軍令部との主務者会議がひらかれ、首相の要望による「三国協定に基く参戦の場合についての覚書」をつくることになった。なさねばならない仕事過多の参謀本部作戦課にとっては大迷惑なことである。そのような覚え書が陸海一致して作成できるようなら、もうとうに完成している。ドイツの要求どおり参戦の義務を負ってもかまわない、というのが陸軍の主張である。そこをあえて「厳正中立の態度をとらないことはすなわち〝参戦〟である」と拡大解釈までしてみせているのに、海軍側が絶対に認めない。それで今日に及んでいるのである。

その夜も文字の解釈でもみ合って、どちらも譲歩など金輪際考えていない。しまいには双方とも面子《メンツ》の問題ともなってしまって、またまた暗礁にのりあげてしまった。

五相会議があのざま、総長宮の上奏の大失敗、そして統帥部会議の徒労と、作戦課の面々が三宅坂上に夜も遅く疲れきった顔をそろえたころに、もうひとつ看過すべからざる情報がとびこんできた。山本海軍次官が新聞記者を相手に、吹きまくったというのである。

「この問題にかんするかぎり、海軍は一歩たりとも譲歩はせぬ。陸軍は狂ってるよ。そんな陸軍にのせられて五相会議をつづけているが、無駄もいいところだ。いまの平沼内閣じゃ政治など存在しないといっていい。それに総理と陸相はけしからん。五相会議で前にきまって内奏もすんだ方針を、勝手に変えるとは何事か」

それが正確な山本の発言かを問う前に、三宅坂上からは怒りの炎が燃え上った。とくに、

「いずれ政変はまぬがれないことゆえ、テントを張って待っているがよろしからん」

という山本の発言は許しがたかった。内閣が不一致なのは海軍が反対しているからではないか。その上に、倒閣をアジっているとは。いまの海軍のかたくなな態度は、主として山本次官がうしろで舵をとっている、との観測はずっと以前からあったが、改めてそれが明瞭になったかの感がある。陸軍中央の山本をみる目は完全に硬化した。それは「空気一段と悪化し、諸種の動きを見るに至れり」と当時の資料に書かれているとおりである。

諸種の動きとは、「宣言」とか「要請」とか「辞職勧告」とかいう名の脅迫状の送り

つけであり、右翼団体の直接の海軍省乗りこみであり、あるいは一人一殺のテロの動きがはじまったことである。それが陸軍中央の使嗾《しそう》や注射によるなどとはいえない。むしろ陸軍中央は山本次官の身を案じて、その安全を期するためその夜から憲兵をひとり護衛につけることをきめている。

そのことを知らされたとき、山本は苦笑していった。

「これがほんとうの送り狼というやつかもしれんな」

このすぐのち（五月二十五日から）侍従武官長となる軍事参議官畑俊六大将がその日記に書いている。

「五月十日　海軍次官の如きは……放言せる為俄然物議の種となりたりとのことなり。海軍は、陸軍が首相を動かして強て同意せしめたりとて、不快の念を懐くが如し。此重大の時に海陸軍の対立相剋は誠に苦々しきことなり」

物情は騒然かつ殺伐としてきた。

ところが、この直後に、東京を遠くはなれた満洲北西部の、満洲国とモンゴル人民共和国（外蒙古）の国境の高原において、実際に敵味方が銃火をかわすという大事件が起ったのである。

●ノモンハン

ノモンハンとは小さな集落の名である。原義はラマ僧の役職名であるという。最高位の活きぼとけをフトフクといい、ノモンハンはそのつぎに位置した位である。その地に有名なラマ僧の貴人の墓があったことから、地名になったものとされている。

そのむかしには、ノモンハンとは蒙古語で平和という意味であるとしきりにいわれていた。それはどうやら間違いであるようであるが、このへんをホロンバイルといい、広さはざっと九州ぐらいで一望千里、無人の、広漠とした砂丘と草原が海のように広がっている。ひざの高さに草が茂っているだけで、山もなく、一本の樹もなく、なだらかな起伏が大波のようにゆっくりとつづき、四方の稜線は地平線で雲と接している。羊の群れを追う蒙古人が牧草をもとめてそこを往き来する、牧歌的な、まことに平和そのものの草原地帯ということから、そういわれてきたらしい。

とくに夏のノモンハン周辺は草の丈が高く、牧草としても上等で、放牧の蒙古人が落ちあう憩いの場所でもあった。そこの井戸の水は人にも動物にも貴重この上ない真水である。

実は、この水が問題なのである。ホロンバイルには、その名の起りでもあるホロン湖とボイル（バイル）湖をはじめいくつかの湖沼があるが、そのほとんどが塩水。たいしてハルハ河と、その支流のホルステン河は透明な真水であり、馬や羊にのませるためにもその真水は非常にありがたかった。

ところが、満洲国が成立していらい、ハルハ河が国境線とされ、ノモンハン付近は満洲国領内に組みいれられた。ノモンハンの国境警察分駐所には、警士五名が配置され、満洲国側がきびしく目を光らせた。そのことを認めない外蒙古側は「失地回復」の意味もあり、しばしば家畜をおってハルハ河を越えて進出した。このとき少数の外蒙古軍が護衛についてきた。満洲国軍の目からみればこれは「越境」となる。

こうして牧草があたり一面をおおう春の終りのころより、草と水の奪い合いから、しばしば国境線をめぐって小さな戦闘が起っていた。

五月四日、外蒙兵がバルシャガル高地を偵察していたので、満洲国警察隊がこれを包囲攻撃し、少尉一と兵一を逮捕した。

五月十日、ハルハ河渡河点付近で巡察中の満洲国警察隊は、外蒙側から突然の不法射撃をうけ、ただちに応戦した。

これを外蒙古側からみれば、そこはもともと外蒙古領であるから、五月四日は不法な攻撃であり、十日は満洲国側こそ越境攻撃であったのである。

満洲国軍が関東軍に訴えるように、そのたびに外蒙古軍はソ連軍に相手の非を訴えた。人口八〇万足らずのモンゴル（外蒙古）は、一九二四年（大正十三）いらい、ソ連の十六番目の共和国のごとくになっていた。(8) そして一九三六年（昭和十一）三月十二日、ソ蒙相互援助議定書が締結され、外蒙古は完全にソ連の保護国となり、対日本帝国主義侵攻の防波堤の役割をになわされていた。

関東軍が小ぜり合いであろうと国境侵犯には「断乎撃攘」を豪語していたように、ソ連軍もまた紛争には必勝を期している。モンゴル人民共和国を育成強化し、戦略基地としようとしているのであるから、国境紛争にさいして譲歩することは、自己の弱さを示すことになる。それは対蒙政策上とうてい忍びえない。ここに国境紛争にたいするソ連軍の真剣なとり組みがある。

五月十一日、さらなる戦闘が前日につづいて起った。当時の記録にある第一報はこうである。

「五月十一日未明、満蒙国境ノモンハン西南方満領地に越境せる、約百の外蒙兵は該方面警備の満洲国軍に対し不法にも発砲し来たれるを以て、満軍は直ちにこれに応戦、七時間にわたる激戦の後、外蒙兵をハルハ河以南に撃退、国境線を回復した。本戦闘に於て外蒙兵の遺棄死体五、鹵獲《ろかく》品多数、満軍側損害なし」

激戦七時間と記すわりには両軍の損害の少ないことが、記事の張り扇であることを語るが、二日連続の小衝突は必然的に双方とも敵愾心がかきたてられ、エスカレートしていく。

外蒙古側からみれば、連日の満軍の国境侵犯を許すことはできなかったのであろう。翌十二日、外蒙軍七〇〇名がふたたび越境してきた、とこんどは満軍側がみた。事実は六〇名というが、外蒙兵は複馬制で馬の数は二倍ゆえ、大挙して攻撃してきたとみえたのかもしれない。

急報はただちに無電をもってハイラルの満洲国軍第十軍管区司令部へ。司令官はこれをその付近の防衛を担当する日本軍の西北防衛司令官（第二十三師団長）小松原道太郎中将（18期、陸大出）に伝える。このときには、師団司令部はまだことを重大視しようとしなかった。満軍の緊急報告者が「なにとぞ日本軍の出動を」と強く要請するのに、応接にでた参謀が木で鼻をくくる態度を示した。頭にきた報告者は、

「われわれ警察を見殺しにするなら、国境防衛など放ったらかしてわれわれは引き揚げるより方法はありません」

と強談判にでた。その見幕に、日本軍の参謀は、

「よし、わかった。出動する」

と答えたという。春秋の筆法をもってすると、この一言が壮絶な本格戦闘へのスタートを切らせる号砲となった、といえるかもしれない。(9)

この日の小松原師団長は、そんな事情を知らないらしく悠々として、

「外蒙兵七百、更ニ越境、第九団（満軍）ハ之ニ対シ攻撃中。妻ト共ニ西山松原ニ散歩ス」

と日記にのんびり記している。

ところが、翌十三日の小松原は前日の参謀の報告をうけて、別人のごとく事件に対処

しようとしている。積極的かつ戦闘的になった。一説によれば、満軍の第十軍管区司令官烏爾金《うるきん》中将が、「国境の小紛争であるゆえ満洲国軍にまかせてほしい」と意見を具申したが、小松原はぜんぜんうけつけなかったという。

なぜかを考える上でのカギはいくつかある。その一つに、この五月十三日の午前中に、師団の団隊長会議がひらかれる予定になっていたことがあげられる。それは四月二十五日に関東軍司令部より下達された『満ソ国境紛争処理要綱』を、麾下の全部隊に周知徹底するためのおごそかな会議であった。小松原にとっては、「侵さず侵されず」で紛争処理すべくあらかじめ決心と方針とを固めておく日が、すなわち実行第一日となったことになる。ここで断々乎たる処置をとらなければ、『処理要綱』に反することになり、師団長としての面目は失墜するばかりであろう。

もう一つに、この日、どういう偶然であろうか、東京より稲田作戦課長と、荒尾、櫛田、井本の、参謀本部作戦課のエリート参謀の四名が、ハイラルの第二十三師団司令部に現地視察旅行の途次に訪れていたこともあげられる。小松原はよくも悪くも帝国軍人である。忠烈さにおいて、任務遂行の敢闘精神において、いささかも欠けたるところを外にみせたくはない。とくに作戦課の面々を前にして積極的ならざるべからずである。それに小松原は自分の論功行賞をひたすら気にかける、エゴイスティックな一面をもつ、という一部の評もある。

小松原から関東軍司令官にあてて発信された電報（小本参電第一九四号）はつぎのと

おりである。

「一、昨十二日朝来外蒙軍少くも七〇〇はノモンハン南方地区に於てハルハ河を渡河し不法越境し来り、十二日朝来満軍の一部と交戦中。なお後方より増援あるものの如し。
二、防衛司令官は師団の一部（捜索隊長の指揮する捜索隊の主力および歩兵大隊長の指揮する二中隊を基幹とするもの）および在ハイラル満軍の全力を以てこの敵を撃滅せんとす。之が為在ハイラル軍用自動車の全部およびハイラル徴発自動車を使用す。従ってハイラルには今後軍用に使用し得べき自動車皆無となる」
非常の決意をもって撃滅作戦を実行する、といい、小松原はこのあとに要望を書きつける。自動車一〇〇台の急派、偵察飛行機の急派待機、在ハイラル戦闘機隊を指揮下に入れること、また将来の自動車増派も考慮においてほしい、と。

この電報の発信は十三日午後二時である。二十五分後には新京の関東軍司令部に着信、辻参謀の手記によれば「昼すぎの暖かい太陽を背にうけて、作戦室の地図に向いながらも、ウツラ〳〵と睡魔に襲われていたとき、電報班長が慌しく軍機電報をもたらした」という。しかも愉快なのはそのあとの、有名なくだりである。

「幕僚中誰一人ノモンハンの地名を知っているものはない。眼を皿のようにし、拡大鏡をもって、ハイラル南方外蒙との境界附近で、ようやくノモンハンの地名を探しだした」

でたらめもいいところで、例によって辻のつくり話かとおかしくなる。幕僚は全員その名を熟知していた。その付近が国境線のもっとも不明確な地帯ということも承知していた。そう考えなければ関東軍の作戦参謀などと威張ってはおられない。辻は、であるから、「外蒙との境界附近」と慎重に記すのである[10]。

したがって遅疑逡巡するところは少しもない。関東軍作戦課の処理はすこぶる早く、積極的であった。小松原の要望は相当に欲ばったところがあるのに、関東軍は植田軍司令官の命のもとそれ以上の手当てをしている。ハイラル駐屯の飛行第二十四戦隊（戦闘機）を小松原の指揮下においたのはもちろん、チチハル駐屯の飛行第十戦隊（偵察機・軽爆撃機）と飛行場大隊、そして自動車第一連隊二個中隊を急派し、小松原の麾下にいれた。処置は万全である。

そして午後五時発信でつぎの関東軍命令（関作命第一四九号）を発出し、同時にこれらの内容を東京の参謀本部へも報告した。

「一、外蒙兵約七〇〇はノモンハン南方に於て満領を侵犯し、第二十三師団は之が攻撃を準備中なり。

二、軍は満領に侵入せる外蒙兵を膺懲する為、第二十三師団に一部兵力を増加せんとす（以下、三〜六は略）」

報告をうけた参謀本部の反応も実にすばやい。それも当然で、作戦課長以下が現地にあるのであるから、委細をのみこんでの処置がなされたと考えたにちがいない。参謀次長名によって関東軍参謀長あてに、十五日午前二時十五分発信で、電報が打たれている。

「軍の適切なる処置を期待せられあり」

すべては順調に——と書きたいが、このさい踏みとどまって考えねばならない大事なことが、東京・新京・ハイラルのいずれにおいてもすっぽりと抜けおちてしまっている。国境紛争の危険性にたいする認識である。殷鑑《いんかん》遠からずで、つい前年に戦略単位の兵力が増員され、激突するという張鼓峰事件の一大事をひき起している。とくにハイラルに出張してきていた稲田、荒尾は当の事件を直接指導している責任者であった。

これは下手をするとエスカレートして大事件をひき起すことになるかもしれないと、東京や新京のエリート参謀たちのだれひとりとして直感することがなかったとは、当時の陸軍軍人の辞書には「反省」の文字がなかったというほかはない。実際の話、作戦課長のお伴でハイラルにあった井本熊男参謀が戦後に回想し「もしこの一行に、自ら経験した前年の張鼓峰事件に対する深い認識と反省があったならば……」と悔いるお粗末さを全員が示すのである。

結局は、関東軍より『処理要綱』が送られてきたとき、ほかの問題解決に全精力をとられてろくろくこれを読もうともしなかった、あるいは国境紛争のような小事は現場にまかせておけばいいときめている安易さか、いずれにしても怠慢のつけがまわってきたのである。その当時、作戦課として検討する時間がなかったのなら、「『処理要綱』はあずかりおく、その実行は当分さし控えよ」とでも打電しておくべきであったのに、それさえもしなかった。そのために挑戦的な『処理要綱』がひとり歩きをしはじめる。

小松原師団長は、二週間前に上長の関東軍から示された『処理要綱』にもとづいて、躊躇なく実行に移すまでである。これまでならあるいは見逃していた紛争であったかもしれないが、いまは強硬な指示にそって兵力を出すのである。なんら責められる話ではない。満軍司令官の願いも斥けて、現場指揮官がやや過早な出撃命令を下しても、そこに居合わせた東京の作戦課長以下は黙認するばかりなのである。軍人は「勇敢さ」とか「断じて行う」とか「大声」とかには、とかく弱いのである。そして上長の関東軍司令部は現場の要望をすべて満たして頑張れと声援を送り、自分のほうがいっそう勇み立っている。苦心の作成たる『処理要綱』は今日の事態を予期したればこそ、の想いでもあったろうか。

つまり、このとき、国境での衝突があのような大戦争になろうとは、だれひとり考えてもいなかったことを証明する。なぜならだれもがソ連軍の猛反撃などあるべくもないと思っていたからである。当時の陸軍軍人は高級であればあるほど、自国の軍事力への過信と、それと裏腹なソ連軍事力への過小評価の心情をもっていた。共通して対ソ戦力への評価は観念的なもので、機械化戦力を充実しつつあるソ連軍備についての、客観的な分析はごくおろそかにされている。[11]

とくに、昭和十二年に参謀総長トハチェフスキー元帥たち赤軍幹部の粛清事件が報じられたことが、大きな影響をもたらしている。五人の元帥のうち三人、一五人の軍司令官のうち一三人、一九五人の師団長のうち一一〇人、将校五〇〇〇人が、それぞれ国家にたいする反逆の罪で銃殺されたという。この粛清による赤軍戦力の低下を、日本陸軍は過大に評価した。さらに翌十三年六月の、極東地方内務人民委員部長官リュシコフ三等大将の「粛清を恐れて脱出してきた」という満洲国亡命事件が、日本軍の独善的な優越感に拍車をかけた。革命のさいの功績でレーニン勲章を授与されている超大物が、スターリンの恐怖政治の実相をすべて語ったのである。これがソ連軍軽蔑感の増大にひと役もふた役も買うことになる。

ただし、このときリュシコフは、長大なソ満国境における彼我の兵力、戦力に相当の差のある事実も、あからさまに語った。たとえば飛行機は、日本の三四〇機にたいしてソ連軍は六倍の二〇〇〇機、戦車は日本の一七〇輛にたいしてソ連軍は十一倍の一九〇〇輛であると。こうして超大物が語るそれまでの日ソ両軍の戦力比一対三が、実は一対五以上になっているという事実に、軍首脳は驚倒し、一時は浮き足立ったが、時間がたつとまた観念的なソ連戦力軽視へともどっていった。たとえ同一人からの情報であろうと、好ましくないほうはさっさと捨てられていく。情報がなかったわけでなく、「無視した」というほうが正確であろう。

ハイラルからの堂々たる日本軍出撃の背景にはこの情報無視があった。自己の戦力過信とソ連軍軽視があった。関東軍作戦課は、ふだんからソ蒙軍などわが精鋭三分の一の兵力でもお釣りがくると豪語している。東京の作戦課も、きっとそうに違いないと信じている。当の師団長の小松原も、国境侵犯の外蒙兵のごときはまさに鎧袖《がいしゅう》一触と考えている。

●ハルハ河・戦場

東《あずま》八百蔵中佐を指揮官とする第二十三捜索隊（軽装甲一中隊と乗馬一中隊）は、こうして十三日夜、盛大な見送りをうけ、字義どおり勇躍してハイラルより出撃した。東中佐は在ハイラルの満洲国軍第八団もあわせて指揮をとる。ほかに歩兵第六十四連隊の第一大隊から二個中隊も出動している。

日本軍大部隊の出動に、外蒙軍は抵抗すべくもなく翌十四日夜には大半がハルハ河を渡って西岸に退き、残った一部も、東捜索隊の戦場進出とともに、十五日正午すぎにはいち早く退却する。戦闘らしい戦闘もなく、空振りながら日本軍は出動の目的を達したことになる。

小松原は、満軍第八団にそのままノモンハン付近の国境警備を命じ、捜索隊ほかにはただちにハイラルへ帰還せよの命を下した。命令にしたがって全部隊は十七日までにハイラルにもどっている。つまりこのときの出動は、小松原にとっては予想どおり、強くでれば敵は逃げるということを確認しただけにとどまった。戦果はなし。小松原は切歯扼腕し「次回作戦には更に装備を軽くし機動性を有せしむること緊要なり」と日記に書いている。

ところが戦果が実はあったのである。飛行第十戦隊第三中隊の九七式軽爆撃機五機があげたもので、小松原日記には「左岸にある包囲《バオがこい》二〇に対し爆撃し相当の損害を与えたり」とある。辻政信の著にも「軽爆一中隊で退却する外蒙兵をハルハ河渡河に乗じ爆撃し、三、四十名を粉砕したらしい」と記されている。

これがソ連側の資料によれば「十二時四十五分、日本の単発軽爆撃機五機が現われ、高度八〇〇メートルで二回爆撃し、五十二発の爆弾を投下。さらに二度にわたって低空に降下し、機銃掃射を加えた」という。本格的な爆撃で死者もかなりあったとみられる。そして空からの攻撃は、五月十五日の正午を期しての、東捜索隊の総突撃に呼応して敢行されたものとわかる。

問題なのは、この空襲がハルハ河の西岸、すなわち日満側の主張する国境線を越えて行われていることである。まだ小競り合いの段階ですでに堂々と国境侵犯行為を日本軍は行っている。それを小松原も辻も、ほかのだれもが、挑発と感じないのみならず一毫の疑問をすらなげかけていない。いったいいつのときから日本陸軍は、天皇の命令なくして国境を侵犯することに平気になったのか。満洲事変いらいの「勝てば官軍」意識にはじまる退廃は、〝ここにきわまれり〟であったのである。

それにしてもこの爆撃命令は、だれが第十戦隊に与えたものか。飛行部隊にとってはごくありふれた日常茶飯なことという見方もあるが、本格戦闘以前の状況での危険この上ない挑発行為となろう。軽爆隊の中隊長に「かまわん、やれ」と命じたものがいるという疑いはどうしても残る。

折から関東軍作戦参謀辻少佐が軍命令伝達の派遣参謀としてハイラルに飛んでいっている。はっきりと書かれていないが、十四日に師団司令部に姿をみせ、十五日に司令部偵察機にのってノモンハン上空からハルハ河西岸を視察し、辻はその夜に新京に帰っている。書くまでもなく偵察機は飛行第十戦隊の所属なのである。

そして東捜索隊の総攻撃はもちろんのことであるが、この軽爆五機によるハルハ河西岸への越境攻撃が、結果的にソ連軍の神経を逆なでしひどく痛めつけたことは明らかである。一言でいえば、外蒙軍にまかせておけずソ連軍がこんどは矢面に立つ決意を固めたといえる。軍の力学にいう〝報復〟という歯車がまわりだした。

東中佐が全部隊の殿《しんがり》となってハイラルへ帰ったその日、五月十七日、外蒙軍はふたたびハルハ河を渡って東岸に進出し、こんどは国境線にそって防備のための橋頭堡を築きはじめている。また、駐蒙ソ連軍司令官のもとには、モスクワより、紛争地域へのソ連軍の全面的進出を指示する命令がとどけられている。

ノモンハン上空の〝遊覧飛行〟を終えてから新京へ帰還した辻参謀はこう書いている。

「(ハルハ河西岸への)幼稚な偵察成果を、そのまま植田将軍以下に報告し、大事件ではあるまいと附け加えた。外蒙騎兵の悪戯に過ぎないこの火遊びが、意外にも屋根に燃え移り、強風に煽られて、遂に全満に火花を散らす劫火となったのである。これが戦争の持つ一つの性格であろう」

この気楽さは人間離れしている。火遊びをしたのはいったいどっちであったろうか。

●モスクワ・クレムリン

満蒙国境ノモンハン付近の小競り合いに視線をくぎづけにされているうちに、ヨーロッパの情勢は大きな変容をみせはじめた。軍事同盟にたいする日本帝国のあやふやな態度に業をにやしたヒトラーが動きだしたのである。ムッソリーニへの急接近である。実はムッソリーニはここ何年間も、暗い不安な予感から、ドイツとの関係を具体的な義務を負った軍事同盟の形にすることを断ってきていた。そのかれが急に機嫌よくなって交渉にのりだしてきたのである。ヒトラーは得手に帆をあげる感じで、あたたかい視線をムッソリーニに向けた。

この情報はモスクワにまでとどいている。外側に巨大な赤煉瓦の城壁をめぐらせたクレムリンの奥でスターリンは、その特徴とする暗いまなざしをヒトラーのほうへ送った。そして五月二十日、ドイツ宣伝相ゲッベルスがあきずにくりかえす演説に、スターリンはじっと耳をすませた。

「ドイツとイタリアは、ヨーロッパ民族の二大プロレタリアートである。富める国は他の国やヨーロッパ大陸全体を圧迫しており、かれらの蓄積された富はふらちな、反道徳的な略奪の結果なのである」

ヒトラーがつぎの戦争に国家の命運をかけていることはわかっている。それに巻きこまれたくないゆえに、ヒトラーへ協調のシグナルを送った。それにわずかなりとも答えようともせず、いぜんとしてソ連に非妥協の姿勢をとるヒトラーを、スターリンはあらためて猜疑の目でみるほかはない。

この独裁者はひがみっぽく、多分に偏執狂的な性質をもっていた。その性質は人を疑うときにはとくに発揮されたという。かれは人間の愛情や友情を信用せず、「だれでも買収されることがありうる」と信じていた。かれが許可した粛清や大虐殺は、まさしくだれをも信用しない、妄想にとらわれてのものであったといえる。

かれの娘スベトラーナは回想している。このころのスターリンは「ますます厳しくなった。まるで全世界を敵にまわしているかのような厳しさであった。それは病的な熱狂、あるいは被害妄想の域に達していた」と。寝ても起きても、周辺のすべてのものが敵ではないかとの強迫観念にとらわれていた。結果は、かれに反対のことをいいだすものには、ただちに災いがふりかかることとなった。

ドイツの軍事力とヒトラーの非情さが、スターリンの心をひきつけるとともに、恐怖をかきたてている。スターリンの政策を一本につらぬくものがあるとすれば、それは恐怖である。そのスターリンの眼には、ヒトラーとムッソリーニとがいまの世界で勝利の潮流にのっている人物のように映る。その二人が急速に手を結ぼうとしている。それと日本である。日本もまた勝利の潮流に棹さして全満洲を占領し、中国領土内にかつてないほど奥深く侵入している。しかもその日本がいま満洲と外蒙古の国境線で侵略的な軍事行動にでている、という許しがたい報告も送られてきていた。スターリンはそのことにもはげしく恐怖を感じ、怒りをかきたてていた。

五月二十一日、外相モロトフは駐ソ連の日本大使東郷茂徳《しげのり》をクレムリンによびつけた。ドイツより着任して間もない東郷とモロトフとは初対面である。挨拶もそこそこに外相は重々しくいった。

「ノモンハン方面における日満軍の侵略行為にかんして、ソ連政府はモンゴルとの相互援助条約にもとづき、厳重に抗議する」

モロトフはスターリンに指示されたとおり抗議文書を東郷に手渡すと、航空攻撃も行われたことをきびしく難詰し、

「わが国としてはこれ以上の侵略行為は許さない」

と、太い眉をあげて宣言した。

独伊の急な接近と、アジアでの日本軍の不法な行動とが、はたして底のほうで連動しているのか、スターリンはここでも疑惑の炎をもやし、はげしく恐怖の念を抱いた。あいつらはいつでも背後から撃つことだけを考えている、いちど思いきり叩いておかねばならないと、スターリンの頭のなかでは、戦略的考慮がはげしく働きはじめていた。

そういえば、三好徹氏の書くスターリン像には実に面白い指摘がある。スターリンは

軍事上の判断をせまられた場合でも、地図を用いず、もっぱら地球儀を用いていたという。その地球儀も決して大きいものではなく、小、中学校で使われている程度のものであったらしい。

この感覚は軍事専門家のものではない。戦略戦術を地球儀で考えられたのではたまったものではない。このために、のちに対独戦では死なずともすんだ数十万の将兵が死ななければならなかった。

しかし地球儀の距離感覚でみるとき、ノモンハンはモスクワからほんのわずかな距離にあるように思える。ノモンハン事件の場合は、スターリンが地球儀で対策を考えたのは、日本軍にとっては皮肉なことながら、間違ってはいなかった。スターリンが恐れることのうちには、こんな近いところでかりに軍事的敗北を喫するようなことがあれば、その結果として、これまでのかれ自身の苛酷な政策にたいする国内反乱が起りはすまいかという点もあった。

恐怖にかりたてられた対抗手段は、いきおい攻撃的かつ謀略的になる。スターリンは指示して、日本に存在するソ連の諜報員リヒアルト・ゾルゲに、すでに与えたある任務をいっそう綿密に強力に推進するように命令した(12)。それは日本が本気でソ連攻撃を計画しているかどうかの問題である。

ゾルゲは逮捕されたあとの検事の訊問に答えている。「それこそが私が日本に派遣された目的のすべてだといって大して間違ってはいないと思う」と。ソ連のスパイの日本での活躍はこのころから活発となっていく。

●ベルリン・総統官邸

五月二十二日、「永遠の謎」の男スターリンよりは、と考えるヒトラーは、とりあえずムッソリーニと握手をかわすことにした。そしてモスクワの駐ソ大使にたいし「ロシアがもっとはっきりものをいうようになるまで待て」と訓令した。

イタリア外相チアノを迎えたこの日の総統官邸は、綺羅星のごとくならぶ制服の人たちでにぎわい、電飾でさんらんとかがやいた。「鉄鋼条約」と名づけられた独伊の軍事同盟が、盛大な儀式のもとに調印される。ヒトラーはこの条約を、自分の外交勝利とみなし大々的に宣伝させることにした。

「ヒトラーは機嫌よく、明るくてあまり攻撃的でなく、多少老けてみえた。眼に幾分か黒い隈ができている。眠らないためである」

とチアノ外相はのち回想する。

機嫌の悪かろうはずはなかった。一歩も二歩も前進したのである。ぐずぐずいう日本への影響だってさぞや大きかろう、とヒトラーは考える。条約文の第三条にはこんなふうに書かれている。

「条約国の意志や希望とは反対に、万が一にもその一方が、他の国あるいは他の数カ国に、敵対された場合には、もう一方は同盟国としてただちにその味方となり、陸・海・空の総兵力を結集してこれを援助する。……」

あいまいなところのない、言葉も平易で、これほど開けっぴろげに目的を謳った同盟はない。日本よ、もって如何となす、と問いかけ、早く態度をきめることをヒトラーは催促した、といえようか。

翌二十三日、ヒトラーはドイツ国防軍の陸・海・空の首脳陣十四人を官邸の総統書斎に参集させた。「戦争はどうしても避けられない」と切りだし、その考えと意図とを明確に説明した。

「ダンチッヒはドイツの主要目的ではない。目的は、ドイツの生活圏を東方に拡大し、食糧補給を確保し、バルチック問題を解決するにある。したがってポーランドを容赦することはあってはならない。ポーランドを攻撃するというわれわれの決心には変りない」

その結果、チェコ問題のときとちがい、妥協をひきだすことができず、こんどは英仏両国と戦争となるであろう、そのさい英国が主要の敵となる、とヒトラーはいい、その戦力を高く評価してつづけた。

「英仏との戦争は生死をかけた戦いとなるであろう。しかも長期にわたるものとなろう。容易にやってのけられるという考え方は危険である。そのような可能性はないのである。背水の陣をしいてかからなければならない。もはや善し悪しの問題ではなく、八千万の国民が生きるか死ぬかの問題である」

ヒトラーは、イギリスとの戦争はどうしても避けられないと、とうに覚悟をきめている。きめながらもこの戦争をまだはじめる気にはなっていなかった。ポーランド問題をめぐって、英仏とソ連との同盟締結の帰趨がはっきりしないからである。ポーランドの運命に親身な関心をよせるはずはない、と確信しているものの、どんな風の吹きまわしで欲がでて、あの独裁者がドイツに敵対しないともかぎらない、との疑いはたえずあった。

それと日本である。日本が独伊との同盟に加わってくれれば、その海軍力に英国は脅威をおぼえ、ソ連はその陸軍力に強く牽制されるであろうに。鉄鋼同盟の締結で少しくいい調子になっているヒトラーの機嫌は、日本のことを考えるとみるみる悪くなっていく。

●東京・霞ケ関

その日本では――いぜんとして海軍の強硬な反対で、同盟問題は暗礁にのりあげたままである。

もうこのころになると、陸軍・若手外務官僚そして右翼はもとより言論界も、同盟強化へと狂奔しはじめた。[13]「これまで米英を相手に国防上なんら不安なしと高言してきたのに、国策決定の重要時に当って英米を恐れて強化に逡巡するとは了解する能わず」と、海軍への不信を強め、海軍は何を考えているかの声のボリュームをあげた。

平沼の「陸海統帥部の明確なる意思表示を」という要求に応じてひらかれた陸海主務者の会談（五月十五日）も、えんえん八時間の論議の末に、もの別れとなった。その上に、つい先日まで陸軍と綿密な連絡をとり、上司そっちのけで三国同盟を推進してきた海軍省軍務局の岡敬純《たかずみ》大佐までが、こんなことをいいだしているのである。

「三国協定強化はかえって英米の対支援助を強化する公算大という見方もある。したがって陸軍のいうように抗日勢力を萎微させ支那事変の解決をみちびく、というより、その反対の結果になることもあり、たいする独伊の援助もたいしたことはない。要するに支那事変処理に不利なりとまで断定しないが、はなはだしく有利とは思われない。参戦義務を負ってまで締結するほどのものではない」

昨日までの言を忘れたような岡の変心である。陸軍側は眼を白黒させた。これでは標的として切り崩しをねらっている米内・山本・井上の申し条そのままではないか。海軍首脳トリオの締めつけが成功し、その威令が末端にまでゆきとどいたとこれを観察した。陸軍中央は完全に頭にきた。全海軍の背信であり、海軍部内はいまや一枚岩となった。三国同盟締結に反対の強固な集団と化したとみるほかはない。

その先頭に立つ米内は相も変らず五相会議で、神韻縹渺《しんいんひょうびょう》とした表情のまま、必要なときには重々しく発言している。しかも臨機応変に、そして理づめに相手を追いつめる。

たとえば五月十九日、大島大使がリッベントロップに与えた「無条件交戦国関係に入る確約」が問題となったとき、外相と陸相が「これは取り消す必要がある」「いや、日本の決意を表明したのみで、その必要はない」とはげしくやり合う間に入って、

「大島大使の言明はまことに困ったものだ。しかし、大使にたいして正面から取り消しを強いるのは困難でしょう。ガウス案の修正を要求する理由のなかで、婉曲に取り消しの旨を伝えたらどうですか」

と中間的な妥協ともつかぬ提案を機をみてだして、平沼を困らせている。結局、首相はどうするかの意見をのべず、その日の会議は散会した。会議をうやむやにするためにそんなことをいいだしたのかと、同盟推進派は疑いをこくするばかりである。

しかし次官の山本は違った。歯に衣などを着せる気配すらもみせなかった。この五相会議のあった同じ十九日、陸軍次官山脇正隆中将と会見したとき、大島の確約をはげしく攻撃し、「言質は是非にも取り消さなくてはいかん」と山脇がびっくりするくらい強くいい放った。

それだけに同盟推進派はますますやっきとなった。この話も海軍の頑迷にして腰抜けの中心はやっぱり山本であることを証するだけではないか。こうして、山本さえ倒せば、と推進派があからさまにかれをねらいだしたとの風評は、日一日と強くなっていく。

そこへ日本をのけものにして独伊同盟成るの衝撃的な報が入ってきた。推進派には早くからそれらしい情報が入っていたとはいえ、いざ現実となってみるとやっぱり外され

たのかの無念の思いもある。だれもが完全に怒り心頭に発した。とくにベルリンの大島とローマの白鳥である。怒りもあらわにこもごも抗議電を打ちこんだ。五月二十日、白鳥は、

「今日の日本はアジヤに跼蹐《きよくせき》して自国眼前直接の利害打算にふけり、全世界とくに欧州の動きに眼をとざして、いずれの陣営にも与せず、自立的立場に身をおいて、擒縦《きんしよう》自在の外交を行わんなどとの考えは、ただに不可能のみならず、かえって大なる外界の勢力に押し流さるる結果となるを疑わず、……」

と大上段から政府の施策を批判し、何をもたもたしているか、ここまできた以上はほかに道はない、として、

「当国（イタリア）政府にたいし簡単明瞭に、日本政府は三国同盟を結ぶの意思なし、との最後的意思表示を伝達して、六月四日の便船に船室を予約したるをもって、それまでに間に合うよう帰朝の回電を発令せられたし」

と高飛車に要求をつきつけた。これまでにも大島とともに、白鳥は、政府の思うように動かぬことが多かった。大島も白鳥も軍事同盟は緊要と考えており、そのため独伊が英仏と戦争をするときには、日本は独伊の側に立って参戦する義務がある、と独断で解釈し、先方の政府にそう申しでている始末であったのである。

続いて五月二十二日、大島も負けなかった。

「……参戦について、私の説明が相違しているかと明確な回訓を仰いでも、『大体差し

支えなきやに認められる』と漠然たる回答であった。それで『交戦状態に入る覚悟あり』と答えたが、取り消せでは一月案に逆戻りである。政府がいまや協定を変更歪曲せんとすることは明白になった。これでは責任はとれない。……字句などにより精神をごまかさんとする外交は、今後とも成功せざるべきことを確認す」

こっちも解任せよとばかりにおどしをかける。そして二人は、これ以後二十日にもおよぶ長い間、本省にうんともすんとも公電を打ってこようともしなくなった。

がぜん右翼が動きだした。デマもしきりに飛びかった。霞ケ関にあった海軍省の法務局は、海軍省にもちこまれた右翼や一般人の抗議ならびに要請文書、さらには伝えられてきた情報をまとめて、ひとつづりにした。表紙に「日独伊軍事同盟締結要請運動綴」と墨書した。それが日ましに厚さをましていくのに、担当官は苦笑するほかはなかった。なぜなら自分たちは、「要請する」側ではなく、「された」側であって、厚みはいかに嫌われ憎まれているかの記録であるからである。たとえば、

「山本次官の私行、即ち同次官の二号が新橋の芸者『梅龍』なるを以て、同方面より得たる資料を以て問題化し、山本次官を社会的に葬るべし」

として、吉田益三、影山正治らを幹部とする大日本生産党系の団体が山本暗殺を計画している、と、そんな情報もあれば、

「特に山本次官に対する排斥運動は熾烈にして『飽くまで自省するにあらざれば爆破爆撃に依りても之を除去すべし』という如き言動を為すものあり」

という情報もとじこまれている。

「日独伊軍事同盟は皇国日本の至上命令と現前世界の客観情勢が要求する必須緊要の国策たり。天業恢弘の経綸聖戦貫徹の方途これにおいて存す。実にこれを締結すると否とは皇国の興廃のわかるるところなり。(中略)

伝えらるる如くんば、貴大臣を首脳とする海軍当局はあくまで三国同盟に反対し、廟議これがため決せず、皇国の前途暗澹たりと。果して然りとせば不祥これに過ぐるなき奇怪事と言わざるべからず。かくの如きは皇国日本における海軍存在の意義と任務を喪失せる亡国的行為なればなり。(以下略)」

この海相あての要請書は「聖戦貫徹同盟」がつきつけたものである。

こうして陳情の名のもとにさまざまな団体が押しかけ、三国同盟の即時締結を主張し、反対する海軍の弱腰を糾弾、大臣・次官の親英米主義を非難してやまなかった。

このとき陸軍中央は、内に噴火せんばかりの怒りを秘めながら、外は、さながら大島・白鳥がさざえの蓋をとじた如くになったように、かたくなに沈黙をつづけていた。さまざまな方面からの懇請や要望があったが、そのつど「総理または陸軍大臣から命令があれば別だけれども、なんらの命令がないのに、これ以上海軍と協議に入る必要はない」と突っぱね、いっさいの交渉に応じようとはしなかった。

それは悲壮ともいうべき頑張りである。口八丁手八丁の政治的軍人たちがひとしくぴたりと口を閉じているのである。しかし、かれらを驚愕させあわてふためかせる事件が、

●カンジュル廟

ふたたび忘れてはならないほうからやってきた。

小松原師団長の、このときの決断をささえていたものは、明らかに驕慢であったと考えられる。敵情を熟知したうえでの作戦計画ではなく、わが軍が出動すれば敵は退却するものと頭からきめつけたうえのものである。新たに得たる報告によれば、越境の兵力三〇〇、対岸に馬三〇〇、自動車一五〇、包《パオ》一七〇である。その弱敵が、下世話にいう鬼の居ぬ間の洗濯とばかりに、国境線を越えて陣地を築いたということが、堪忍できないのである。

小松原は駐ソ武官を長くやり、陸軍部内でも有数のソ連通とされている。しかしソ連の何を見てきたのであろうか。革命後の試行錯誤の連続のソ連だけを視察し、ソ連恐るるに足らずの先入観からぬけることができないでいた、そうとしか思えない。いってしまえば全陸軍の通弊である、日露戦争の勝利に幻惑され、栄光の余沢によりかかる、ソ連通とは名のみの軍人でしかなかったのである。

「小松原がモスクワにいた昭和三年、ソ連は国家建設のため第一次五カ年計画を発足させている。昭和八年には第二次五カ年計画にはいり、小松原がハルビン特務機関長時代のソ連は、国力も大いに伸長していた」

と松永義弘氏が書くとおりで、それなのに小松原にはその事実が見えなかった。革命後に大量に育成された労働者・兵士出身の指揮官が、新たに軍の骨幹となっている充実ぶりをほとんど認めることができなかった。

小松原の目が現実にみているものは、外蒙軍の陣地築城であり、またその空軍の不敵な挑戦だけである。五月二十日、ソ連機二機が飛来したのを日本機三機が迎撃、これを撃墜した。最初の空中戦による戦果である。翌二十一日、ソ連の偵察機一機を撃墜。さらに二十二日、戦闘機同士の空中戦が五機対五機の同数で、ノモンハン上空で戦われ、日本側の完勝で、ソ連機三機が撃墜された（ソ連側は一機と主張）。

小松原が、ノモンハン方面の外蒙軍を「捕捉殲滅」する攻撃命令を下したのは、空中戦闘が開始された五月二十一日午後四時である。こんどは包囲して敵を逃がさないよう強力な部隊を迅速に派遣すると決心した。

歩兵第六十四連隊長の山県武光大佐が軍旗を奉じて、連隊の第三大隊八〇〇名と東捜索隊二二〇名、そのほか自動車部隊、救援班などを指揮する。約一六〇〇名の戦闘部隊の大挙出動となった。しかし小松原は砲兵はともなわせなかった。明らかに敵を甘くみている。なによりも、すでに戦場に姿をみせているソ連兵のことがまったく念頭にない。そこに最大の甘さがある。

ハイラルよりの報告をうけた新京の関東軍作戦課は、この山県支隊の出動を尚早とみなした。目的が敵の殲滅にあるならば、国境線を越えてきたからといっていちいち出撃するよりも、『処理要綱』で指示してあるように、ソ蒙軍を「満領内に誘致」し油断させたうえで一挙に急襲するほうが有効である、と判断したのである。

ちょうど参謀長会議があって、第二十三師団参謀長の大内孜《つとむ》大佐が新京に出張してきていた。寺田、服部、辻たちが大内の意見をただすと、大内は同意した。前回の東捜索隊派遣のようなあわただしい作戦では、出動の目的（越境兵力の殲滅）を果たすことはできない。それゆえ過早の出動はよくよく考慮せねばならないと、師団参謀たちにも伝えてあったのに、と大内は答えた。参謀長不在に乗じて強行された出動命令であったのであろうか。

服部参謀の具申で、参謀長磯谷中将が派兵再考の旨を第二十三師団に打電すると、大内参謀長も小松原中将に、おなじ主旨で出動を中止すべきだと意見具申を発した。

小松原は、しかし、これらの意見を拒否した。紛争処理の手段についていろいろと意見があるのは当然であるが、としたうえで、

「其《その》何レガ可ナルヤ、遣ツテ見ザレバ分カラズ、出先責任者ニ一任スルヲ可トスベキニ、其手段ニ異議アリトシテ、既ニ命令発動シ出動直前ニ於テ反省ヲ求メントシ……軍統帥ノ道ニアラザルベク了解ニ苦シム所ナリ」

と「日記」に書くところの理由で、関東軍司令部の指示にそっぽを向いた。

山県支隊は二十三日午前零時半、作戦命令どおりハイラルを出発した。そして午前四時には前進基地のカンジュル廟付近に集結を完了、いよいよノモンハン方面へ進撃する

準備をととのえた。カンジュル廟は、ハイラルから南西約一八〇キロの、牛車で約四日間もかかるラマ教の総本山のあるところである。文字どおり一望千里の平原のなかにあり、八月の大祭時には市が立つという。

ところが、山県支隊長はこのカンジュル廟で、小松原から「決心の一部を変更」の指示をうける。しばらく待機せよ、という命令変更である。われこそが前線の総指揮官なりと胸を張ったものの、小松原は上長の関東軍司令部にやはりいい顔を向けないわけにはいかなくなった。所詮はそういう小人物であったといえばそれまでであるが。

それにひとつ、小松原の身になって疑えば、疑えるところもある。小松原が指揮する第二十三師団は十三年七月に内地で編制され、その年の末にハイラルに集結したばかりの新成の戦略兵団であったからである。

三連隊単位制の師団で、装備も劣悪(三八式野砲、三八式一二榴弾砲のみ)、独立師団として運用するには歩兵力が不足し、かつ上下と左右の団結も薄く訓練も不充分、実戦師団としての戦力はないとみられている。それゆえ問題の生じそうもない満洲の西正面に配備された。

それというのも、参謀本部の稲田作戦課長によれば、有数のソ連通の幹部(小松原と大内参謀長)を配したうえで「無事の地において対西方のための研究とザバイカル方面の作戦資料の収集」をやってもらうつもりゆえ、という。まさかホロンバイルの草原で強大なソ連軍との野戦を敢行するなど、参謀本部の期待には初めからないことである。

小松原はそのことを当然のことながら知っていた。それで派兵再考せよと、関東軍がいってきたのか、という疑いがどうしても心のうちに浮かぶ。同時に、弱兵とみられることに強く反撥するものを感じている。なみの戦力もない師団とみられていようと、指揮よろしきをえれば思わぬ大功だって樹てられないともかぎらない。戦いは「遣ツテ見ザレバ分カラズ」なのである。ゆえに指揮は「出先責任者ニ一任スルヲ可トス」るのである。

しかしながら、上長の指示を無視して進撃し、もしまた敵を空しくとり逃がすようなことがあったらの懸念が頭をもたげてくる。これは大きく責任を問われることになる。それが小松原の決心を変更させた。このさいは関東軍司令部の意図を体し、支隊はカンジュル廟に待機せよ、そのうえで「機ヲ見テ攻撃ヲナス如ク、決心ノ一部ヲ変更セリ」と小松原は山県大佐に命令を送った。出世を考える弱気の虫がせっかくの壮語を食いちぎったのである。

しかも、そのいっぽうでなおおさまらぬ腹中の強気の虫をなだめるために、小松原は『日誌』に痛憤を記している。

「固《もと》ヨリ処理要綱ニ反スルニアラザルモ、其目的達成ノ為メニハ甲案乙案アリ、其時ノ情況、其地ノ実情ヲ基礎トシ、防衛司令官之ヲ定ムルノ権ヲ有ス、然ルニ防衛司令官ノ遣リ方ニ異議アリトテ軍ガ掣肘スベキニアラズ、一任シテ可ナリ……実行ノ中途ニ於テ掣肘スルハ却テ統帥ヲ紊シ、実行者ヲシテ其実行ヲ困難ナラシムルコトヲ痛感ス」

いったい陸大出の中将ともあろう軍人が何を血迷っているのであろうか。防衛司令官たるものは勝手に作戦をたて、兵力運用の権限をもっていると、小松原は本気で考えているのか。国境紛争の解決とは申し条、あるいは大戦争につながりかねない兵力の行使なのである。軍旗を奉じた連隊長を出動させているのである。軍隊指揮権（統帥権）は大元帥にある。大元帥の命なくして一兵たりとも勝手には動かせないと基本的には考えねばならない。当時の陸軍軍人は統帥権の何たるかを知らず、それを干犯するなど朝飯前のことに考えている。そのことをよく小松原日記は語っている。

それに関東軍司令部も司令部である。五月二十四日、大内参謀長が新京より帰り、小松原に軍の意向を報告している。

「カンジュル廟に兵力を出動せしめたるものなれば、目的を達したるのち、すみやかにハイラルに帰還せしむるを可とす」

なんのことはない、これは出動してしまったものは仕方がない、といっているにひとしい。

同じ日、辻参謀の起案になる報告が東京の参謀本部作戦課に送られている。敵兵力の増強にかんがみ、山県支隊をカンジュル廟付近にて待機させていること、そして、

「師団は敵の満領内に深く越境するを待ちて之を急襲殲滅することを企図し、局部的の小衝突を避けつつあり」

この堂々とした殲滅作戦報告にたいする参謀本部の返事は、例によって「適切な処置

をとるよう」要望しただけにすぎない。ほかに大問題がいくつもある、いちいち小事にかかずらわってはいられない、とでも考えたのであろうか。それとも関東軍のいう「小衝突を避けつつあり」の文言のほうへ目がいって本質を見ぬけなかったのか。また、くりかえしになるが、結局のところ、大兵力がでていけば敵は逃げるという戦力軽視が、陸軍首脳に共通していたことだけはこれらのやりとりからみてとれる。

ところが、マルス（軍神）はこのとき、ソ蒙軍のほうにひどく味方をする。山県支隊のカンジュル廟待機が、兵力移動のための貴重な時をかれらに与えたのである。モンゴル側の戦史によれば、

「五月二十七日夕刻、ソ連狙撃第百四十九連隊工兵中隊が来て、ハルハ河に橋をかけた」

とある。この岩乗《がんじよう》な橋をかけることにより、戦車、装甲車や装備器材や砲兵大隊といった主戦力部隊が、つぎつぎに西から東へと河を渡って陣をしくことができた。

そうとも知らぬままに、五月二十六日午後に小松原自身が出動し、カンジュル廟の支隊本部に姿をみせて、命を下した。

「二十八日払暁を期し、ハルハ河東岸に進出中の外蒙軍を攻撃、捕捉殲滅せよ」

出撃である。小松原が「機ヲ見テ攻撃」の〝機〟をどこにどうとらえたのかさだかではない。ごく主観的にそろそろ「戦機到来」とみてとっただけかもしれない。そして命令を下すと小松原は、夜のうちにハイラルにもどっている。

命令された山県大佐も、小松原に劣らぬくらい楽観していたようである。新聞記者の従軍をとくに許可して、出撃前にかれらにこんな注意を与えている。

「目下越境外蒙兵の状況はおよそ一千人、ソ連の機械化兵もだいぶいる模様だ。もしこちらの予想どおり、逃げずにいれば面白い場面がみられると思うが、あるいは危険なことになるかもしれん。充分注意してもらいたい」

そして記者たちを部屋に招じ、「前祝いだ、一杯どうだ」とすこぶる大機嫌であったという。

小松原や山県だけではない。すでにして敵をのむの概は上から下まで共通したものであった。ある若い中隊長は「敵が逃げないように」と笑って天に祈った。記者がなぜそんなことをと聞くと、「前に一度出かけたことがあるのだが、そのときは敵は逃げて一兵もいなかったのさ。勲章をもらいそこねた」と意気軒昂たるところを示した。

●ハルハ河・戦場

ノモンハン付近から、ハルハ河に流れているのがホルステン河である。その流れとハルハ河の合流点付近に岩乗な軍橋がつくられ、外蒙軍がぞくぞくと橋を渡って進出し、対岸にはソ蒙軍が集結しているスンブルの監視所がある。山県支隊はこの合流点三角地帯（ここを日本軍は川又と呼称した）にあるバルシャガル高地の外蒙兵を全滅させる作戦である。

ホルステン河の南側にあるノロ高地の敵にたいしては、満軍主力が一部日本軍の協力をえて攻撃を開始している。

東捜索隊はハルハ河ぞいに北より南下し、三角地帯の橋をおさえ、敵の退路を遮断し外蒙よりの援軍を阻止する。

そのかんに山県支隊主力（歩兵大隊および連隊砲中隊）は東方ノモンハン正面の三方面から攻撃をかけ、満軍騎兵三〇〇をもってホルステン河南岸から敵の後方にせまらせ、袋の鼠と化した越境兵を一挙に殲滅するのである。

行動開始は二十七日薄暮以後。夜間機動により所定の地点に集結し翌二十八日払暁攻撃をかけ、数時間にしてほぼ作戦は終了する予定であった。

なんども書くが、〝敵は日本軍が出動すれば退却する〟という固定した先入観がある。それにのっとるかぎりはまことに間然するところのない作戦計画である。ただし敵情はまったく無視されている。主観的には必勝の計画なのであるが、戦闘正面は三〇キロ近くもあり、支隊主力の三方面の兵力が結果的にはばらばらに分散し、各個が分進分撃することになるであろう危険性ははじめからあった。

しかもモンゴル側の記録によると、五月二十八日午前三時ごろ、「ツァガーン・オボの南より敵兵力がわが連隊に向かって前進中。また同オボの北方よりハルハ河に向かう多数の自動車の灯火が見える。またホルステン河方面にも自動車の灯火が見える」と偵察隊からの報告が戦闘司令部にとどけられている。日本軍の自動車は灯火をつけて戦場へ向かっていたのであろうか。ソ蒙軍は退却するどころか十分な余裕のもとに戦闘態勢をととのえ、迎え撃つことができた。

東捜索隊は機動速度の早さもありかまわずハルハ河沿いに敵中に急進していった。逃げだす敵をハルハ河岸で遮断するのが任務であるから、日の出前までに川又付近の丘に陣地を築いておかなければならない。幸いソ蒙軍の抵抗をうけることもなく五時三十分すぎ、川又軍橋の東一・七キロの砂丘に到着することができた。そして陣地をすばやく構築した。

東中佐がはじめて、思いもかけないほど強力な敵が前方に戦闘態勢をとっているのを知ったのはこのときである。ハルハ河西岸の外蒙領のコマツ台地にも少なからぬ戦車、砲兵、騎兵がいる。東岸約三キロの高地には、戦車を有する大部隊が日本軍の攻撃を待ちうけている。これでは退路を断つどころか、自隊がへたをすれば脱出路のない戦いを戦わねばならなくなる。

事実、山県大佐指揮の支隊主力の歩兵部隊との協同作戦は完全に分断され、その後の東捜索隊は孤軍となって戦わざるをえなくなった。ソ蒙軍砲兵の集中砲火と戦車の蹂《じゅう》躙《りん》と、さらには急行したソ連軍の第百四十九狙撃連隊によって側背からの攻撃をうけ、逆に包囲されて潰滅する。東中佐を中心に将兵はとりまくように円陣形になって戦い、ほとんど全員が戦死した。

個々の部隊の戦記を書くことを、本書ではとくに主題とはしていないから、簡単に書いてしまったが、東捜索隊の将兵の勇戦力闘については厳粛なものをそこに感ずるばかりである。その戦闘詳報によれば、山県連隊長にたいし、二十八日午後に三回、二十九日の午前二時三十分、正午前、午後三時ごろと計六回、東中佐は自隊の苦戦のさまを報告している。しかし、すべては〝なしのつぶて〟で、支隊主力の動静は不明のままの力戦であった。

午後三時ごろの状況報告の結びの一節は、こうである。

「部隊は、支隊(山県支隊)の攻撃前進に伴ひ攻勢に転ずる企図なるも、目下兵力少く独力如何とも為し難き状況なり」

歩兵主力の救援を最後まで信じていた様子がうかがえる。

こうして二十九日午後六時すぎまで、絶望的な状況のなかで捜索隊は戦いぬいた。ソ蒙軍の四方八方からの火力による殲滅方式に最後まで屈しなかった。東中佐戦死の様子はモンゴル側の記録にある。ダンダル第六師団第十七騎兵連隊長の手記の形で残っている。

「……二人がうつぶせになっていた。よく注意してみると、一人は全然動かない。どうも死んでいるらしい。そうっと近づいて、上からとびかかった。この太った日本人はとても強かった。しばらく取っ組みあったが、勝てない。それで拳銃を彼の腹に当てて、二回引金を引いた。その日本人の手はゆるんでいった」

最後の段階では敵味方の白兵戦になっていたのである。

このかん主力の歩兵は何をしていたか。加登川幸太郎氏の書くところを援用すれば、乗車部隊を指揮した経験のない山県連隊長に率いられた部隊は、夜の闇のなかなんの目標物もない、ただ起伏のつづく草原でばらばらになり、連絡が切れたまま組織としてではなく、各所で起った各個の戦闘をそれぞれが一所懸命に戦っていたまでなのである。かんじんの連隊長は捜索隊が潰滅するのも知らず、なんの支援もせず、みずからの防禦戦を戦っていた、ということになる。

ただしその批判はいくぶん苛酷にすぎるところがある。敵と遭遇した各中隊はそれぞれ敢闘をつづけ、ある隊は敵陣地第一線を突破して川又軍橋をめざして猛進している。しかし、東捜索隊の期待にそうためにはあまりに敵は強力であった。軍橋に近づくにつれて、敵戦車とハルハ河西岸コマツ台地上の敵砲兵の猛撃があり前進を阻止されて、戦況をそれ以上有利には展開できなかった。

この段階で従軍記者に語っている山県大佐の談話がある。山県はゲートルに地下足袋の軽装で、愛刀を杖に意気軒昂として敵陣をにらんでいった。

「部下は強い、こんなに強いとは思わなかった。君も見ただろうがロスケも大分やられている。皆正規兵ばかりだが、日本軍にかかると大したことはない。外蒙兵はソ連の機械化部隊が頼みだろうが、わが軍の捨身の戦法には余り役に立たなかったようだ。捕虜もあったはずだ、今に連れてくるだろう。今夜はここで露営だ。まだ逃げ遅れた奴がこの付近に相当いるから、今夜は敗残兵の掃蕩をやる考えである」

なんという楽観か。このときに連絡杜絶のまま東捜索隊は孤立の死戦を戦いつづけていた。

●ハイラル

ハイラルにいる小松原師団長も、戦況がそんな悲惨なものになっているとはつゆ思ってもみなかった。山県連隊長からの早めの戦果報告をうけ、作戦は予定どおりに進行し、越境した外蒙軍を捕捉殲滅はできなかったとしても、大よそを撃破し国境線外へ追いはらったと判断していた。目的は半ば達成したとし、小松原はそこで二十八日夜、山県支隊のカンジュル廟付近への集結の命令を下達した。

命をうけた山県はさすがにあわてた。戦場の実情は日本軍にきびしくなるいっぽうなのである。当時戦場におもむいたさきの従軍記者の手記にはこうある。現地検閲済で直後に雑誌に発表されたものである。

「外蒙側は前進基地タムスクにさらに兵力を増援し、ソ連の機械化部隊、空軍も多数集結し、戦闘に参加せんとする形勢にあると伝えられた。バルシャガル高地のわが軍は、これに備えて必要な処置がとられた。兵は部隊本部を中心に壕を掘り、戦車阻止施設を構築して決戦を決意した」

これが新聞記者すらが知りえた敵兵力増強の情報である。大きく割り引いても日本軍はかなり困難な状況下にあったことは明らかである。命令どおりすんなりと戦場から退くべきときではない。山県はやむをえず「二十九日夜にもう一撃を加えたるのち、戦場を離脱する」旨を、小松原に返電する。

小松原はわが目を疑ったにちがいない。そして二十九日の陽がのぼると、増援軍を加えたソ蒙軍の猛攻がふたたびはじまったとの緊急の報告をうける。このとき、ここに関東軍の辻参謀が登場するのである。辻の手記では二十七日夜にハイラルに到着したとあるが、どう計算してもそれは勘違いで二十八日夜が正しい。

そして翌二十九日から辻の活躍がはじまっている。具体的には、関東軍司令部への報告、その報告にもとづいて関東軍より参謀本部あてに打たれた電報が残されているが、それによっても明らかであろう。

「山県支隊の戦果は敵遺棄屍体二〇〇、破壊戦車一〇、重機二、軽機三、暗号書その他多数、我の損害戦死約三〇、戦傷約七〇。

敵は本朝再びハルハ河を渡り攻撃し来れるを以て、第二十三師団は更に一部の兵力を増加し、敵を徹底的に破砕したる後、自主的に行動を律するの企図を有す」

関東軍よりはこの電報が東京へ、二十九日午前十一時四十分に打たれている。起草者名はもちろん辻である。

おそらくは、敵の攻撃いよいよ激越のときに、支隊を戦場から引き揚げカンジュル廟への集結命令をだしている小松原の尻を辻は大いにたたいた。そして小松原を翻意させた。あるいは東捜索隊との連絡杜絶もこのときに承知していたのかもしれない。「更に一部の兵力を増加し」という辻の主張がそのままに影響したと思われる電報が、ハイラルより山県支隊に発信されている。

「一部の兵力を増加するを以て、前命（カンジュル廟集結）にかかわらず、敵の撃滅を期せられたし」

命令のやり直しである。積極的なところは小松原の決断というよりは、まさしく辻のそれではなかったか。いずれにせよ、これによって山県支隊主力の運命は好転する。あのまま〝一撃〟を督戦されただけであったら、明日は東捜索隊のあとを追ったかもしれない。

翌三十日、師団命令により、歩兵第七十一連隊第二大隊長の指揮する歩兵、機関銃、速射砲各一中隊、山砲二中隊（歩兵七一および歩兵七二の連隊砲）が増援されることになり、部隊は十分に準備をととのえてハイラルを出動、午後五時ごろにはノモンハン付近の戦場に到着する。この部隊の自動車に便乗し、辻もはじめて戦場に姿をみせる。辻の手記には、早くも戦場で敵戦車に遭遇とはらはらさせる場面がでてくるが、例によって講談であろう。なぜなら、ソ蒙軍は新手の日本軍大部隊の戦場到着を知ると、ほとんど全軍が軍橋を渡ってハルハ河西岸の台地へ引き揚げているからである。ソ蒙軍側でも、外蒙第六騎兵師団のシャーリーブ少佐、作戦部長レシチン大佐といった幹部の戦死など、死傷者はかなりの数にのぼり、この上に大部隊の攻撃をうけてはと浮足立っていたのである。戦車がノモンハン付近でうろうろしているはずはない。

●ハルハ河・戦場

それはともかく、支隊本部に現われた辻は、さすがに闘志と実行力のかたまりといわれるだけの真価を発揮する。山県が対岸のいちばん邪魔なコマツ台地上の敵砲兵撃破などとおよそできもしないような作戦計画をねっている、つまりは格好だけで、どうしていいか処置に窮しているのを知ると、辻はこれを一喝した。

「あなたは東捜索隊を見殺しにした。あなたにとって東中佐は同期生ではないか。その部隊長の遺骸を収容しようともせず、これを戦場に放置したままとは何たることか」

つづいて言葉を和らげて辻はいった。

「今夜半、支隊をあげて夜襲を実行しなさい。目的はあくまで東部隊の遺体収容であるが、私が新京に帰って、関東軍司令部や報道関係に、『山県支隊は三十日未明、大夜襲を敢行して、敵を国境線外に撃退した』と発表するから、あとのことは心配しないでもよい」

この辻と山県とのやりとりは、のちになって小松原の知るところとなったようである。小松原の「日記」にこんなふうに書かれている。

「（山県には）夜襲ニ対スル気配ナシ。軍ノ辻参謀、見ルニ見兼ネ、支隊ノ兵ヲ貸セ、自ラ夜襲シ且捜索隊ノ死体収容ニ任ズベキコトヲ申出デ、支隊長止ムヲ得ズシテ自ラ指揮ニ任ズ。従テ夜襲ノ時機ハ遅レ、二十三時頃トナリ……」

この夜襲部隊に、むろん辻参謀は同行している。

三十一日午前三時ごろ、敵の避退したあとの戦場をまっしぐらに進んだ部隊は、東捜索隊全滅の現場につき、死体収容をはじめる。

「三人がかりで一人の屍体をかつげ、手ぶらのものは帰ってはならぬ。一つの屍体を残しても皇軍の恥だぞ」

と辻は怒鳴った。そしてみずからは屍体収容の殿《しんがり》をつとめて引き揚げてくる。

その日午前九時四十分、小松原は「完全に戦場掃除を実施したるのち、三十一日夜半戦場を出発し、カンジュル廟経由、ハイラルに帰還すべし」と、山県支隊に撤収命令を下した。戦闘はこれで自然と収束した。

歩兵第六十四連隊の出動人員は一〇五八、死傷および行方不明一一八、損耗率は一一パーセント。これにたいして東捜索隊は出動人員二二〇、死傷者一三九、損耗率は六三パーセントである。この、いわゆる「第一次ノモンハン事件」について辻は書いている。

「わずかに数日の緒戦であったが、それを通じてみられることは、第二十三師団の左右の団結が薄弱であることと、対戦車戦闘の未熟な点であろう。

山県連隊長が東連隊を見殺しにし、隊長以下全員を玉砕させたという一事は、師団長として、堪え難い苦痛であっただろう。

わずかに生残った東連隊の負傷者が、口を揃えて山県連隊を呪った。新設師団の最大弱点は上下の団結と、左右の友情が足りないことである」

辻は敗因をぜんぶ師団の団結の薄弱なることにかぶせているが、いい気なものよと評するほかはない。根本は関東軍の『処理要綱』にある。それが書かれる背景になっているソ連軍軽視にあるのである。それを辻は知らないはずはない。しかしいくら自己正当化の頰被りしても正体は自然とあらわれる。辻はぽろりともらしている。

「外蒙騎兵が、こんなに多くの戦車を持っていようとは、だれしも考え及ばなかった」

あとになって「対戦車戦闘が未熟」とあげつらう以前の、参謀としてはしておかなくてはならない敵情把握の問題ではないか。ソ連資料によると、この戦闘に参加した兵力は、ソ連軍機関銃三個中隊、装甲車一中隊、野砲一中隊であり、モンゴル軍は騎兵二個中隊と砲兵一大隊、混成一中隊であった。それに予備隊として西岸に第百四十九狙撃連隊が待機していた。

ノモンハン方面の戦闘で、東捜索隊が戦理からいえば全滅に近い打撃をうけたという報告を、その時点ではまだうけていない参謀本部作戦課は、戦闘が終結にむかった五月三十日夕刻に、関東軍司令部に電報を打っている。

「ノモンハンに於ける貴軍の赫々たる戦果を慶祝す」

そしてご丁寧にも、今後のこともあるから、関東軍のこれからの方針にそって「満洲増派を要する兵力資材あらば通報ありたし」と一言をそえる。うけとった作戦主任服部参謀は喜色満面になっている。参謀本部は常に関東軍を支援し、態度はかくあるべしの想いで、「第一次ノモンハン事件は中央、軍、師団の連絡比較的順調なるを見る」と記し、さらに一行大事なところを書き足した。

「中央は祝意を表し、国境紛争処理要綱に関し何等意見を述べ、又は指示を与うる処なし」

参謀本部は暗黙の承認をしていたのであると、ここでもまた自己正当化なのである。

●東京・宮城

参謀本部以上にノモンハン事件にたいし報告をうけていない天皇の、このころの憂慮は、もっぱら三国同盟問題をめぐる陸海軍の離反にたいしてむけられている。宇佐美興屋にかわって侍従武官長となった畑俊六大将に、五月二十六日、とくに椅子に坐ることを許し、めんめんとこれまでのいきさつを説明し、条約締結に反対である自分の考えをのべた。

「参謀総長が参戦という意味にて上奏したるが、参戦には絶対に不同意なる旨を述べおきたり」

「参謀総長は米は英に加担せずと申しいたるが、これは如何かと思う。米が英に加わるときは、経済断交をうけ、物動計画、拡充計画、したがって対ソ戦備も不可能なり」などなどから、大島大使が訓令に従わない場合には、大島・白鳥を召還すべきことと、細かい人事にわたる事柄までを天皇は語っている。

さらに五月三十日、天皇は畑にこんなことを伝えた。

「今日、外務大臣がきたので、ちょうどいいと思い、同盟問題にかんして外相にいっておいた。海相、外相が考えていることに同意ゆえに、陸相をもその方向で指導するように首相に伝えよ、といっておいた」

天皇が陸軍中央の強引な同盟推進を、いかにこころよく思っていないか。その得手勝手な振舞いと、いくらいってきかせてものれんに腕押しとなる陸相の言動とに、いかに参っていたか。信頼する武官長につい愚痴をこぼしてみたのである。

その天皇が、このときに、ノモンハンでの東捜索隊の悲惨を知らされたら、どんな思いを抱いたことであろうか。一年前の張鼓峰事件のさい、天皇は激怒して板垣陸相にいった。

「こんごは、わたくしの許しなくして一兵たりとも勝手に動かすことはまかりならん」

叱責どこ吹く風で、陸軍はこんども大元帥を無視して軍を動かした。「朕の命令」なくして軍旗を奉持した大部隊が動いたのである。陸軍は自分の意思を押しとおすためには、外には統帥権の独立を強調し、利用した。しかし自分に都合の悪いときには都合のいい理屈をつけて、これを完全に無視したのである。かれらは「天皇の軍隊」を誇示しながら、天皇に背くことにまったく平気であった。

三国同盟問題にかんしても天皇の意思を知らないわけではない。くりかえすが、内閣が一致した国策であれば、たとえその意に反しようが、天皇は「ノウ」といわないのが憲法上のしきたりである。陸軍はそれを心得ているゆえに、五相会議でねばりぬくのである。平沼首相をおどしてわが陣営にひきこむ。外相や蔵相はいざとなればどうにでもなる。とにかく内閣一致の決定をしたい。必然的に「敵は海軍」ということになる。

天皇の反対意思などははるか雲の上の話である。陸軍に注射されている世論は、五月も終りに近づくころ、さらに尖鋭化していた。脅迫がたんに言葉のうえのことではなく、実行への気配が日々濃厚となっていく。親ドイツ熱、反イギリス熱で国民はカッカとなり、(14)挙国一致そのままにまとめられてしまう。この勢いに反するものは非国民となるのである。

昭和日本ではいつのころからか暗殺ということが英雄的行為となった。専制君主が絶対の権力で君臨していて、これをのぞくことが立派な行為であったという中国の歴史に、日本人が親しんでいらいのことであろうが、昭和の日本にはそのような圧制者などいなかった。にもかかわらず、浜口雄幸、井上準之助、団琢磨、犬養毅、そして二・二六事件の斎藤実、高橋是清とつぎつぎに要人が殺害されている。テロの目標とされた人をあげれば牧野伸顕、一木喜徳郎、美濃部達吉、湯浅倉平、西園寺公望、鈴木貫太郎と穏健派と目される人すべてである。日本の政治史とは暗殺史ではないかと思わせられる。そして調べて情けなくなるのは、暗殺が国家にとってつらい損失であるにもかかわらず、犯人が英雄視されるのが普通、というだけではなく、なぜか世論がそれを是認することであった。それを望んでいたといってもいい声や動きが、世の中にひろくあることである。

昭和十四年五月末、このやられて当然という冷たい目は、海軍に向けられている。とくに標的は次官山本にしぼられている。山本もさすがに死を覚悟せざるをえなくなった。鼠が物を引くように、毎日少しずつ身のまわりの物を引いていって、やがて次官室には、山本の私物はひとつもなくなっていたという。

それにしても、海軍次官がテロによるおのが死を覚悟するほど、情勢が険悪であったとき、内務省も警視庁も手をこまねいて眺めていたのであろうか。実は内相木戸幸一は同盟推進派の旗をしきりにふっていた。

「いまの陛下は科学者であって、非常に自由主義的な方であると同時に、また平和主義の方である。そこで、この陛下のお考えになり方を多少変えていただかなければ、将来陛下と右翼との間に非常な隔りができることとなる……で、陸軍に引きずられるような格好でいながら、結局はこっちが陸軍を引っぱっていくということにするには、もう少し陸軍に理解をもったような形をとらなければならん」

そんなことを公言する内相が「右だろうが左だろうが、断乎取締る」といったところではたして信用できるであろうか。もうひとつ踏みこんでいえば、結局は海軍が時代の流れにたいして当時は異端であったのである。世論は滔々として日独伊同盟のほうへ流れている。テロ取締りにたいする不熱心は、そのことをあからさまに示すものであった。

五月三十一日、山本はひそかに遺書をしたためて次官室金庫におさめた。

「　述志

一死君国に報ずるは素《もと》より武人の本懐のみ。豈《あに》戦場と銃後とを問はむや。

勇戦奮闘戦場の華と散らんは易《や》すし。

誰か至誠一貫俗論を排し斃《たふ》れて已むの難きを知らむ。

高遠なる哉君恩、悠久なるかな皇国。

思はざる可からず君国百年の計。

一身の栄辱生死、豈論ずる閑あらんや。

語に曰く。

丹可磨而不可奪其色、蘭可燔而不可滅其香と。

此身滅す可し、此志奪ふ可からず」

そして山本は友人に「俺が殺されて、国民が少しでも考え直してくれりゃあ、それでいいよ」といっていたという。山本はときに五十五歳である。[15]

（6）帝国憲法第十一条「天皇ハ陸海軍ヲ統帥ス」にもとづき、統帥権は政府の関与しえない独立のものとされた。これによって軍事以外の国務の諸問題は内閣総理大臣が代表して天皇に上奏するが、統帥権事項にかぎっては参謀総長、軍令部総長および陸海軍大臣が直接に天皇に上奏することができた。内容はあくまで軍事に関することとされていたが、その範囲を拡大して解釈することが多かった。この場合もそれに当たる。

（7）　東京裁判で、元内大臣の被告木戸幸一は答えている。「一たび政府が一致して決めて参ったものは、これを御拒否にならないというのが、明治いらいの日本の天皇の御態度である。これが日本憲法の運用上から成立してきたところの、いわば慣習法である」と。その結果、国政においては、天皇は憲法上その行ったことの責任はなく、一切の責任は国務大臣がとる、という大原則が成立した。「君臨すれども統治せず」の意はここにある。

（8）　モンゴル（外蒙古）はもともとは清国の支配下にあったが、清朝滅亡後の大正二年（一九一三）、ロシアの後押しもあって独立を宣言した。十月革命後はソビエト政府がその独立を承認し、大正十三年（一九二四）にはソ連型の人民共和国になった。しかし、モンゴルは、ソ連邦に組みこまれずに自立を強く望みながら、ソ連軍の駐留を求めなければならないという矛盾をかかえこまないわけにはいかなかった。これもあって、モンゴルの指導層の多くが、日本帝国主義に屈服し、ソ連との友好を妨害したというような罪名で、スターリンによって処刑されたという。このようなモンゴルの数々の「痛み」については、田中克彦氏の『草原と革命』（恒文社）がくわしい。

（9）　第二十三師団の参謀の主な顔ぶれは、作戦主任村田昌夫中佐（33期）、情報主任鈴木善康少佐（33期）、後方主任伊藤昇少佐（42期）の各官であった。

（10）昭和七年六月十六日、参謀本部命令第25号は「関東軍司令官は満洲国主要各地の防衛に任ずべし」と、防衛任務を明示している。そのさい、細部の指示として「関東軍司令官はおおむね琿春―牡丹江―三姓―墨爾根―大興安嶺の線以外の地域に軍隊を行動せしめんとする場合にはあらかじめ参謀総長に報告すべし」と中央への報告を義務づけている。したがってノモンハンを地図上に見出したとき、「興安嶺の線以外の地域だ、これは参謀総長に報告しなければならんぞ」と主張するものがいなければならなかったはずである。関東軍作戦参謀にはひとりとしてそうするものがなかったらしい。

（11）ジューコフの回想録によれば、一九三七年（昭和十二）当時、ソ連軍にはひとりも字の読めないものは存在せず、軍隊図書館には二千五百万冊もの本がそろい、軍隊の文化活動に年間二億ルーブルの予算が計上されていた、という。ソ連軍は、日本陸軍の『対ソ戦闘要綱』が描く昔日のロシア軍ではなく、まったく異質の近代軍になっていたとみられる。

（12）ゾルゲは、ドイツの「フランクフルター・ツァイツング」紙特派員として、昭和八年九月に来日した。いらい、写真業者クラウゼン夫妻、「アバス」通信員ヴケリッチ、満鉄嘱託尾崎秀実、画家宮城与徳そのほかと協力して、スパイ活動をつづけた。それが当局の知るところとなり逮捕されたのは昭和十六年十月十八日、死刑執行は十九年十一月七日であった。

（13）このころの新聞ジャーナリズムのあり方は情けなくなる。昭和十三年春に国家総動員法が成立していらい、新聞は生殺与奪の権を完全に軍部や政府ににぎられたとはいえ、そうなることに気づかなかった点は責められるし、また、その結果としてのそれ以後の言論は、国家を亡国へ追いこむための大いなる協力の役をはたしたのである。昭和二十年十月二十四日の朝日新聞の社説を引用する。いくらか弁解的ではあるが、その自己批判の言はまことに真をついている。

「……大戦直接の原因の一をなす三国同盟の成立に際してすら一言の批判、一臂の反撃も試み得なかった事実は、固《もと》より承詔必謹の精神に基くものであったとはいえ、顧みて忸怩たるものあり、痛恨正に骨に徹するものありといっても過言ではない」

一言の批判、一臂の反撃もできなかったのは、昭和十五年の同盟成立の前から、新聞ジャーナリズムはもう太鼓を精一杯に叩きつづけていたからである。

(14) 本文では、政治的複雑さをますばかりゆえにあえて書くことをやめたが、同時期に日本の政治・軍事の指導者にあわただしい想いをさせたものに「汪兆銘工作」があった。国民政府の一方のシンボルである行政院長兼外交部長の汪兆銘による新政権を中国に樹立させ、それと和平を結んで一挙に日中問題を解決してしまおうというまことに虫のいい秘密工作である。しかも五月三十一日に、周仏海、梅思平らの側近をつれて汪兆銘は東京に到着した。参謀本部作戦部の戦争指導班は『新中央政府樹立方針』をいそぎ策定し、六月六日の五相会議に提出するなど、上を下への大騒ぎがつづいた。

この「汪兆銘工作」は平沼内閣倒壊まで苦心して進められたが、日本側は一方で戦争処理(和平)のできる主体的な政府樹立を期待しながら、また一方で日本の中国での特殊地位(基地の設置など)を認める政府であることを望む、という基本的誤りをやっていた。

このため話し合いは遅々として進まず、これまた参謀本部にとっては三国同盟問題ともからんで、頭の痛い案件となっていたのである。

(15)　参考までに主な人々の昭和十四年（一九三九）内に達する満年齢を記しておく。平沼騏一郎72、植田謙吉64、スターリン60、米内光政59、東郷茂徳57、板垣征四郎54、小松原道太郎53、中島鉄蔵53、磯谷廉介53、大島浩53、白鳥敏夫52、ヒトラー50、モロトフ49、須見新一郎47、リッベントロップ46、寺田雅雄44、稲田正純43、ジューコフ43、服部卓四郎38、辻政信37、そして昭和天皇38。

第四章　六月

●モスクワ・クレムリン

ソ連首相スターリンはクレムリンの奥深い一室でパイプをくゆらせながら、いそがしく思案をめぐらしている。自分の部下が、ごくわずかな独自の考えをもつことすら容赦できなかったこの男は、であるからといって、私室でひとりでいることにも耐えられない。かならずかれのいうことをきく側近の高官をはべらしていた。かれは人びとと話したり、政策を説明したりするときは、たえず歩きまわった。話が長時間にわたるものであっても、話の途中に口をさしはさむことは許さなかった。

かれはどちらかといえば背が低い男である。それをたえず気にしていて、一六三センチという背丈を大きくみせるため、四センチあまり高くなる長靴を秘密につくらせ、それをはいている。それで、だれもがスターリンを小男などとはつゆ思いもしなかった。

喋りながら歩きまわったり、思索にふけるときは、いつでも右手を上着の前ボタンの間に差しこんでいる。とくに力をいれて語るときは突然にその手をだしてパイプをにぎると大きく振った。聞くものに印象づけるためパイプは非常に役立った。

朝が苦手なスターリンは、午前十一時ごろに仕事をはじめ、夕刻までたえ間なく執務した。それから夜の十一時ごろまでゆっくりとくつろぎ、ふたたび仕事にもどる。そして午前三時、四時、あるいはもっと遅くまで私室からはなれなかった。ソ連の国家的な動きは、この夜は元気なスターリンの時間表をもとにして動いた。深夜の電話連絡などめずらしいことではない。

六月を迎えようとして、スターリンは新しい重要な手をいくつか打つことを決意せねばならないと、自分にいいきかせている。

英仏との同盟問題交渉がある。独伊の鉄鋼同盟の成立により、イギリスのチェンバレン首相もさすがに足もとに火のついた感じで、対ソ条約交渉をさきのことと放置してはおけなくなったようなのである。言葉や書簡による呼びかけから一歩進んで、いっしょのテーブルについて具体的に話をつめることの必要性を感じだしている。スターリンはそのことを十分に承知した。

それにつられるようにヒトラーがシグナルをそれとなく送ってきはじめた。英国＝ソ連条約交渉が日ならずしてなんらかの形をとることを、ヒトラーが非常に心配しはじめているのが察知された。モロトフ外相就任という誘いに容易にのろうともしなかったこの男が、明らかにあわてだしていることが、スターリンにはみてとれた。

事実、ソ連側の観測は正しかったのである。五月三十日付で、最近数カ月のあいだに起ったある種の出来事は、われわれをして、ロシア側の従来の見解に変化が生じたことを信じせしめるに至った、と前置きして、外相リッベントロップは長文の極秘の訓電を駐ソ独大使シューレンブルグに送っていた。

「ドイツとソ連との間には、なんら対外的、政治的な利害の衝突が存在せざるものと、躊躇なく断定することができる。……この理由をもって、いまやわれわれはソ連とはっきりした交渉を行うことに決定した」

とリッベントロップは新しい外交方針を示した。そのことに理解がなくて、万一、ソビエト政府がドイツに対抗して英国およびフランスと固く結ぶことがよいと考えるのなら、スターリンはドイツと日本とを敵とすることになり、東と西で惨たる結果を甘受せねばならない。この事実を十分にモロトフに示し、

「いまやわれわれはソ連とはっきりした交渉を行うことを決定したと伝えよ」

とドイツ外相は命令したのである。

ヒトラーはいろいろな迷いをふりきって、進行中の英ソ交渉の裏をかくために、対ソ交渉に自分のほうからのりだすことを決意したのである。英仏を恐れ、英仏とソ連とが結ぶことを恐れたゆえにほかならないが、もうひとつ日本にたいする落胆があった。五月二十七日、大島大使が「ヨーロッパに戦争が起きた場合に、日本は戦争に入ることをそのときの状況にかんがみて自主的に決定したい」という内容の日本政府の訓電のとどいたことを、非公式にリッベントロップに伝えてきたからである。ヒトラーにとって、対英仏戦に即時に参戦を期待できないような同盟では、三文の値打ちもない。ヒトラー

はうなるようにして「日本の態度は不可解そのものだ」と外相にいった。

　スターリンは、こうしたヒトラーの判断や心理をふくめた極秘情報を、すべて手にしたわけではない。ただし、クレムリンの奥で歩きまわっているだけでも、ヨーロッパ情勢のどんどん変化していく徴候を、いくらでもつかみとることができた。スターリンが考慮しなければならない条件はしぼられる。英仏と結ぶことで何がひきだせるか。英仏はドイツとの戦争をもはや辞してはいない以上、それと同盟することは……。それとも、ヒトラーからはそれ以上の大きな贈りものをうることができるのではないか。

　スターリンはいまこそヨーロッパの政治情勢と真剣に、正面からとり組まねばならないときと、目をぎらぎらとかがやかせた。日本的にいえば、正念場にたったの想いなのである。ヒトラーとはいつか戦わねばならないとしても、それが早い年であることは望ましいことではない。ヴォロシーロフ将軍がいうように、軍事力の整備がまだ完璧ではなかった。ことに空軍力においてソ連はドイツにはるかに劣っている。

　しかしながら、スターリンはぐんと有利な立場にある。ソ連と英仏とのあいだの合意の見通しが明るければ明るいほど、ベルリンの憂慮は増大するということである。慎重に、巧妙に、狡猾に振舞うことで、スターリンはヒトラーからそれだけ大きな利益をひっぱりだすことができる。

　そのかれにもたえず心配していなくてはならぬアキレス腱がある。アジアにおける日本軍の不敵な行動である。好戦的な関東軍の態度である。スターリンはチェンバレンやヒトラーを相手に戦略的かつ心理的な大勝負を試みる前に、のどにひっかかる小骨というよりは、この不断の歯痛を抜本的に処理しておく必要を痛感していた。

　折しも満蒙国境のノモンハン付近で予期せぬ紛争がはじまっているではないか。明日のヨーロッパの大問題に対処するためにも、今日の紛争を好機として、許されるかぎりの全力をあげて、日本軍を一度思いっきり叩きつける、そして好戦的な関東軍の自信を挫いておくことをスターリンは最緊要なことと考えた。背後を安全にし、後顧の憂いなくヨーロッパ問題に鼻をつっこむためにも、やっておかなければならない出血であろうと覚悟をきめたのである。

　ちょうどこのとき、スターリンに決意を固めさせるに寄与したと思われる日本政府からの回答がとどけられた。二十一日に日本大使東郷をとおして伝えた抗議に、五月二十五日、日本政府が答えてきたのである。

「日本政府はソ蒙相互援助条約を承認しておらず、ゆえに外蒙古の事件について貴国からの抗議をうける立場にはない。今回の事件は外蒙兵の不法な越境によって起ったものであるゆえ、すでに満洲国よりモンゴル人民共和国に厳重に抗議ずみである。なお貴国が事件に関与しているとするなら、日本政府は日満共同防衛の見地から、その打ち切りを強く要求する」

　東郷から回答書をうけとったモロトフは、まったく表情を変えなかった。日本政府の回答はあまりにそらぞらしく、かつ喧嘩腰ともとれたが、予想されたことでもある。

六月二日、スターリンはついに重大な一石を打った。白ロシア軍管区軍司令官代理ジューコフ中将をモスクワによぶと、スターリンは赤軍でもっとも有能とされるこの軍人に、ただちに戦場へ赴くように命令した。

ジューコフは兵卒あがりの叩きあげの将軍である。学校教育によってつくられた軍人ではない。有能との定評あるゆえ、かえってスターリンによっていつか粛清されるのではないか、とまわりのものたちからも思われている。スターリンのこの思いもかけない起用は、ジューコフには身の安全のためにも、国家に忠誠をつくすまたとない機会となった。

さらにスターリンは東京のソ連軍情報部の諜報員ゾルゲにもあらためて指令を送った。中国大陸に大軍をとられている日本陸軍が、ありえないことと思うが、ソ連軍の大攻勢に即応して、もしも全力をあげて立ちむかってきたら大戦争となる。同盟交渉のかけひきどころではない。その懸念を払拭しておくのが緊急事である。それゆえに日本の陸軍中央や政府の真の意図をさぐりだすことをゾルゲに命じたのである。

ゾルゲ諜報団の東京での活躍はめざましかった。尾崎秀実、宮城与徳たち日本人スパイもよく働いたことを、ゾルゲはのちに訊問調書で答えている。六月四日付でゾルゲが送った報告によると、

「……日本がソ連との本格的戦争にはしる見込みは少ない。にもかかわらず、関東軍に独走傾向が増大しているため、大規模衝突となる可能性はある。衝突の続発を防止する

ために は、毅然としたきびしい手段を用いるよう勧告する。……」

というのである。この正確さは驚くほかはない。

スパイに関連していえば、一味のヴケリッチがフランスの週刊誌の特派員として、日本陸軍から招待されて六月四日から十五日までノモンハン付近の視察旅行をしている。なんとも皮肉なことである。

「ヴケリッチが見聞した若干の重砲、貨物自動車の話や、飛行場二、三を訪問した話などを同人から聞いた」

そして、その結論として、

「この事件から全面戦争へ発展しない」

というヴケリッチの意見も、モスクワへゾルゲは送っている。スターリンからこの情報が、さらに戦場のジューコフに送られたであろうことは書くまでもない。現実に、ソ連軍はこの報告のように毅然としたきびしい手段をもって行動している。

●ハルハ河西岸

ヴケリッチがノモンハン付近を視察しているころ、知らぬが仏の人のいい日本軍は、六月四日から八日までの五日間、新京の関東軍司令部で兵棋演習を行い第一次ノモンハン事件からの戦訓をまとめている。東京の参謀本部第一部（作戦）からも五人の参謀が列席した。

東京のお歴々を前に、辻参謀は、

「もうノモンハンは終りましたから、安心して下さい」

といった。事実、兵棋演習は、すんだ戦闘の分析や反省という現実的な問題より、将来の作戦構想をどうするか、その欠陥をどう直すかという大局に主眼がおかれていた。関東軍は事件は完全に落着したと本気で考えているのである。山県支隊正面に猛攻撃を加えてきたソ蒙軍は、三十一日になるとハルハ河西岸へ退いた。これはソ蒙軍に余力がなく、それ以上の突撃意思がないからであるとの認定がある。つまり紛争は終結したのであると。

大いなる楽観というか、夜郎自大の判断というか。ここでもまたソ連軍軽視がのぞいている。

事件は終っていなかったのである。スターリンの指示にもとづきソ連軍はいよいよ本気で戦備をととのえはじめている。六月五日、ハルハ河西方約一三〇キロのタムスク市に着いたジューコフは、第五十七特別狙撃兵団司令部でさっそく第一声を放った。

「兵団長、司令部がこんなに第一線からはなれていて、どうやって部隊をうまく指揮するというのかね」

ジューコフはその回想録で書いている。

「すべての情況は、この事件が国境紛争ではないこと、日本はソ連極東およびモンゴル人民共和国に対して侵略の目的を放棄していないこと、さらに極く近いうちにさらに大規模な日本軍の行動を予想せねばならないことを物語っていた」

ジューコフは部隊の視察、戦備などの特別調査をすませたあと、その夜、モスクワの国防人民委員部に打電した。

「ハルハ河東岸地帯を固守し、同時に縦深陣地からの反撃を準備する」

という作戦計画とともに、必勝を期さねばならないなら、指揮官の交代と兵力の増強が必要である、と報告した。

ソ連軍は、日露戦争での敗北をよく研究しそこから貴重な戦訓をえて、新しい野戦方式をあみだしている。それを「縦深陣地」という。横一線に陣を布《し》くのではなく、タテに深く矩形《くけい》の陣地を構築する。攻勢主義をとる敵軍を撃破するのに、もっとも有力な防禦方式といえた。ジューコフはそれを守って反撃することを報告したのである。

四十五分後にはスターリンからの返電が送りとどけられてきた。

「第五十七特別狙撃兵団長フェクレンコ解任。後任ジューコフ。六月五日付」

さらに翌日、ジューコフの兵力増強要請にたいして、これを上まわる機械化狙撃師団一、戦車旅団二、装甲車旅団一、狙撃師団二、砲兵連隊三、飛行旅団二など、大兵力の増派決定が伝えられる。

とくに注目されるのが空軍力である。さる五月二十九日の陸上戦を支援しつつ戦われた空中戦で、ソ連軍の戦闘機隊は完敗した。日本機に一機の損害もなく、ソ連機は一三機が撃墜された（日本側の主張では三六機）。

モスクワはこの敗北を重視した。強敵日本航空部隊と互角以上に戦うためには、ということから、スペイン上空での独伊空軍との戦闘経験者を中心に四八名の最優秀パイロットを外蒙古へと急派する。このグループによって航空隊の再建を期したのである。

こうして万全を期しつつ、ソ蒙軍はふたたびハルハ河を越えて大兵力が東岸に進出した。ジューコフは張りきって指揮命令をつぎつぎにくだす。東岸に縦深の陣地を構築し、橋頭堡として確保することが、こんどはソ蒙軍の戦術目標となった。連絡を密にすべく各陣地をつないで砂中にうめた電線による通信網の建設が、ぐんぐん進められた。軍橋も何本かハルハ河に架けられた。増派部隊到着（六月下旬）までは各部隊とも積極的な作戦はひかえるように命ぜられていた。

そしてジューコフは指揮所をハルハ河に近い西岸のハマル・ダバ山へと前進させた。

●東京・三宅坂上

東京の参謀本部作戦課の面々は、もちろん、スターリンの極秘の命令を知るはずもなかった。ノモンハン付近での紛争は敵味方とも同じくらいの痛手を負って終結したと、かれらもまた信じている。おそらくは辻参謀の確言どおりなのであろう。ヨーロッパの情勢が緊迫しているので、ソ連軍は国境で大規模な紛争を起しえない。あるいは、参謀本部よりの戦果慶祝電にたいする関東軍司令部の報告どおりであろうと、陸軍中央も思っていたのである。

「敵全般の情況ならびにノモンハン付近の地理より判断して、敵はこの方面にさらにはなはだしく大なる地上兵力を使用するものとは判断しあらず。而《しこう》してかりにその兵力を増加する場合においても、第二十三師団、軍の現に有する航空兵力ならびに軍直轄部隊の一切をもって、軍の企図を達成しうるものと確信しあり」

「軍の企図」とはすなわち敵殲滅である。

戦場となったノモンハンから鉄道の端末駅までの距離は、日本軍がハイラルから約二〇〇キロ、たいしてソ連軍はボルジヤ駅、またはヴィルカ駅から約七五〇キロもある。たしかに第一次世界大戦いらい、各国とも兵站・補給には自動車を活用するようになった。日本もその認識をもち、昭和十三年から新設師団の輜重《しちょう》兵連隊には自動車一個中隊が加えられている。

たとえば、こんどの国境紛争の焦点となったホロンバイル方面防衛には、はじめの計画では、四個連隊編制の第八師団（弘前）をもっていく計画を参謀本部ではたてている。しかし東北の兵隊は自動車の運転がほとんどできない、この平原地域に不可欠の機動力にかけるという異論がでて、第二十三師団にかえたというウラの経緯もある。そのくらいの自動車輸送にたいする認識はあった。しかし惜しむらくは、とても欧米列強なみというところまでは達していなかった。

関東軍報告の「ノモンハン付近の地理」とはそれをいう。陸軍中央と関東軍とを問わず、作戦参謀たちの兵站常識からすれば、つまり端末駅から戦場までの距離を考えれば、ソ連軍がこの方面に「大なる地上兵力」を輸送集中するのは不可能、そうみるのはいわば当然すぎることなのである。

参謀本部作戦課はこうして、当分のあいだ大戦闘はこの方面では惹起されまい、と判断した。しかし再発は皆無とはいえない。そのときにそなえて大本営としての基本構想をまとめておくことの必要性だけは痛感している。とくに五月末に上京してきた関東軍の磯谷参謀長、寺田、服部両参謀の会合における鼻息の荒さを考えると、安穏と遠くから眺めてはいられない焦燥を感じさせられた。

かれらは「総長に直接に意見具申したい」と短兵急に申し入れてきた。すなわち、研究の結果、将来の対ソ戦にさいしては、すでに示されている「八号作戦計画」の乙案すなわち西正面作戦でのぞむことを最高の策と決した、とかれらは主張して譲らなかった。最終的には、参謀総長が「なお慎重に研究審議した上、なにぶんの指示をする」となだめ、ようやく引きとってもらう始末で、それくらい関東軍の対ソ戦意は積極果敢であるのを、参謀本部はたっぷりとみせつけられた。

参謀本部作戦課は基本構想の『ノモンハン国境事件処理要綱』を五月末日より六月上旬にかけて、参謀有末中佐が主となって作成した。それは、関東軍の地位を尊重し、信頼して処置はまかせるが、敵に一撃を加えたのちは速やかに兵力を撤退させる、さらに事件を拡大にみちびきやすい航空部隊による越境攻撃はまかりならぬと、使用兵力を規制かつ制限する内容を主旨とするものである。

いってみれば〝奔馬〟関東軍を御するための手綱を、参謀本部がしっかりととり直したものといっていい。ところが、奇妙なのは、せっかく作ったものの、この参謀本部の『処理要綱』はただの腹案にとどまったことで、関東軍に正式に示達されることなく、作戦課の金庫中に深く蔵されてしまった。

このへんに作戦畑育ち同士の不思議ななれ合いというようなものがある。「もう紛争は終った」といっているところへ、なにも気持を逆撫でするような指令を送る必要もあるまい、というような思惑が働いた。一定の戦理や理論にもとづいてつくられた冷厳な作戦方針が、仲間うちにあっては、多分に情緒や、山本七平氏のいう「空気」によって支配されてしまうことがある。集団主義の参謀本部作戦課にあってはとくにその傾向が強かった。

それにちょうど折悪しく、またしても三国同盟問題をめぐって、五月下旬から六月にかけて陸海軍主務者会談を連日のようにひらいたり、また部内会議をひんぱんにもったりして、三宅坂上の参謀たちには忙しい日々がつづいたのである。もはや海軍とは協議するつもりはない、という方針で突っぱねていたものの、困りぬいた有田外相が首相に頼みこみ、首相から何とか海軍側ともう一度話しあってくれとの強い要望があり、しぶしぶ重い腰をあげた。そのためもあって『処理要綱』がわきへ追いやられたのかもしれない。

こんどもまた、陸海の合同討議の最重要問題は、独伊と英仏とが戦争状態に入った場合、日本はどういう態度をとるべきか、についてである。陸軍は少しく譲って軍事行動に入らないまでも宣戦の意思表示だけはするという新方針を主張したが、海軍は宣戦と軍事行動は一体として考えざるをえないといいはって譲らなかった。どこまでいっても平行線である。

それでも討議の結果として一応の結論をうみだした。長文のものであるが、その根本の要旨は、

「一、ソ連、またはソ連をふくむ第三国が、独伊との戦争になった場合、日本の態度は独伊側に立ち、意思を表示し、かつ武力援助する」

このようにソ連およびコミンテルンにたいしてはきわめて明確なのであるが、

「二、ソ連をふくまない第三国の場合――」

となると、

「イ、意思においてはかならず独伊側にくみし、英仏側には加わらない。ただし、はじめから参戦する場合もあり、中途から参戦する場合もあり、まったく参戦しない場合もある」

というはなはだわけのわからないものとなった。

「ロ、一般情勢をあわせ考え、日本が無言の脅威をもってソ連などの戦争参加を牽制す

るのを協約三国のため有利とする場合、なんらの意思表示をしないことあり、また武力行使を行わないことあり。ただし、この場合においても独伊側と協議することはもちろんない」

このように、ソ連をふくまない戦争の場合には、日本が参戦するかどうかはもちろん、武力援助もするかどうか、肝要の点をすべてぼやかした苦心の作文なのである。

こんなあいまいな文言では、これを結論としたものの、陸軍中央としては不満たらたらである。とくに作戦課としては、万一の場合を想定しての作戦計画などがこれではたてようもない。さりとて同盟問題を、これまでと打ち切ることだけは陸軍としてはなんとしても避けたかった。

六月三日の五相会議と五日の閣議で、この陸海軍主務者合意のこれからの方針が、国策として決定された。この線で独伊を説得し直すのである。ただちに訓電が大島、白鳥に打たれた。

その直後のことである。参謀本部を大いに苦慮させ、いっぽうでついにやったかと発奮させるようなことを、北支那方面軍がやってのけたのである。参謀本部作戦課はそのほうの対策にも追われ、腹案の『ノモンハン国境事件処理要綱』示達ならびに説得どころの話ではなくなった。とにかく対応に忙しい難件がつづくのである。

●天津・英租界

ことは天津のイギリス租界で起きた暗殺事件である。その容疑者四人の引渡しの外交交渉をめぐって、日本とイギリスが真っ向から対立したことは、すでにふれておいた。その後もイギリスは強硬で日本側の要求に応じなかったし、また、英国側からの中立国を交えての調停委員会構成の提案を、日本がただちに蹴るなど、交渉は悪化するばかりであった。

しかも北支那方面軍には、参謀長山下奉文《ともゆき》中将、参謀副長武藤章少将という陸軍きっての口八丁手八丁の「逸才」がそろっている。手ぬるい外交交渉にまかせておけぬと、がぜんかれらがのりだしてきた。これを好機として、英租界の体質改善をいっぺんにやってのけてしまおう、という深謀遠慮が両雄にはあるのである。

六月七日正午までに容疑者を引渡せと日本側は最後通牒をだし、イギリス側がそれを拒否すると、方面軍は租界を封鎖するという強硬手段にでる。六月十三日、日本軍はつぎのような布告を発した。

「天津における抗日共産分子の活動を禁止するため、六月十四日六時以後、通常左の如く交通を制限す。

英仏租界に通ずる通路は、左記以外何人といえども通行を許さず。

万国橋（六時より二十四時に至る往復）

山口街、旭街、芙蓉街、英国競馬場、奉安路、中街（六時より二十二時に至る往復）」

その夜、犯人らしいものの心当りがある、引渡してもいいと、あわてた英国側が封鎖中止を要請してきたが、日本軍ははねつけた。

六月十四日、方面軍の命により、師団長本間雅晴は〝もはやこれまで〟と英仏租界隔離を断行する。電流をとおした有刺鉄線をびっしりはりめぐらせる。万国橋をはじめ山口街、旭街など七カ所の検問所では、日本兵が出入りの男女を厳重に調べあげた。イギリス人通行者にはとくに屈辱的な身体検査を行い、ときには民衆の面前で裸にしたりした。

ところで、英米が共同戦線をはる恐れがある。それをさせないためにも、アメリカ人には決して手をふれようとはしなかった。(16)

方面軍司令部はそのうえで声明を発した。

「矢はすで弦を放たれた。この係争は、もはや容疑者の引渡しで終るものではない。この問題を通じ、帝国陸軍はイギリスの援蔣政策を再検討することをよびかけている。イギリス租界官憲が『日本とともに東亜新秩序建設に協力する』との新政策を高くかかげるまで、われわれは武器を捨てることはないであろう」

この高飛車で理不尽な日本軍の行動には、面子にかけてイギリス政府も反撥せざるをえない。「日本のよびかけを容認することは、過去のわが国のすべての政策を武力の脅威に屈して放棄することを意味する。政府は在中国の英国権益を擁護するため、迅速活発な措置をとらざるをえない」というイギリスの重大声明を、ロンドンからの報が日本に送ってきた。東京では、こしゃくなイギリスめとの反撥が、いちどに燃えあがる。

そして天津でのイギリス人にたいする強硬な日本軍の処置の報は、日本国内の三国同盟推進論者はもちろん、どんどんふえつつある反英運動家たちをいっそう喜ばした。多くの日本人はそれでなくとも、殺害容疑者の引渡し拒絶というイギリスの利敵行為に、はげしく腹を立てていたのである。

このころの日本人の悪化した対英感情というものを考えてみると、なんとも解せない不思議さをそこに見出す。明治日本はまさしくアングロサクソンと協調することによって大きな発展をとげたのである。しかし、昭和になって、日本は米英との協調という政策を捨て一気にドイツに傾斜していった。とくに陸軍と少壮の外務官僚がドイツ一辺倒になっている。米英敵視と親ドイツとは、いわば盾の両面であった。どちらがさきであったかをいうことはできぬほど、この二つの傾向は微妙にからみあっている。なにも陸軍や外務官僚だけではない。実は海軍もまた、反英親独に完全にのめりこんでいたのである。どうしてか。

「……英国の繁栄のために、極東における日本の生存権を犠牲にして顧みず、支那の排日反日政府を助長育成したる結果が今日の日支紛争であって、……従って、英国にして日本を圧迫し、その極東繁栄を企図しようとする根本方針を改めないかぎり、日英の国交調節ははなはだ困難であると言わざるを得ない」

昭和十三年九月に軍令部がまとめた極秘文書『対英感情は何故に悪化したか』の結論の部分である。さきの北支那方面軍司令部の声明とどれほどの逕庭《けいてい》があろうか。イギリスに範をとり、建設の緒につき、長年にわたり士官を派遣しそのよきところを学ばせ、開明的といわれてきた日本海軍にして、このころはこの反英国観なのである。

裏返していえば、なぜあれほどまで陸海軍人や外交官がドイツかぶれしたのかである。端的にいえば、興隆するドイツの姿に魅せられたことがあげられる。第一次大戦敗北の屈辱をはねのけ、ヒトラー総統によるドイツ統一の大事業は「ドイツ語のひびくところ、すべてドイツなれ」（十九世紀の愛国詩人アルント）の見果てぬ夢と希求とを具現しようとしている。それに驚倒した。

いや、昭和十年前後にベルリンを訪れた陸海の少壮軍人や外交官が目を見張ったのは、圧倒的な統一への熱と力ばかりではなかった。ドイツの民族的性格について、ある種の共感と、日本に共通するイメージをそこに描いたからにちがいあるまい。堅実、勤勉、几帳面、端正、徹底性、秩序愛などのいい面から、頑固、無愛想、形式偏重、唯我独尊といったマイナスの面まで、日本人はおのれの投影をみとめ、すこぶる付きの親近感を抱いた。

日本とドイツはどちらも単一民族国家、団体行動が得意で、規律を重んじ、遵法精神にとみ、愛国心が強い。日独はいずれも教育水準が高く、頭がよくて、競争心が強く、働くことに生き甲斐を感じている。日独はともに組織にたいする忠誠心にあふれ、勇敢で、機械にも強く、軍事的潜在力が高い。

しかも日独は、近代国家としては「おない年」であり、統一国家を形成した一八七〇年ごろには、先進列強の地球上における領土分割はほぼ完成し、優秀民族でありながら「持たざる国家」としての苦悩をともにしてきている。

ちょっとくどくなるが、その端緒が大正十一年のワシントンと、昭和五年のロンドンと、二つの軍縮会議にあったのは明らかなのである。対米英比率五・五・三を押しつけられた条約として、そこから海軍部内における多くの対米英強硬派の誕生をみたのである。

「ワシントン会議は……米国の勝利、日本の敗戦となり、ルーズベルトいらいの米国の極東侵略策はその成功にむかって大きく歩を踏みだしたのである」

「ロンドン会議は、米国にかんするかぎり……侵略戦争を予期したものであり、軍縮ではなくて軍拡であり、世界平和でなくて、日本を屈服させての米国の平和であるのだ」

こうした論法が、軍縮そのものに鬱屈した気分を味わい、国際協調を説く米内・山本など条約派にあきたらぬ想いをかみしめる血気の中堅士官の胸中に火をつけているのである。

とくに第一次世界大戦中、日本は「大英帝国の番犬役」として地中海にまで艦隊を派遣し、さんざんに働いた。にもかかわらず、戦争が終わったとたんにイギリスは日本をふり捨ててしまった、と憤慨する海軍士官がしだいに部内に多く存在するようになった。その後に日英同盟も葬られ、造船将校のグリニッチ海軍大学留学も大正十二年で打ち切られた。「英米は日本に冷淡になり、もはや信用することはできぬ」という悪感情が、青年士官にとりついた。そして反作用的に、勃興するドイツにたいする親近感が自然にうまれていたのである。

そんなところから、開明的といわれる海軍にして実は陸軍以上に親独であった。英仏租界封鎖事件によって世論が極度に悪化したのも当然のことであろうか。それは陸軍中央や右翼にとっては思う壺である。国内の反英運動は遠くからあおられて、いよいよはげしくなっていく。

●東京・宮城

それにはオットー駐在大使を中心とするナチス・ドイツの第五列（諜報・宣伝部隊）の活躍もみすごすわけにはいかない。陸軍省、内務省、外務省さらには右翼団体に潜入したナチスの勢力の宣伝戦は、まことに巧妙そのものである。オットーは日本の新聞に反独的な記事がのると、ただちに外務省に抗議や強硬意見を提出する。そんな記事がでることは共産主義イデオロギーの術中におちいることであり、日独防共協定の趣旨に反するというのである。

また、日本で発行されるさまざまな出版物が、ドイツのプロパガンダ用に大いに利用された。ドイツの銃砲、タンク、飛行機などの写真をみながら、その軍事力に日本人は魅せられた。また、かれらは宮城遥拝、神社参拝などの国民的儀礼にもすすんで参加し、日中戦争の犠牲者にたいする大口の慰問金をだす、そうすることで国際的な孤立感になやむ日本人の心理的弱点にたくみに入りこんでくる。

ドイツがまさしく「盟邦」と思われれば思われるほど、イギリスは敵となっていく。第五列の圧倒的な勝利なのである。

そういえば、なぜ開明的な海軍があれほど親独となったのか、という質問に、あっさりと回答を示してくれた元海軍大佐C氏の言葉が想いだされてくる。

「それはドイツにいった軍人に、かならずナチス・ドイツが女をあてがってくれたからですよ。しかも美しい女をね。イギリスやアメリカはピュリタンな人種差別のある国ですから、そうはいかなかった」

それはともかく、こうして国内の漠とした反英気分は、もっと激越な排英気運へと転じはじめる。天津事件を機に、中国全土の租界問題をこのさい一挙に解決することはもちろん、イギリスをして援蔣政策を放棄させろ、アジアから出ていけ、といった声がどんどん大きくなっていく。その裏には、すぐ解決するはずの日中戦争が泥沼にはまったのは、中国に大きな権益をもつ英米などの援助のためである、という陸軍中央の宣伝があるのは書くまでもない。

そうした排英親独の国内情勢の激越化をもっとも憂慮しているのは、だれあろう、宮城の奥の昭和天皇その人なのである。天皇は若き日より親英感をひとしお強くもっている人である。六月十四日、人事上奏のため参内した板垣陸相に、とくに天津事件にかんし注意を与えた。

「一、いたずらに意地をはって対立することは、すべてに不得策なるをもって、何とか解決の途を講ずるように。

二、兵、憲兵、警察官など末梢まで意図の徹底不十分なために、不意の事件が突発しないように注意するように」

板垣は恐縮して「参謀本部としっかりと協議いたします」旨を答えて引きさがった。

翌十五日、参謀総長閑院宮と板垣とが、四個師団増設について上奏のため参内したときにも、天津事件にふれて、

「北支那方面軍からの報告によれば、今回の天津租界の封鎖は単に犯人の引渡しを目的とするものではなく、わがほうの企図する金融経済政策にイギリスをして協力せしめようとするためのものというではないか」

と、天皇は事件の根本問題をさし示してきた。そして、

「そのために検問検索をはじめ、だんだんにこれを強化して、事実上の経済封鎖にまで及ぼうとするのであっては、事件の解決はそう簡単にはいかなくなる。いろいろと問題はあろうが、このさいはいたずらに英国を刺激することなく、なるべく速やかに封鎖を

とき、兵を引きあぐるようにせよ」

と参謀総長に指示している。

参謀総長は「犯人の引渡しが封鎖の目的であり、目的を達すれば解除を考慮しております」と答えた。

ところがその夜、板垣陸相が畑侍従武官長に電話して「参謀総長宮があのように奏上されたが、北支那方面軍の封鎖意図は、犯人引渡しが目的なだけではなく、イギリスに日本に有利な経済政策をとらせるためのものであるとわかった。どうしたらよいだろう」といつわりのないところを連絡してきた。陸相はカヤの外におかれていたようである。

畑は、頬っかぶりはできないと、さらに翌十六日、天皇に電話の内容を報告した。封鎖事件の解決は簡単にはいかないかもしれないと、畑がぼそぼそと伝えると、天皇は深く嘆息していった。

「それはほんとうに困った。どうしたらいいのか」

天皇がそれを聞かされたらもう一度「困った」と歎かねばならない報が、翌十七日にベルリンから外務省へともたらされた。それは、さきの外相訓電にたいする大島からの報告である。いまさら、あのような不明確な事項を外交交渉の場にもちだしても、相手方が承知するわけがない、と本心では思っていたであろうが、ともかくも大島は白鳥ともども「全力を尽くして」要求の貫徹を試みた。しかし、「目的を達せざりしは深く遺憾とするところなり」といってきた。

リッベントロップは大島にこういったという。

「こんな留保条件の多い条約は茶番でしかなく、なんの価値もない。第一に、日本はやたらにソ連を敵視しているが、中国問題の処理を妨げているのは、ソ連よりもイギリスではないか。そのイギリスは、抗すべからざる実力をもってのぞまなければ、中国で獲得した権益を抛棄《ほうき》するはずはない。イギリスがヨーロッパで独伊と戦うときにこそ、これをアジアから追いだす絶好の機会となるではないか。その場合も、日本は傍観しているかのような態度をとるとは、まったく了解できない。それに独伊対英仏戦となったとき、日本が独伊側で参戦すれば、アメリカが英仏側について参戦するというが、日本がはじめからすぐ率先して参戦すれば、アメリカは立たないと確信している」

そしてこの意見にはヒトラーも同意し、茶番的協定には猛反対していると大島は記して、こう結論した。

「いまやわが方としては独逸側が留保とみなすが如き文書の作成を断念するか、しからざれば速やかに本件交渉を打切るかの何れかを選ぶの外なし、政府のご決心至急ご電報を仰ぎたし」

たしかに、状況は、もはや大島のいうように打ち切るほかはないときであった。政策決定者にとって、あれもこれもほんとうに多事多難なときである。いや、真の多難は向うから降ってきた。騒然たる日本国内の風潮を、さらに騒然たらしめるような戦闘が、ふたたび、ノモンハン付近にはじまったのである。戦闘は終った、と参謀本部作戦課が判断したのは大いなる楽観にすぎた。

●新京・作戦室

第二次ノモンハン事件のはじまりも、小松原師団長の緊急電報からである。

六月十九日朝、関東軍司令部は、十八日にソ連機約一五機がハロンアルシャン方面を攻撃、さらに十九日に約三〇機がカンジュル廟付近を空爆し、集積してあったガソリン五〇〇缶を燃えあがらせたことを、この電報で知らされた。小松原の意見具申も添えられていた。

「防衛の責任上、進んで徹底的に膺懲したい」

第一次事件が中途半端であった無念を、こんどこそ晴らしたいのであろう。

それにしてもなぜこのときになってソ連軍が行動を起したのか。ひとつにはジューコフが要請した兵力がようやく集結しつつある。とくに航空兵力は充実した。第一次ノモンハン事件のさいに日本航空隊にこっぴどく痛めつけられたことにたいする報復の念もあったであろう。

それよりも何よりもスターリンの苛立ちがあったと思われる。たとえば、六月十五日に、ブルガリア公使はドイツ外務省を訪問しこんな情報をもたらしている。

「スターリンはきわめて困難な状況にある。世界の現状に直面して、改めて英仏と結ぼうか、ドイツに接近しようか、態度を決しかねている。しかし、決めなければならない。対独接近は思想上の点は別としても、かれの希望に最も近いのであるが……と、ロシアの代理大使がそういっていましたよ」

これは的を射ていた。そしていよいよ態度を決しようとするとき、スターリンにとって、よくよく考えて迷いから脱する道を見出すためにも、日本帝国陸軍が目の上のこぶ、邪魔なのである。

六月初旬にゾルゲからの極秘報告もスターリンはうけとっている。

「中国の戦闘が長期化し、日本全体に緊張をもたらしている。ソ連との戦闘をドイツの支援なくしてやるかは、なんともいえない。ただし、日本の軍事力は抜本的な再軍備と再編成を必要としている。ドイツ軍用車運搬部の情報では、この再編成をするためには一年半から二年がかかる予定である。すなわち、日本に〝大戦争〟準備ができるのは早くて一九四一年であろう」（『「ゾルゲ」世界を変えた男』）

重ねてのゾルゲからの確信ある報告に、スターリンは安堵し、すこぶる満足した。

「日本はハルハ河地域に侵攻しながら、ソ連と大戦争をやるような準備をすすめていないという結論になる」

それならばいまが、大兵力を集中し猛攻撃をかけることによって、さらに日本軍の対ソ大戦争への再編制を遅らせることのできる絶好の機会ではないか。スターリンがジューコフに「ゴー」のサインを送ったとしても不思議ではない。

関東軍の作戦参謀たちは、その直前に孫呉まで大挙出張していた。ついでに黒河方面の国境陣地も視察し、その後は植田軍司令官を北安に、矢野参謀副長を孫呉に残して、寺田課長以下の作戦参謀たちは十八日に新京に帰ったばかりである。途中列車のなかで、北支那方面軍の英租界封鎖の強硬措置が話題となり、激励電報を打ってやろうかと、一行もまた意気軒昂として戻ってきた。その直後にうけた小松原からの緊急電報であった。

さっそく関東軍司令部の作戦室に集まった参謀たちの顔は、一様に紅潮している。ソ連軍が大編制の爆撃機をもって、国境線を深く越えて攻撃をかけてきたのは、単なる嫌がらせなどではなく、本格的挑戦以外のなにものでもない、という点では意見一致をみた。図にのってハイラルやチチハルへの爆撃も敢行するかもしれない。たしかに「放置できない情勢となった」とだれもが考えた。

寺田課長をまんなかに三好、服部、村沢、辻の四人の参謀がそろった（島貫参謀は出張不在）。軍司令官や参謀長、参謀副長を加えないままの少壮参謀だけの会議は、自然と勇気と闘争心と活気にあふれたものとなる。

高級参謀の寺田がまず口を切った。

「ソ連軍のこの暴挙ともいうべき攻撃に、関東軍司令官がその防衛の任務からして、これを撃破駆逐すべきは当然のことである。が、ただいま現在において、支那事変解決のためにもっとも重要なのは、天津の英仏租界の封鎖問題の処理であろう。それが順調に軌道にのらんとしつつあるこのさい、満ソ国境付近で規模小ならざる戦争をはじめることはどうであろうか。中央部の関心をこの方面に牽制し、このため天津事件の処理を不徹底に終らせるようなことにならないだろうかとの懸念がある」

寺田の顔は明らかに参謀本部のほうへと向けられている。あるいはつねに独走気味のある辻への釘さしであったろうか。寺田は付言した。

「昨年の張鼓峰事件においても、当時は漢口作戦のもっとも重要なるときであったにもかかわらず、中央部とくに作戦関係は上下すべて張鼓峰のほうに頭脳を集中させられ、漢口作戦がお留守になった、という実例が現にある。であるから、天津問題解決の途がひらけるまで、しばらく静観するほうがいいのではないかと考える」

おそらくはこれが正論であったかもしれない。ソ連機空爆の被害が許せぬくらい甚大であったわけではない。

しかし、辻が憤然として反駁した。

「ことここに及んでノモンハンを放置することはできない。ここで黙っていてはソ連軍になめられるだけである。さらに大規模の侵犯攻撃をやってくるであろうし、そうなったらイギリスもまた日本の実力をみくびり、天津問題での態度を硬化させてくるにちがいない。第一次ノモンハン事件の経験もあるゆえ、その戦訓をふまえ、こんどは徹底的にソ連軍を撃破できる自信もある。日英会談を効果的ならしめるためにも、わが北辺の武威を発揮することが重要なのである」

さらに辻は声を大にした。

「傍若無人なソ蒙側の行動にたいしては、初動の時期に痛撃を加えるべきである。それ以外に良策はない。そもそも不言実行は関東軍の伝統である。天津事件の処理にたいし北支方面軍を文書を送って激励するなどということより、われわれもまた実力を示すことで間接的に支援するほうがはるかによい。それこそが不言実行のわれら関東軍の伝統というものである」

眼光炯々《けいけい》、容貌魁偉《かいい》、なにものも恐れぬ辻参謀が頭に血をのぼらせて説くのである。しかも、能動積極的な意見は好感をもって迎えられ、受動消極の意見は蔑視される、という軍人共通の心理がある。会議では「過激な」「いさぎよい」主張が大勢を占め、「臆病」とか「卑怯」というレッテルを貼られることをもっとも恐れる。

その上に、辻のいう「関東軍の誇るべき伝統」という言葉にたいして、だれもが弱かった。満洲事変の成功をみよ、なのである。積極的に事を構えて国威を発揚する、それこそが関東軍のよき伝統ではないか。と、辻の弁は熱をおびてとどまるところがない。

「相手はわが譲歩で満足するような良心的な敵ではない」

このとき、辻の最強硬論をおしとどめるものがあったとしたら、それは声望ならびない作戦班長服部の、確たる一言であったであろうか。直情径行、攻撃一点ばりの〝信念〟の辻にたいし、卓越した識見と豊かな人間味、機にのぞみ変に応じて発揮される正しい判断力をもって、陸軍の大道を直進する服部。その発言の重味はおのずと異なった。

かれの大局的な見地からの発言が、辻の猪突猛進をおしとどめえたと思える。

その服部があっさりと、辻の熱弁と説得に賛意を表したのである。瞬間、慎重論はふき飛んだ。航空担当の三好も同意した。村沢もとくに反対する論をもっていない。みなの視線をうけとめながら、この年の春に着任し、関東軍の内情をよく知らないところがあるからと自分自身を納得させ、寺田が自説を撤回するまでには、それほど時間がかからなかった。作戦畑の軍人は、軍事的見地を基準にする以外に国家の運命や将来を考えることができないもののようである。

作戦課の意見は一致した。それから時間をかけて検討し、辻の原案を基礎に、関東軍は、

「ノモンハン方面における越境ソ蒙軍を急襲殲滅しその野望を徹底的に破摧す」

という超積極的な作戦方針を決定した。ただちに司令部各課に作戦室へ会同を乞《こ》い、寺田参謀より説明し各課長の同意をうる。こうして敵殲滅は関東軍の総意となった。

辻が精魂こめてねりあげた作戦要領はこうである。

ハルハ河西岸コマツ台地の敵砲兵が作戦遂行の最大の障害となる。そこでハルハ河北方に橋をかけ、第七師団（旭川）と戦車部隊を主力として西岸に越境侵攻し、ソ連軍砲兵陣地を攻撃してこれを撲滅する。そののちに、ハルハ河東岸のソ蒙軍を背後から攻撃する。いっぽう、主力の西岸攻撃に呼応して、第二十三師団はノモンハン方面より東岸の敵橋頭堡を正面攻撃し、これを殲滅する。飛行部隊は全力をもって地上作戦に協力す

る。

第二十三師団にかわって第七師団を主力にすることにしたのは、最速に作戦目的を達するためである。関東軍のなかでもっとも伝統ある精鋭師団として第七師団の名は高かった。

●新京・軍司令官室

成案をえた参謀たちは、植田軍司令官と磯谷参謀長にこれを示して承認を懇請する。

磯谷には参謀長室にて寺田、服部がまず説明した。磯谷は、侵入せる敵の撃攘には同意したものの、動かす兵力の大きさに思わず目をみはった。

「これほどの兵力を動かす作戦ならば、中央部に企画を報告し、その了解をえたのちに行動を起すべきと思う。中央部と軍とが思想の統一をはかり、一体となって処理してこそ、作戦行動は順調にゆくものである」

と、磯谷が注文をつけるのを、寺田と服部がこもごもこれをはねかえした。

「しかし、もし中央部が作戦行動を許可せずといってきたら、関東軍はどういう立場におかれるのでありますか。また、越境してきたソ蒙軍を排除することは関東軍本来の任務であります。過去の体験からしても、中央部はきまって意見具申を拒否してきます。いまの中央部の空気を察しますのに、事にさいして断を下さず、関東軍が自信をもってする作戦行動を明快にうけいれることはまずありません。このさい機を失せずにすみやかに作戦を実行すべきであります」

中央が拒否する作戦なら、それはやってはならないはずであるが、そのことを気にもしていない。のぼせきっている。磯谷はなおもねばった。

「ともかく事は重大ゆえに、参謀副長（矢野）の帰るのを待って、さらに研究してから計画をきめるべきと思う」

そんな責任回避の逃げ口上は無効というほかはない。「現下の事態はそんな悠長なことをいっているときではない」と服部にきびしく追いつめられて、磯谷はしぶしぶ同意するほかはなかった。

その磯谷をまじえて、つぎに寺田、三好、服部、村沢、辻の作戦参謀が総出で軍司令官室に押しかけた。陸軍最長老の大将である植田は、美髭をたくわえ生涯独身ゆえ〝童貞将軍〟とよばれている。「純武人」「無欲」とも評される。その反面に、「一個の抱負あり見識ありという方にあらず、抱負とか経倫とか目ぼしきところなきが、その特性ならん。従ってどうも外にたいする統制力の如きはこれなき」（中島今朝吾中将『陣中日記』）という軍人であった。

その植田を前に、磯谷が作戦案に同意するに至った理由を説明し、採否の決裁を軍司令官に求めた。それを聞いたあと、植田はいともあっさりと承認した。

「関東軍がその任務達成のため、ノモンハン付近の敵に一撃を与えるのは当然である。

同意する。ただし、この案をみると攻撃主力は第七師団となっているが、その地域は第二十三師団長の担任する防衛正面ではないのか。その防衛地区に発生した事件を、ほかの師団に解決させることが、はたしていいのか。再考の余地はないのか」

服部が、第二十三師団は新設したばかりであるゆえ、戦力に若干の疑問がのこる、と説明すると、植田がカイゼル髭をしごきながらいった。

「戦術的に考えればそれはそうであろう。しかし、統帥の本旨ではない。そんな処置をとられたら、おれが第二十三師団長だったら辞めるよ」

辻の手記にいう、「近代日本の軍司令官は、戦場で碁を打ちながら幕僚の起案した策案に、頭を縦に振って、『よかろう』と、判を押すのを名将の型と考えるものが多かった。……その結果が幕僚の下剋上となり、将軍の不勉強になって、大東亜戦争の失敗に大きな因をなしている。ノモンハン事件を通じて見た関東軍の首脳部には、このような見栄坊的統帥はなかった。議論は火花を散らしながらも、決断は軍参謀の補佐による軍司令官独自の識見より産れ出たのである」。

まったく、よくいうよ、と評するほかはない。下剋上をほしいままにして、国家を危機に追いこんだのはだれなのか。

翌二十日、第七師団の投入は取り消され、第二十三師団と戦車部隊を攻撃主力とする作戦命令が完成、下達された。戦力は歩兵一三個大隊（うち四個大隊は第七師団より補強）、火砲（速射砲、連隊砲を含む）一一二門、戦車七〇輛、飛行機一八〇機、自動車四

○○輛。たいする当面のソ蒙軍兵力は、偵察によって歩兵九個大隊（狙撃一個師団）、火砲一二〇門、戦車一五〇〜二〇〇輛、飛行機一五〇機、自動車一〇〇〇輛、外蒙軍騎兵二個師団と推定されていた。ただし、これは未知の部分も多く、かなり下算したものであった。

服部参謀は、当時の関東軍作戦課の判断として、こう誇らしげに記している。

「鶏を割くに牛刀を以てせんことを欲したるものにして、第一次事件の経過ならびに第二次事件当初における敵兵力より判断して、之を以て事件を終結しうるものと考えありたり」

明らかに関東軍作戦課は自信満々である。「鎧袖一触だ」とかれらは豪語した。第一次事件のときとちがって、こんどはかれらが戦争を指導するのである。しかし、服部や辻が敵の戦力を判定するのに大きな努力をした形跡はまったくない。ともかく、ソ蒙軍の後方基地からは七五〇キロメートル余も離れている。不毛の砂漠地帯をこえて長大な兵站を維持するのは不可能である、と自分たちの兵站常識だけで甘く考えている。

ところが、服部や辻が〝牛刀〟作戦計画をたてるほんの直前に、貴重この上ないソ連情報がもたらされていた事実がある。

この月のはじめ、モスクワの日本大使館付駐在武官である土居明夫大佐が、ノモンハン事件のなりゆきを憂慮し一時帰国を願い出て、許可されてシベリア鉄道経由で帰国の途についていた。土居は同駐在武官の美山要蔵少佐とともに、昼夜眼を皿のようにして、貨物列車やソ連軍軍用列車を車窓から目撃する。かれらは予想をこえる数の戦車や重砲が東に送られているとみてとった。

土居たちが新京に着いたのが六月中旬、それも二十日前後のことである。さっそく植田軍司令官以下の幕僚会議の席上で、その報告をする。ソ連の東送兵力は、重砲八〇門をふくむ機甲部隊二個師団であると、土居は推論を下した。

土居は戦後に遺稿となった一書に記している。

「今度はソ連軍は重大な決意の下に優良装備の師団をもって一気に雌雄を決せんとしている。単なる国境紛争とは異なる。関東軍は主力をもって対処すると共に、場合によっては日本より増兵が必要であろう。その見込みがなければ兵を退いて妥協するにしかずと結論した」

土居はまた、モスクワでヨーロッパ情勢の動きをしっかりと観察している。ソ連が本心では何を考えているかわからないものの、ドイツのポーランド進攻をめぐって、ともかくも英仏と目下話し合いをつづけている。結果として英仏ソ対ドイツが戦端をひらくようなことになったとき、スターリンは関東軍の進攻を極端に恐れている。そこでそれ以前に一度、東の関東軍の戦力をはげしく叩いておこうという考えであるかもしれない。

土居はそんなことを、関東軍司令部の要員たちに語った。土居の手記はつづく。

「あとで作戦主任T参謀は別室に私を呼んで、『今日のような弱音を吐くようでは土居さんの命は危ない。青年将校はいきり立って殺すとまでいっている。何しろ我々はソ連の戦車を今日にもってきて戦勝祝賀観兵式をやろうと計画しているのだ』と脅迫めいたことをいった」

作戦主任T参謀が辻参謀であるのはいうまでもない。いよいよ「関東軍としての未曾有の大規模地上作戦」開始というときに、土居は何をいうかと、殺したいくらいに怒りに燃え立ったのであろう。

土居大佐は負けてはいなかった。

「戦勝祝賀観兵式だと……ばかも休み休みいえ。ソ連の一個師団は日本の何倍もの火力をもっていることを知らないのかッ」

これは土居のいうとおりである。ソ連軍はすっかり改編されている。師団の定員一万三〇〇〇名は変りはないが、師団編制内に戦車大隊が新設され、師団砲兵が二個連隊ふやされ、軽機関銃も四倍にも増加されている。日本の一師団はそれとくらべようのないほど劣弱になっていた。

「東京行の飛行機にちょうど参謀本部第四部（戦史編纂）長の冨永恭次少将と同席したので、私は『植田軍司令官はノモンハン出動交戦を承認されたのですか』と問うと、冨永さんは『心の中では不同意だったらしいが、折角幕僚らが立案して許可を求めてきたので許可したらしい』という」

と土居は書き、「この下剋上の風潮では大変なことになる」と、大いに憂えたというが、それはもう遅すぎたのである。

●東京・陸相官邸

事前協議はおろかほとんど連絡もなく、六月二十日付の「関作命第一五三二号」（関東軍作戦命令）のみの通報をうけた参謀本部作戦課の驚愕は察するにあまりある。東京の腰ぬけどもには、現地解決の適切な指導などはできない、俺たちがいちばんあざやかな腕前をみせて教育してやろう、という関東軍作戦課の六方踏んだ大見得が、その命令書からよみとれる。

この報告に参謀本部作戦課は賛否両論にわきかえった。大陸命（大本営陸軍部命令）をもって暴挙を制止すべしと叫ぶもの、すぐに新京に部員が飛んでいき納得ずくでとめるべきだ、と主張するもの、この程度ならやらしてみようじゃないか、と弁ずるもの、激論で時のたつのも忘れた。

とにかく、大事中の大事である、ということから、作戦課長の稲田が陸相にも報告することにした。面白いことに稲田は陸相と直結したがる癖があった。そのさい陸軍省軍事課にも立ちあうようにと通報した。軍事課は軍政（人事・予算・兵器・医務など）面で、その大綱をにぎる陸軍省内の中核である。時ならぬ省部連合の幹部会議を、陸相官邸で陸相を前にしてひらくことになり、またしても猛烈な舌戦が闘わされることになる。反対するのは作戦課の荒尾参謀、軍事課長岩畔豪雄《いわくろひでお》大佐（30期）と高級課員西浦進中佐（34期）である。

「こんな草原の国境が三キロや五キロどう動こうと些事《さじ》そのもので、とるにたらない問題である。そこに関東軍の西北方面軍のほとんど全力をそそぎこむ必要がどこにある。事態が拡大した場合はどうするのか。拡大しないという保証はどこにもない。その収拾のための確固たる成算も実力もないのに、大兵力を投じて貴重な犠牲を生むような無謀な用兵には、断じて同意できない。現下の重大時局が連続しているさい中に、もってのほかの脱線である。よろしく事は外交問題に移して解決をはかるべきである」

という反対論にたいして、参謀次長中島、作戦部長橋本、作戦課長稲田たち、参謀本部側の首脳たちは現実的な意見で、というよりもやる気満々で、これに反駁する。

「優秀なソ連軍と対敵して国境防衛の大任をまかせている以上、関東軍独自の、ある限度内の武力行使は認めるべきである。また、その関東軍がときには威力を示すデモンストレーションをするのも必要であろうではないか」

その裏には、関東軍司令部が陸軍中央の「不拡大方針」に完全に同意しているから、という大いなる楽観がある。

しかし、陸軍省側の反対論者はひるまなかった。

「一兵がやられたからといって十兵を投じ、十兵がやられたからといって百兵を投ずる。際限がない。無計画である。日中戦争の泥沼化で、膨大な軍備充実を要求している統帥部が、このような無意味な消耗を承認するのは不可解である」

稲田がこれに声高に反論した。

「このところソ連国境の紛争は逐次拡大していっている。日ソ間はいずれ一雨降らねば地は固まらないであろう。もし敵が調子にのって何かやるつもりなら、その出鼻を挫くのも一案であろう。第二十三師団をふいにすることもあるいは覚悟せねばならぬかもしれない。ただし限度はもちろんある。せめて一個師団、それまでくらいは関東軍の自由裁量にまかせよう。さもないと士気にかかわる」

関東軍の『処理要綱』を放置してしまった〝無言の承認〟いらい、すっかり借りをつくってしまったような稲田の発言である。それまでの「中央と十分の事前協議を」と強く要求していた稲田と、事前協議などすっぽかしの届け廃《す》て気味の関東軍のやり方を追認する稲田とは、とても同一人物とは思えない。

陸軍省側がそれでもなお反対意見をのべるのを押しとどめ、重苦しい論議を黙然として聞いていた板垣陸相が、最後に結論を下した。

「一個師団くらい、いちいちやかましくいわないで、現地にまかせることにしよう」

陸相のこの一言で、関東軍の作戦は中央でも容認された。関東軍の作戦実施報告が事後承認を求めた専断的なものであったことに、だれもが胸中に一抹の不安を残しつつ、その積極攻撃を認めた。

しかも、省部会議でこうして関東軍一任ときめた空気の流れを規定していたのは、ここでも驚くべきほどのソ連軍兵力にたいする過小評価なのである。陸相のいう「一個師団くらい」に全員が納得してしまったのは、まさかそれが全滅的な敗北をくらうとは想像すらしていなかったからである。

それと、参謀本部作戦課には、口を酸っぱくしていっている「不拡大方針」だけは、いくら向う見ずの関東軍でも守ってくれるだろうとの期待、いや確信があったのである。

●東京・三宅坂上

だが、参謀本部作戦課はほとんどお人好しの集団といっていい。秀才たちの整然とした集まりは、組織をはみだし、組織に背を向けて、下剋上を承知の上で自分の思うとおりのことをやる野心家というものがいることなど毫も考えつかなかった。関東軍司令部には辻政信という暴れん坊がいることは承知していたとしても、その上には冷静な服部卓四郎がいる、その上には陸大出の優秀な課長、副長、参謀長がいる、とでも楽観視していたのかもしれない。実は、その服部と辻を中心とする作戦参謀が主導権を完全ににぎっている、という日本陸軍の組織構造上の特異性、つまりはそうした下剋上の体制のなかに自分たちもいる、ということに考えは及ばなかったのであろう。

しかも、関東軍作戦課は重大なことを隠していた。作戦計画はすべてが報告されているわけではなかった。地上作戦開始にさきだち、ハルハ河西方の外蒙古領内の敵空軍基地を爆撃しようという計画もふくまれていたが、関東軍はこれを中央部にはあえて秘していた。実は作戦課長がはじめは猛反対をした。しかし服部、辻に押しきられ、不承不承にこれをみとめた。

「制空権獲得のためには絶対に必要なことで、関東軍の防衛施策の一部だし、軍司令部の裁量権のうちのことである」

と、辻は勝手な理屈をつけた。しかも「関作命甲第一号」という新設番号で飛行集団に下命する。ものありげな新設番号でカモフラージュして、東京への報告を巧妙にずらした。

国境外への航空進攻作戦は国境紛争の範囲を超えるもので、天皇の統帥命令という正式の許可が当然必要である。それを、敵がカンジュル廟などを爆撃した今日においては、外蒙古領内の航空基地はもはや戦場とみなすべし、つまりはその攻撃は関東軍司令官の権限に属し、別に大命によらなくていい、という独善的な解釈を下したのである。

背景には六月二十三日、三好参謀が偵察機にのり、タムスク、マタット、サンベースの基地に敵機合計二〇〇機以上が集結しているのを目撃していた。地上作戦開始前に、これらを潰しておく必要があった。

極秘計画は、しかし、東京に出張した関東軍第四課（対満政策）参謀の片倉衷《ただし》中佐から岩畔軍事課長に伝えられてしまった。片倉は、辻の独断専行にずっと批判的であったから、統帥違反の事態を重大視したのである。

仰天したのは参謀本部作戦課であろう。「やっぱり、そうであったか」と煮え湯をのむ想いを味わった。またしても独走か。そしてこのときほど、有末参謀が成案した参謀本部の『ノモンハン国境事件処理要綱』を、金庫のなかへなど蔵しておかないで、ただちに下達すべきであったと悔いたことはなかったにちがいない。目標となっている敵基地タムスク、マタット、サンベースへの越境攻撃は事件を拡大させる以外のなにものでもない。それは東京がもっとも異議を主張せねばならない作戦である。

ところが、参謀本部作戦課の弱腰はひどいものであった。

六月二十四日午後五時五十分、中島参謀次長名で関東軍の磯谷参謀長あてに、電報が発信された。

「……特に(外蒙)内部爆撃は彼我逐次これを内部に及ぼすに至るべく、事件を却て長引かしむるものにして適当ならずと考えあり」

爆撃の自発的中止勧告である。そして「明二十五日有末中佐を飛行機により派遣す」ともつけ加えて、参謀本部はいっそうの万全を期することにした。そんな「勧告」より真っ向から「中止」を命令すべきであった。

この日、関東軍が大命なにするものぞと越境航空作戦を秘密裡に企図しているとも知らぬ天皇は、関東軍作戦計画の上奏、裁可を求めに参内してきた参謀総長閑院宮にいった。

「満洲事変のときも、陸軍は事変不拡大をいいながら、あのような大事件となった。こんどもまた、そうならぬよう十分に注意せよ。そしてなんとか事件をおさめて、国境をしっかり画定するようにせよ。しかるに、国境画定を関東軍が欲しないということを聞いている。真実はどうなのか」

畑武官長も同じ歎きを天皇から聞かされた。天皇の憂慮を十分に理解しながらも、最近の悪化した日ソ関係を考えると、国境線の画定は困難というほかはない、と畑は思った。

●新京そして東京

作戦発動を令した関東軍は、たしかに国境線の画定など欲してはいなかった。天皇の憂慮もかまってはいられない。外蒙領内爆撃計画がなぜバレたかと一時は怒りで髪は天を衝き、また一時は頭をかかえたが、辻参謀たちはいっそうはね上った。犯人の詮索などしている暇はない。偵察機からの毎日の報告は、かれらの心を休ませるようなものではなく、迎撃による空中戦はすでに連日のようにつづけられている。

「かまわん、有末中佐が来る前にやってしまいましょう。中央の電報には明確な中止命令指示がないのだから」

と、自重派の寺田高級参謀を強引に説きふせる。寺田はいちど承認をしてしまっていらい、ことごとに心の弱みをみせている。そして七月一〜二日と予定されていた爆撃計画を独断でくりあげることにした。

寺田参謀名で、第二飛行集団の主任参謀あてに、

「明二十六日可能ならばただちに爆撃を決行せられたし」

という運命の一電がただちに打たれた。矢は弦を離れたのである。

六月二十七日朝、重爆二四、軽爆六、戦闘機七七の計一〇七機によるタムスク爆撃によって、事件は大規模な戦闘となっていく。日本軍のあげた戦果は撃墜九九、爆破二五、基地の半分を破壊した。たいして未帰還四機。七名が戦死し、二名が重傷を負った。大成功であったことは、ソ連側戦史がほとんどこれを黙殺していることによってかえって証明される。もっとも航空機の戦果というものは、いつでも正確さを欠くもので、大々的に報じられるのを常とする。

ひとつ、平井友義氏が発掘したソ連側の記録がある。

「六月二十七日、駆逐第二十二連隊の滑走路上空に突如、敵偵察機が出現、これはただちにパトロール中の編隊によって撃墜されたが、十分後、戦闘機七〇、爆撃機二三よりなる敵大編隊が飛行場に殺到した。ソ連機はこれを追尾して爆撃機二、戦闘機三を撃墜した。ほぼ同時刻にブルドウ・ヌル湖近くの駆逐第七十連隊の基地も約七〇機の敵機に襲撃され、離陸したソ連機は上昇中を狙い撃ちされ、パイロット八名が戦死した。敵の損害はゼロであった」

これによっても、早朝の、大編隊による見事な奇襲攻撃であったことが察せられる。

精力絶倫の参謀辻は二十六日夕刻に新京よりハイラルに飛び、爆撃機に同乗して自分

が策定した空襲作戦に参加している。ハイラル基地に帰投して、飛行集団長儀峨徹二中将に、爆撃行の感想をのべていたことが手記に書かれている。

「……戦闘機の戦果はたしかに偉大でありました。しかし、爆撃は大部分目標から外れました。そのために全部の敵機を離陸させて、戦闘機の餌にした効果はたしかに認めました」

この戦勝に辻の得意まさに思うべしというところであろう。この大戦果の報告をひっさげて、さらに司令部偵察機で辻はただちに新京へとって返した。

固唾をのんでいた関東軍司令部は、辻の報告に文句なしにどっとわいた。参謀本部をペテンにかけたことなどだれもが忘れた。有末参謀が新京に到着したのは、そのあとのことである。

寺田高級参謀はさっそく喜色満面で東京に電話した。参謀本部の稲田作戦課長は陸士の同期生である。性格かならずしも相通じないところがあったが、その気安さから、どうだ、大戦果だぞ、と送話器に明るい声でいった。しかし、受話器に返ってきたのは、ものすごい怒号の声であった。

「馬鹿ッ、戦果がなんだ。いったい関東軍はなにを考えているのかッ」

寺田は顔面蒼白となり、受話器をもつ手をはげしく震わせた。

「あれだけやかましくいっていたのに、なんたることをやったのだ。この報復がないとでも思っているのか」

稲田の能弁には定評がある。一座の話をひとりでとりあげ、ほかのものが口を出す余裕を与えないといわれる弁舌で、つづけてまくしたてた。

「報道発表は即刻とりやめだ」

電話のそばには服部と辻がおり、「馬鹿ッ」の声をはっきりと聞いた。

この思いもかけない東京の叱責にたいして粛然となるどころか、関東軍作戦課は猛烈に反撥した。実戦経験のない課長がなにをいうか。東京の作戦課のやつらは、ひとりの参謀すら前線に派遣せず、紙の上だけで批判している。

「ことは死を決して行なった大戦果にたいし、しかもこの攻撃は明らかに報復行為であったのにたいし、第一線の心理を無視し感情を踏みにじって、なんの参謀本部であろう」

と辻が手記に書くように、かれらはいきり立ち、参謀本部なにするものぞと心のうちに叛旗をひるがえらせる。独断行為にたいする反省はかけらもなかった。これほどの大戦果の蔭に散った英霊にたいし、稲田の言は無礼きわまる暴言である、許せん、断じて許せん、と一匹狼の辻は怒り狂った。ほかの参謀たちも口々に不満をならし、参謀本部作戦課にたいする不信をいっそう決定的なものとする。いったい三宅坂上のやつらは敵なのか、味方なのか、とまで思った。

東京も「われわれの信頼を裏切った」と容赦なかった。関東軍には日本を戦争に追いこむ特権など微塵もない。その日の午後、中島次長より磯谷参謀長あての電報がとどけられた。

「外蒙内部に対する爆撃の件、本日初めて承知し、従来当部の諒解しある貴軍の処理方針と根本に於てその主旨を異にし、事前に連絡なかりしをはなはだ遺憾と感じあり」と前置きした上で、このような重大事は関東軍だけで決定されるべき性質のものではない、また、外蒙内部の爆撃はやらないという従来の主義を厳守せられたい、と参謀本部は強く警告し釘をさしてきた。電報の最後は「右依命」（右、命により）とある。閑院宮参謀総長の命令により、の意で、参謀本部が関東軍を自分たちの管理下におくの意思表示である。

これも服部、辻を中心とする作戦課は、真っ向から突っぱねた。服従の気持などさらになかった。翌二十八日、磯谷から中島あてに返電を打つ。わが関東軍の作戦方針は、敵の不法行為を初動において痛撃し、北の備えを強化することで、日中戦争の根本的解決に貢献しようというところにある、と謳いあげ、

「ただ現状の認識と手段とに於ては、貴部といささかその見解を異にしあるが如きも、北辺の些事は当軍に依頼して安心せられたし。右依命」

つまり、お前たちは日中戦争の解決に専心せよ、満洲のことはこっちにまかせて、参謀本部は余計なことをいうな、といってのけたのである。中央の統帥を歯牙にもかけない独立軍団の宣言のごとしである。それに国の大事に直結する正面衝突を「北辺の些事」とは、なんということであろうか。

電報の最後の「右依命」は植田関東軍司令官の命により、である。いまに残る起案紙「写」をみると、起案者として「辻」の名はあるものの、決裁者および連帯者としては、ほかにだれの名も記されてなく、かつ捺印もないという。はたして「右依命」の命はだれが下したものなのであろうか。

田々宮英太郎氏によれば、外蒙空襲の遺憾を伝えるかんじんの参謀次長電も、実は辻によってにぎりつぶされていたという。また電報の決裁書をみた井本熊男大佐によると、課長、参謀長、軍司令官の欄に辻の印判が押され、代理とサインがしてあったという話も、田々宮氏は紹介している。(17)

断っておくが、軍司令官、参謀長には代理という規定はない。辻はみずからが課長、参謀長、軍司令官になりすましている。陸軍刑法にいう擅権《せんけん》の罪に当る。辻にあっては統帥権の尊厳など毛頭感じてもいなかった。

●東京・三宅坂上

いっぽう、参謀本部はまことに情けなかった。根源的に参謀本部をないがしろにし、叛旗をひるがえすがごとき電報にたいする処置をなんらとろうとはしない。統帥の正道にそむき、統帥権の勝手な紊乱《びんらん》にたいする責任追及すらなかった。厳正たるべきときにも、そうなれなかったのは、明確な指示も下さないままに、意あるところをくみとれと、万事まかせてきたツケがまわってきたから、というほかはない。それまでにしてきたとおりにこのときも、指導力の欠如とあいまいさに終始してしまった。

作戦課の参謀のなかには「関東軍の電報は怪しからぬものばかりなり。関東軍と中央部とを全然同等の相手と考え、統帥の大義を考えざる点、まったく幕僚としての資格なし。関東軍司令官は骸骨を乞うべきなり」と、正論をメモに記したものもあったという。しかし、超エリートたるを誇る集団のなかにあっては表立った行動とはならなかった。

また一説に、この不法の仕掛けをしているのは辻だ、と見ぬくものが参謀本部のなかにあったという。そして板垣陸相に作戦課長が辻の追放をあえて進言した。しかし山西作戦のときに辻をみとめた陸相の回答は、

「まあいいじゃないか。そんなに辻を過大評価するな」

というものであったとか。満洲事変のとき独断専行した古傷をもつ陸相には、他人を裁く資格がないというのか。

こうしてコケにされながらも参謀本部作戦課は、伝統である静かなる統制を保持して、本来の任務の遂行に邁進する。秀才参謀たちがなさなければならないのは、「関作命第一五三二号」が発動してしまっているいまは、関東軍にたいする戦争指導である。かれらは、関東軍の権限の限界を不明確にしておいたため、さまざまな軋轢や問題が生じたと判断している。これ以上の国境紛争の拡大を防止するには、関東軍の任務を制限し、

その行動を規制することが緊要であると秀才たちは考えた。

六月二十九日、十分に研究した上で参謀本部は大事な命令と指示を関東軍に与えた。大陸令第三二〇号は、国境紛争の処理は局地に限定するようにつとめ、「満洲国中、その所属に関し隣国と主張を異にする地区、および兵力の使用に不便なる地区の、兵力を以てする防衛は情況によっては行わざることを得」というものであった。

そして大陸指（大本営陸軍部指示）第四九一号で、地上戦闘の範囲をボイル湖以東に限定し、敵の根拠地にたいする空中攻撃は行わない、と指示した。

同時に、参謀次長から関東軍参謀長に、この二つの命令にかんする詳細な説明電も送られた(18)。

しかも大陸令（大元帥命令）にある「行わざることを得」とは慣習からすれば「行うべからず」の意が強い。すなわち、国境線の主張の異なるハルハ河東岸に進出し布陣しているソ蒙軍を、あえて撃破撃退しなくてもいい、と参謀本部は関東軍に命じたことになる。

●将軍廟・戦場

しかし、この命令が関東軍司令部に着信したとき（午後七時三十分ごろ）には、かんじんの人びとはもう新京にいなかった。こんどの総攻撃作戦を主任務とした矢野参謀副長、服部作戦班長、辻作戦参謀は、すでに最前線の将軍廟の第二十三師団司令部に飛んで、そこで綿密な作戦指導をしていたのである。そこはノモンハン北東約一七キロの集落である。関東軍としてみれば、二十日の作戦命令に従って、すでに各部隊が行動を起している。いまさら参謀本部からのなまぬるい命令をもらっても詮ないことなのである。大陸令であろうとそんなものに拘泥している暇はない。作戦遂行の時間表を変更することはできうべくもない。

補強のために応急派兵が発令され、出陣してきた第七師団の歩兵第二十六連隊（長・須見新一郎大佐）は、チチハルからハイラルまで汽車輸送、ハイラルから将軍廟まで六日間の炎天下の行軍で、二十八日に到着した。

二十三日ごろにハイラルに着いたとき、須見大佐は新配属の挨拶のため、第二十三師団司令部に赴いている。小松原は申告をうけると、まるで茶飲み話をするように「ともかく、いってもらえばいいんだ」といった。大内参謀長と須見とは幼年学校から陸大まで一緒の間柄である。

「ご苦労さんです。作戦はまだ計画中で変更されるかもしれんが、どのみち須見さん、須見さんには金鵄勲章をあげるようにしますよ」

と大内はニコニコと笑った。

戦車部隊（長・安岡正臣中将）の二つの連隊も、根拠地の四平街から出動し、二十九、三十日と相ついでほこりをまきあげつつ着陣する。全部隊の将軍廟付近への集結はほぼ完了した。

師団の正式の作戦計画は、大内が須見にいったように策定中であったが、それも二十九日夜にはここ将軍廟で決定された。それは、関東軍作戦課の計画そのままに、ハルハ河を渡って、外蒙古領内へ侵攻するという思いきったものである。元参謀次長沢田茂中将が遺稿でこう書いている。

「小松原中将の言によれば、小松原は初めハルハ河渡河に反対した。しかし辻がしきりに渡れという。『もし師団長が決心しないのであれば、関東軍命令を出す』というので、ついおれもむっとなって独断で越境攻撃をやった」

こうして押しつけられて、作戦の骨幹がきめられた。

さらに辻の手記を援用すると、この夜、辻はまず植田軍司令官の「俺が第二十三師団長だったら辞めるよ」の情愛にみちた言のあった経緯をくわしく小松原に語ったようである。そしてつけ加える。

「私どもの浅い考えで誠に申しわけありませんでしたが、軍司令官は師団長閣下の御心中を深く察せられて、大きな信頼をよせられ、関東軍としては閣下のご希望にそうよう、万全の援助をせよとのことでありました。なんでもご希望を取次がしていただきます」

たちまちに小松原はその両頬を涙でぬらした。

「この感涙が、新編そうそうの第二十三師団をして、……きわめて優勢なる敵の強襲を三カ月にわたり独力阻止撃破し、ほとんど師団の大部を失いながら、一言の不平もなく弱音も吐かず奮戦苦闘した原因であろう」

と辻はまるで他人事のように書く。自分が人情話を得意の弁舌で一席やって、師団長の揺れる気持につけこんだことには完全に口を拭っている。ハルハ河渡河つまり外蒙古に侵攻する作戦を、小松原は決心したというより決心させられた、とみるほかはない。

小松原はこのあとその渡河点を選定する責任を、工兵第二十三連隊長斎藤勇中佐にゆだねた。斎藤は工兵の見地から非常な苦心をして早急に決める。渡河地点は将軍廟西方の七二一高地（フイ高地）の近く、ハルハ河の上流の地点である。それとともに、戦車部隊を渡河させることの困難さを意見具申した。それに戦車部隊への燃料弾薬などの輸送も雨のため遅れに遅れている。そこで作戦方針は「戦車部隊が渡れないのなら、第二十三師団だけが渡ればいい」と変更される。なんとも行き当りばったりの、あわただしさである。

●東京・宮城

いずれにせよ地上作戦の作戦範囲は、六月二十九日の「大陸指」第四九一号が規定しているボイル湖以東ではなく、湖の南西に布陣するソ蒙軍を捕捉殲滅することに決した。いや、ハルハ河を渡って外蒙古領に進出しようとするものである。参謀本部よりの統帥命令は完全に無視された。

そうとは知らない閑院宮総長は、前日の二十八日午後、関東軍に示達するこの「大陸令」「大陸指」の裁可をうけるべく参内した。関東軍のタムスク空襲はすでに天皇の耳にも入っていた。天皇は、この攻撃を天皇の名で出されていた命令の違反、すなわち大権干犯である、ときびしく判断していた。責任は一に関東軍司令官にあると、天皇は畑侍従武官長にいい、

「このさいは人も少なきことであるから、重い処罰はともかくも、将来ふたたびそのようなことなきよう戒め、軍司令官の謹慎くらいはやむをえないのではないか」

と、あらかじめ伝えてあった。参謀総長は畑からそのことを聞かされていた。そこで作戦命令などの允裁《いんさい》がすむと、天皇の下問をまたずに、関東軍司令官の処分にかんしては、

「いずれ慎重に研究し処分いたします」

と、閑院宮は奏上した。天皇は満足そうにうなずいた。そして、

「将来とも、このようなことがたびたび起らぬように、十分に注意するように」

と天皇は重ねて注意する。畑の日記に「天機すこぶる麗しく」とあるほど上機嫌で、閑院宮が退出したあと武官長をよび、天皇はこんな感想をもらしている。

「どうも本日の上奏のある前は、参謀本部が何か隠していることがあるのではないか、と思っていたが、万事がはっきりして非常に安心した」

天皇のカンはまことに正鵠を射ていた。たしかに何かが隠されていたのである。ただ

し、天皇に隠しているのは参謀本部ではなく、関東軍作戦課で、もっと正確にいえば服部と辻という少数の参謀たちなのである。あらゆる命令や規制を無視しにぎりつぶして、自分が策定した越境攻撃という路線を突っ走ろうとしている。ほんとうは天皇は安心などしてはいられなかった。

こうして統帥権無視の、将来への不気味さをふくんで六月が終わろうとしているとき、天皇がやや安心できる報がただひとつとどけられる。参謀本部の堀場参謀が北京に飛んで、北支那方面軍の山下、武藤の両雄を説いたのである。堀場はみずからが起案した天津租界問題の解決案をもっていた。それは封鎖を解き東京での外交交渉にのせるというものである。

武藤は、イギリスの横暴をいい、封鎖は日本の名誉と威信をかけたものだ、と堀場の説得を聞こうともしなかった。硬骨漢として名のとおった堀場は遠慮なくこれに反論し、名誉と威信をとり戻すためにここは外交によって、と頑張った。

山下が、にこにこしながら、

「封鎖封鎖と大げさにいうな。あんなものは、さながら、椀の中のなめくじに塩をつまんでかけたようなものよ」

というのを、堀場はすばやくうけとめた。

「大兵力を統率して武勲赫々たる方面軍が、なめくじに塩と、たかが一租界を封鎖で強硬になっているのはいかがなものでしょう。それによって抗日運動に戸をたてても、それがかえって租界内の民衆にとって、いかに生活を脅かす苛酷な処置になるか、閣下はお考えになったことがありませんか。この措置は、わが軍の襟度《きんど》を傷つけるのみで、ほかになんの益がありましょうか」

この率直な言が、両雄の心を動かしたと芦沢紀之氏の著にある。

結果はただちに具体化される。六月二十七日、天津防衛司令官の本間は、ともかくもイギリス人の身体検査の中止を命令する。この第一歩がよい風を日英の双方に送ることになった。同じテーブルにつこうという空気が自然とつくられたのである。

日本政府が、天津問題の解決を東京での外交交渉に付託するとのイギリス政府の提案を、こころよく受諾したのはその翌日である。

親英的な天皇のみならず、参謀本部作戦課にとっても、いくらかは愁眉をひらき、小さなひと山を越えたか、の感を抱くことができた。ノモンハン付近におけるソ連軍の蠢動《しゅんどう》が天津問題と関係あるのではないか、との疑いもあったゆえ、なんらかの波及効果が満蒙国境にも期待できるのではなかろうか。三宅坂上にもいくらかなごやかな風が吹いている。

●将軍廟・モスクワ・ベルリン

東京のさまざまな思惑とはまったく関係がなかった。関東軍は第二十三師団にたいし準備完了次第ただちに攻撃を発起するよう指示した。小松原はその意にそうよう急いだ。そこへ航空偵察による奇妙な情報がとどけられてくる。どうしたことか、ソ蒙軍が橋を渡って三々五々撤退しはじめているという。せっかく出動してきた第二十三師団司令部や各指揮官は、なにかうしろから進撃をせっつかれるような気になった。

この「ソ連軍退却」情報は、報告の分析を誤り、部隊の移動行動を誤解してそう判断したものという。しかし一説に、小松原に迅速な行動をうながそうと〝タカ派関東軍参謀〟がでっちあげたものというのもある。だれもが策略家の辻の姿をそこに描くが、はっきりしない(19)。

六月三十日夕刻、小松原師団長の決断が下される。第二十三師団は機を失せず七月一日未明すみやかに行動を開始すべし。展開を終えた総勢一万五〇〇〇名の各部隊は、夜を徹してその準備をととのえる。そして作戦計画どおり、それぞれが攻撃発起地点へと動きだした。

このころモスクワでは（モスクワ時間二十九日午後）ヒトラーの指示どおり駐在ドイツ大使がモロトフ外相と重要会議をしていた。外相は、ドイツの新聞の論調がソ連にたいして控えめであることも知っているし、ベルリンがソ連との通商会談の再開を求めていることも承知していた。ドイツ大使は会談を終えると、「自分の印象では」とリッベントロップに報告する。

「ソ連政府は、われわれの政治的見解を知ること、すなわち手のうちを知りたがっている。そのことは、ドイツとの親善の維持にきわめて大きな関心をもっている、ということである」

この報告はヒトラーを喜ばせた。スターリンがその気になっているのなら、スターリンのほうから握手の手をのべさせよう。もういっぺんヒトラーが無関心をよそおう番である。

六月三十日、ヒトラーはまた極秘の指令を発した。

「モスクワにおける外交行動は、ロシア人がどうするかが明らかになるまで、しばし停止せよ」

ソ満国境とはちがって、こっちのほうは虚々実々のかけひきがつづいている。

(16) アメリカの反日感情はこれではげしく燃え上がった。少しさきになるが七月十日、アメリカのハル国務長官は日本大使に、天津問題について厳重注意している。「公衆の面前で、他国の市民を裸にすることは、世界到るところ、普通市民の蛇蝎視することである。そんなことをしても、それをする政府にとって何事も達成しえない。世界的な憤激と非難とを招くのみである。……アメリカ政府は、日本政府がアメリカ市民の権利、利益、事業を奪わないのみならず、日米両国人民間に敵対心をつくる行動をさけるよう希望する」と。

(17) 田々宮英太郎氏はこの件について井本熊男元参謀に問いただしたという。井本氏の答えが田々宮氏の著書に載っている。

「統帥本来の建て前からいえば、関東軍司令官の電文は統帥の正道に反し、上級最高司令部たる大本営の意図に楯突いたことになる。司令官はただちに罷免されて然るべきものである。ソ連軍だったらただちに死刑だろう。ヒトラーの独軍でも同様である。／その後で、辻参謀が勝手に発信した電報であることが判ったならば、辻参謀も即時罷免され、再び軍の御用に招致されることのないのが至当であった。この電報のような例は、統帥系統を乱した点において、日本陸軍の存立間、空前絶後の唯一の例であったと思う。／しかしこれは、陸軍の統帥が正常な真姿にあったならばの話である。遺憾ながら日本陸軍は断固たる統帥ができないように、当時堕落していたのである。辻参謀もこの弊に冒されていたといえよう」

評すべき言葉もない。
(18)　参謀次長から送られた説明電の内容要旨はこうである。
「国境外に対する航空攻撃は大権の範囲に属し、実施には御允許《いんきょ》を仰ぐ必要がある。また関東軍の『処理要綱』にある〃一時国境外に行動する件〃も軍司令官の常続的権限として天皇の御裁可を期待することはできない。しかし万やむをえない場合には、中央においては右行動に関して配慮する所存である」

要するに、参謀本部はこれからは国境紛争が拡大し、ことに全面戦争にならないよう適時、断乎たる統制を加えることを表明したのである。関東軍はよろしく大元帥の統帥権を尊重せよ、といい送ったといえようか。

（19） 作家伊藤桂一氏が辻参謀に代表される作戦参謀についてきびしく批判している。

「厳しいだけで人情はない。命令だけですよ。結局、図上戦術と兵棋演習だけで築き上げられたもので、そこに人間は存在しなかったんですね。……辻政信などは、部隊が山上の敵を攻めているのをうしろで見ていて、もっと早く攻めさせろなどと言っている。攻めてる兵隊たちは、非常な苦労をしているというのに、ただやれやれでしょう。兵隊は山を上りながら死ぬ。そうした命令を無造作に出せるんですからねえ」

第五章　七月

●ハルハ河・戦場

小松原師団長は『陣中日誌』に書いている。

「七月一日　晴　大暑

ノモンハン戦斗第一日

将軍廟ヲ発シ炎暑曠原砂漠地帯ヲ行軍、シャクジンガング丘阜ニ到ル。

行程八里強、沿道一滴ノ水ナシ。部隊ハ午前四時出発、駐軍地ノ片付等及出発準備等ノ為メ各将兵前夜一睡モトラズ。十数貫ノ背嚢装具ヲ負ヒテ行軍、労苦察スベシ」

歩兵は背嚢に食糧（乾パン一食分、米飯一食分）や弾薬、衣類などをいれ、その上に外套を巻きつける。このあたりは日中の気温は四十度近くにあがるのに、夜は霜がふるほどの寒さとなる。腰には銃剣、小銃弾三〇発ずつをこめた弾薬盒を左右に二個、うしろに六〇発をいれた弾薬盒。鉄兜、防毒マスク、円匙、手榴弾のはいった雑嚢。それに生命より大切な三八式歩兵銃を肩にかつぐ。小松原がいうとおり総重量は十数貫（四〇キロ余）になる。

作戦計画はすでに書いたとおり雄大な包囲殲滅戦である。主要兵力を二つにわけ、ハルハ河の東岸攻撃隊と西岸攻撃隊とする。

東岸攻撃隊は、第一戦車団長安岡正臣中将が指揮する戦車第三（長・吉丸清武大佐）、戦車第四（長・玉田美郎大佐）の両連隊と、歩兵第六十四連隊（長・山県武光大佐）、それに工兵二個中隊と支援する野砲兵第二大隊の機甲部隊である。西岸の越境攻撃隊の突進を側面援護しつつ、マンズテ湖付近より南下、ハルハ河とホルステン河分岐点の川又軍橋へ直進する。将軍廟からハルハ河まで三〇キロの距離である。

西岸攻撃隊は、歩兵第七十一（長・岡本徳三大佐）、第七十二（長・酒井美喜雄大佐）の二連隊を主力に、配属として歩兵第二十六連隊（長・須見新一郎大佐）、援護隊に師団捜索隊（長・井置栄一中佐）、野砲兵第十三連隊（長・伊勢高秀大佐）が加わる大兵力。フイ高地の西南の渡河地点よりハルハ河を渡り、すなわち国境線を越えて外蒙領に侵攻し、西岸コマツ台地のソ蒙軍砲兵陣地を潰滅させる。さらに川又軍橋付近を遮断して満洲国領内に侵入している敵を撃滅する。総指揮は第二十三師団歩兵団長小林恒一少将がとる。

各部隊は闇のなかを進撃した。闇のホロンバイル高原はともすれば方向を誤りそうである。まわりは砂漠と草原の大波状地であり、身を隠す遮蔽物などなにもない。行軍が進むにつれて、冷気もはげしく、次第に悲壮感がつのってくる。

夜が明けるとそこは酷熱のるつぼのようになる。大地から吹きあげる熱気にあぶられてこんどは兵は吐息をつきつき進んだ。のどが渇いて声もでない。息がつまるほど暑く、靴の底を焼いた。水を補給するためのなにものも見あたらない。たまに小さな湖沼をみつけて近づけば、水ぎわは白い結晶におおわれて、水は海水より塩からい。

全軍一万五千名の将兵は、こんどは十分な戦力もあり負けるはずはないとの自信をもち、顔にはりつく砂ぼこりと汗の塩をそそぎ落としつつ、ひたすら戦場へ急いだ。落伍者もでたが、かれらもかれらなりの速度で懸命にあとを追った。

とくに東岸攻撃隊の山県連隊の将兵は、第一次事件の復仇の念に闘志を燃えたたせる。しかも八〇輛をこえる戦車部隊がこの作戦では主力となる。歩兵の目には、これ以上ない頼もしく心強い味方なのである。

最初にシャクジン湖付近で会敵し戦火を交えたのは、西岸攻撃隊である。思いもかけない地帯にあらわれた日本軍を迎え撃って、ソ蒙軍は戦車十数輛をくりだしてきた。

「来襲スル戦車二台ヲ速射砲ニヨリ撃破火災ヲ起サシム。将兵之ヲ望ミテ志気昂揚、敵遂ニ退却シ、緒戦ニ快戦ヲナス」

と、西岸攻撃隊と行をともにする小松原は誇らしげである。この快勝の勢いをそのままに、その夜、七二一高地（フイ高地）の敵を追いはらいここを日本軍が占領する。

「師団ハ此夜附近ニ露営ス」

と、小松原日記には〝露営〟というなつかしい言葉がある。歩哨をたて、将兵は眠りをむさぼることができた。

●東京・霞ケ関

このころ東京では、平沼内閣は総辞職せよの声のみがやたらに高まっていた。三国同盟問題はいぜんとして暗礁にのりあげたままである。天津租界問題では「いまさら外交によって」とは、政府が弱腰をみせはじめていると民衆の目には映った。

七月一日の陸軍の長老宇垣一成大将の日記の文字が、よく国民の気分を伝えているといえようか。

「帝国焦眉の急務は時局の解決と国歩の建直しである。これを遂行することが八紘一宇の理想実現の基礎工事である。前者の為には日支間の和平、欧米諸国との国交調整であり、果敢な進撃も手段として必要なることもあるべし。後者としては科学の研究発明、資源の調査開発、産業の振興である。……」

たいして平沼内閣はかけ声や口上だけは立派であるが、万事に理屈を闘わしているのみで、日暮れて道遠し、実行のほうは内に外にさらさら進んでいない。とくに平沼は三国同盟問題にかんしては定見をもつことなく日和見主義、右顧左眄で終始し、ときに陸軍の主張を支持しときに海軍に左袒しているように眺められる。倒閣の声の澎湃としておこるのは当然である。後継は小磯国昭大将か南次郎大将、あるいは近衛文麿かの取沙汰が早くも巷でされている。

米内海相はこの状況を心から憂えた。七月一日、板垣陸相に面会を求め、妥協案ともみえる覚書を示して、署名までして手渡した。

一、無条件に参戦することは義務づけられない、という方針は変更なし。

二、六月五日に陸海軍の間で一致をみた訓電の方針どおりに、ドイツ側を納得させること。

三、右の条件が堅持されるかぎり、外交交渉の技術上のことは向後は外相に一任すること。

論議はつくしたから、閣議決定の方針にそってあとは外相にまかせようではないかとの提案である。板垣はこれを読みながら渋い顔をした。ガウス案でいこうと考えている陸軍としては、あのようにあいまいな案など、とうていのめるはずもない。第一に、海相は知らなかったが、陸相がこのときいちばん気にしているのはソ満国境のほうにある。関東軍の作戦指導にもとづいて、いよいよノモンハン方面での日本軍の総攻撃がはじまろうとしている。なるほど、一個師団もの兵力が動きだせば、かならずや敵は退却するであろうとの読みはある。しかし、そのいっぽうで、ソ蒙軍がかなりの兵力それも機械化部隊を集結している、との情報もとどいている。安心ばかりしてはいられないのである。

米内提案は、結局うやむやに終った。そして平沼内閣を倒せの声のみがいっそう高くなった。

●ハルハ河東岸・戦場

「七月二日　渡河準備」

小松原はあっさりと日記に書きだしている。

この日、西岸攻撃隊の先頭に立って行動を開始するのは斎藤勇中佐が指揮する工兵部隊である。ハルハ河を渡るための応急の軍橋は、橋脚のかわりに鉄舟をならべるむかしながらの工法が考えられていた。ところがこれら渡河用の資材の大部分は中国戦線のほうにとられていて、関東軍の手持ちが底をついている。これで大部隊（野砲や自動車をふくむ）を渡そうというのであるから、作戦計画のいかに粗雑かつ泥縄的であったかが知れる。

斎藤工兵部隊は、しかし、満洲へ赴任してくるさいに携行してきていた訓練用の渡河資材をもっていた。利用できるものはそれだけ。よかろう、ともかくもそれで橋を架けようということになった。

ただし、架けられる軍橋は一本だけである。

いっぽう東岸攻撃隊は、三日払暁の攻撃開始にそなえ、各隊が所定の地点にまで進出すべくひたすら南へ南へと兵を進めている。戦車部隊主力にさきんじて山県連隊は、前面から敵戦車砲、ときに対岸台上から敵砲兵の射撃をうけつつ、いささかもひるまず進撃をつづけた。将兵の士気はいたって旺盛である。

あとを追うように、吉丸戦車連隊（八九式中戦車二五輛と軽装甲車七輛）が右に、玉田戦車連隊（八九式中戦車七輛、九五式軽戦車三五輛、軽装甲車七輛）が第二線となって左に、波状の高原を頭をふりたてふりたて急進している。これだけの機甲部隊の戦場への進撃は、日本陸軍はじまっていらいの壮挙といえた。

やがて夜のとばりがおりてくる。午後七時半ごろからノモンハン付近は、はげしく雨が降りだした。西岸の越境攻撃隊は待っていたように行動を開始した。集積地から暗夜無灯火のもとに、自動車部隊が多量の渡河資材をはこんだ。なんども書くが、目印のない波状地である。ときに方向を失し、ときに点在する湿地にはまるなど、字義どおり悪戦苦闘した。途中で資材集積地をタギ湖付近に誤ったりし、ようやくに渡河点に達したときは、所定時刻にかなり遅れていた。

「架橋材料ハ三ケニ分断、連絡ヲ失シ、而モ各道方向ヲ誤リ予定ノ如ク来ラズ。司令部幕僚手分ケシテ捜索ニツトメシ辛労甚ダ大ナルモノアリ、二時半漸ク之ヲ捕ヘテ架橋場ニ到ラシム、此時ノ心配一生忘ルル能ハズ」

迷子を探し求める小松原日記の文字には、臨場感あふれるものがある。いよいよ架橋である。

これよりさき、東岸攻撃隊は予定を早めて、攻撃前進をはじめている。山県大佐から、歩兵独力で夜襲を決行したい、との意見具申があったからである。また、七時四十分ごろ、味方機から投下された通信筒には「敵は川又渡河点をへて退却中なり。すみやかに追撃するを要す」との報告もあった。またまただれかが尻を叩いて攻撃を督促しているの感がある。

ソ蒙軍兵力、その陣地構築の概要など未知数ではあるが、安岡中将はとっさに決心を固めた。

電光が走り雷鳴のとどろく雨のなかを、予定を変更して部隊はいっせいに動きだした。戦車隊は時速一五キロで南下していく。しかし、過早に発せられた夜間攻撃命令であり、砲兵と歩兵と戦車との戦力連携などはじめから期待できそうにもなかった。

だが、東岸攻撃隊の闘志があらゆる不利ものりこえた。虚空をゆるがせる連続的な雷音と、台地に突きさすような豪雨とが、戦車のエンジン音を消した。これは前進するためには有利な条件となる。それに、目もくらむ稲妻がひっきりなしに光った。それが、ばらばらとなりながらも、隣接部隊を青白くうつしだし、連携保持にいくぶんかは役立った。

両戦車連隊は敵の不意を突いてそれぞれ猛進した。吉丸部隊はソ蒙軍の第一線陣地と第二線陣地を思うがままに破砕、突破して南下した。敵陣第三線の七三三高地付近に達したとき、猛烈な対岸からの重砲の阻止射撃をうけたので攻撃をやめて反転し、午後十時ころ吉丸部隊と山県部隊とは七三一高地に、また七五五高地を攻撃した玉田部隊も途中で反転し、午前五時ごろ「ウズル水」付近にそれぞれ集結した。そこで夜を徹し資材を整備しながら、夜明けからの攻撃を準備する。

こうして安岡の決断による夜間の追撃方式による攻撃は、一種の奇襲となり一応の戦果をあげた。ソ連公式戦史も「戦車に支援された日本軍歩兵は、ソ蒙軍部隊の配備にくさびを打ちこむことに成功した」と認めている。しかし、敵が退却中とはとんでもない誤報であることが判明した。ソ蒙軍が縦深に堅固な陣地を構築していることも、否応もなく知らされた。吉丸部隊の戦車がうけた損傷は、速射砲をふくむ有力な火砲、それに戦車の備砲からの射撃によることも明らかになった。その上に、対岸コマツ台地のソ蒙軍重砲陣地からの思うがままの砲撃がある。

話は飛ぶが、一九八九年八月、ノモンハン五十周年を機に参戦者と遺族の慰霊団が、戦場となったこの地を訪れている。このとき同行した朝日新聞の石川巌記者の報告が、九月八日付の新聞に写真入りでのった。ソ蒙軍の砲兵陣地のあったコマツ台地に立って旧戦場をのぞんだとき、参戦者たちはいっせいに驚きの声をあげた、という。

「ワーッ、これじゃまったくの見下ろしだ」、あるいは「ソ連軍の庭みたいじゃないか」と。

また、第二十三師団の情報参謀であった鈴木善康元少佐も語っている。

「私は大正十二年の大震災のとき、東京警備につきまして、九段坂上から馬でずっと東のほうを見ました。焼跡には何もなく平らで。外蒙古の台上で満洲国を見下ろした地形は、それと同じです。神保町付近がハルハ河です。こっちは高みから全部俯瞰されているんです」

　つまり、ハルハ河西岸は蒙古高原で、満洲国側より標高が高く、東岸から西岸台上をのぞんでもソ蒙軍砲兵陣地は見えなかったのである。ハルハ河からは、外蒙の台地が乗りかかるように迫り、この比高五〇～六〇メートルの地形には、結果論になるが最後まで日本軍は勝てなかった。

　それゆえに電光に照らされ、豪雨に打たれながらのこの夜の安岡は、心おだやかならざるものがあったであろう。高みから撃たれ放題なのである。与えられている命令によれば「三日払暁、東岸の敵に対する攻撃を開始し、川又に向かい突進しソ連軍を殲滅」しなければならない。容易ならない任務であることをこの夜の戦闘でとっくり味わわされた。

　しかし、主攻の第二十三師団主力によるハルハ河を渡っての西岸攻撃は、早朝から予定されている。わが部隊としては、待ち構えている敵陣地に遮二無二突っこんでいくほかはない……。

　雷雨は終夜つづき、明日の天候は回復に向かうであろうという。はたして安岡にとっては、喜ぶべきことかどうか。

●東京・宮城

この日七月二日、東京では、参謀本部作戦課がさすがにこれ以上は知らん顔をしているわけにはいかない、との覚悟をきめた。

ノモンハン付近の国境紛争において、国境線を越えて外蒙古領内に侵攻する。この両岸攻撃にかんする作戦および命令などは、すべて第二十三師団において策定され発令されているが、その基本計画は関東軍作戦課においてつくられている。それを参謀本部が黙認していまに至っている。明日はいよいよその実行である。軍の頭領たる大元帥陛下のまったく存ぜぬ間に。

七月二日の午後、中島参謀次長が参内して、天皇にはじめて攻撃計画を奏上した。

「敵領内に入りますことは、ノモンハン付近の全般の地勢上、やむをえない戦術上のごく一時期の手段でございまして、ただちに兵を引きますれば……」

天皇にして大元帥は、こんなあいまいな事後承諾の計画を認めてはならなかった。戦術上といい、一時期の手段というが、他国領内に日本軍が侵攻するのである。この作戦が大戦争につながらない道理はどこにもない。

昭和七年に陸軍がつくった軍機『統帥参考』に統帥権についての明記がある。

「皇軍の統帥指揮は悉く統帥権の直接または間接の発動に基き、天皇の親裁もしくは委任に依り実行される」

これを兵馬の大権すなわち統帥大権といって、天皇（大元帥）ひとりが掌握する。張鼓峰事件のさいに天皇がいった「朕の命令なくして一兵も動かすことは許さない」の言葉どおりなのである。

昭和の陸軍は、戦争にさいしては政治に影響されずに、軍独自に作戦を遂行する権限、それが統帥権であるとして、「魔法の杖」のようにいざというときにもちだしてふりまわした。いまや、その統帥権を行使できるのは大権をもつ大元帥だけであることも忘れているほど、のぼせあがっている。しかも、このころからおかしな論理がひそかにささやかれだしている。

大御心が間違っている場合だってある、国家の大事のためには聞かなくてもいい。そうした反逆的な思想をもつものが、ごくごく少数からかなりの数へと変りはじめている。「君、君たらざれば――」と陸相東条英機が演説したのは、これからわずか二年後のことなのである。

国境を越えて軍が侵攻するという厳粛な事実を、親裁はおろか、委任した憶えすらない天皇は、厳として認めてはいけないときであった。しかし、中島の奏上はあまりにも巧妙であったのである。長年にわたって陸軍の鍛えこんできた謀略的横暴は、天皇を言葉巧みに誘うことなど朝飯前であったのかもしれない。しかも、さきの鈴木元少佐の説くところによれば「ハルハ河を越えて一時外蒙古に進出する。これは東京（参謀本部）

の認可もお上（天皇）の認可もえている、という前提のもとに師団命令は下されていたのです。私は越境について当時そのように思っておりました」という。

それにしても、天皇の意思をないがしろにできるほど、そのころの陸軍の勢威は国家のすみずみにまであまねく行きわたっていた。当時の日本帝国は日本陸軍によって占領されている、と形容しても誤りがない。とにかく大軍が動いてしまってから大元帥の認可をえているのである。

●ハルハ河西岸・戦場

「渡河成功す」

小松原は七月三日の項をまずこう書きつけた。「曇後晴暑」と、この日の天候も忘れていない。

橋は一本、ハルハ河に架けられた。ならべた鉄舟の上に木の材料をのせ、浮き橋をつくり、これを鎦《りゅう》でとめる。橋の幅二・五メートル、長さ六〇メートル。作業は遅れに遅れて夜明けの六時四十分に完成した。

それ以前に、架橋援護隊として、岡本部隊第一大隊が配属工兵小隊の折畳舟十隻で河を手漕ぎで渡って、すでに敵地にはいっている。この渡河は将兵にとって、なにものにもまさる恩恵をもたらした。灼熱の砂丘で水に飢えていた将兵は、きたるべき戦いを忘れてハルハ河の水を「クジラのように」のんだという。

神速鬼没の参謀といわれる辻の姿を、この敵地一番乗りの援護隊のうちにみることができる。大隊長藤田千也少佐は、服部と陸士同期の先輩であるが、辻とは顔なじみであったゆえ、「お伴しましょう」と自分のほうから申しでた、と辻は書いている。ただし、藤田を「横田」と辻はわざわざ記している。そして渡河後には「横田さん、この辺で陣地を作りましょう。余り進みすぎると架橋の援護にはなりません」と進言する。そこで全大隊をもって立射散兵壕を掘り終った。敵の攻撃があったのはその直後のことで、辻は勇ましく書いている。

「夜光を曳く弾道は明らかに敵の数を現わしている。『戦車だッ』と叫ぶ声。『壕に入れ、肉迫攻撃準備！』と怒鳴った瞬間、隣に立っていた横田大隊長が斃れた。頭部貫通だ。右から、左から、正面から十数輛の敵戦車が、大隊の陣地に突入してきた。（中略）この戦闘は約三十分の後止んだ。戦車二輛を火焔瓶で焼き、一輛を砲塔に飛乗って捕えた。大隊長を失ったことは限りなく残念であった」

例のとおりの張り扇の一席であるが、「壕に入れ、肉迫攻撃準備！」と怒鳴ったのは、指揮権のない辻参謀であったようであるし、三十分間の戦闘を指揮したのも自分であるといわんばかりの書き方は、珍妙にして異なことである。

それはともかく、戦闘はソ蒙軍にとっても予期していなかった遭遇戦であった。ソ連公式戦史は「七月三日の前夜に、日本軍は人目につかずハルハ河に近づき、その西岸へ渡りはじめた。朝の七時までに日本軍は渡河を終り、バイン・ツァガン山を占領し、南方へ前進を開始し、ハルハ河東岸のソ蒙軍部隊を包囲する気配をみせた」と記している。事実、連隊主力も折畳舟などで渡河し、午前三時十五分には歩兵第七十一連隊の軍旗が第一歩を外蒙古領内に印しているのである。

藤田大隊と交戦したのはバイン・ツァガン方面を守備していた外蒙騎兵第十五連隊で、東岸の味方部隊援護の任務をうけ、午前五時ごろ河畔に近接したときに、そこに日本軍を発見して驚愕しつつ攻撃したものであった。

こうして、小松原が日記に書くように渡河は奇襲となって成功した。岡本連隊につづいて酒井連隊主力も鉄舟など手漕ぎでハルハ河を渡った。やがて橋も架けられて、野砲連隊も、乗車部隊の須見連隊もあとにつづくであろう。ここに西岸攻撃隊の歩兵主力の基本態勢はほぼ成ったのである。歩兵団長小林は、前進を下令し、小松原日記にも誇しげに「左岸攻撃部隊ハ続テコマツニ向ヒ前進ス」と記されている。

大軍の渡河を迎え、その地点を防備していた外蒙騎兵第十五連隊は、やむをえず退却せざるをえない。そこへ状況視察のため軍顧問アフォーニン大佐が自動車を飛ばしてきた。一喝しようと自動車をとめた大佐は、稜線にあらわれた部隊を遠望し、これは見慣れた外蒙兵と違うことに気づき、あわてて自動車に飛びのってUターンした。

ジューコフはまだ日本軍の渡河を知らなかった。しかし、それより前、かれは二日夜に日本軍が東岸の縦深陣地にたいし攻撃を開始したことを知ると、タムスク付近に進出してきていた一五〇輛の戦車をもつ第十一戦車旅団と、一五四輛の装甲車で編制される第七装甲車旅団に行動開始を命じている。

「前進しつつ会敵せば攻撃せよ。急げ」

ハルハ河東岸で防禦戦を戦っている第九機甲旅団、第百四十九狙撃連隊を支援し、進攻する日本軍の戦車部隊との決戦をめざして、これらの部隊は漆黒の闇のなかを猛スピードで東進中であった。

ジューコフが、アフォーニン大佐より思いもかけない日本軍の渡河攻撃の事実を知らされたのは、夜が明けてからである。容易ならざる情勢であり、日本軍の南下前進を阻止することはかなり困難であることを、かれは明確に認識した。それだけに命令が適切であった。しかも攻撃的である。東進中の戦車旅団と装甲車旅団には、ただちにバイン・ツァガン山方面へ急行せよ、と命令を変更し、ハルハ河両岸の砲兵部隊には砲撃可能なかぎり目標を南下中の渡河日本軍に変えるよう命じた。さらに全航空部隊に全機発進を下令した。

戦闘機イ16に搭乗し、日本軍の架橋渡河地点を攻撃したボロジェイキン中尉の回想がある。

「……はるか彼方にちらつくような一条の黒いものが認められた。それが渡河地点であった。よくみると、満洲方面から渡河点に向かって、大部隊が扇形に集結していた。これまでみたこともない大部隊と車輛群だった。どこから出てきたのか、不意に湧きだしてきたようであった。まさにハルハ河東岸の日本軍は優勢な兵力で、わが守備隊を圧迫しているのだ」

空中からみれば、河がはてしない曠野を二分し、東岸満洲側の、黄色の砂丘のつらなりをうめて日本軍が、一本の橋にむかって扇を伏せたように収斂し、さらに橋を渡って、外蒙古側の緑がかった灰色の西岸平原に、左右に展開していく様は壮観であったにちがいない。

地上は、しかし、空からみるほど整然とした状況にはなかった。軍橋は、雨あがりで流速約二メートル、河底が砂地の上に鉄舟が足らないから、早くも弓なりにまがっている。やむなく馬は一頭ずつ、したがって砲兵の通過には輓馬を砲架からはずさなければならない。自動車は荷をすべておろし、車自体の使うガソリンでさえおろさなければ、工兵准尉の橋梁長が渡ることを許可してくれない。しかも一輛ずつ。このため橋のたもとには、順番を待つ人馬や自動車が殺到して、無秩序な混雑と混乱をきわめていた。いうまでもないことであるが、師団に相当する戦力が渡河するには、少なくとも三本の架橋は必要であったのである。

須見大佐の指揮する第二十六連隊は、作戦計画によれば全員が乗車し、快速部隊として未明に渡河を終り、戦線を突破して、いちばん西側をまわってソ蒙軍の後方にでることになっていた。ところが現況は右のとおりで、第一大隊だけが喧嘩腰でなんとか渡河できたものの、残りの二つの大隊は自動車どころか将兵の身ひとつが河を渡るに渡れないでいる。いたずらに時間が経過するなかで、しばしばソ連戦闘機の機銃掃射をうけ、須見の焦燥はつのるいっぽうであった。

そうしたときに小松原が現場に姿をみせたことを、須見は手記に残している。須見はさっそく小松原に訴える。

「閣下！　渡河作業はご覧のとおりです。私の連隊は、まだ第一大隊しか渡っておりません。この状況では全部渡るためには、おそらく日没になりましょう。どうしますか」

「よし！　では、与えられた任務を、貴官は渡河した第一大隊だけで遂行せよ」

とっさの思いつきに近い命令変更である。結果は、須見にとって無残なものとなった。第一大隊以外の残余のトラックを師団専用に引き揚げられ、主力は徒歩部隊と様変りさせられてしまう。須見は、先行した自動車の第一大隊を、徒歩で追わねばならなくなった。しかも小松原は、その後の行動についての明確な指示を与えることもなく、高級車に乗ってさっさと橋を渡っていく。師団司令部の幕僚があとにつづいた。

それともうひとつ、須見の手記は面白いことを書きとめている。東京の参謀本部の作戦部長橋本群少将が、お伴の参謀をつれて、この渡河作戦を現地で視察しているという事実である。無秩序の混雑を眺めながら橋本は、須見にこんなことを命じている。

「こんなときに、敵の飛行機が来たら……敵機の来襲前に、貴官は、現在地の最先任者として、混乱を何とかしろ」

まさにその直後に、ソ連機が超低空で襲ってきたという。

この橋本の発言ははなはだしく筋違いである。須見の任務はいち早く橋を渡ることにある。大作戦を決行するのに弓なりの橋一本、しかも渡河順位を不明確にしたままゆえのこの大混乱。橋本の発言は、関東軍作戦課のまったくなっていない作戦計画にたいする痛烈な批評、いや罵倒であったのかもしれない。

それにしても東京の作戦部長が戦場に姿をみせたのは、関東軍のお手並み拝見といった軽い気持なんかではないはずである。ところが橋本がこのとき、小松原と、あるいは関東軍作戦課の面々とじっくりと話し合ったという痕跡はまったくない。これまた奇妙なことで、なんのための戦場視察であったのであろうか。

辻も手記でこのことには怒りをぶつけている。

「参謀本部から第一部長が始めて戦場付近に進出し、三日朝からの戦況を将軍廟で視察していた。たまたま敵の爆撃機で、橋梁付近がやられるのを目撃し、戦況が不利であるとの感じを受けて、師団長にも会わずにさっさと引き揚げた。師団長も副長も、身を第一線にさらして戦っているとき、中央部の高級幕僚が、現地の師団長にも会わず帰京したことは、第一線に決してよい印象は残さなかった。この部長が、事態の認識を誤り、悲観的な態度をとったことは、他日大きな齟齬《そご》をきたす原因となったのである」

これによると、橋本ははるか将軍廟でソ連機の攻撃を望見していたかのように書かれている。辻の怒りと怨みがこめられている。しかし辻の非難とは違って、橋本は軍橋付近で敵機の掃射をうけてさえいた。作戦遂行がうまく運んでいるかどうかも見とどけている。にもかかわらず、辻が怒るように、小松原、服部や辻と顔を合わせることもなく去っていったのはまぎれもない事実である。なにかしっくりとはいっていない。

それは、当面の敵と戦闘をつづけ、是が非でも勝たねばならないと頭に血をのぼらせている関東軍作戦課と、遠く離れた東京・三宅坂上で冷静に大局の判断を下しうる参謀本部作戦課との差といってしまえばそれまでであるが……。

いや、そんないらざる論議をしているときではなかった。すでに渡河した岡本、酒井の両部隊は、前進を開始して一時間足らずの午前七時ごろ、激烈な戦闘に突入していたのである。両部隊はともに、敵戦車との遭遇を予期しているから、正面と左右に戦車地雷と火焔ビンをもった肉迫攻撃班、連隊砲、速射砲を配置して前進した。それでも前方の波うつ砂丘に隠顕しながら、ソ蒙軍戦車が突進してくるのをみたときには、将兵はしばし呆然となった。その豪勢さ。二〇輛、三〇輛と群をなして戦車が、装甲車が、地平線の全周からわき起ってくるかのように急進してくる。

このとき、ジューコフは、のっぴきならない事態に直面して悲痛な決定を下していた。かれは『赤軍野外教令』（一九三七年発行）第百二十二の戦理「如何なる場合にありても、歩兵の戦闘任務に砲兵および戦車の行動を一致せしむる如く、現地において周到なる協調を行うことにより、はじめてその成果を期待し得べし」を頭からかなぐり捨てていた。もはや歩兵、砲兵と装甲部隊との協調をはかっているなどできないときである。戦場に到着した戦車部隊、装甲車部隊をつぎつぎに投入した。

歩兵をともなわない戦車の殺到は、日本軍将兵にとっては、ある意味では闘志のかきたてられる戦いといってよかった。戦車だけを相手に訓練どおりに迎え撃つことができる。速射砲と連隊砲は必中距離の四〇〇メートル以内にひきつけて身をのりだして猛射した。車体を貫徹するとかならず戦車は炎上した。岡本部隊の連隊旗手川添武彦元中尉は語る。「こっちの速射砲と連隊砲と野砲の改良三八で狙い撃った。よく当りましたな。これは勝ったという感じでした」

撃ちもらした戦車の突進を迎えて、つぎは歩兵対戦車の戦いである。ソ蒙軍の切札である機甲部隊は、T26軽戦車とBT中戦車によって編制されている。ともにガソリン・エンジン装備であったから、榴弾でも命中貫徹すると発火した。炎天下を、長時間猛スピードで走ってきているから車体は焼けていて、日本兵が肉迫して投げる火焔ビンでも容易に燃え上った。空冷式になっているから戦車は内部へ焔を吸いこんで、一瞬にして内部は火の海となった。

日本兵は、戦車の死角は前後八メートル、左右四メートル以内と教えられていた。その死角にとびこみ、自陣に突入してきた戦車とともにつかず離れず走りまわり、銃眼や後部の機関部に火焔ビンを叩きつけた。

酒井部隊の戦闘詳報の抜粋。

「七時、敵は戦車十数台、砲数門をもって射撃し……八時ごろ、敵戦車十一―二台攻撃し来る。……十時ごろ四十七台の敵戦車われを攻撃……十三時ごろには重砲射撃を開始し、約百台の戦車逆襲し来れるも……大部を擱坐炎上せしめ、その黒烟幾十条となりて天に冲し、あたかも日本海大海戦の絵巻物の如し」

また、しばらく足どめを食っていた須見部隊も、十一時前後には全将兵が徒歩でハルハ河を渡った。このころには、さきに渡河した上に乗車部隊である第一大隊が、徒歩の主力と離れてはるか前方に展開し、すでに敵戦車と交戦している。部隊主力も第二線となって後方につづき、二キロも前進しないとき、数十輛のソ連戦車群に遭遇している。所期の任務である最西方を進み、岡本・酒井両部隊を援護するどころの話ではない。それほどソ蒙軍は必死に日本軍を喰いとめようとしていた。

昭和十九年七月刊の著書『実戦寸描』で、須見はそのときの戦闘をこんなふうに描いている。

「広漠たる曠野では遥か地平線上に現出したときから敵戦車は之を望見し得る。二千、千五百、千、射撃しない、唯敵重砲の思ふがまゝに撃たれっ放しだ。八百米に接近するのを待って（戦車砲分隊は）第一発を放った。実によく辛抱したものだ。その代り第一発から必中を期してゐる。……射撃開始は遅かったが一度射撃開始するや実によく命中した。敵の戦車はつぎつぎと擱坐炎上する。併し乍ら敵戦車が八百米の平坦地を突進する時間はきまってゐる。その時間内に撃つ弾丸の数には自ら限度がある。その射弾は陣地前約百米で二輛の戦車を炎上したのであったが、尚残余の戦車は突進してきた……」

ソ連軍戦車は時速約五〇キロで突進してくる。戦車砲や速射砲での応戦のあとは、肉迫攻撃班の挺身攻撃である。将兵は夢中になって火焔ビンを、自陣を蹴ちらす戦車めがけて投げつける。火焔ビンの油の膜が燃えあがると、その炎の終るころボッと音がして、すでに長距離の猛進で鉄板の焼けている戦車の内部から火がでる。黒煙がもうもうとのぼって焼けはじめる。

火焔ビンは、サイダーの空ビンにガソリンをつめ、点火芯には乾パンの袋や、兵器手入れ用の晒《さらし》もめんや手拭いを裂いて使った。将軍廟で応急に兵たちがつくったものである。もっとも原始的な兵器が信じられないほどの戦果をあげた。

日本側の記録でみれば、岡本、酒井、須見の三部隊で、敵戦車百数十台を撃破した計算になる。小松原日記には「敵戦車二百ヲ倒ス」とある。渡河部隊の対戦車火器は総計で、速射砲一八門、連隊砲一二門、野砲八門、一二センチ榴弾砲数門にすぎず、敵がばらばらに攻撃してきたから応戦しえたにしても、戦果はやや誇張されていようか。それにしても火焔ビンの威力は想像を超えるものがあった。それ以上に日本軍兵士の勇戦力闘には目をみはらざるをえない。生身の肉体対鋼鉄の塊りの戦いを、ものの見事に勝ちぬいたのである。

ソ連軍の記録によれば、この日、ソ連軍がハルハ河西岸に出動させた戦車は一八六輛、装甲車は二六〇輛に及ぶという。岡本・酒井両部隊にまず戦車第十一旅団の前衛が攻撃をかけ、つづいて第二大隊と外蒙騎兵第八師団の装甲車中隊、さらに戦車第一旅団主力が加わり、日本軍の前進を喰いとめた。その後に装甲車第七旅団が戦闘隊形をとって襲いかかった。須見部隊には戦車第十一旅団の一部、のち同旅団主力といえる第一大隊が北西から、第三大隊が西から攻撃をかけた。このおびただしい敵の戦車と装甲車の数によって、日本軍はコマツ台地への直進はとめられ、ハラ高地付近に陣地を構築し、つぎの対戦車戦闘の準備をしなければならなくなった。

わずかな戦闘休止の訪れた戦場には、百台をこえるソ連軍戦車がいつまでも黒煙あるいは白煙をあげて燃えつづけている。火焰ビンで炎上した戦車では、やがて搭載している砲弾の爆発がはじまる。弾丸は仕掛け花火のように上に飛ぶ。機関銃弾も誘爆する。内部から鳴りもの入りの暴発で、四方八方に弾丸が飛びちる。戦車は一度火を発すると、えんえん四、五時間にわたって煙をはきつづけた。そのすさまじい光景がパノラマのように見わたせた。

●ハルハ河東岸・戦場

三日の午後、炎上しているのは西岸のソ蒙軍戦車だけではなかった。日本軍の戦車もまた、ハルハ河東岸の戦場で、多数が破壊され燃えていた。

この日の朝、吉丸戦車連隊長がうけた命令は、「山県歩兵連隊の戦闘に協力し、ソ軍を川又に向かい追撃捕捉すべし」というものである。渡河部隊の攻撃にたいする援助攻撃という主任務を超えて、ハルハ河東岸のソ蒙軍を追撃せよ、と勝ちに乗じるような威勢のよい追撃命令をうけ、吉丸はひどく困惑した。

前夜の攻撃で、東岸の敵が強力な機甲部隊をもち、堅固な対戦車陣地を築いていることもわかっている。その上に西岸のコマツ台地からのねらい撃ちともいえる猛砲撃がある。とても〝追撃〟できるような状況にはない。しかし、吉丸大佐は攻撃につぐ攻撃を要求する〝追撃〟命令にいさぎよく従うことにした。

山県と十分な協議をしたのち、吉丸は戦車連隊の先頭に立って正午すぎに行動を開始、敵主力が布陣する七三三高地に向かった。山県が指揮する歩兵部隊も同じように前進をはじめる。ところが敵陣の一角にたどりついたとき、山県部隊に敵砲兵の攻撃が集中し、第一大隊長以下に多数の戦死者をだし、それ以上に進むことはできなくなる。三日朝を迎えたとき給水が中絶し、将兵が疲労困憊《こんぱい》の状況にあったことも大きく影響した。

いきおい吉丸部隊は歩兵をともなわず戦車だけで突進し、ソ蒙軍の戦車はもちろん、四五ミリ速射砲を装備する装甲車、四五ミリ対戦車砲とも対決しなければならなくなった。ソ連軍は戦車、装甲車を砂丘のかげに配置して、砲塔射撃で迎撃する戦法をとった。しかもソ連軍陣地外周にはピアノ線使用の蛇腹式鉄条網がはりめぐらされている。(20)

中戦車二五輛、装甲車七輛の吉丸部隊は猪突ともいえる猛進ぶりを示した。結果は悲劇的である。集中火力を浴び、それを冒して七三三高地前面にたどりつくと、ピアノ線が待っていた。

双眼鏡で見えないから、至近距離でそれとわかる。勇敢にのり越えようとすると、弾力ある鋼線がキャタピラーに蜘蛛の巣のようにからみつく。身動きのならなくなったところを対戦車砲でねらい撃ちされた。吉丸大佐は燃える戦車内で戦死した。

戦車一三輛、装甲車五輛が破壊され炎上した。連隊長以下幹部の戦車は全滅。残余の多くもかなりの損傷をうけ戦闘力を失い、退却せざるをえなくなった。

ソ蒙軍は『赤軍野外教令』第二百二十六の「現代戦の防御において第一に具備すべき要件は対戦車防禦組織なり。対戦車防禦は自然的また技術的な対戦車の障碍物、対戦車地雷およびその他の人工障碍物をともなう各部隊ならびに対戦車砲兵の火網より成る」という教えをそのままに実行して、日本軍を撃破した。

公刊戦史によると、ソ蒙軍も戦車三二輛、装甲車三五輛が破壊され、死傷者約一二〇名に及ぶとなっている。吉丸部隊が数の上からはるかに劣勢であったことからすれば、戦車戦の戦果としては、あまりに見事にすぎるようである。もちろん、ソ連側の戦史はそれを認めてはいない。あるいは誇張されたものであるかもしれない。かりに事実としても、後方補充の力量からみれば吉丸部隊の損害は致命傷に近く、撃退に成功したソ蒙軍としては、我慢のできる消耗であったといえようか。

それにしても頼みにしていた日本の戦車はあまりにもろすぎた。実は、それが当然といえばいえたのである。

なぜなら、日本陸軍は大正十四年に戦車隊を創設いらい、戦車対戦車の戦闘についてつねに懐疑的であったからである。そこにもろい原因があった。西欧列強のように、戦車を主兵とし、これに歩兵、砲兵、工兵などを支援兵種として、機動力のある戦闘集団とする、つまりは「動く砲兵」とする、という考え方になぜか疑問を抱きつづけてきた。(21)フランスに学んだ陸軍は、その伝統を模倣して軽量小型の戦車を多くつくって、歩兵を直接に支援し協同してその戦闘能力を増強させる方針を、もっとも正しい戦車の使用法としたのである。したがって歩兵支援の意をかなりくだいていえば、敵の機関銃撲滅ということになる。したがって歩兵速度にあわせた直協戦車をもっぱら開発する。

勇猛に突進した吉丸部隊主力の八九式中戦車は、まさしく理想とする歩兵直協戦車で、日本陸軍の制式戦車第一号である。昭和四年(一九二九)四月に完成したが、この年が神武暦の二五八九年にあたっていることから八九式と銘打たれている。エンジンも操縦装置も優秀であった。耐久力もテストの結果は上々である。手作りのように、よく磨きがかかり、見てくれも源平合戦の甲冑武者のように堂々としていた。

重量は八・九トン。一〇〇馬力で最大速力二六キロ、運行距離は一二〇キロである。戦場への輸送にさいしての日本内地の狭軌の鉄道、輸送船にのせる起重機の能力や埠頭の設備など、日本の宿命ともいえる制約をすべてパスすることができた優秀な戦車という。

しかしながら、戦車でいちばんかんじんなのは攻撃力と防御力である。すがた形ではない。日本的な諸制約があって中戦車しかできないとしても、装備が戦闘上の要請に追いつかなければ、兵器とはならない。「戦車」という名がつけばそれでよいというものではなかった。八九式の場合は、攻撃力として五七ミリ短砲身砲（九〇式）と機関銃一を全周回転砲塔にもつ。が、この砲は対戦車戦能力はゼロの火砲。敵の機関銃などを撲滅するのが任務と指令されていたから、ソ連軍の主力戦車のBT戦車の前面装甲が撃ちぬけない榴弾を撃つ砲なのである。八九式の前面装甲の一七ミリはそれほど弱いものではないが、高初速の徹甲弾を撃つBT戦車の対戦車備砲四七ミリには敵対しうべくもなかった。このソ連戦車の砲身の長い速射砲は初速が迅くそれだけ貫徹力がすごかった。五〇〇メートルの距離で、六〇ミリから七〇ミリの装甲をつらぬいた。みてくれは悪かったが、格好よりもBT戦車は勝つようにできていた。砲と鋼板だけがしっかりとしていた[22]。

日本陸軍はその情報をにぎってはいなかったのか。いや、戦車学校教官もやった加登川幸太郎元中佐が説くように、ソ連軍が戦車王国の威容を誇り、「戦車には戦車で」という方針で、軽戦車から装甲車にいたるまで、四五ミリ以上の対戦車砲で固めているという情報は、十分に承知していた。

しかし、参謀本部の秀才たちは、歩兵直協で敵の機関銃撲滅が戦車の主任務であると、頑強に主張した。対戦車戦闘力ゼロの五七ミリの短砲身砲の威力をひたすら信奉したのである。現実より抽象的な思考を好み、「戦車対戦車の戦闘」を無視した。それを証するかのように『戦車兵操典』の前身の教練規定には「戦車はみだりに対戦車戦闘すべきものに非ず」と書いてあった。

それにもかかわらず、吉丸部隊は敵戦車との戦闘を承知の上で、歩兵直協の任務も忘れたように、真一文字に突進していった。吉丸という軍人は勇敢を絵にかいたような人であったという。また、追撃という考え方に安岡戦車団長がとらわれていたがゆえともいう。それよりもなによりも、司馬遼太郎氏が書く帝国陸軍の思想が、この悲劇の突進をうんだ、と考えたほうがわかりいい。

「防禦鋼板の薄さは大和魂でおぎなう。それに薄ければ機動力もある。砲の力がよわいというが、敵の歩兵や砲兵に対しては有効ではないか。実際は敵の歩兵や砲兵を敵の戦車が守っている。その戦車をつぶすために戦車が要る、という近代戦の構造をまったく知らなかったか、知らないふりをしていた。戦車出身の参謀本部の幹部は一人もいなかったから、知らなかったというほうが、本当らしい」

吉丸部隊は、こうした参謀本部の思想、ということは帝国陸軍の光輝ある伝統に相違ないが、それにしばられて、遮二無二突撃していった。

ところで、玉田戦車連隊は、このかんどうしていたか。戦場より遠くに集結していたこの部隊もまた、午前八時すぎに行動を起している。正午前に、ソ連戦車、装甲車七、八輛と歩兵数十名と七五五高地付近で遭遇し、よくこれを撃退した。しかし対岸の砲兵の威力はもとよりのこと、七三三高地の敵陣地は、目撃するかぎりすでに堅固なものとなっていることを知った。

玉田は独力で攻撃しても成功の算はほとんどないと冷静に判断した。指揮する全戦車の攻撃力で敵陣奪取の突進は無謀である。やむなく玉田は主力をいったん後退させて、爾後の攻撃命令に備えることとした。そしてその決心は結果的に正しかった。

玉田が率いるのはすでに書いたように八九式中戦車七輛と、三五輛の九五式軽戦車である。数量からは堂々の兵力であるが、内実は想像以上にお寒いものなのである。九五式軽戦車は、八九式が時速四〇キロを普通にだす自動車部隊とはいっしょに走れない、という歎きをうけて昭和十年に製造された。重量七・一トン、最大時速四五キロ、三七ミリ砲搭載という小型戦車である。歩兵直協任務というよりも、〝機械化部隊の機動軽戦車〟という意味あいをもたされてつくられた。

しかし、その格好のいい名に反して、装甲は一二ミリというあるかなしかの防禦力しかもっていなかった。これでは機関銃にも耐えられない。「弱装甲」「弱武装」の戦闘のできない戦車では、とても戦車とはいえぬ、という反対の声はただちに押しつぶされた。陸軍にあっては「戦車は戦車なのである。敵の戦車と等質である。防禦力も攻撃力もおなじである」という不思議な論理がまかりとおっていた。名が「戦車」である以上、それは戦車なのである。それに「防禦力」に疑問をいだくことは、暗黙の禁忌なのである。「矢弾《やだま》丸をものともせず」という歩兵的攻撃精神が、戦車という機械にも適用されたのである。そういえば、防禦力の軽視はなにも陸軍だけの問題ではない。海軍もまた然り、零式戦闘機がその典型といえようか。昭和前期の日本軍部は、司馬氏がいうように、たしかに正気の人びととは思えないほど攻撃的空想家集団であったような気がする。いや、昭和前期の日本全体が無敵を幻想するおかしな国家であったのかもしれない。

　玉田は、撤退を決心したとき、きっと前夜の雷鳴下の攻撃を想起していたにちがいない。部隊は敵中深く入って、敵の一五センチ榴弾砲陣地の急襲に成功した。ソ蒙軍があわてふためいて逃げだしたあと、陣地を思う存分に蹂躙した。と書きたいが、そうはいかなかった。

　敵の一五センチ砲にのしかかっても、重量七トンの軽戦車では、大砲を押しつぶすことはできない。捕獲品として牽引しようとしても大砲が重すぎて、それもならない。その手きびしい現実を、玉田をはじめ将兵はいやというほどに痛感させられていた。こうして玉田部隊の軽戦車は、敵の堅塁を前にしてあっさりと背を向けた。一部を捜索警戒として残し、主力は暴虎馮河の無謀をおかすことなく後退していった。

「敵は退却中」という虚報に乗じようとした東岸攻撃隊の二度にわたる「追撃」作戦は、正午すぎには、強固な縦深陣地に拠るソ蒙軍の抵抗によって、破壊され炎上する吉丸部隊の戦車の煙とともに、無残に失敗となっていた。

●ハルハ河西岸・戦場

　ハルハ河を渡った西岸攻撃隊も、三日の午後になると、苦戦はもう蔽うべくもなくなった。圧倒的なソ蒙軍の機甲部隊の反覆攻撃を、日本軍歩兵部隊は超人的な強靭さを示して退けてきた。しかし、ソ蒙軍の攻撃も早くも戦訓をとりいれ組織的になり、無闇に戦車で突入することなく、歩兵砲の射程外で稜線上に砲塔だけをだし砲撃してくる戦法に変えている。そして日本軍をかこんで西・南・北から半円形の鉄の環をつくりあげることにも成功する。

このソ蒙軍の執拗な砲撃以上に、日本将兵を苦しめたものは水である。照りつける太陽と灼ける大地。それに遠く、近くで焼けただれている戦車の熱気が将兵を襲った。かれらが頼みとしたのはハルハ河渡河のとき満たした水筒だけである。それもほとんど空となり、給水のあてもない。敵戦車撃破につぐ撃破の、勝ち戦の意気あがるときはまったく感じなかった心身の疲労が、いまや給水不足によってどっとおしよせてきた。

戦場の状況は最悪である。しかもハルハ河に架けた命の綱の軍橋も、しばしばソ連空軍機の爆撃をうけている。日本戦闘機の防戦も間に合わない。この状況下で午後三時すぎ、小松原のいる師団司令部に、関東軍の参謀副長矢野少将と、服部、辻の両参謀が参集した。今後の作戦をいかにすべきかについて、小松原をかこんで三人の参謀が忌憚のない意見を交換するためである。

矢野が小松原に「閣下のお考えはいかがですか」とたずねると、

「軍の御指示のとおりやりたいと思います。このまま攻撃を続行せよとのお示しならば、万難を排してコマツ台地を攻撃しましょう。また、西岸から撤退して、東岸攻撃に重点を向けよとならば、今夜主力をもって転進しましょう」

と小松原は関東軍にゲタをあずけるように答えたという。そう辻の手記には書かれている。これが真実であるとすると、ずいぶんと小松原は弱気になっている。一カ月ほど前に「防衛司令官のやり方に軍が掣肘すべきにあらず」と豪気の言を吐いていた人とは思えない。関東軍の仰せのままに、というのではロボットでしかない。しかも「転進」という語をおっかない参謀たちの前で、容易に口にだすことができるものであろうか。ただ、小松原が弱気になったわけを思わせる事件がそれ以前にあることはあった。それはハルハ河を渡った小松原を乗せた自動車が、対戦車戦闘の修羅場にまきこまれてしまい、危うく敵戦車の好餌になろうとした、という事件である。運よく、師団野砲兵の草葉栄大尉指揮の砲が直接照準で、この戦車を攻撃して、小松原は命を拾った。しかもそのしばらくあとで、敵の砲弾が自動車に命中し、運転士など三名が戦死している。

それはともかく、「転進」の語は、この会議における関東軍参謀の意見一致の決定を正当化するため、早めに小松原の言としてもちだされているような気がする。

辻の手記には「次の理由で主力を東岸に転進させる意見に一致した」と、小松原の言をうけてあっさりと書かれている。その理由とは——、

一、日本軍の補給はただ一本の橋に頼っている。その橋は、明朝以後、航空爆撃と戦車に集中攻撃されて破壊されるおそれがある。しかも補修する渡河材料は皆無である。

二、今日の戦いで敵戦車の半分を撃破したが弾薬も残り少なく、明日の戦果を期待し

えない。

たしかに状況からすれば、転進するほうに合理性はある。しかし、この期に及んでの無責任をどうしてもぬぐうことはできない。一言でいえば、戦争指導をした三人の参謀は、感をそのままにさらけだしている。かれらが作成した作戦は、万事に行き当りばったりで、寸毫も計画的らしきところがない。戦闘半日にして「転進」というのでは、渡河して作戦することが最初から無理であったことを証する以外のなにものでもない。扇氏もその著書（『私評ノモンハン』）で酷評するように、第一に、給水や弾薬補給などまったく念頭になかった。転進理由として橋は一本というが、架橋材料がまったくないことを計画前に調べようともしなかった。弾薬も残り少なく、とはソ蒙軍の兵力を過小に評価したゆえのものである。明日の戦果が期待できないとは、全軍が潰滅するやもしれないということである。

辻は手記で麗々しく書く。

「進退の責任は軍で負うべく、師団長に負わすべきではない」

当り前である。しかしこの当然のことは実行されなかった。結果的には小松原が全責を負うことになる。矢野が小松原に意見具申した。

「軍としては、西岸の戦闘を中止し、東岸攻撃に師団全力を結集するを全般の戦況上有利と判断します」

つまり転進である。軍橋を渡っての退却である。小松原はこれをうけいれた。辻の手記によれば「師団長も師団参謀も、内心この意見を希望していたことは察するに難くない」とある。

いっぽう、小松原日記には、

「師団ハ敵ノ背後ニ進出シテ其心胆ヲ奪ヒ、敵戦車ニ多大ノ損害セシメタルモ、其背後ハ脆弱ナル軍橋ニヨリ保タレ、而モ軍橋ハ敵ノ強襲ヲ受ク。危険大ナルベキニヨリ軍ハ今夜半主力ヲ右岸ニ転移スルニ決シ、日没行動ヲ開始シ、……」

とある。自分の指揮下にある「師団ハ」大いに頑張った。しかし「軍ハ」転進することに決したと、そっちは関東軍作戦課の責任であるかのように、小松原は文意あいまいに書いている。

岡本、酒井両連隊を指揮する小林歩兵団長は、転進（正しくは撤退）命令をうけたときの無念の気持を日記に残した。

「午後四時撤退に関する師団命令を受く。未だ所期の目的を達せず、甚だ遺憾なり。尚一層徹底するを有利とせしならん。（中略）来襲せる戦車は殆んど半減に近く、火達磨となるを見ゆ」

半数の戦車を潰滅させたいま、もう一押しである、との最前線の指揮官らしい闘志の示しようである。実情は弾薬は残り少なかった。補給はありえない。火焔ビンもほとんど使いはたしている。兵士は極度の渇に苦しみ、疲れはてていた。

小林歩兵団が戦線を整理して、撤退を開始したのは、七月四日の午前零時。しかしひろく展開し、各所で寸断された部隊の撤退行動は容易なものではない。敵戦車群の包囲下、企図を秘匿のために静粛に、北斗星を指針に北へ北へと歩きはじめる。また攻撃してきた敵には、断々乎として応戦をする。殿《しんがり》軍となった須見部隊の最後の兵が軍橋を渡り終えたのは、実に二十九時間後の五日午前五時。

このかんに軍橋を渡り終った師団司令部が砲撃され、大内参謀長が戦死する、という予期せぬ事件があった。そのときの状況については、小林少将の日記を引用するのがいちばんわかりやすい。酒井部隊とともにやっと軍橋を渡って東岸に達したとき、

「敵の砲撃を喰い各隊バラバラとなり、師団も各隊も皆呆然たり。……（その後に師団長とやっと邂逅したとき）大内参謀長戦死と聞き哀悼に堪えず、師団司令部の職員も四散し、師団長も落胆しあるを見る、気の毒なり。酒井部隊も混乱し集結終りしは日没頃なり。原因は撤退に際し適確なる集結位置を示しあらざりしに依る」

このとき砲撃してきたのはわずか四門の一五センチ加農《カノン》砲である。それがいくら「疾風的急射」（小松原日記）をしてきたからといって、師団司令部も歩兵部隊もそれぞれ大混乱に陥るとは、日本軍将兵の張りつめていた緊張が、無事に渡河生還でぷっつりと切れたゆえのものか。それにハルハ河にたどりついて夢中でのんだ河水が、かえって疲労感を増大し、将兵の注意を散漫にさせていた。そして小林が指摘するように、師団命令には適確なる集結位置ならびに展開をたしかに明示してはいなかった。

小松原日記には、

「軍橋ヲ渡河シ軍橋東北台上付近ニ兵力ヲ集結ス」

とあるだけである。

須見部隊の撤退にもふれておかねばならない。ソ連側戦史は、四日の昼から夜中にかけて、日本軍は死力をふりしぼって抵抗したとある。そして、日本軍の最後の抵抗がやみ、渡河点へ退却していったのは五日午前三時であったと伝えている。これは須見部隊の奮戦を物語っている。乗車部隊の第一大隊を敵中深く残したまま、須見は命令であるからとさっさと撤退するわけにはいかなかった(23)。

須見は、指揮下の兵を攻撃隊と救出隊とにわけ、第三大隊長指揮の攻撃隊の白兵突入に呼応して、救出隊が生き残りの第一大隊の兵にまず水を与え、すばやく死傷者を収容して引き揚げる作戦をとった。みずからは攻撃隊と同行した。この日本陸軍の本領とする銃剣突撃は成功した。攻撃隊は三度突撃をくり返し、血路をひらき、空がうっすらと白みかけるなかを、将兵は死傷者をかかえて、いそいで後退していった。

「傷者の運搬は、比較的容易であるが、一度息を引きとった即ち戦死者の運搬は実に重い。一人の戦死者を運搬するのに、徒手の兵四人を要する。二人で両脇から抱え、二人は両脚を支える」

須見の戦後の手記である。

「いっそ早く、自分に弾丸が中《あた》ればよい……。そうしたら、胸中の苦衷は消散するであろう」

須見はそうも書いている。

ここで妙なのは、須見部隊が第一大隊救出のために夜襲をかける行動を起すのとほぼ同時に、師団司令部は転進援護のためハルハ河畔の敵地に残っていた岡本部隊に急ぎ渡橋することを命じていることである。五日午前一時に行動を開始し、岡本部隊は須見部隊がやっと血路をひらいたころ、東岸に渡り終っている。ソ蒙軍がもし死傷者をかついでいる須見部隊の撤退を追尾してきたら、いったいだれが援護するというのであろうか。

辻の手記には何事もなかったかのように格好よい文字がならんでいる。

「約一五〇輛の戦車を潰したものの、質は量に勝てなかった。

日没を待って、部隊は行動を起した。戦場の各所に焼け続ける戦車の火花が、我が転進の道しるべのように、赤々と輝いて、漆黒の草原に退却の方向を明示してくれた。なんらの混雑もなく一糸乱れず転進し、四日払暁までには予定どおり主力をフイ高地付近に集結することができた」

大内参謀長の戦死も、須見部隊の苦闘も眼中にない。

岡本部隊は戦死四七名、負傷一〇八名。酒井部隊は戦死四八名、負傷八名（ただし撤退後の砲撃による損害を含めない）。須見部隊の戦死者は、第一大隊長と第三大隊長、連隊副官をはじめ将校一六、下士官兵二一二名、計二二八名。負傷四八四名。第一大隊第三中隊にいたっては、二四三名中で生還者わずか二三名で、あとはみな戦死傷している。五日午前五時、須見部隊の最後の兵が渡り終えると、軍橋は爆破された。工兵連隊長

の斎藤は、須見と士官学校は同期で、

「須見、貴様の部下が一人でも残っているうちは、橋は爆破せん、安心しろ」

と、戦場でうるわしい友情を示した。その言葉どおり、対岸に追尾してきた戦車群が姿をみせるまで、斎藤は爆破命令をださなかった。

辻は軍橋が爆破されたのを見届けると、何もいわずにそのまま東方へ姿を消した。自信満々にたてたソ蒙軍殲滅作戦が失敗に終ったのを、辻はどう思ったことか。その手記はいう。

「その原因は、敵情の判断を誤ったことである。我とほぼ同等と判断した敵の兵力は、我に倍するものであり、とくに量を誇る戦車と、威力の大きい重砲とは、遺憾ながら意外とするところであった」

ただし、「我とほぼ同等と判断した敵の兵力」とは、確かな情報や資料によったものではなく、万事は山カンで推測したものであることは、もう記すまでもないであろう。

戦場において、戦う将兵が必勝の信念をもって、敵をのんでかかることは必要なことである。しかし作戦をたてる参謀や、全軍指揮の任にある師団長までが抽象的な必勝の信念を抱きすぎて、敵を弱いとのんでかかるのは危険この上もない。

服部や小松原が敵の戦力を正確に把握することなく、また知ろうともせずに、ゆえに万が一のさいの対策を用意することもなかったことは、渡河した兵士が二日分の「携帯口糧」しかもたなかったことで知ることができる。くりかえすが、大部隊の渡河に間に合わせの橋が一本であったことでもわかる。弾薬や水の補給の手がなんらうたれてなかったことでも十分に察せられる。

ただ一本の橋はなんども砲撃されて空爆されたが、高射砲隊や工兵部隊そして陸軍機が頑強に守りとおしたからよかった。歴史に「もしも」はないが、これが落とされたとしたら太平洋戦争におけるガダルカナルや南太平洋の小さな島嶼《とうしょ》での玉砕の悲劇が、すでにしてハルハ河西岸で現出していたことになろう。関東軍作戦課の根拠のない増上慢がうんだと簡単には書けない、あまりにも大きい犠牲であったのである。

こうして日本軍の外蒙古領への侵攻作戦は二昼夜で挫折した。これ以後、日本軍がハルハ河西岸のモンゴル領へ進出したことはない。戦闘はすべて東岸で行われることになる[24]。

●東京・宮城

東京では、ハルハ河両岸で日本軍が、ソ蒙軍に大きな損害を与えはしたが、結局は敗退して退却したことなど報道されるはずもない。それもあって国民のあいだには、日独伊三国同盟に関連して反イギリス的気運のほうがいよいよ昂まりをみせている。

天皇の耳にもまだノモンハンでの敗退など入ってはいない。いや、板垣陸相もよもやそのような事態になっているとは想像もしていなかったと思える。三宅坂上の秀才参謀たちも、鼻息荒い関東軍作戦課がその壮語どおりにやってのけるかどうか、はるかにお手並み拝見の気分にあった。もしわずかながらの不安があるとすれば、またまた命令違反の国境侵犯の爆撃行といった暴挙を、連中がやりはすまいかということぐらいであったろうか。三宅坂上の面々もまた、〝無敵日本陸軍〟のお題目を信仰することでは、人後に落ちない。

七月五日午後三時半、ノモンハンの戦場で、戻ってきた西岸攻撃隊が安岡中将指揮の東岸攻撃隊と合流し、陣容の整備がはじまったころ、板垣は、人事問題と寺内寿一大将をナチス党大会出席のためドイツに派遣する件を内奏しようと、宮中に参内していた。天皇は板垣の上奏がすすむにつれて、きびしく質問を重ねていく。

石原莞爾少将と山下奉文中将の軍司令官親補（栄転）を天皇は認めなかった。それ以上に強く、寺内のドイツ派遣にたいして、板垣を詰問した。

「防共協定の拡大にかんしては、ドイツ側がすでにわが国の要求を拒絶しているではないか。ならば協定は成らずと交渉決裂となるはずのものである。もともと本協定には私は反対であったのに、陸軍のたっての願いゆえに妥協した。ところがそうと知りながら、陸軍はなおこれを締結しようといろいろとやっている。どういうことなのか」

と天皇は三国同盟に反対の意思を明確にして、陸軍の下剋上について、また陸軍がすべて主観的に物事をみる伝統があることについてなどにもきびしく注意した。その上で、いった。

「このときに寺内大将のドイツ派遣とはなんの目的があってのものか」

板垣は正直に、というよりぬけぬけと答えた。

「防共枢軸の強化のためドイツ側とよく話しあうことが必要と思いまして……」

天皇は、叱りの言葉を口にした。

「お前ぐらい頭の悪いものはいないのではないか」

板垣は恐懼して退出すると、侍従武官長畑俊六に天皇の怒りの様子を伝え、辞意をもらした。

「頭が悪い」とまでいわれては輔弼《ほひつ》の任にたえないと、陸相が考えるのは当然である。畑はびっくりして、明日それとなく天皇の意向をたしかめてみるゆえ、あわてて辞表提出などしないように、と板垣をなだめた。

翌六日朝、畑が拝謁して陸相の辞意を伝えると、こんどは天皇が驚いて「そのようなことをいったのではない」とこれを否定した。陸相辞職の騒動はそれでおさまったあとで、天皇は畑に、しみじみと考えていることを語った。畑の日記に天皇の言葉が記されている。

「寺内大将の派独の如き、彼より招待ありたれば派遣すと単に申せば宜しきに、防共枢軸の強化の為という如き元来あまり好まざることを強調するなど、すこぶる意を得ざるものあり」

そして、軍事参議官会議で、陸相は「外相も軍事同盟に賛成している」といつわりの報告をするなど、陸軍がなにかと策謀に近いことを行う、そのことは陸軍の「下剋上」の風潮につながっているように思う、と天皇の話はすすんだ。

「畢竟《ひっきょう》、陸軍の教育があまりに主観的にして、客観的に物を観んとせず、元来幼年学校の教育がすこぶる偏しある結果にして、これドイツ流の教育の結果にして、手段をえらばず独断専行をはき違えたる教育の結果にほかならず、……」

天皇の、正しくかつ厳しい陸軍批判である。陸軍大将でもある畑がはたしてどんな想いで聞いたことであろうか。

天皇の批判は三国同盟問題にからんでであるが、銃火の発せぬ問題でこれほどの興奮ぶりを示した。このときに大命無視のノモンハン方面の戦闘のことを知らされたら、なにほど激怒したものか。天皇を策略的に「地勢上やむをえないから」とたぶらかし、正式の大命をうけることなく「手段をえらばず独断専行」した。それが関東軍作戦課が作成したあの作戦命令であった。

なにも知らない国民は、このころひたすら反イギリス熱をあげている。対英強硬論がやたらに新聞雑誌でぶちあげられていた。それは巧みにだれかによって煽動されたものである。いいかえれば、側近や重臣のいわゆる現状維持派、あるいは親英米派を排撃するための、内政問題ともいえる。また、そんな側近や重臣にとりこまれて成立した平沼内閣を倒さねばならない、という倒閣運動ともつながっている(25)。

天皇は事態が激化していくのを憂慮した。七月六日、平沼に天皇は訴えた。

「反英運動はなんとか取締ることはできないものか」

平沼が取締りは困難である旨を答えると、天皇は重ねていった。

「それならば、排英論にたいする反対の議論をひろく国民に聞かせることはできないのか」

平沼は木戸内相とも相談してみるといって、とりあえず退出した。

ところが当の木戸は「親英派なんかは早くやられた方がよい」といってみたり、「いままで中途半端に排英運動をおさえたりするものだから、かえって悪く爆発したりする。ここはひとつ緩めるだけ緩めておいて、そうしていつか思いきって弾圧する」といってみたり、態度があいまいそのものである。たしかなのは、取締りをする意志がないということで、内相は明らかに陸軍のクーデタの幻影におびえているのである。それを示すようにごく親しい原田熊雄にポツリと木戸はいった。

「どうも陸軍から金がでているんでやりきれん」

この話を原田から聞かされた海軍次官の山本五十六は意気軒昂にいい放った。

「もしそういう事実があるならば、ひとつ陸軍をとっちめてやる」

しかし、とっちめられる危険な状態にあるのは山本のほうなのである。七月を迎えて国内事情はもうただならぬところまできている。要人暗殺の容疑の逮捕者がつぎからつぎとでた。(26)

「官製の排英運動」は血をみないことにはおさまらない、とだれの目にも映った。「国策に反する非合法デモの如きは、断乎取締る」と正論をぶった内務省保安課長橋本清吉のところへ、もう翌日には陸軍の将校団がきて「貴様、海軍の犬か」と脅迫まがいの罵声をあびせるという始末なのである。

元陸軍大将宇垣一成が七月七日と十一日の日記に興味深いことを書きこんでいる。政府のある筋で右傾一派を指嗾《しそう》して排英運動を行わしめている、との観測を記した上で、七日には、

「今日、四谷―新橋行き沿道の立看板（排英的）が影を没せり。政府の注文どおりに英が乗りくるか、煽られた右傾団が納得するか」

それが十一日になると、

「今日、新橋―四谷間の四辻などには排英看板林立の状なり。行過ぎねば宜しいが！」

と、排英運動が〝政府のある筋〟の影響下で活殺自在であることを、陸軍長老は憂慮をもって見まもっている。ある筋とは、陸軍・内務・外務の各省の革新派、つまりは対英米強硬論者たちとみることができよう。

こうした状況下、天皇はあるいは憂え、あるいは怒りをむきだしにしつつ、ひとり焦慮に身をこがしていた。

●ハルハ河東岸・戦場

同じとき、居ても立ってもいられないような焦慮にせめたてられている人が、もうひとりいた。小松原師団長である。戦いの主戦場がハルハ河東岸に移ったいま、転進してきた全兵力を掌握した小松原は、その主戦場で、主力をもってホルステン河北岸（七三三高地周辺）、一部をもって南岸（ノロ高地周辺）の各ソ蒙軍陣地を攻撃、左右から挟撃して川又軍橋を破壊占領することを期したのである。しかし、転進直後の混乱状態にある各隊の整備は思うように進まず、命令下達さえままならない。

各隊は自分たちが立つ位置すら正確に把握できていないのである。波うつ草原の茫漠とした地形には、目印になるものひとつない。しかも日中は暑熱による渇きに苦しみ、また生き残った安堵感もあり、行動が敏速とはいかない。しかも行動する将兵の姿が稜線上に少しでも現われると、そこに対岸からの長距離砲弾が雨注した。これでは新たな部署につくための移動も思うようにはいかず、小松原が無念の歯がみをくり返したとしても、やむをえない。

その上に七月六日、虎の子の戦車部隊である玉田部隊に、ソ蒙軍が戦車、装甲車に歩兵を協同させ逆襲してきた。玉田部隊は砲塔だけを稜線からだして射撃する巧妙な戦法で応戦、歩兵、砲兵の支援もえて、敵戦車五輛を破壊、撃退した。しかし玉田部隊も八九式中戦車六輛、九五式軽戦車五輛が戦闘力を失った。

この損失は大きすぎた。三日の戦闘での吉丸部隊の損害を合わせると、安岡中将の指揮のもと勇躍進出してきた戦車二個連隊の戦力は、半減したことになる。

この戦闘の結果を見とどけたあと、矢野、服部、辻の関東軍の三参謀は、新京の司令部へ戻っていった。交代して参謀長磯谷と高級参謀寺田が、戦場へ姿を現わした。これも小松原には無言の圧力となったかもしれない。

七月七日、日中戦争二周年記念日を期して、小松原の総指揮のもと日本軍の攻撃がとにもかくにも再開された。しかし、十分な火力（重砲、戦車、飛行機など）をもたない日本軍に勝算がはたしてあったのか。三日の戦車をおしたての攻撃すら失敗に終っているのに、歩兵の肉体だけの吶喊《とつかん》が成功するのか。にもかかわらず日本軍将兵は勇敢に攻撃をつづけた。その攻撃法はもっぱら夜襲による白兵戦であった。

この夜襲による白兵第一主義というのは、日本陸軍の唯一の、牢固としてゆるがざる必勝の戦法である。九七式中戦車も九五式軽戦車も、いってみればこの信念を背景にして開発されている。戦車の威力が弱ければ、強力な対戦車装備（対戦車用戦車、対戦車砲など）を開発する技術は不要不急のものとなる。戦車対戦車の戦法もいらない。残るのは対戦車地雷、爆薬、火焔ビンをもった歩兵が、戦車にたいして白兵戦を挑むことになり、それが尊しとされたのである。しかも、この夜襲による白兵戦、突撃戦法に歩兵が徹するためには、精神力の最大限の発揮が根基となる、と強調された。そこには日露戦争の勝利が深い影を落としている。

日露戦争の勝利は、将兵の忠勇・精神力の格別の発揮と、これを最大限に活用する作戦指導によると全陸軍は確信した。その日露戦争に学ぶことを陸軍は金科玉条とする。

攻勢意志の信念化である。精神主義である。攻撃精神こそ勝利の要諦であり、自主積極、必勝の信念が、日本陸軍にあっては日露戦争から学んだ無比の戦訓なのである。(27)

軍事史家の前原透氏が、実に微妙なところを調べあげ書いている。日露戦後、参謀本部で戦史が編纂されることになったとき、高級指揮官の少なからぬものがあるまじき指摘をしたという。

「日本兵は戦争において実はあまり精神力が強くない特性を持っている。しかし、このことを戦史に書き残すことは弊害がある。ゆえに戦史はきれい事のみを書きしるし、精神力の強かった面を強調し、その事を将来軍隊教育にあって強く要求することが肝要である」

なんということか。日露戦史には、こうして真実は記載されなかった。つまり戦争をなんとか勝利で終えたとき、日本人は不思議なくらいリアリズムを失ってしまったのである。そして夢想した。それからは要らざる精神主義の謳歌と強要となる。航空戦力や機械化戦力に大きな期待をもたず、白兵による奇襲先制を極度に重視し、積極主動の心構えを強制する。なさざると遅疑することを徹底的に嫌い、突撃戦法による先手必勝の信念を鼓吹した。

三八式歩兵銃というのがある。ノモンハンの戦闘で日本兵士はこれをもって戦った。明治三十八年の日露戦争の末期に制定された銃である。五発ずつ遊底（ボルト）に押しこめ、一弾ずつ槓桿《こうかん》操作で遊底を動かして弾丸をこめ、一発射つと、また槓桿を動かしてカラ薬莢《やっきょう》をはね出さねばならない。機関銃や自動小銃を相手にしては無力ともいえる銃であるが、弾丸をくさるほど製造してあったゆえ、日本陸軍はこの銃を太平洋戦争終結まで歩兵にもたせた。

旧式であるかもしれない。しかし一発ずつ遊底操作をすることで心を鎮《しず》めることができる。弱点があるかもしれない。しかし弱点をもてばこそ人間は精神的に強くなりうる。日本陸軍はそう信じきることにした。

こうして日本陸軍は真実にそっぽを向いて日露戦争の全肯定から出発した。七月七日以降のノモンハンの戦場は、日露戦争そのままのような歩兵の夜間突撃のくり返しに終始する。日露戦後の明治四十二年に編纂された『歩兵操典』どおりである。攻撃精神の強調による精神力を、戦力の主体とすること。銃剣突撃により最後の勝利をうる、すなわち肉弾によって勝ちを制すること。この二大戦術方針のもとに、日本軍は連夜、夜襲につぐ夜襲で、ソ蒙軍をおびやかした。

しかし、日露戦争を全否定することから出発しているソ連軍は、日本軍の得意とする戦法を十分に研究し心得ている。敗北についての戦訓を研究しぬき、新しい野戦形式を採用していた。日露戦争においては、満洲の平野での数次の大会戦で、鷲が翼をひろげたように横に展開して敗北を喫した。そこからロシア陸軍は新しい野戦の型をうみだし、やがてソ連軍に継承された。すでになんどかふれた縦深陣地がそれである。日露戦争のときのように横一線ではなく、第一線、第二線、第三線と縦にふかく、横絣《よこがすり》模様の矩形の陣地を築くのである。そして拠点を重機関銃でかため、鉄条網や地雷を設置し、照明弾の用意を怠らず、日本軍の肉弾突撃を待ちうける。

日本軍の白兵攻撃は十四日までつづいた。じりじりと川又軍橋に近づいていったが、苦闘また死闘の連続である。せっかく夜襲によって一陣二陣と抜いても、夜明けとともに周囲の敵陣地からの重火器と機甲部隊の壁にはばまれ、対岸コマツ台地よりの重砲攻撃を浴びて、占領した陣地を放棄せざるをえなかった。そのくり返しである。

それでも十一日の夜襲では、戦車第十一旅団長ヤコブレフ少将が戦死するなど、ソ連側もかなりの損害をだしている。日本軍の歩兵部隊は地形に合った戦法を編みだして勇戦していたのである。遅々としていたし、損害も多くでていたが、じりじりとハルハ河に迫っている。かれらは敗けてはいないと強く意識して戦っていた。裏返していえば、ソ蒙軍の歩兵もその力においては弱兵ゆえにしばしば後退したが、夜が明ければ砲力や機械化戦力を利して、最後まで橋頭堡を確保しようと縦深の防禦戦を必死に戦いぬいたことになる。そのことは日本軍もはっきりと認識した。

戦闘はこうして四つに組んだまま敵味方とも連日連夜死力をつくしていた。

●新京・作戦課

このとき、新京に急ぎ戻ってきた矢野、服部、辻の三参謀を迎えて、関東軍作戦課は戦局をどう判断していたのであろうか。とくに三参謀にとっては、ハルハ河両岸での戦闘は、自分たちの計画や判断によって拡大し、遂行されてきた「俺たちの戦争」といってよい。かれらは今日の事態をどう観じていたか。

辻の手記はいう。

「この一戦で、一挙に越境外蒙軍を撃滅しようと期待したのに、実際に於ては目的を達し得ず、さらに態勢を整理して、敵の再犯に備えねばならなくなった。（中略）傍受電報によると、ソ連軍は、損害の甚大なことを中央部に訴えており、バイカル以東の病院は負傷者の収容に悲鳴をあげている。我が損害も並々ならぬものではあるが、敵は更に大きな打撃を受けたらしい。勝負なし、引分けに終ったこの戦場を確保しながら攻勢の再興に応ずる方策が樹てられた」

弁解まじりゆえとはいえ、引分けとはずいぶんと甘い自己採点である。そこからでてくる「戦場確保」も「攻勢の再興」策も自然に手前本位のものとなる。口では強がりをいってはみるが、自分たちのたてた計画による攻撃は明らかに行き詰まっているのである。その大きな原因は、ハルハ河西岸コマツ台地で、東岸全域を高みから見下ろしては射ってくるソ蒙軍の砲兵群である。一五センチ級榴弾砲二六門、一五センチ級加農砲一二門、一二センチ級榴弾砲一六門を主力に一〇センチ級、七・五センチ級加農砲など計七六門の猛威である。関東軍司令部はそうみてとった。

これを撃破しなければ、いくら歩兵が勇敢でも、攻撃の成功はおぼつかない。ところが第二十三師団ははじめから重砲なしに戦っている。戦線の兵団に豊富な鉄量の使用を保証することが、近代戦の戦略というものである。いまさらそれに気づくなど戦理からすれば愚の骨頂であるが、所詮は敵を甘くみた結果なのである。ともかくもそれに気づいて関東軍作戦課は手を打った。植田軍司令官に強く訴えて、砲兵戦による敵砲兵の粉砕を決意し、七月六日、砲兵団の編制を発令したのである。大本営もこれを承認した。

これが「攻勢再興」の妙策というわけであろうが、兵力逐次使用という愚行の見本そのものと評しえようか。

七月八日、戦闘の主体を歩兵から砲兵に切りかえる、という指示をもらってさすがの小松原も、砲兵力強化には異論はないものの、愕然となったにちがいない。すでに六日に命令を下し、七日夜から麾下の歩兵部隊は夜襲による作戦成功を期して奮戦しつつあるのである。しかも当の八日には、植田より祝電さえもらっている。

「七日の夜襲および爾後に於ける追撃の成功を慶祝す。更に最後の徹底的戦果の獲得せられんことを望む」

そこへ関東軍から「歩兵の夜襲中止」とは何という命令かと、小松原がぶつぶついっている暇もないほど、関東軍作戦課は矢つぎ早に処置をする。関東軍砲兵司令官内山英太郎少将が九日には、師団司令部に砲兵団長として着任。追いかけるように関東軍の寺田参謀もやってきて、十一日に小松原のテント内で、砲兵戦実施にかんする具体的な協議となる。第一線で白兵戦法で戦う歩兵の気持など意に介してはいないかのように事はとんとんとはこんだ。

内山が「砲兵は十九日ごろまでに展開を終る。砲兵としては、わが砲兵の射程外にソ軍砲兵が後退し、第一線のわが軍の歩兵を射撃することが案じられる。敵砲兵を後退させないためにも、このさい歩兵の前進はひかえられたい」という。小松原は色をなして「連日の夜襲でいま占領地域を拡大しつつある。ゆえに、いぜんとして歩兵による夜襲を継続したい。前進をひかえるなどとんでもない。砲兵は来着布陣にともなって逐次戦闘に加わってもらいたい」と力説した。

寺田が割って入っていった。

「砲兵を主体とするこんどの攻撃計画は、植田軍司令官の強い意向によるものである。それに西岸コマツ台地の敵砲兵さえ撲滅すれば、東岸の敵陣地など労せずして撃滅できるではありませんか」

植田の名をもちだされては、もう小松原に意見をのべる余地はない。小松原はほとんどの場合、上の命令はただちに実行に移す神経質な軍人であった。歩兵にたいする師団の「後退命令」は十一日午後三時に作成された。けれども、奇っ怪きわまることに、小松原は歩兵部隊のその夜の夜襲を中止させようともしなかった。

すでに書いたが、この十一日夜から十二日夕刻にかけての第一線歩兵部隊の戦いは凄絶をきわめた。ホルステン河右翼の山県部隊も酒井部隊も奮戦し、師団捜索隊（長・井置栄一中佐）はフイ高地を占領した。また左翼の長野支隊（岡本連隊長が大内大佐の戦死ゆえ師団参謀長になり、そのあとの新連隊長に長野栄二大佐が着任）は攻撃につぐ攻撃でノロ高地を掌握しようとしている。さながら歩兵の面目にかけて、砲兵の到着までにソ蒙軍を圧倒撃滅しようとするかのような、積極的な白兵攻撃の連続であった。

そこへ小松原よりの後退命令がとどけられる。

「左右両翼隊は概して夜襲前における第一線主力付近の要点を確保し、現に（ハルハ）河岸近く占領している一部を一時、夜襲実施前の位置に後退させ、爾後の攻撃を準備せよ」

この命令をうけた小林歩兵団長の日記の十二日の項に、こんな文字が残されている。推察するに、夜襲戦からそのまま延長して昼の戦闘となった十二日の午後もおそく、師団の村田参謀（作戦主任）が来て全軍後退命令を小林に伝えたものらしい。

「早速、山県部隊に命令せしも（山県は）容易に聞かず。意見を具申して、明払暁までに完全に撤退することとし解決す」

そして総指揮官小松原の十三日付の日記はこうである。長くなるが全文を引用する価値がある。

「山県部隊ハ一昨夜夜襲ヨリ昨日ノ昼間攻撃ニヨリ、河又橋梁ヨリ一千米ノ地点マデ近接シ、戦車三四十ヲ破壊シ敵ヲ斃スコト三百ニ及ブ。然レドモ聯隊モ戦死七十七名、行方不明二十名、負傷百六十名ノ大損害ヲ受ク。モウ一歩ノ所ニテ、師団ノ現状維持攻撃準備ノ命令ニ接シ、河又橋梁破壊ノ勇図ヲ達セズシテ帰還ス。無念想フベシ。兵団長ニ攻勢進出ノ嘆願書ヲ出セリト。部下ノ生命ヲ握レル部隊長トシテハ左モアルベク、戦死者ニ対シ、師団長トシテ申訳ナク自責ノ感ニ打タル。カヽル攻撃精神旺盛ナル現況ヲ知リテハ、目的ヲ達成サセテヤリ度キモ、如何ニセン、一昨夜ヨリ電話不通、状況ヲ知ルニ由ナキヲ以テ、大乗的見地ヨリ昨日ノ如ク命令セリ。理ハ正ニ然リト雖モ、部下ノ攻勢精神ヲ挫折セシ責ハ免レズ」

師団長の「大乗的見地」からの命令で、せっかくの占領地を捨てて攻撃前の位置まで後退する。山県部隊の一〇〇名に近い将兵の犠牲はまったくの徒死であったのか。山県大佐がなかなか小林兵団長の命令をきこうとしなかったのは、指揮官としての当然の心情であるといえよう。

小松原は自責の感に打たれたが、遠く新京にいる服部と辻はどうか。かれらは自責の念どころではないややこしい問題処理にそのころ頭を悩ましている。もとはといえば、かれらが起案した作戦命令に発するのである。

戦場にあって、かれらは鎧袖一触の大いなる期待をもって、安岡戦車兵団をひっぱりだしてきた。ところが、案に相違してさしたる戦果をあげぬうちにその半数を損傷で失った。そして新京に戻ってみると、以前から関東軍が計画を進めてきている「修正軍備充実計画」が目の前に、デンとしてあったのである。とっさに秀才参謀たちは思考をくるりと百八十度回転させた。

ノモンハンの戦況は「当面の敵は主力を殲滅され、一部は西岸に退避しつつある」と判断できる。そこでこの虎の子の戦車兵団を戦場からひっこめる、という命令を案出したのである。安岡兵団は、「充実計画」の重要部分である戦車部隊増強プランの母体として、もともと予定されていた。それを潰しては増強もへちまもなくなる。関東軍としてはこれ以上の戦車の損耗を避けたかった。

七月七日、服部と辻は弁もさわやかに植田の決裁をもらうことができた。それは、安岡戦車兵団（戦車第三、第四連隊）は原駐地に帰還すべし、という作戦命令である。副長の矢野はこれを知ると、

「この命令は、第二十三師団が敵を撃滅できることが確実となった時期をえらんで、下達すべきものと思う。いますぐに、第一線の現状を無視していきなり戦車をさげたのでは問題が大きいぞ」

と注意した。また、それを条件にして植田の承認をえたのであるが、辻がケロリと忘れたように十日午前六時に発令しようといいだしたのである。服部がさっそくそれに同意した。服部の「機密作戦日誌」には、あきれるほかのないことが記されている。

「服部、辻両参謀が共に『ハルハ』河西岸の攻撃戦闘に参加せる経験上、師団主力を以てする東岸の攻撃は、今明日くらいを以て終了し、東岸を占領し終るべく、むしろ本命令（戦車部隊後退）を速やかに下達することが、師団の攻撃を促進する結果となるべし、と……」

なんとひとりよがり、手前みその判断であることか。いったい戦場でかれらは何を見

てきたのか。どこに目をつけていたのか。東岸の占領が「今明日」となにを根拠にそういうのであろう。新京の料亭で酒でものんで大言壮語しているとしか思えない。

こうして戦車部隊後退の命令は十日午後二時に師団参謀長あてに発せられた。うけとった小松原は、さっそく安岡に通達した。戦闘は継続している、どうしてこのまま唯々諾々と後退できようかと、安岡が激怒したのは当然である。半数に減じたとはいえ、作戦中途において帰還を命ぜられるとは解任と等しいことではないか、と安岡が憤然として小松原に喰ってかかった。

小松原はおろおろして、司令部内にある関東軍参謀長の磯谷にこれを知らせる。磯谷も驚いて、とりあえず安岡をなだめるような当座とりつくろった方策をひねりだして、みずからは新京へとんで帰る。敵と交戦中のとんだ茶番である。

関東軍作戦室に戻った磯谷は、平然たる服部と辻を叱りつけた。自分が現地にいるのであるから、命令電報は師団参謀長ではなく、まず磯谷あてに打つべきである、と両参謀に権威を示したあとで、善後策を講じた。大して妙案もないがとりあえずということで、下達したいくつかの命令のうち「安岡支隊の編組を解く」のほかはないものとする、という情けない軍機電報を現地にいる関東軍の寺田参謀に打つ。起案者は辻である。

「右伝えられ度」

十日午後五時四十五分発信。小松原と安岡とは陸士同期のため、これまで指揮系統でやや混乱があった。それを「編組を解く」ことで正したまで。ほかの命令はすべて保留とし、関東軍の意思をよろしく小松原と安岡に伝えられたい、と寺田になだめ役を託したのである。

しかし、安岡の怒りはなおおさまらなかった。多分、十二日のことであろう、「実に遺憾と思う」旨を、直接に植田あての電報でぶちまけてきた。軍司令官が「これはいったい何事か」と問いただすに及んで、またまた、作戦課はすったもんだの大騒ぎとなる。

十三日午後二時二十分発信の、安岡あての電報がおかしい。起案者は服部である。前命令下達の時期について若干の齟齬《そご》があったことを認め、安岡支隊の指揮関係ならびに原駐地帰還の件は、追って別命によるものとする、と全部白紙に戻した。そしてそのあとで、

「開戦以来安岡支隊の御奮戦に対し敬意を表し、この上とも御健闘を祈る」

と、これは作戦課の全面降伏である。

ほんとうの話、十日から十三日まで、いったい服部も辻も小松原も安岡も、何をしていたのかといいたい。歩兵部隊が屍山血河の肉弾攻撃を実行しているそのときに、関東軍作戦課と前線指揮官のこのていたらくは、何と表現したらよいものか。一行一行記していくのも阿呆らしく、かつ難儀な仕事と思えるほどに、情けない。かれらがそろって陸軍大学校で学んだのは、保身と昇進と功名と勲章の数を誇ることだけであったのであろうか。

戦場では——なお攻撃続行中の一部をのぞいて、来るべき重砲を主力とする総攻撃に

そなえて歩兵は、せっかく占領した地域を捨てて、命令どおり所定の陣地へ退いた。七月十四日、日本軍の白兵攻撃はやんだ。須見部隊第七中隊の大高豊治上等兵の日記に、その後のことが印象深く記されている。

「七月十六日　晴
穴ぐら生活も大分慣れて来た。飛行機の爆音によって、敵機か友軍機か判読もつく様になった。朝から砲撃の大試合が始まった。一尺五寸位の大きな破片がとんで来る。聞き馴れるとなんでもない。穴ぐら生活も今日で二日目。水には一番苦しむ。（略）食う物とても、ささやかなものだ。（略）」

「七月十七日　晴
穴ぐら生活第三日目、砲の音はどん〳〵聞えてくる。付近に二、三発当った。物凄いスリルだ、恐怖にかられる音だ。小林、宮岸に逢えた。平田は負傷したそうだ。二十日の総攻撃まであと三日、元気で嬉しい。前方五百位の所に敵が来襲して来たので、眠らずに警戒す」

●東京・三宅坂上

同じとき、東京は三宅坂上の参謀本部作戦課の面々は何をしていたのか。三国同盟締結といい、天津事件といい、いまなお解決の緒にもついていない諸問題をかかえているが、直面しているのはノモンハン方面の戦闘の趨勢を見定めねばならないことである。関東軍司令部の作戦課が指導したハルハ河西岸への進攻作戦が、敵機甲部隊の半数を潰滅させたものの、結果的にうまくいかなかった報告はとどけられてはいる。けれども関東軍はいぜんとして強気なのである。こんどは歩兵と砲兵の全軍を集結させて東岸に総攻撃をかける、成功確実であるという。

参謀本部作戦課は、かならずしも楽観視してはいなかった。戦勢は有利に進展してはいないものと認めている。さりとて作戦が全面的に失敗に終るとまでは悲観的ではない。ソ連軍は、民族性から「強者には実力以下に怯、弱者には実力以上に勇」と秀才参謀たちは頭から見下している。要は猛攻に対するに猛攻をもってすれば、ソ蒙軍は退却すると、かれらもまた考えてはいた。大兵力を動かした以上は、ソ蒙軍に痛撃を与えるという作戦目的だけは何としても達成しなければならない。第二十三師団は何をぐずぐずしているのかと、関東軍の戦争指導にむしろ不満と焦ら立ちを抱いているものが多かった。

参謀本部作戦課参謀の井本熊男少佐のメモがそのことを物語っている。

「七月六日、戦況いぜん明確ならず、全部東岸より攻撃中の如きも、有利に進展しあらざるが如し。――明快なる戦果獲得を得ざりし理由、敵を軽侮し過ぎあり、砲兵力不足、架橋能力不足、後方補給能力不足、第二十三師団の任務過重、通信能力不足」

三宅坂上では状況を正しく把握している。思うように戦果のあがらない理由についても的確である。しかしなお、関東軍に全責をあずけている。

翌七日付で、関東軍より戦況通報が東京に送られてくる。

「六日夕、我が第一線は合流点（川又）より約八粁内外の線にあり。炎熱地形の不利、西岸にある敵砲兵の妨害あるも、東岸の敵を撃破するは時間の問題なり」

この楽観的見込みがあったゆえ、服部や辻は戦車兵団の駐屯地帰還などにかんする命令を起案したのである。

三宅坂上には、関東軍の気休め的な通報をそのままにうけいれる空気はなかったようである。しかし、なんらの指示も行ってはいない。

「七月七日、状況すこぶる不明。万一不成功の場合の処理左の如し。

方針　あくまで攻撃奪取し、爾後此地を確保し、時期をみて自主的に兵を撤す。

処理　⑴第七師団（西岸に使用）、砲兵の主力、十分なる後方部隊を集結準備したる後一挙に攻撃す。⑵攻撃時期は七月下旬。⑶第二十三師団は助攻部隊とす（東岸使用）」

これでみると、三宅坂上では、精鋭の第七師団を投入しての再渡河の、外蒙古領への侵攻案がもう一度考えられていたことになる。関東軍作戦課にかわって、戦争指導にのりだす壮《さか》んなる意気を秀才たちは燃やしはじめていたのであろうか。

翌八日、戦場視察の旅をおえた作戦部長橋本群中将が帰京、参謀本部に姿を現わした。橋本の視察報告は辛辣このうえないものであった。「ハルハ河西岸の戦闘は戦場退却である」と、日本軍の敗北と結論し、その原因はさまざまなことが考えられるが、とくに重大なのは、断乎として敵を撃破するという「向う意気」が足らなかったのである、と橋本は参謀たちに言明した。

　これをうけて参謀本部には、いっそう果敢なる攻撃精神を緊要とするという空気が高まった。八日の井本メモはそれを反映して、緊褌《きんこん》一番の猛りたつ想いが記されている。

「今後数年国境事件を封じ、対支処理の妨害を排除せんがためには、このさい徹底的にソ軍を撃破し、軽々に国境事件に手出しすべからざるを感ぜしむるを要す。これに伴う過大の苦痛はこれを忍ばざるべからざるなり」

　あるいは井本参謀の脳裏には、筆にするは易し実行は難しの想いが、これを記しつつ去来したのではないか。徹底的にソ蒙軍を撃破することが容易なら、とうにハルハ河畔でしていたはずである。戦略単位の一個師団に、なけなしの戦車兵団まで投入し、全力をあげて戦ったのに、戦勢は気休め的観察をのぞけば、まったく思わしくない。というより、敗勢は蔽いがたい。関東軍の戦争指導が根本的に誤っているのではないか……。

　同じ想い、というよりもいっそう強く深刻な念に、橋本はかられていたかもしれない。大軍同士がぶつかり合っている。そうした戦場においては人間のおかす過誤や失敗や思い上りの集積によって勝敗が決する。その事実をはっきり自分の目でみてきた。その上に、もはや事件は単なる国境紛争ではないとの痛烈なる反省もある。

　そうした橋本の沈思する姿を部下が認めている。書類に決裁をもらおうと入室してきた作戦課の高山信武大尉は、それと気づかずびっくりする橋本の姿に、思わず目を見張った。このとき、ぽつりと決裁事項とは無関係のことを橋本はつぶやいた。

「ノモンハンの現状を視察し、空からホロンバイルの大平原を展望したが、あのような大沙漠、なんにもない不毛地帯を、千メートルや二千メートル局地的に譲ったとしても、なんということもないだろうにネー」

思いもかけぬ大戦争となったノモンハンの戦況に困惑し、その処理の妙策に窮している三宅坂上の空気を、あるいはいちばんよく象徴している言葉でもあろうか。しかし、この日までに散った数多い戦死者、これからも死ななければならない数千数万の兵士たちが、この言葉を聞いたら、はたしてなんと思うであろうか。

●モスクワ・クレムリン

三宅坂上で井本参謀が「徹底的にソ軍を撃破し」と手帳に記しているころ、クレムリン内のスターリンは逆に徹底的に関東軍を撃破してやろうとの強い決意を固めていた。七月を迎えてすでに二週間、ベルリンからはなんのシグナルもなく、チョビ髭の独裁者は音無しの構えを崩そうとはしない。しかし、まったく外に出ず内に潜むこととなれば、スターリンは世界の指導者のだれにも負けない忍耐強さをもっている。かれの唯一の独裁の方式は秘密であり、公衆の前へ出て大演説をぶったりすることではなかった。軽はずみに動いて、ヒトラーがその申し入れを蹴ったとしたら、コミンテルンの盟主としての地位は失墜するかもしれない。それどころか、ヒトラーに東ヨーロッパで自由行動をとらせる口実を与えることにもなる。そこで三流どころの部下の外交官を使い、ナチス・ドイツの足の裏をそれとなくくすぐるが、みずからはカーテンの裏にかくれることにスターリンは徹した。ドイッチャーの言葉を引用すれば、「当分の間かれは、数匹の猟犬で兎を追わせながらも兎とともに走って、猟犬のなかに自分がいることを、兎に感づかせないように」巧みにみずからを律していた。

　しかし、そうしているかんに、ヨーロッパには戦争の気運がぐんぐん拡大しつつあった。フランスは動員を開始した。イギリスもまた褌を緊《し》めにかかっている。七月中旬には、海軍臨時演習の実施が発表され、予備の艦船がつぎつぎに就役する。それはヒトラーにもはや譲歩のないことを誇示し、われわれには戦争の準備が進んでいると知らせていた。

　それだけに、地球儀でアジアのほうをみるスターリンの目は真剣さをました。ハルハ河西岸での戦闘で、ソ蒙軍の戦車がかなり手ひどい損害をうけたことも報告されている。このさい、さらに兵力を増強し、二度と余計な渡河攻撃を思いたたせないほど、うるさい関東軍を叩きつけておくことの重要性を、スターリンは改めて認識したのである。とにかく問題はヨーロッパなのである。ヨーロッパで戦争が起きた場合、ソ連は他国の政策にひきずられず独自の道を進まねばならぬ。そのためにも東方をフリーハンドにしておかねばならなかった。

　スターリンは、中央軍事会議の決定をへて、西のザバイカル正面および東部正面のソ連軍の統帥一元化を実施した。極東方面軍司令部がチタに新設され、シュテルン大将が総指揮官となった。七月十五日、ノモンハン方面の各部隊は第一集団軍に改編されて、ジューコフが軍司令官に補せられた。それは、スターリンがハルハ河の戦争にいよいよ本式にとり組む決意であることを、全将兵に示し大いに勇気づけるものであった。

当然のことながら、ソ連軍増強の情報は関東軍作戦課もキャッチしている。傍受していたソ連軍の無線通信のなかに「陣地構築材料不足」とか「動員下令」など、重要な情報がふくまれていたからである。参謀本部作戦課の「ソ連は対日全面戦争を企図していない」という判断を、頭から認めたくはない関東軍作戦課は、七月中旬「各種の角度より観察の結果、ソ極東全軍は動員せられたり」との新たな判断を下した。三宅坂上が考えているほど事態は甘く容易ではない、と辻たちは観測した。

この関東軍作戦課の憂慮に、油を浴びせるかのように、七月十六日午前三時、ソ連機がチチハル南西、嫩江《のんこう》にかけられたフラルキ鉄橋に爆撃をかけてきた。そこはハイラル方面への唯一の鉄道幹線で、鉄橋ないし鉄道が爆破されるようなことがあれば、ノモンハン方面への補給が断たれることになる。関東軍作戦課は、ソ連軍は国境紛争を大興安嶺を越えて満洲北部の中枢部にまで拡大するの意図あり、と速断する。

事実からみれば、スターリンにもジューコフにもそんな目論見はない。ただ七月半ばころからおもむろにソ連空軍が優位に立ち攻勢をとりはじめた。空中戦には圧倒的な強さを示していた日本航空隊ではあったが、重なる戦闘に疲労が骨身に徹している。ソ連空軍はそのことを察知できた。

それに鈍重なイ15、イ16といった旧式機にかえて、強力な砲を装備した新型イ16チャイカと新鋭の局地防衛機が送りこまれてきた。しかも日本陸軍機との交戦の経験を重ねるにつれて、日本機の特性と戦法（単機格闘）とを知り、ソ連空軍はそれに対応する戦術もあみだした。編隊で高空から急降下射撃しながら加速を利用して離脱する〝垂直一撃離脱戦法〟ともいうべきものである。

さらにソ連空軍は燃料タンクなどへの防弾装備をいちじるしく改良した。日本戦闘機の七・七ミリ機銃の一連射か二連射で火を吐いていた機が、容易に墜ちなくなった。搭乗員の死傷率はがぜん軽減され、これがかれらを勇気づけ反攻に勢いづいた。

たいして日本機搭乗員は撃墜による損害はもとより、被弾損傷や不時着事故などによる消耗ははげしかった。六月二十七日いらい、もっぱら迎撃作戦をとっていたが、七月中旬ごろより、それまで思う存分に「墜しまくった」日本航空隊の力には、明らかに限界がみえはじめている。人と機ともに疲労の色が濃くなりはじめる。新手の敵を迎え撃って日本機は一日に五回も六回も出動するのであるから、いくら格闘戦の名人芸を誇っても、戦闘力が自然と低下するのはとめることができなかった。

ソ連空軍のボロジェイキン中尉は回想録に誇らしげに記している。

「敵飛行場にたいする襲撃の成功は、日本の搭乗員たちに精神的、肉体的圧力を加え、制空権をソビエト空軍の手に獲得することを可能にした。当時、西欧のどこの空軍にもなかった新しい対空ロケット弾を装備したイ16も登場した。夜間爆撃機ＴＢ３の行動も積極的に開始した」

この夜間爆撃機は空中偵察にも使われている。フラルキ鉄橋にあたかも挑発するかのように投弾したのは、この機であったかもしれない。

●新京・作戦課

ただの一機から投下されたわずか八発の爆弾である。一説には一発ともいう。損害はほとんどなかった。

しかし、関東軍作戦課は震撼した。それまでに得たいろいろな情報に照らし合わせて、ソ連軍の満洲国境にたいする総攻撃の可能性がすこぶる大なり、と関東軍は憂慮し、極度に緊張したのである。ただちに麾下の全軍に戦備強化を指令すると同時に、作戦課は参謀本部にたいして対ソ強硬作戦、とくに外蒙古領の敵飛行基地爆撃の緊要を意見具申した。発信は十六日午後五時三十分。

そこには六月二十七日のタムスク爆撃いらい、国境外への爆撃行を参謀本部より禁じられている関東軍の怨念もこめられていたようである。とくに辻には恨み骨髄に徹するような激情があった。敵機はハルハ河を越えて再々攻撃している。それなのに「我はハルハ河を越えて爆撃することは、大命で固く禁ぜられている。脚を縛って走らされる苦痛に、飛行隊将兵はどんなにくやしかったであろう。ああ、東京が怨めしい。足枷《あしかせ》手枷を外してくれたらと、毎日天を仰いで嘆息する日が続いた」と手記に書いている辻の、参謀本部作戦課への宿怨が意見具申（署名・軍司令官、起草・辻）にこめられていた。

「……以上の情勢に鑑み、敵機の跳梁を看過する時は必ずや敵の軽侮を招き、事態を悪化せしむるの傾向歴然たるに鑑み、軍は外蒙空軍をその根拠地（タムスク、サンベース、マタット）に急襲撃滅すること極めて緊要なりと信じ、謹みて意見具申す」

これまでの関東軍の東京軽視の無礼な態度からみれば、いきなり「謹みて」意見を具申したことが、東京ではどうとられるか、辻は考えなかったのであろうか。またからかってきた、とか、ことさら丁寧なのはかえって無礼な申し条、とか思われる可能性は大いにあった。それを承知で辻は起案したのであろうか。

それとも本当にその緊要性を訴えんがために、身を謹んだのであろうか。

意見具申電の結びはこうである。

「中央部においては国交断絶をも辞さない強い態度をもって、外交交渉をリードせられたし」

国交断絶とはすさまじい。敵にも味方にも、もう喧嘩腰である。翌十七日午後、参謀本部は意見具申は採用しない旨の長文の電報を、関東軍に打ちこんできた。

「満洲内に対する敵の爆撃は、（中略）本事件処理の方針たる局地解決の主義に照らし、隠忍すべく且《かつ》隠忍し得るものと考えあり」

午後二時三十分にこれをうけとり、まずこの一行を読んだとき、辻を急先鋒とする参謀たちの怒髪は字義どおり天をついた。

服部が記した『機密作戦日誌』は、その怒りを文字にして残している。

「本文中『隠忍すべく且隠忍し得るものなり』等の文句は大いに上下を刺戟し『隠忍すべしとは誰が隠忍するのか』『これが大本営の書く電文か』等、作戦参謀一同憤慨おくところを知らず」

しかも参謀本部からの電報はそのあとにとんでもない考えをのべている。

「今や地上作戦においても、制空権の常時絶対保持を必要とせざる状況となり、もはや如何にして事件の自主的打切りを策すべきやを考慮すべき秋となれり」

これにも関東軍参謀たちは憤激する。

「満洲国の防衛をやめろというのか。満洲国を見捨てよというのか。満洲国はいったいどうなるのか」

「制空権保持が不必要とは。それが参謀本部のいう言葉か」

「満洲国における日本帝国の地位はどうなるのか」

そうした参謀たちの興奮に水をさすかのように、参謀本部の電報はこう結んでいる。

「国境紛争に引きずられ、帝国が対ソ開戦の決心はなし得ざることをとくと御考慮になり、彼が紛争の範囲を拡大せば我もまた報復的に、これに応ずるの観念を是非三省せられ、事件の収拾に努力を加えられんことを切望してやまざるなり」

この文言は激動する国際情勢下の参謀本部の苦悩をいかんなく伝えている。しかし関東軍はそうは読まなかった。なんたる腰抜けかとみた。無策な連中よと軽蔑した。このように力みかえって戦うことのみを考えている参謀たちを、ぴしりと抑えるためには、実は三宅坂上の秀才たちはもっと強くなければならなかったのである。仔細に国力を検討し冷静に国内外の情勢をみるの理性を、これまでの経緯から考えて、関東軍作戦課に求めるのは無理と、なぜに参謀本部は判断しなかったのであろう。三省してほしいと頼んだからといって、わが身を振りかえるべくもない男たちばかりではないか。反省するには謙虚さが必要なのである。

辻は書いている。参謀本部の電報をみせてやったならば、

「スターリンはさぞかし狂喜することであろう。……かくて中央部と出先、東京と新京とは、とうてい融和一致して事件を処理する曙光さえ見出し得なくなった」

つまり関東軍は関東軍、「わが道を征く」とかれらは再確認したまでである。謙虚さのケの字もない。

●東京・首相官邸

参謀本部作戦課は、この時点で、たしかに作戦終結の必要を考えている。七月初旬の井本参謀メモにあった「七月下旬」第七師団を動員しての渡河西岸攻撃、といった強気

は、三宅坂上からはすっかり失せている。関東軍よりの「ハルハ河東岸の敵を撃破するのは時間の問題なり」といった楽観的な報告など、だれも信じてはいない。

それに七月十七日には天津問題にかんする第一回の日英会談が、困難な交渉の結果やっとこぎつけて、反英排英熱のいよいよ盛んの東京でひらかれている。生半可な条件での問題解決など、世論がこれを許さない状況になっている。北支那方面軍からこの会談のため上京してきた参謀が、あまりに高圧的な東京の空気にびっくりしている国内情勢なのである。(28)

そして外交的には、アメリカの対日姿勢も思いもよらぬほどの強硬さを示しだしている。前年から開始されている蔣介石政権の本拠・重慶への、日本軍機の爆撃にたいして、突然にルーズヴェルト大統領からの抗議が駐米日本大使に手渡されたのが七月十日。

「これは無差別爆撃である。日本政府から直接の声明を聞きたい」

という抗議文には、その地のアメリカ人財産の損害がとくに強調されていた。

さらに中国における日本軍の行動や、日本国民の反英的態度を指摘して、日米通商航海条約の廃棄をワシントンが日本政府にちらつかせはじめた。一九一一年七月から実施されたこの条約の廃棄には、六カ月の事前通告を必要とする。日中戦争がはじまってから後は、日本の戦争遂行のための資材の主な供給源はアメリカなのである。対米輸入総額の四割は原油、屑鉄、飛行機材料などの軍需物資である。条約廃棄でこれらの貿易を中止するかどうかのカードは、アメリカの手のうちにあった。

由々しき問題が迫ってきている。これに暗礁に乗りあげたかの感のある日独伊三国同盟問題と、参謀本部が腰をすえて取組まねばならないことが眼前に山積している。どうしてこれ以上のごたごたを欲することができようか。ましてやソ連との「国交断絶をも辞さない強い態度」など、論外のことといわざるをえない。

海軍の高木惣吉日記に面白い記載がある。

「七月十八日（火）晴

閣議につづいて五相会議で、陸相が、ノモンハン国境問題を外交交渉に移したい意向を洩らし、急速に交渉を開始してほしいといいだした。それと同時に、国境問題解決のためにも、三国協定の強化が必要だから促進してもらいたいと提言した」

こうして〝八方塞がり〟の陸軍中央は、外交筋をとおして戦闘終結の意図をはじめて明らかにした。そしてこのとき板垣は「日ソ全面戦争への発展は極力防止するの方針を堅持する」とはっきりといい、五相会議はその方針をうけいれて国策決定としている。

それにしても板垣は、このようにいっぽうで弱音をもらしながら、まことにしぶとい。しばらく論議の対象外となっていた三国同盟問題をこのとき巧みにもちだした。しかしこれは無理筋というもので、さっそく外相と蔵相から「国境問題と三国同盟となんの関連があるのか」と突っこまれて、へどもどするだけで陸相は返事もできなかった。

高木日記はさりげなく書いている。

「詳しいことは解らないが、ノモンハン事件で陸相が外交交渉を急いで要求しているのは、相当ひどい痛手を負ったためだとの満洲からの情報である」

ノモンハンでの陸軍の敗北は、ようやく東京の上層部の耳に入りはじめたようである。陸軍中央はその面目にかけても事件の解決を図らなければならない。

●モスクワ・外務省

モスクワの駐ソ大使東郷茂徳は翌十九日に有田外相からの訓電をうけとった。ノモンハン事件についてはすでにモロトフと何度かやり合っている。こんどは適切な時期をえらんで交渉し、時局を収拾せよという内容である。五相会議の決定でもあるという。東郷は慎重であった。はたしてかなりの譲歩をしてまで収拾する覚悟が政府に、いや陸軍にあるのか。東郷は有田となんどか電報の交換をしたあと、この件にかんする一任をとりつけた。

しかし、東郷はすぐには動こうとはしなかった。戦局のかんばしからざるときにこっちから和平をもちだしては、交渉上不利になると東郷は考える。にもかかわらず、東郷はモロトフと会談する機会をしばしば求めた。北洋漁業や樺太の利権の問題などをめぐって、話し合わねばならないことがほかにあったからである。

その折に、東郷とモロトフとが、ノモンハン紛争の和平についてどれほど論じ合ったか、あまりはっきりしない。第三者の観察によれば、かれらは早くから激論をかわしている、というふうにみられている。モスクワ駐在の英大使シーズが英外務省に送った七月の報告のなかに、こんなことが書きこまれている。

「モロトフはじつに厄介な相手であるが、そのモロトフと、蒙古の国境で起っている武力衝突というような問題で会談せざるをえない東郷の立場を考えると、ぞっとする。もっとも勝負は五分五分というところかもしれない。……東郷の押しの強さも情け容赦ないもので、あの強情な古つわもののリトビノフも、くたくたにさせられたと語っている」

ノモンハン事件のなりゆきは、「第二次大戦」の危機とも微妙にからんで国際的にも注目されていたのである。

●東京・三宅坂上

モスクワの交渉がどうであれ、三宅坂上の秀才たちは、ともかくも作戦終結にむけて急ごうとしていた。五相会議での決定もあり、陸軍中央の方針はこれ以上紛争を拡大してはならないとすることで一致している。これを徹底させるために、意思統一をはかるためにも、関東軍参謀長を東京によぶことの必要を認めた。

七月十八日、参謀総長から軍司令官あてに「軍参謀長を上京させよ」との電報が関東軍司令部にとどいたとき、好戦的な参謀たちがまたまた大いにごねている。辻は手記でこう主張している。

「戦況がどう変るかわからない重要時機に、参謀長が数日不在になることは適当ではない。支那方面の作戦においてさえ、参謀長を上京させるようなことは一度もなかった。必要とあらば、参謀次長が現地に来るべきものである、とて全幕僚は反対の意見であった……」

関東軍作戦課の増上慢も極まれりというほかはない。参謀次長のほうがこっちへ来いとは、参謀本部と関東軍は対等、いや対等以上のうぬぼれの吐く言である。中国戦線でそのようなことがなかったのは、関東軍と異なり、各司令部がよく中央統帥に従っているからである。

しかし参謀長の磯谷はさすがにそこまでは思い上ってはいなかった。植田の同意をえて、七月十九日、副官だけをともなって飛行機で上京した。

翌二十日は、ノモンハン事件を終熄させるための〝いちばん長い日〟になるはずであった。過去の感情的な行き違いを清算し、たがいに幻想や期待可能を夢みることをやめ、リアリズムに立って虚心坦懐、現状分析をデータに、戦争をいかに収束すべきかについて話し合わなければならないときである。おそらく東京も新京もそう思っていたにちがいない。ところが、そうはならなかった。

磯谷は、参謀次長中島さらには陸相板垣とじっくり話し合うつもりで、参謀本部の門をくぐったのである。それゆえ自分も参謀を随伴してこなかった。また、余人を参加させないことを特に希望すると、あらかじめ中央に伝えてあった。けれども磯谷がその日の会談の席にみたのは、次長のほかに陸軍次官山脇正隆、参謀本部第一部長橋本、同第二部長（情報）樋口季一郎、同作戦課長稲田、同ロシア課長山岡道武と、参謀本部のお歴々の姿なのである。さながら関東軍がお白洲にひきだされているかの感を抱かせられた。

磯谷の弁は、自然と関東軍の立場を強く主張し、逆に参謀本部を説得する好機とばかりに、昂然たるものとなった。一言でいえば喧嘩腰である。中央が考えているような軟弱な態度こそソ連軍をつけあがらせ、紛争の拡大を招く。越境ソ連軍を徹底的に撃破することによってのみ、紛争の解決の糸口がある。ハルハ河東岸の確保は絶対必要であると論じ、

「要するにノモンハン事件の終局を、張鼓峰事件の轍を踏まないようにすることが肝要なのである。そのためにもタムスクやサンベースにたいする航空侵攻の速やかなる許可が必要である。一日も早く認可を与えられたい」

磯谷の荒々しい見幕に、中島は驚きを隠さない。そして用意の『ノモンハン事件処理要綱』を手渡して、「これは陸軍省と参謀本部の一致した見解である」とぼそぼそと説明する。それから一応は胸を張っていった。

「事件処理の手段として、重大なる対ソ決意を前提とするような兵力の増強は、目下これを行うべき情勢にあらず。国交断絶を賭するがごとき日ソ外交交渉は、現下における

諸般の情勢上得策ならず。これが省部の一致した考えである」

中島は正式に「謹みて意見具申」電にたいする答えをのべたのである。

磯谷は渡された『処理要綱』に目をとおした。その内容は、事件を局地的に限定する方針を明示し、なお東岸の敵の掃蕩作戦は続行するが、「所望の戦果を得るか」「外交商議成立するか」または「然らざる」場合でも、「冬季に入れば機を看て兵力を係争地より撤去する」としたものである。

参謀本部は、なぜ「冬季」としたのかへっぴり腰のところもあるが、ともかく撤退後は一兵も残置しない、という大方針を示した。さらには、

「爾後ソ軍が係争地域に侵入する場合においても、情勢これを許すに至るまでは、再び地上膺懲《ようちょう》作戦を行わず」

とある。つまり空地両面ともソ連の越境ありとも黙過するという。磯谷はこれらに猛烈に反対した。

「兵力を事件地より撤去するには関東軍としては、とうてい同意できない。中央があくまで紛争地より撤退させよというのは、国境はハルハ河の線であると、これまで主張してきた陸軍の見解を変更する所存でもあるのか」

橋本が答えた。

「変更してもいい」

磯谷は色をなして喰ってかかった。

「国境変更は重大事項である。一部長の見解がたとえそうだからと、関東軍はそれに従って行動することはできない」

あわてて中島がいった。「国境変更はこの席ですぐに決定できるような簡単なことではない」。これに山脇も口をそえた。「国境の如何は国家政策にかんする事項である。参謀本部の一存では決定しえない」。これで橋本は黙らざるをえない。

磯谷は意気軒昂としてきた。

「中央の方針に従えば、すでに数千の将兵が血を流した満洲国の領域をあっさり捨てよ、ということになる。それでは英霊に申しわけがたたないではないか。関東軍司令官の統帥上これは絶対にできない」

昭和六年の満洲事変のときも、同じようなことがしきりにいわれた。「十万の英霊、二十億の国帑《こくど》」、そして「明治大帝のご遺業」によってえた満洲の権益を失うことはできぬ。満蒙は「日本の生命線」であると。それと同じ論理である。軍人はだれしも、将兵が血を流した地をむざむざ敵には渡せない、という論理の前にはひたすら頭を下げざるをえない。理非曲直は抜きで、その言葉は直截にかれらの精神にせまってくるからである。これに反対することはできない。

稲田が立っていった。

「張鼓峰事件の解決は理想的にできた。それは中央の希望どおりに行われたゆえと考える。今度の場合は関東軍が中央の意図に反してやるので困っている」

磯谷は稲田をにらみつけ、怒気をそのままにぶつけて怒鳴った。

「ナニッ、張鼓峰事件の解決が理想的であるとは何事か。解決したというが、ソ連は事件当時よりさらに越境して領土を拡げているではないか。関東軍はあの終局こそもっとも不適当かつ屈辱的な解決と考えている」

こうして議論はますます敵対的になっていく。そしてせっかくの好機は空しくすりぬけた。意思統一をはかるどころの話ではなく、かえってたがいの不信と悪感情をますいっぽうとなった。

しかも会談の終りに磯谷が、

「この処理要綱は命令であるのか」

と念を押したのにたいし、中島は、

「これは関東軍が守るべき要綱である」

と答え、禅問答のような応酬が行われただけという。さらに磯谷が、

「ただ案としてならば、これを参考にして十分に研究することにする」

といい、表紙に鉛筆で㊎の字を記入した。「大陸令第三二〇号及大陸指第四九一号ニ基キ本要綱ニ依リノモンハン事件ヲ収拾ス」と謳うこの『要綱』への、あからさまな反撥である。これを見ながら中島は、

「案としてでは困る。命令にはあらざるも総長の裁決をへたるものなれば……ま、ともかくも研究せられたし」

と懇談的にくり返すのみであった。

　あきれてものもいえなくなる。もともとは実行命題として関東軍に強要せねばならない『要綱』なのである。参謀本部はいまさら関東軍の何を恐れていたのか。何を慮っていたのか。磯谷があくまで拒否するなら、ただちに大陸指（参謀総長の指示）に切りかえても実行を迫るべきであった。その気概も示さず、優柔不断そのものであったことが、このあとのノモンハンの戦場に大悲惨をもたらすことになる。三宅坂上の秀才たちの無責任の罪はあまりにも大きかったのである。

　稲田のノモンハン事件終結直後の回想がある。

「統帥の要は人にあり。相互信頼にあり。中央を尊重するの意志欠如せる出先当事者と意見を異にして、しかも事を共にせんとするは不可能なり。今回もまた関東軍司令官の立場や参謀長の面子《メンツ》を考慮することなく、八月上旬までに中央の意志を強要し、承諾せざるにおいては、断乎首脳者の更迭を実行すべかりしなり」

　正論である。よき戦訓にもなる。しかし大事のときに発揮されず、あとからのかかる剛毅さはなんの役にも立たない。参謀本部は、戦場正面のソ連軍兵力が増強の一途をたどり、事態が重大を加えつつあるのを十分に承知していたはずである。そのときに結局は、関東軍に「案」を示しただけで、あとは研究にまかせた。つまり示達できなかった。参謀本部は真の統帥を放棄して虚位を誇る態度のみつづけていた、と評するほかはないのである。

磯谷は、「案」としての『要綱』をもって、二十二日に新京に帰った。作戦課の猛者たちは喝采をもってかれを迎えた。そして表紙に磯谷の字で(案)と書かれた『要綱』を指につまんで、

「わが関東軍にたいしては、かかるものは何の強制力を有せず。もし中央がわが軍になんらかの指示をなす意図があるならば、大命（大陸令）か参謀総長の指示（大陸指）によるべきものにして、かくのごときは反古同然なり」

といいのける参謀もあった。植田は「研究だけはしてみろ」と指示した。

関東軍の高級参謀寺田のやはり事件終結直後の回想がある。さきの稲田の回想と同じときのものである。読みくらべてみるといい。

「全般的に関東軍の立場において中央部の統帥をみるに、中央部の意図の示し方および命令指示等明確を欠き、かつ時機を失するもの多く、殊に中央部が大なる気魄をもって決然として軍を指導し、責任をもってみずから積極的に事件処理に当らんとするの態度少なく、むしろ事のなり行きにまかせたること多し」

完全に、三宅坂上の秀才たちの官僚的集団主義を蔑視しきっている発言である。かれらはおごそかな会議をひらいてことを決める。決めると安心する。それ以上に決然起《た》って自己の責任において、というようなことはないと見ぬいているかのようではないか。

ところで、『処理要綱』がどうなったかが気になってくる。反古同然とはいえ、軍司令官からは「研究してみろ」といわれているのである。

しかし関東軍の猛者たちは、それどころではなかったであろう。翌二十三日は、第一線に展開した一五センチ榴弾砲一六門をふくむ野重砲八三門をそろえて、歩砲協同の総攻撃を開始する予定である。それで『要綱』は「破棄することなくそのまま保存」することに落着いたという。東京もどっちもどっちであったのである。

そしてその後、参謀本部と関東軍との軋轢はますます深くなった。かれらはいずれも秀才であった。といって、これは念のためにいうのであるが、特に大戦争を見事に指導できたり、国家的見地から正しい政略判断ができたりするうまれつきの器量をもっていたわけではなく、幼年学校・士官学校・大学校と試験によって栄進してきた連中である。子供のころから社会的には目隠しされたまま、成績と履歴によってそこまできた人物でしかなく、人間的にとくにすぐれているわけではない。かれら秀才とはそれでなくとも常に主観的にものをみる人びとである。そして正しいとしていることが踏みつけられると、躍起となるか、ふてくされる。プライドを傷つけられることは許さない。関東軍作戦課の面々はいまや完全に、東京にたいして感情的になっていた。そのプライドの上からも三宅坂上の連中のいうことはことごとく気に入らないのである。この『処理要綱』は何だ、われらの名誉を踏みにじることははなはだしいものがあると。

主観的には、東京の要望するように事件拡大防止のためいままでも全力をあげている、と関東軍は考える。それを東京は曲解し、ことごとにわれらの行動に制約だけを加えようとしている。

真に三宅坂上の連中が本事件のことを心配するなら、すでに約束してある戦略兵団（第五師団）を増派してきてもよさそうなものではないか。実をいえば、そう衷心から熱望しているのであるが、自分たちのほうからはいいだせない。北辺の些事は安心して任せられたい、と大見得を切った覚えがあるし、こうなれば何があろうと助けを借りたくはないとの意地もある。こうして『処理要綱』をめぐって関東軍の参謀たちは、参謀本部のほうをにらみ瞋恚《しんい》の炎を燃やすばかりとなった。

東京と新京の浅ましいともいえる内訌をいつまでもあとの祭り的に記しているわけにはいかない。ハルハ河東岸の戦場では、上層部のいざこざとは関係なく、予定どおり総攻撃がはじまろうとしているのである。

●ハルハ河東岸・戦場

砲兵を主力とする総攻撃までの小松原日記の最初の行を追ってみる。

「七月二十日　雨　涼

雷雨、天候不良準備不十分ノ為メ攻撃再興ヲ七月二十三日ニ改ム」

「七月二十二日　曇　涼

天候不良ノ為メ攻撃再興ヲ一日延期ス」

小松原がジリジリして日を送っていたことがわかる。そしていよいよ総攻撃開始。

「七月二十三日　晴　大暑

天気晴朗、攻撃再興ス」

この一行には大いなる期待がペンにこめられている。しかしながら三日後には——、

「七月二十六日　雨　涼

我過《あやま》テリ。

砲兵ノ効果予想ニ反セリ。二、三時間乃至一日砲戦セバ敵砲兵ノ大部分ヲ破摧シ得ベシト信ゼシニ、事実ハ之ニ反シ、敵主力ハ後退コソセルガ其威力ハ概シテ衰ヘズ、寧ロ弾薬ノ豊富ナル関係上、第三日ハ敵ノ方優勢ナル感ヲ懐カシムルニ到ル。（略）弾薬準備ノ関係上残敵掃滅ノ完成ヲ俟ツコトナク、築城ヲ実施スベシト命ゼラル。茲ニ於テハ何時勦滅《そうめつ》シテ当初ノ任務ヲ果シ得ベキヤ。対陣戦ヲ成形シ彼我互角ノ戦斗ヲ永続セザルベカラズ。遺憾千万ナリ。河岸マデ進出、残敵勦滅ヲ目的トシテ夜襲力行シ、之ガ為メ生ジタル多大ノ犠牲者、英霊ニ対シ慰ムルノ辞ナシ。何等砲兵ノ助力ヲ予期セズシテ攻撃続行セザリシヤヲ悔ム。

我過テリ」

長い引用となったが、小松原日記のなかでも唯一異様を感じさせる記述である。消えることなき恨みつらみをペンにこめている。総指揮官として重責を感じつつも、なろうことならこの骨髄にも達しようとする恨みを、関東軍参謀どもにぶつけたかったにちがいない。

要はこの砲兵による総攻撃においても、過去すでに何度もくり返したと同じく、秀才参謀たちのソ蒙軍を甘くみたための失敗があった。このときになってもなお、ノモンハンの戦場が鉄道の末端駅から七五〇キロも離れていることから、大兵力の運用・補強は困難であるという、根拠のない計算が参謀たちの頭にあったのである。

たしかに日本内地から関東軍に送られた重砲部隊は強力この上ない兵力である。野戦重砲兵第三旅団長畑勇三郎少将の指揮する野戦重砲兵第一連隊（長・三嶋義一郎大佐＝一五センチ榴弾砲一六門）、独立野戦重砲兵第七連隊（長・鷹司信熙大佐＝一〇センチ加砲一六門）がそれで、これに関東軍の穆稜《ムーリン》重砲兵連隊（長・染谷義雄中佐＝一五センチ加農砲六門）が加わる。すでに戦場にあった野砲兵第十三連隊（長・伊勢高秀大佐）と独立野砲兵第一連隊（長・宮尾幹大佐）も一緒にして砲兵団とし、総兵力を関東軍砲兵司令官内山英太郎少将が指揮をとる。

砲兵司令官と重砲の旅団長が出馬し、弾薬も敵砲兵撃滅に自信ありというだけ集積して戦いを準備した。すなわち各種火砲総数八二門（重砲三八門、軽砲四四門）に、弾薬二万八三〇〇発。戦闘計画に「攻撃一日、全砲兵をもって一挙にソ軍砲兵を撲滅し、かつ橋梁を破壊するとともに、爾後主力をもって歩兵の攻撃に協力す」とあるように、砲兵団長以下だれもが自信満々である。関東軍参謀もそれを疑わなかった。

しかし、日本軍が総攻撃の準備のため歩兵の攻撃を手控え、砲兵が展開している一週間ほどの間に、ソ蒙軍の戦備はたえまなく増強されていたのである。航空兵力も歩兵力も陣地施設も急速に強力になった。とくに砲力である。『赤軍野外教令』第十五にいう、「現代戦は畢竟その大部は火力闘争に外ならず。火器威力の破壊的性質を無視し、これが克服の手段を弁《わきま》えざるものは、いたずらに無益の損害を蒙るにすぎざるべし」と。ソ蒙軍はその教令を忠実に守った。

とくにスターリンは、砲兵力に絶大な信頼をおき、みずからは重砲を「戦の神」とさえよんでいる人物である。一九三七年いらい新しい、完全に独立した砲兵部隊を赤軍のなかに編制したのは、スターリンの大功績なのである。そのかれは、砲兵部隊の増強をむしろ喜んで推進した。

日本軍はまったくそうしたソ連軍の砲力信奉など知ろうともしなかった。七月二十三日午前五時、小松原と内山は予定どおり攻撃命令を下した。戦法は、天明とともに砲兵の射撃を開始し、ついで歩兵が前進に移るといういわゆる払暁攻撃の方式である。満洲事変いらい、日本陸軍が対ソ戦術として研究に研究を重ねてきたとっておきの戦法である。

結果は、公刊戦史がいうとおり。

「この攻撃は遂に成功を見ることなく終らざるをえなかった。それは総体的にソ軍の空地両面の火力がはるかに優越し、陣地の組織設備がこのときすでに強靭をきわめていたからである」

航空偵察によって確認されていたハルハ河西岸、コマツ台地のソ連軍の砲兵力は、一五センチ級榴弾砲一二門、一五センチ級加農砲一二門、一二センチ級榴弾砲一六門を主力に大小の火砲合計して七六門。これに東岸の砲兵力二〇ないし三〇門。もちろん未発見の火砲もかなりあるであろうが、日本軍はこれなら負けることはないと確信した。それが完敗といっていいほどの結果なのである。(29)

敗因の研究はのちになってされている。

ソ連軍にくらべ日本軍の火砲は一般に射程が劣っていた。最長が日本の一〇センチ加農砲は一万八〇〇〇メートル、たいしてソ連は一五センチ加農砲が三万メートル。また各種砲の機動力も日本軍はかなり遅れていた。中国戦線の重砲はほとんど馬で引いたが、ノモンハンではトラクター(牽引車)で引く機械砲を主力とした。にもかかわらず時代遅れで、たとえば牽引車が破壊されるとお手上げで、速やかな陣地転換が容易でなかった。

弾薬量がひどく不足であった。関東軍は大いに奮発し、各砲に五基数(基準の弾数の五倍)の弾丸を準備した。しかし日露戦争当時の観念「基数」など、いまのソ連軍には当てはめようもなかった。(30)ソ連軍は最初の一日だけでも、一万五〇〇〇発余を射って、砲身は真っ赤に焼けただれたという。

小松原日記の七月二十四日に悲痛な文字が記されている。

「消費弾数――約四基数

二十三日及二十四日モ弾数我ニ勝レリ。敵ノ弾薬ノ準備豊富ナルヲ思ハシム。……対砲兵戦ノ勝敗ハ一ニ今後ニ於ケル弾薬ノ準備如何ニアリ。……敵砲兵ハ左岸境界線ノ後方ニ後退セシモ依然猛威ヲ振ヒ、砲兵力更ニ衰ヘズ。砲兵ノ成果ヲ待チテ歩兵ノ前進ハ困難ナリ」

ここにあるように敗因の三は、いぜんとして西岸コマツ台地である。最高の七三三高地の日本軍砲兵観測所からさえも、台地のソ連砲兵の布陣はまったく見えなかった。弾着の観測すらもできない。いかに日本軍が射撃技術や訓練を自慢しようが、見えざる敵、射程外に布陣している敵を撃滅することは、神業でもなければ無理というものである。

砲兵団司令部はなんとか敵情をさぐろうと、やむなく第一次大戦当時そのままの気球による観測を二十五日に行った。独立野砲兵第一連隊の成澤利八郎一等兵の日記に目撃記録が残されている。

「今日は早くも敵三機が我が砲兵情報部の観測気球攻撃に飛来し、機銃射撃を行いたり。一回目は何も無く帰ったが敵は低空五十米位の処、右側の山あいの低地を通って高い我が軍の気球に再び舞い上り、果敢に襲い掛って、今度は二機で気球を攻撃、遂に気球は発火、火災を起して墜落したり。実に敵ながらやるなあと思い驚いた」

いや、敵ながらあっぱれと驚いてばかりはいられない。日本の航空隊はどうしているのか。航空部隊主力の第二飛行集団は、敵機を迎撃して精いっぱいに戦っている。疲労の極限にありながら、新手のソ連空軍を相手に派手な空中戦闘に挺身していた。しかし、地上部隊のための敵陣偵察には、兵力の消耗を嫌って熱意を示してはいなかったようである。

作家の稲垣武氏が調べた第二飛行集団記録「ノモンハン航空偵察状況」の報告がある。その六月二十八日〜七月二十五日の項に、

「集団ハ一部ヲ以テ主トシテ『ハルハ』河左岸ノ敵後方及ビ右岸ノ敵情ヲ、主力ヲ以テ航空情報ヲ捜索ス」

とあるという。主力をつぎこんだ「航空情報捜索」とは、敵飛行場の偵察である。また日付の「〜七月二十五日」には驚かされる。いよいよノモンハンでの勝敗をかけた砲兵戦というのに、偵察機はほとんどコマツ台地上空へは飛んでいかなかったのか。台地上の砲兵力は実際のところわかってはいなかったのではないか。戦場上空の空中戦では大活躍をしたが、航空部隊は結局はわが道を行ったとしか思えない。その意味から、空と地の密接な協力がなかったことも敗因の一つにあげるべきかもしれない。

こうして戦場にあった全将兵の絶大な期待も空しく、砲兵による総攻撃はわずか三日間で頓挫した。小松原は、二十五日には砲撃の成果なしとみきわめ、小林兵団長指揮の主力による歩兵の突撃をふたたびこころみさせる決意を固め、関東軍に一会戦分の砲弾の増送を求めている。しかし、関東軍からとどけられたのは砲弾ではなく、思いもかけない命令であった。

「当面の敵撃滅の完成を待つことなく、速やかに右岸地区の要線を占領し、築城を実施すべし。戦車第一団はハイラル経由帰還を命ず」

それは、なんと、攻撃中止命令ではないか。五月の事件勃発いらい、関東軍司令部が戦争指導として一貫してとりつづけてきた攻撃作戦は、いまになって全面的に放棄された。そしてこれからは守勢に転ずるという。この作戦変更にしたがって、いっとき揉めた安岡戦車兵団も原駐地に帰還することとなった。万事は御破算というのである。

七月三日の渡河攻撃といい、その後の東岸の敵陣の白兵攻撃といい、またこんどの砲撃戦からの払暁攻撃といい、ほとんど杜撰としかいいようのない計画のもとに敢行され、すべて中途で攻撃はとりやめとなってしまう。そして、いまや全面的に攻撃を中止、守勢持久するというのである。攻撃をつづけてきた第二十三師団の死傷者は二十五日までに四四〇〇名を超えた。小松原が「我過テリ」とあげた恨みの嘆声は、戦争指導に一貫性を欠く関東軍の秀才参謀たちにたいするきびしい批判の声でもあったか。

それに奇っ怪なことがある。小松原は日記に「築城実施ノ軍命令　二十四日十四時（島貫参謀来リ交付ス）」としか記さなかったが、小松原はいきなり梯子をはずされたような無念の想いがそこにあったのではないか。作戦命令が起案された日付からすれば、総攻撃開始二日目の正午ごろには早くも作戦の失敗を関東軍参謀たちが認めたことになる。服部の書いた『機密作戦日誌』で理由としてあげているのは、攻撃は意のごとく進展せず、保有弾薬も不足している、やがて訪れる冬にいまのうちから備える必要のあることなどである。朝令暮改そのものである。

しかし事実は、別のところに作戦転換の決心の理由があった。すでにふれておいたように、服部や辻はこのとき満洲東部あるいは北部正面のソ連軍の動きを非常に気にしていた。ことに辻は、七月中旬にえた「敵は八月中旬を期し攻勢をとるの企図あり」の情報に人一倍心痛している。参謀本部の連中がいう、ソ連に全面戦争の意図はないということの確証はない。むしろ「戦面拡大の公算絶無に非ず」というモスクワ駐在武官の意見具申のほうが正しいかもしれない。関東軍としては満洲全域の防衛に作戦を転換しなければならないのである。

目先きのよく利く辻は見えざる影に怯えきっていたのである。

●東京・三宅坂上

三宅坂上の秀才参謀たちはこの状況をどう観じていたであろうか。

七月下旬の陸軍中央の関心事は多方面にわたっている。ノモンハンの戦況かならずしも有利ならずの情報は、一般民衆はともかく、宮中や政界にひろく知れ渡るようになった。七月二十六日、軍事参議官会議でもその問題の質問がでたりしている。板垣陸相、中島次長はこもごも苦しい説明をせざるをえなかった。

「……御裁可をえている『処理要綱』を、命令によって発動しようと思いましたが、関東軍司令官の面目もありますれば、一応帰って研究ののち報告せよと申しおきまして……」

あるいは「……とにかく今冬まで、小競り合いをくり返すようなことになるかもしれませんが、貴重なる人員器材を、かかる一局部の行きがかりの問題に消費するのは、はなはだもって迷惑至極なことでありまして……」。

あるいはまた「……軍中央としては何とか外交交渉に移すきっかけをえたいと思いまして、一度撃退せばとの腹案がありますが、なかなかに困難がございまして……大いに努力を要する問題でございます」。

また、天津問題についての見通しも当然議題となった。

「……英国はいま、ヨーロッパ問題に専念せざるをえない状況にあります。このために、アジアにおいてはわが国となんとか妥協しようと考えているようであります。でありますゆえ、見通しもつき有利に進展していくものと考えます」

つまり、これらの陸相や次長の発言が、たびたび会議をひらいて決していた陸軍中央の総意であったのである。つまり、国策推進の枢機ともいえる参謀本部作戦課の方針でもある。

作戦課の面々はこう考える。

真の統帥からいけば、統帥の混乱は人事の更迭によって解決せねばならないのである。すでに関東軍司令官の問責は六月の越境爆撃のさいの天皇の言葉により既定の方針であるが、しかし関東軍の面目を考慮してのびのびにしてきている。親ごころというものである。それを関東軍の頭に血をのぼらせた連中はまるで理解しようともしない。

こんどの『処理要綱』も本来は命令として発動すべきであったものを、研究せよとしたのは、少しは頭を冷やせの意なのである。折から陸軍中央で「支那総軍」新設案が研究されている。それを機会として上層部の大異動が実施される予定である。そのさいに巧みに織りこんで軍司令官をはじめとする人事の交代を検討しようとしている。これまた関東軍の面子を考えての上の配慮なのである。

天津問題についても交渉はかなり難航したが、有田外相＝クレーギー駐日英大使の正式交渉は七月十七日からはじまり、日本の立場を重んじる一般原則についての協定が二十二日に成立した。なお租界内の抗日共産分子の取締り、法幣流通の禁止など解決すべき問題は多いが、イギリス側はかなり折れてきている現状において、前途は明るい。八月中旬ぐらいまでにまとまるであろう。

以上が参謀本部作戦課が考えている今後の見通しである。人事異動によって戦局の収束をはかる。こうして板垣や中島が軍事参議官会議で答えていた二十六日の段階では、ノモンハンの情勢をにらみつつ、三宅坂上の秀才たちがとくに眉を曇らせなければならないようなことは、当面のところなかった。ところが油断は禁物であった。

翌二十七日、英国にかなりの譲歩を強いたしっぺ返しがアメリカからきた。日米通商航海条約廃棄の米政府の表明である。三宅坂上はさすがに動揺した。もはや条約の延長はない。

国務長官ハルが言明する。

「日本が中国におけるアメリカの権益にたいし勝手なことをしているのに、なぜアメリカは通商条約を維持しなければならないのか。日本のスポークスマンが『東亜の新秩序』とか、『西太平洋の支配権』とか、『イギリスは日本に降参した』とか、日本は『徹底的外交の勝利』をえたとか叫んでいる。今こそ、アメリカがアジア問題にたいする態度を再声明する機会が到来した。わが行動は、中国、イギリスその他を激励し、日本、ドイツ、イタリアを失望させるであろう」

アメリカは条約破棄という行動によって「アメリカは威嚇されぬぞ」ということを日本人にまざまざと知らしめた。ショックは大きすぎた。半年後に、アメリカがさらにどういう政策をとってくるのか。結果によっては、日本の戦争遂行能力と国民生活とが不安にさらされることになる。政戦略の根本にかかわる大問題をアメリカから突きつけられたのである。

事態がこう変化しては、懸案の、ノモンハン事件の解決をなんとか外交交渉の場に移せないものか、いまこそ正面から真剣に取組まねばならぬときではないか、と秀才たちはひとしく考えた。そのためには、状況がどうなっているのか、第一線の将兵の士気はいまどうなのかを、参謀本部としても人を派してしっかりと視察してくる必要がある。その報告をまって、『処理要綱』にある「冬季に入れば」の冬季を待つことなく、それ以前に「撤兵すべし」と関東軍に命令することも大事なのではないか。まず兵を引くことが紛争解決への最短の道である。

それに不快なのは、磯谷が東京を離れた二十二日いらい、関東軍からは戦局の推移をほとんど報告してこないことである。感情のしこりが統帥にかかわる事務にまで尾を引いている現状を何とかしなくてはならない。その頑冥さには堪忍袋の緒も切れるところではあるが、諸事情があったために、関東軍に断乎たる処断を下すことを一日延ばしに延ばしてきた。その責はだれあろう自分たちが負うべきものである。三宅坂上の秀才たちは、無用の配慮をしてきたおのが優柔不断さの罪を、改めて心中に嚙みしめることとなった。

ともあれ、関東軍との連絡およびノモンハン方面の戦場視察のため、作戦課の二人の参謀が、急遽えらばれて前後して機上の人となる。航空主任の谷川一男中佐と対ソ主任島村矩康少佐である。谷川は二十九日着、三十日戦場視察、三十一日離満。島村は三十日着、八月一〜二日戦場視察、三日離満。それぞれの日程が記録されている。

●ハルハ河東岸・戦場

「七月三十日（733バル西高地）

出動以来はや一カ月半。暑熱の七月も暮れんとすれど、戦場は尚拡大するばかり。いよいよ持久戦に入るか。

八月の声聞けば、蒙古高原は早々と秋だ。黎明時には、零下数度に降るという。すでに冬仕度だ。冬ごもりの準備を心掛ける。諸材料、道具の仕入れにハイラルまで、貨車一が行く」

前に引用した成澤利八郎一等兵と同じ連隊の田中誠一上等兵の日記の一節である。

戦場は、冬の訪れを間近にして模様を急激に変えていく。草原の緑はたちまちに褐色に変り、陽ざしもやわらかに降りそそぐようになる。日一日と荒涼としたたたずまいがはてしなくひろがりだす。将兵はその草原のどこともないあたりから、冷たくなった風にのって死臭の漂ってくるような感じをもったという。

「七月三十日　日　晴、暑し

五時起床。安藤少尉殿より訓話あり。師団長閣下が歩兵にされた訓示中『三カ月にわたる戦斗で敵を殲滅せんとするに当り、ハルハ河右岸に築城を加え、且つ戦い且つ築き、総攻撃で占領した線を守る』というのだそうで、我々のこの地滞在も長引くらしい。

（略）」

野戦重砲兵第一連隊の長野哲三一等兵の日記のごく一部である。部隊は七五五高地に陣を布いていた。

ここに書かれた「師団長の訓示」にあるように、関東軍命令にもとづいて二十五日、小松原は守勢持久のための築城準備の命令を下達した。陣地は総攻撃で占領した線を守って築く。つまり七三三高地（バル西高地）と七四二高地（ノロ高地）を結ぶ線ということになる。しかも七三三高地のずっと北の七二一高地（フイ高地）付近や、ノロ高地東南方はまだ激戦中で、彼我の線不確定なのであるが、そこもまた防禦線とされた。いずれにせよ、築城拠点を結んだ線は、コマツ台地の敵重砲の火制下にある。ここからの猛射をうけながら陣地を守りぬくことの至難は、あまりにも明白ではないか。いっそコマツ台地と等高のノモンハン付近まで兵をさげていたら、という悔いは残る。歴史に仮定はないと知りつつ、そうしていたら戦闘は終っていたかもしれないと思われる。

暦がかわって八月にどんな運命が待つか知るはずもなく、敵の砲撃下で兵たちはしばしの平穏をむさぼっている。

ノロ高地付近に布陣の第七十一連隊の有光三郎上等兵の日記が残っている。

「七月三十日

天気晴朗、第一線陣地を退き安楽だった。午前中も田中上等兵と共に寝る、別に用事もなし。ただ気になるのは敵の砲兵が間断なく射って来ることだ。実に心細い。午後に至り友軍機が敵砲兵を制圧する為間断なく飛来し、爆弾投下をやっておる。今日の空襲が初めての猛烈な空爆だろう、実に元気づく。二十四日の大朝（大阪朝日）や満日（満洲日日）を見、野球の事や夏季休暇の事も空想にふける、在りし日の銀ブラの『ジョッキ』を思ったり。月は煌々と照りわたり実に静かなのは夜十二時頃だった」

●新京・作戦課

——同じ七月三十日、新京の関東軍作戦課の部屋では、辻の万雷落つるような怒号が鳴りひびいていた。

「どういうつもりなんだっ。たび重なる大本営からの電報は、いったい何なのか。自分たちを何様だと思ってるんだ。関東軍を何だと思っているんだ。こっちの真意をわかろうともせず、いちいちがとんちんかんも程がある。今後は余計なことをいってくるな。とくに最近まで関東軍に職を奉じていた貴様までが、かくの如き無礼きわまる電報を起案するとは何事だッ」

鐘もわれんばかりの怒声を浴びているのは、その日に新京に到着したばかりの参謀本部参謀島村少佐である。辻と島村とは陸士も陸大もともに同期、しかも対ソ作戦の研究に肝胆をくだいていた仲であるというが、そのような間柄を超えて、辻がつもる参謀本部への鬱憤や忿懣や怒りを、ありったけの声を張りあげてぶつけたとみるべきである。

のちに太平洋戦争緒戦のシンガポール攻略戦で、辻を参謀として使った山下奉文大将の日記の文字が想いだされてくる。昭和十七年一月三日の記である。

「辻中佐、第一戦より帰り、私見を述べ、色々の言ありしという。此男、矢張り我意強く、小才に長じ、所謂こすき男にして、国家の大をなすに足らざる小人なり。使用上注意すべき男なり」

常識ではとても理解できない精神の持主が、冷静でなければならないときに、わんわん吼えている。いろいろな忿懣をまくしたてた。陸大では議論達者であり、懐疑、羞恥などという気持と縁遠い男を、意志強固とみたてて推奨する教育が重視される。照れることなどなくすべて自分が正しいと思える男が優秀なのである。この日の辻は、おのれをただひとりの正義の武人と思っていたにちがいない。

服部も同席していた。『機密作戦日誌』にそのときのことを気持よさそうに書きこんでいる。

「(辻の) 叱咤怒号追及甚だ急にして、島村少佐答うる能わず」

ついでかれは作戦室に場所を移して島村と談合する。島村がとくに中央への連絡を密にせられたいと頼んだことに、服部が答えている。

「大本営と関東軍の関係が今日のようにこじれたいま、貴官の一言によりただちに態度を改めるというわけにはいかない。まあ、両者の陣容を一変するに非んば、関係が改善されることはないな」

唯我独尊、下剋上を地でゆく当るべからざる気焔である。軍の統制はいったいどこへいったのか。

考えてみれば、軍隊の下層の人たちは、たとえば成澤一等兵も長野一等兵も有光上等兵もみんな、この優秀とみなされた吼える男たちによって働かされ、戦わされて死んだり傷ついたりするのである。しかも、その犠牲の上にかかる男たちの出世の道がある。秀才参謀は机上の作戦計画に一点の疑いもはさむことはない。なにしろ兵は「一銭五厘」でいくらでも補充できる存在なのである。だから辻は、安心して吼えていた。

（20）稲垣武氏の論考にある参謀本部第二部第五課（ロシア課）山岡道武大佐の、事件後の十四年十月十日の会議での発言が、注目すべきものである。

「今次の戦闘全般を通じてソ連軍の戦法を観察すると、ソ連が従来、典範その他の軍事文献で唱道してきたもの、あるいはわが海外派遣者のソ連隊附報告などで述べられてきたもの以外に、何ら新しい事項を認めることはできない。たとえば今次使われたピアノ線鉄条網なども、従来の記録にあり、決して奇想天外なものではない」

作戦畑の参謀たちがいかに情報を無視し、不勉強であったかを語ってあますところがない。ピアノ線鉄条網は新兵器ではなかったのである。

（21）当時戦車は一トン一万円といわれていた。一〇トンくらいの戦車が多かったから、ざっと一台に十万円かかることになる。戦車はキャタピラに砲弾が一発当たると動けなくなる。砲弾は一発十五円。この十五円の砲弾と十万円の戦車と、どちらが大事かという議論が当時はしきりにされていた。貧乏日本の陸軍が機甲部隊の建設へと踏みきれなかった理由の一つがある。

（22）和歌山県海南市におられる杉谷隆生氏からの私信がある。氏は、長谷部支隊（第八国境守備隊）の第一大隊長杉谷良夫中佐の子息で、当時ハイラルに中学生として日本から移り住んでいた。そのころの想い出を送ってこられたのであるが、それだけに貴重な証言ともなっている。その一部を――。

「……ある日、ハイラルの中央大街の広場で催されていた鹵獲品の展示場に赴いたときの印象は強烈でした。当時の中学生は学校で軍事訓練も受けており、軍人の子供のこととて、兵器について一応の知識もあり、また触れてみたこともあったのですが、そこにあったのは荒々しさであり、大きさでした。ソ連の戦車（BTといわれたものと思います）の砲身の長大なこと、分厚い鉄板をブチ付けたような溶接の跡、みたこともないディーゼル・エンジン、何れも圧倒されるようでした。日本でみた磨きあげられた短い砲身の可愛い戦車がかなうはずもないのは、子供にも分かることでした。そして自動小銃（マンダリンと称せられるものですが）の噴水のように弾丸をまき散らすのと、五発ずつ遊底に押しこめる三八式、九九式小銃との優劣に思い至ったとき、考えたのは『お父さんは勝てるのだろうか、生きて帰れるのだろうか』と言うことだけでした」

（23）　七月三日午後、撤退ときまったあとの戦場で、辻参謀と須見連隊長との間に終生相容れざる悶着が起きている。ことは辻の戦後の手記に発した。このなかで辻は口をきわめて須見をののしった。

「危急を伝えているとき、連隊長が涼しい顔してビールを飲んでいるとは。これが陸大を出た秀才であろうか。ついに階級を忘れ、立場を忘れて、／『安達大隊を、なぜ軍旗を奉じて全力で救わないのですかッ、将校団長として見殺しできますか』……」

また、その少しさきでこうも書いている。

「軍旗はすでに将軍廟に後退させていたのである。連隊と生死をともにせよとて、三千の将兵の魂として授けられた軍旗を、場合もあろうに、数里後方の将軍廟に、後退してあるとは何事か」

このような連隊長がいたから、戦闘が作戦どおりにいかなかったかのように辻は書いている。責任転嫁のいいのがれの典型といっていい。なぜなら、そのどちらもとんでもない誤認であったからである。須見はビールを飲んでいなかった。ビール瓶には当番兵がくんできたハルハ河の水が入っていた。軍旗をすでに将軍廟に後退させていたというのも事実無根である。つねに軍旗は部隊とともに行動していた。第二十六連隊の「戦闘詳報」には、「安達大隊収容のための夜襲にあたり、第十中隊は軍旗中隊として現陣地に残した」とある。これは須見の正しい処置であったといえよう。天皇の軍隊の象徴であり、全滅すとも敵に渡すことは絶対に許されない軍旗を、のるかそるかの夜襲決行のさいにもっていかないほうが戦理にかなっている。

しかし、こうした誤認が、停戦ののちの須見の即時解任、予備役編入の大きな理由となったのは事実なのである。しかも昭和二十年の敗戦後に辻は真実を知った。にもかかわらず、辻はこれを詫びて訂正しようともしなかった。須見と辻の闘争は、辻がラオスで行方不明になるまでつづき、それ以後も須見が自己の潔白を訴えつづけるという痛々しい歴史が生まれた。須見は「ひどい奴だ、人間じゃないよ」と、はげしく辻を罵倒することを死ぬまでやめなかった。

（24）　須見の第二十六連隊が所属する第七師団の師団長園部和一郎中将が、幕僚の一人にもたせてわざわざ、撤退してフイ高地付近に布陣した須見にとどけてきた七月十日付の親書が残されている。そこにはきわめて冷静な、関東軍参謀が企図したハルハ河渡河の進行作戦にたいする批判が書きつらねてある。日本軍にも常識のある将軍がいたことはいたのである。

「……小生がハルハ河渡河を非常に無謀と思ったのは、

第一、上司のこの作戦は行きあたりばったり、寸毫も計画的らしきところはなき感を深くしたこと、

第二、敵は基地に近く我は遠く、敵は準備完全、我はでたらめなように思われ、

第三、敵は装備優良、我はまったく裸体なり、

第四、作戦地の関係上ノモンハンの敵は大敵なり。

要するに、敵を知らず己れを知らず、決して軽侮すべからざる敵を軽侮しているように思われ、もしこの必敗の条件をもって渡河敵地に乗り込むか、それこそ一大事なりと愚考致したる次第なり……」

同じ師団長ながら小松原は……。指揮官の出来如何がこれほどまでに違うのである。

(25)「援蔣政策に躍起となつてわが聖戦の目的を妨害してゐる英国を排撃せよとの反英運動が燎原の火のやうに全国に燃えひろがつてゐる折柄、帝都では十二日午後六時から対支同志会主催の『英国排撃市民大会』が日比谷公会堂で堂々と開催された。(中略)熱心な聴衆約四千名が詰めかけ、暑さも忘れて反英の意気に沸き立ち真に感激と緊張、織りなす国民的な興奮を描いた」

そして有名人がつぎつぎに登壇して「日本の敵は支那に非ずして英国である、老獪大英国に乗ぜられぬやう、吾々国民は当局を激励すると共に日英会談を見守らねばならぬ」と説く。「聴衆熱狂の中に最後に万歳を三唱九時過ぎ散会した」

七月十三日の東京朝日新聞の記事である。もって国民的熱狂がよく偲ばれる。

(26)たとえば『木戸幸一関係文書』(東京大学出版会)に興味深い記事がある。「所謂親英派大官暗殺不穏事件」というもので、「平素国家の革新を企図し居る」清水清二という男が、同志二人と計り、内大臣湯浅倉平、海軍次官山本五十六、前蔵相池田成彬を暗殺しようと謀議したという話である。かれらは、拳銃およびダイナマイトで要人を爆殺することとし、その機をうかがっているところを警視庁に探知され、共犯二人は七月六日に、ついで清水もまた十五日に検挙された。脅迫ではなく、事実、毎日かれらは要人たちの外出途上などで決行の機をねらっていたと自供している。

(27)『歩兵操典』の綱領にはこうある。

「必勝の信念は主として軍の光輝ある歴史に根源し、周到なる訓練を以て之を培養し、卓越なる指揮統帥を以て之を充実す」

また、師団以下の戦闘方針について定めた『作戦要務令』には「軍の主とするところは戦闘なり」と明記した上で、

「而して戦闘一般の目的は敵を圧倒殲滅して迅速に戦捷を獲得するにあり」

と、必勝の信念にもとづく短期決戦重視を強く打ちだしていた。

この「必勝の信念」という言葉が日本陸軍の典範令に明記されだしたのは昭和三、四年からである。昭和三年改正の右に示した『歩兵操典』、同四年発布の『戦闘綱要』にこの言葉が書かれている。そしてこの「信念」はすべて無形的精神要素から出発している。いわば物力の不足をカバーするためにこれがとくに強調されたのである。

（28）　七月十五日、日英会談がいよいよ開かれるときまったとき、日本の新聞各社は連名で強硬な共同宣言を発表した。

「英国は支那事変勃発以来、帝国の公正なる意図を曲解して援蔣の策動を敢えてし、今に至るも改めず、為に幾多不祥事件の発生をみるに至れるは、我等の深く遺憾とするところなり。我等は聖戦目的完遂の途に加へらるる一切の妨害に対して断乎これを排撃する固き信念を有するものにして、今次東京会談の開催せらるるに当たり、イギリスが東京に於ける認識を是正し、新事態を正視して虚心坦懐、現実に即したる新秩序建設に協力以て世界平和に寄与せんことを望む。右宣言す。

報知新聞社　東京日日新聞社　東京朝日新聞社　同盟通信社　中外商業新報社　大阪毎日新聞社　大阪朝日新聞社　読売新聞社　国民新聞社　都新聞社」

新聞ジャーナリズムが対英強硬でこり固まってしまっていることがよくわかる。

（29）　このとき野戦重砲兵第一連隊第一大隊第一中隊に、東久邇宮盛厚《もりひろ》王中尉が中隊長として任務についていた。中尉が部隊とともに戦場に到達したのは七月十八日である。しかし、九日後の二十七日には早くも飛行機でハイラルに戻っている。これは、二十四日に随行してきた宮内省の属官が空襲で戦死したので、中尉つきの武官貫名人見中佐が、殿下の戦場離脱を連隊長に強く意見具申し、連隊長以上が同意したことによる。「参謀長、いかに宮殿下といえども軍の統制を乱すことは許しませんッ」と寺田参謀がさすがに反対したというが、これが採用されるはずもない。八月に予定された異動を待たずに、皇族中隊長は飛び来たり、作戦不成功とみるやさっさと飛び去っていった。

（30）　ちなみに各砲一門あたりの一基数を示すと、野砲（山砲）一〇〇発、一二センチ榴弾砲六〇発、一五センチ榴弾砲五〇発、一〇センチ加農砲六〇発、一五センチ加農砲三〇発である。これでは日本の歩兵が「こっちが一発射つと、向こうは十発返してくる。頼むから射たないでくれ」と慨嘆したという話が、まんざら嘘でなかったように思われる。

第六章　八月

●ハルハ河東岸・戦場

七月二十四日付の関東軍命令にもとづいて、最前線の将兵は守勢持久のための築城工事に精をだしている。きめられた防御陣地は、ハルハ河東方五〜六キロの横につらねた線で、コマツ台地の敵重砲群の火制下にある。たえず砲撃下にさらされ、さらには執拗さをましてきた各方面の敵の攻撃もあり、その応戦もいそがしく、陣地構築は思うにまかせなかった。

とくにソ蒙軍が八月一、二日と七、八日の二回にわたって、激越な攻撃をかけてきた。日本軍はこれが予想された八月攻勢かと半信半疑のままに、寡兵ながらよくもちこたえつつ応戦した。

その上に将兵を大いに悩ませているもう一つの敵がいた。ノモンハン蚊と名づけられた蚊の攻撃である。日本の蚊と違って大きく強く、皮膚に喰いついたのを指でつまんでひき離さぬと離れないくらい獰猛である。牛や羊の厚い皮を刺して血を吸っているから、夏の軍服ぐらいは容易に刺しとおしてくる。人っ子ひとりいない大草原の蚊は人間の血を吸ったことがないらしく、夕刻ともなると群れをなしてたえまなく襲ってきた。

ジューコフの『回想録』に、捕虜となった忠実な日本兵のことが書かれている。はれあがってみにくくなった捕虜の顔をみて、だれがこんなに殴りつけたのか、とジューコフが部下を詰問すると、日本兵が答えたというのである。外蒙軍の行動監視のために茂みのなかで夜中から朝まで身をひそめていた。動くなとの中隊長の命令ゆえに動かなかった。不運にも防蚊網がかれには与えられていなかった。そのために、

「いくら蚊に襲われかまれても彼は従順に朝まで、その存在を敵にみせないため動かないでいた」

とジューコフは感嘆をまじえて書きつけている。

兵士たちの残された日記にも蚊の大群はしばしば登場してくる。

「蚊がいて眠れぬ、敵に包囲されたので、交通壕を夜の明けるまで掘る、乾パンのうまいこと」（有光上等兵＝歩兵71連隊）

「夜は夜で配備で寝られない。腹は冷える、蚊の奴は容赦なくかぶりついて来る。俺はふるえふるえる。寒さの為だ」（大高豊治上等兵＝歩兵26連隊）

兵士たちは排便のときには、円匙をもって壕外へ出て、戦友にヨモギをいぶしてもらい、その煙が尻のあたりにくるようにあおいでもらって、穴を掘って用を足した。それをしないと、尻に真っ黒になるくらい喰いつかれ、手でなでればぼろぼろとこぼれるほどに蚊に襲われる。

築城工事でもっとも活躍するのは、この円匙である。日本陸軍のシャベルには小穴が二つあいていた。ちょうどそれが両眼の間隔になっていて、それで前方を監視するようにできている。これを使って兵士たちは立派な散兵壕を築きあげた。歩兵陣地と横穴式掩壕と交通壕をつくるのである。有光上等兵の日記にもでてくる交通壕は、壕と壕とをつなげ弾薬を送り、食糧や水を渡し、負傷時の手当てのために使われる。命令の伝達にも役立つが、なによりも、孤立感を消してくれ心の絆となるのが、交通壕というものである。

歩兵第八連隊の連隊旗手(少尉)として、ノモンハンの戦場に八月末になって赴いた長嶺秀雄氏の著書に、興味深いことが記されている。

「ノモンハンの戦場で困ったのは馬の壕である。日本の馬は伏せるように訓練されていないし、睡眠も立ったままである。戦闘時に伏せるように訓練されている蒙古馬がなんと羨ましかったことか。重火器隊の兵隊さんは、愛馬が立ったままでも安全な壕を、不眠不休で掘ってやるのであった」

こんな壕までを兵士たちはつくっている。

蚊には攻められる。機銃掃射をひんぱんにうける。大砲でたえず撃たれる。昼は炎熱であり、夜は零下、そして水はいぜんとして乏しかった。そのなかでの防御陣地づくりの兵士の苦闘は察するにあまりある。

こうして万難を排して命令どおりの守勢持久かつ冬季準備のための応急の陣地がつく

られていく。立射散兵壕である。

守備の第一線はこうである。ホルステン河南のノロ高地では、長野大佐が負傷後退のため東宗治中佐が連隊長にかわって指揮をとる歩兵第七十一連隊の一部と、師団予備の一大隊（長・梶川富次少佐）および主力として第八国境守備隊（長・長谷部理叡大佐）が陣を固めた[31]。ホルステン河を渡った戦線中央部のバルシャガル高地を山県部隊（歩64）、その北側の七五二高地から七三九高地にかけて須見部隊（歩26）主力が分散して布陣する。北部のフィ高地は井置捜索隊を中心に須見部隊から歩兵と速射砲各一中隊を抽出して補強、守備の十全を期した。さらには酒井部隊（歩72）は師団司令部の位置に陣を布き、応援の予備隊として待機する。
と書いてくれば、一応の防衛線が確立したように思われようが、実は遠く離れた各陣地構築のためには、当然のことながら相当数のトラックを必要とする。それが大いに不足していた。百台足らずの自動車では資材や弾薬や器材の補給などを期待どおりに、ひろく展開した陣地に補給することはできなかった。このため、陣地には鉄条網さえ敷設できない。立射散兵壕のところどころに掩体を設けた程度であきらめるほかはない。

しかもやがて冬が来る。持久戦となれば、酷寒零下五〇度の砂漠での越冬の準備もしなくてはならない。関東軍はなおかつ、一度は占領したという面子もあるゆえに、小松原師団をしてホロンバイルの草原を冬越しをしてでも死守させると、本気で考えていた。師団参謀長となった岡本徳三大佐と、須見連隊長がこんな会話をかわしている。陸士同期の気安さから、内容は率直そのものである。

「おい、須見君、敵の総攻撃はかならず来ると思うが、右が重点か、左が重点か、君はどう思う」

「うん、岡本君、俺ははじめから敵のやり口をみているが、敵の戦法はなかなか手堅いものだ。兵力もたっぷり使う。弾薬も思いきり使う。われわれのように、ケチな兵力で、ケチな弾薬で、小刀細工だけで行こうとするインチキ戦術とは違うよ。いままでわれわれが考えてきたような、片っぽうの手は抜いて、いっぽうにだけなけなしの兵力を集めて重点をつくるというやり方ではない。いまの敵の攻撃は、たっぷり兵力を使っての両翼包囲だよ」

「うん、そうかなあ」

と岡本は煮えきらなかったが、かりに須見の意見の正しさを認めたとしても、新参謀長にはそんな大兵力の総攻撃にどう処置のしようもなかったであろう。

三〇キロという広い作戦正面の、しかも左右両方翼は迂回による包囲作戦自在の大草原である。戦車や自動車のない一個師団強の兵力がそこに大きく弧をかくように展開し、守りぬくというのである。それも少々の材木で補強した穴を掘っただけの陣地で。しかも縦長の第二陣、第三陣はない。およそ戦理からいえば不合理の一語につきる。

関東軍作戦課の面々は、実はノモンハン方面の小松原師団にだけ目を向けてはいられなかった。ひんぴんとして入ってくる諸情報から判断すれば、ソ連軍は八月中旬に大攻勢にでることは間違いない。それも全面戦争を決意しての断乎たるものである可能性がある。その場合の満洲全域の防衛のために東・北そして西と、どこから猛攻をうけても対応できるように、全般の作戦計画をたてねばならない。服部も辻も血相を変えている。

軍司令官の植田が、「敵が優勢な兵力でノモンハン方面に全面的に攻撃をかけてきた場合、現在の兵力では不満足ではないのか。いまのうちに第七師団を増派する必要はないのか。少なくともハイラル付近まで前進させておく必要はないか」との意見をだし、参謀長も副長も同意した。それをも服部や辻は押しかえした。

「第七師団は、全関東軍の戦略予備であり、計画どおり東部正面に備えるために、この兵団は軽々しく動かすべきものではありません」

かれらの頭はすでにソ連との全面戦争のほうへと切り換えられている。東京に牽制されながらの思うにまかせぬノモンハン方面の戦闘と違って、全兵力を駆使しての華々しい大作戦とならば、という夢想にかられていたのかもしれない。

結局は、軍司令官の言葉もあったことゆえと、第七師団から歩兵二大隊、砲兵一大隊基幹の部隊だけを抽出し、ハイラルにまで兵を進めさせた。また第二十三師団には損耗兵力を補充した。さらに全満の各部隊から対戦車速射砲を少しく集めて戦場へ送った。関東軍は、それだけをノモンハン方面に予想される攻勢にそなえる準備としたのである。

こうして戦場に八月がやってきた。

「いよいよ八月だ、北満の初秋だ。今日内地への通信が許可になった。防諜上いろいろ制約はあるにしても、兎に角手紙を出せることは何よりも嬉しい。何ものにも代え難い。部隊名は『満洲国興安北省ノモンハン野戦郵便局気付…』だ。これが書ければ言うことなし」

野戦重砲兵第一連隊の榊原重男軍曹の陣中日記の一節である。

戦場にわずかながらの小康状態が訪れたことがよくわかる。そのことは戦いと戦いの間に訪れたわずかな平和、敵味方とも、つぎの決戦に備えて、戦力をととのえている期間であるのを意味する。いつまでもつづくような平和ではなかった。

●モスクワ・クレムリン

ヨーロッパでも、八月に入って状況はなにも変っていないかのようであった。一日からモスクワでは大農業博覧会がひらかれ、人びとで賑わった。

はるか東方のノモンハン付近で日本軍を敵として戦闘がおこなわれ、多くの死傷者をだしていることなど、まったく関知せずにお祭り騒ぎが数日間もつづいた。開会式に、スターリンは姿をみせなかったが、かわりに会場入口にレーニン像とならんで、巨大なスターリン像がすえられた。

プラウダの社説は高らかに謳いあげる。

「この博覧会をもって、われわれは社会主義の輝かしい勝利を祝っているのである。これはコルホーズ制度の創立十周年記念であり、その成果についての報告である」

このとき、状況は裏側で急転しはじめていたのである。ほぼ一カ月何事もなかったかのようにもの静かなモスクワの音なしの構えに、ついにヒトラーのほうがしびれを切らしてしまった。ロンドンでもパリでもワシントンでも、猛虎が頭をさげるなどとだれも想像していなかったときに、ヒトラーがまさしく態度を変えた。スターリンの友情をふたたび乞い求めるべく、リッベントロップ外相に「ドイツ＝ソビエト関係を改善する用意のあること」をモロトフに通告するようにとの指示を与えたのである。ヒトラーは内心では屈辱を感じたが、必要であるからやむをえないと観念した。

いっぽう、リッベントロップは「これによって総統に東からの脅威をとりのぞいてやれる」ゆえに、必要で素晴らしいことだと考えた。外相は、わが努力でヒトラーとスターリンの握手が実現できれば、それこそ世紀の外交的成果になるであろうと、がぜん積極的となった。

駐モスクワのドイツ大使は、八月三日、さっそくリッベントロップからのメッセージを、モロトフに伝達する。それは、「バルト海から黒海にいたる全領域において、ソ連とドイツとのあいだには何ら解決できない問題は存在しない」として、すべての問題はソ連政府がその気になるならば解決されうるものだ、と告げたものである。そのためにも、これまでの他国と結んだ反コミンテルン協定のほとんどを撤回し、「ポーランドとバルト諸国内のソビエトの権益を尊重する」ことをヒトラーが公約した。

スターリンは両手を叩いて躍りあがらんばかりに喜んだ。政治的な駆け引き、つまりは多面的な神経戦で、ヒトラーのほうがさきに参ってしまったことに満足した。イギリスとフランスにむけて正面の門を大きくひらいておき、裏門をとおして静かにドイツと連絡をとっていた自分の両面作戦が、外交的には見事に図に当ったことにもスターリンはかなり得意となった。

八月四日、プラウダはロンドンからの報道として、英仏両国が軍事使節団をモスクワに送ることにやっと同意した、とことさら大きく報じた。英下院で、野党のイーデン議員が「ドイツの侵略を思いとどまらせるためにも、一刻も早く英仏ソの平和戦線を結成することが急務である」と主張している様子をも、プラウダは載せている。すべてヒトラーに読ませるためのものである。

ヒトラーの求愛は、あおられたように優しく、かつ執拗になっている。

しかし、モロトフはドイツ大使にたいして、ドイツはまだほんとうに心を改めたという証拠を示していないではないか、ともったいぶって首を振りつづけている。「それにドイツはポーランド侵略という過ちを犯しつつあるではないか」とも揶揄するかのようにいった。こうした報告がリッベントロップを苛立たせ、ドイツ外務省としてスターリンに会見を正式に申しいれることを指令した。モロトフはこれもやんわりとはねつけた。

スターリンは猛虎をじらしながら、時間かせぎをはじめた。この場合、やがてモスクワにくるであろう英仏の使節団は、ヒトラーとの条約が失敗したときの保障となる。また、英仏との交渉をぐずぐずとつづけることにより、独ソ同盟を結ぶにさいしてヒトラーに最大の対価を支払うことを強いることができるであろう。まことにスターリンは計算高かった。

ヒトラーはそのずるさを許せないと思った。それでも「それが必要」ゆえにスターリンに媚びを寄せることをやめるわけにはいかなかった。

こうして、ドイッチャーがいうように「スターリンは、いまやヨーロッパが震えおののく人（ヒトラー）の求愛をうける立場に」立つことになったのである。

●東京・三宅坂上

この時点で、しびれを切らしていたのはヒトラーばかりではない。参謀本部も、真夏のやけつくような太陽のもと、異常な緊張でぴりぴりしていた。ノモンハン方面の戦況は、派遣した谷川、島村両参謀からの報告をまつまでもなく、憂鬱きわまりないものである。それに輪をかけたようにはげしく、アメリカの日米通商航海条約の廃棄の痛棒が秀才参謀たちの頭上を見舞っている。

それ以前からクレーギー英大使が有田外相に「イギリスは日本に脱帽したが、アメリカがどう出るか用心しなさいよ」との不気味なセリフを吐いていたというが、そんなことはまさか、と聞き捨てにしていたゆえに衝撃は大きかった。

その上に、日本国内の世論はやたらと硬化していた。アメリカがいかに不遜であり、非友誼的であり、そこには寸毫の道義性を見出しえない、との論が新聞や雑誌を飾りだしている。三宅坂上の参謀たちができるだけそこから目をそらそうとしているのに、アメリカがいまや敵性国家として日本帝国の前面に立ちはだかるようになったのである。

天津問題にたいする日英会談もスムースなすべりだしを示したのに、中国政府にかわって天津に保有する銀四八〇〇万ドルの引き渡しをめぐってイギリスが急に硬化し、この交渉もにっちもさっちもいかなくなっている。アメリカの苛烈な対日態度がイギリスに反映しないわけがない。クレーギー大使が本国政府の訓令を仰ぐため、という理由で、会議は八月はじめまで休会にしたいといいだす始末である。

こうして頭を圧している難問のどれをとっても、容易に解決の途がさぐれそうにはない。対症療法としてなによりのものは、ただひとつ、ずっと懸案となってきている日独伊三国同盟の締結がある。モスクワとロンドンとワシントンとをいっぺんに牽制し圧力をかけるための妙策に、おそらくはこれ以上のものはない。三宅坂上の面々はそう改めて確信する。こうなっては陸相だけにまかせておくのではなく、全陸軍の総意として、三国同盟締結にむけて邁進していく必要がある。かれらは宮中の抵抗を過小評価し、世論の後押しにすべての希望をかけた。

八月一日、陸軍中央の主任者が大会議をひらき、「陸軍は一致団結、世論の外に立ち、進んで全責任を負い、断乎たる決意の下に［日独伊三国同盟以下の］諸施策を講ずるものとす」と決定した。

これにもとづき、八月三日、モスクワでスターリンが大喜びしているとき、陸軍の三人の〝大物〟板垣陸相、閑院宮参謀総長、西尾寿造教育総監が三宅坂上に参集した。余計な討議をするまでもなく、三人は一致して陸軍の今後の進路を決定する。すなわち五相会議において、ドイツ側の要求に歩みよった陸軍の新提案を断乎として認めさせるということである。場合によっては、陸相辞任という切り札をだす、いや、ださないまでもそれで大いにおどかして、陸軍の提案を五相会議に受容させよう、ということにした。敵中突破の強行策である。

これをうけて板垣は、全陸軍の輿望《よぼう》をになって、内閣にたいし「イエスかノーか」で迫ろうと固く決意した。

海軍の高木惣吉日記の八月三日に皮肉なことが書かれている。

「……陸軍では樋口、岩畔、有末等が強硬論を称えて、陸相を更迭しても、或は場合により倒閣を敢えてしても、独伊との軍事同盟を押し進めたい意向で動いているという。……今日も陸軍では三長官会議を開いて何か協議中とのことであるが、陸相、総長、教育総監いずれもロボットにすぎないから、慎重論があるにしても、恐らく強硬論が花を咲かせていることであろう」

万事お見とおしであったのである。

●新京・作戦室

同じ三日、ノモンハン付近の戦場を視察した参謀本部の島村参謀が新京に戻ってきた。喧嘩相手ともいうべき辻は、対ソ全面戦争に備えて満洲東部国境の地形偵察のため出張中で、作戦室にその姿はなかった。もっぱら応接にでたのは服部である。さすがに服部は官僚軍人的な老練さをこのときには発揮する。咆哮怒声をあびせかけた過日の態度を反省し、島村をあたたかく迎えた。『機密作戦日誌』に麗々しく書きとめられている。

「余りの気まづきを以てこの空気を緩和せんと、作戦関係参謀集り、同少佐と懇談会食す。ここにはじめて（島村は）心寛ぎ、翌日帰京せり」

恐らくは新京随一の料亭での献酬はただならぬものがあったことであろう。辻の不在が幸いしたかもしれない。

この夜、関東軍の参謀たちはこもごも無念の想いを島村に訴えたにちがいない。七月二十九日早朝、飛行第二十四戦隊は出動直前をイ16戦闘機二〇機に急襲され、地上において多数機を撃破され、撃墜王の名の高かった中隊長可児才次少佐が戦死した。八月二日には、将軍廟飛行場でイ16戦闘機約五〇機の襲撃をうけ、迎撃のため離陸せんとしていた飛行第十五戦隊長安部克己大佐が戦死、多数機が損害を蒙った。

「安部大佐は寺田大佐の前任の、関東軍の高級参謀であった方だ。頭脳明晰、温厚篤実な惜しみてもあまりある軍人であった。その人を死なせてしまった」

「航空戦力の劣勢はいまや由々しき問題になっている。その原因はどこにあるのか。参謀本部はようく考えてほしい」

疑いもなくそのような言葉が関東軍の参謀たちの口からでたものと考えられる。とくに航空主任の三好参謀は、国境外の敵基地への航空侵攻なくしては、このいちじるしく不利に傾いた空の戦況を根本からたて直すことはできないと、島村に膝づめでいいたてたに違いない。服部がいう「懇談会食」の内容はおよそそのようなものであったか。

島村は四面楚歌のうちの項羽の心境でもあったろうか。いや、それとも関東軍の申し条を全面的に是としたか。それは定かではないが、参謀本部の稲田課長あてにかれは電報を新京から打っている。

「もはや航空戦力の保持上、自衛のため外蒙領内の航空基地に対し、進攻を行うの已むを得ざるに至れるものと判断す。事態拡大の危機はかえって減少しつつあり」

およそ電報ですむような安易な事柄ではない。統帥の根本にかかわる問題である。島村が進んでこの電報を打ったものか、あるいは打たされたものか。

●東京・三宅坂上

翌八月四日、参謀本部第一部は第二十三師団の上に、第六軍を設置することを決定している。公刊戦史は「第二十三師団長の指揮単位が多岐となったこともさることながら、第六軍に戦場の作戦を直接に主宰させ、関東軍は一段高所に立って冷静に事件を処理し、特になるべくすみやかに終結に持ちこませようと考えたからであった」と、作戦課長稲田の語るきれいごとの理由で説明している。

ただし当の稲田は戦後の回想手記で、

「関東軍の参謀が直接第一線を引摺りまわしていて何をやるか分らない。そこで新に中間指揮機関として第六軍司令部がハイラルに編成される」

と正直なところを書いている。要は、ノモンハン戦争の指揮を関東軍司令部から第六軍司令部へと移し、この第一線軍と緊密な連絡をとり、参謀本部が作戦指導を行おうとしたのである。思いつきではなく、長い時間の研究と検討をへての決定であった。

新設の第六軍は、軍司令官は荻洲立兵中将（17期）、参謀長は藤本鉄熊少将（26期）、以下優秀な参謀が名をつらね、形式としては軍の威容が成ったようにみえる。ただし荻洲をはじめとして、関東軍やソ連軍について、満洲の地形や気候についてなど、必要な予備知識をほとんど持たない面々である。参謀本部はなぜこのような人事配置をしたのか疑問を抱かざるをえない。中央のいうことを聞きそうな幕僚で固めたと勝手な想像をしたくなる。

辻の手記はいたって冷ややかである。

「未だ戦場に不慣れの新設軍司令部をもって、この困難な戦場の指揮に当らせることは、何としてもお気の毒である。勝ち誇った戦場ならばともかく、破れそうな茅屋を、雨漏りのままで譲ることに、限りない責任を感じていたのは植田将軍以下全員の気持であった」

だからといって、関東軍のほうから第六軍に幕僚数名を送って、有効な援助をするといった措置は、まったくとられていない。第六軍が編制された以上、関東軍としては、「その地位を尊重し、干渉がましい態度に出ないよう注意を払い、もっぱら連絡の任務に限定」したと、辻は聞こえのいいことを書いている。敵が八月攻勢をしかけてくるであろうという情報がしきりの折柄、関東軍はあとのことは知らん、俺たちは手を引いた、というのである。

のちのことになる。第六軍はハイラルでの編制にともなう事務処理に追われ、やっと八月十二日から将軍廟に軍司令部をおき統帥を発動するが、なお戦場を遠く離れている。軍司令官はもちろん一人の軍幕僚もいまだ戦場に進出しないうちに、ソ蒙軍の総攻撃を迎えることになる。東京と新京との白眼視といがみ合いが、重大局面での戦場統帥をわきにおしやってしまったと結論できる。

しかもその上に、三宅坂上の秀才たちは、みずからの無能と無責任さを露呈するかのような決定を突如として行った。五月いらい、絶対に外蒙古領にたいする越境侵攻航空作戦は行わないと、関東軍からの「謹しんで」の意見具申をすら、頑としてはねつけていた参謀本部作戦課が、なんと八月七日、外蒙古領内タムスク空襲をあっさりと認めたのである。

「関東軍司令官は『ノモンハン』方面作戦の為情況已むを得ざれば、其航空部隊を以て概ね『タムスク』付近及其以東戦場付近に於ける敵航空根拠地を攻撃することを得」

参謀総長より関東軍司令官あてに伝達された大本営陸軍部命令（大陸令）である。服部や辻たちにしてみれば、なるほど谷川参謀や島村参謀に強く訴え、くどいほどその必要性を説明した。といって、こんどは大丈夫と確信をもてるような先行き明るい話ではなかったのである。七月中旬には辞を低くして意見具申し、参謀長上京のさいには言をつくして状況を説明、敵航空基地撃滅を進言した。にもかかわらず、三宅坂上の秀才どもはけんもほろろにあしらった。とりつく島もない冷淡さを示したではないか。それがわずか二、三日の二人の参謀の視察によって、手のひらを返すように認可の返事がくるとは、とうてい考えられないこととしていた。

「参謀一同連日進攻に関する大命の伝道せらるるを待ち、もし今日に至りても意見具申を容れられざるに於ては、一同の進退を如何すべきや、爾後の航空使用を如何にすべきや等につき、相当突きつめたる考察をなしありたり」

と服部が記すように、かなり悲壮な覚悟をかためつつあったときにとどけられた大陸令であったのである。関東軍作戦課の面々は、はたして欣喜したであろうか。

辻は珍しく怒りをややおさえて書いている。

「関東軍司令官の名をもって、数回にわたり意見具申し、参謀長が上京して、面を冒し理を尽して説明したのに、軽くあしらって採用しなかった意見が、若い参謀本部部員が僅か一両日の戦場視察の結果によって、陛下の下された命令を、根本的に変更する態度こそ、下剋上の最たるものではなかろうか。結果的にみれば関東軍司令官にたいする信頼が、一少佐参謀に及ばなかったものとなるではないか」

下剋上の解釈がちょっとおかしいが、これは辻のいうとおりである。三宅坂上の秀才たちの豹変は、まったくいかがなものかといいたくなる。

扇廣氏の著書によれば、稲田作戦課長の反論はこうである。

「認可は航空の自衛上やむを得ないと認めたからで、それも谷川、島村両参謀の報告を直接の動機としたものではなく、七月二十日付の関東軍の意見、『敵機の跳梁を看過せんか』に基づくものであった」

あるいは、こうも説明している。

「八月七日やむなく中央部はタムスクまでの空中進攻を許すが、関東軍の航空部隊に疲れが出、新手を入れかえ入れかえやってくる敵の空中戦力に逐次圧倒されつつある。東京の航空総監部ではその補充に悲鳴をあげ、こんなことをしていては航空の拡張予定も実行不可能だと文句を言う」

いずれにしても、いまさらの理由説明にならざる説明である。むしろ第六軍の新編制にからんでの命令変更かとかんぐりたくなる。つまり三宅坂上が責任をもつ軍を新たに編制して関東軍の手を引かせた。そのかわりに、その面子を立ててやるためにも、しきりに希望しているタムスク再攻撃を許可してやろうではないか。それはまた意気消沈しつつある航空部隊を元気づけることになろうからと。そのような秀才参謀の底意地の悪さが感じられる。しかも面子を立ててやるつもりで、かえって関東軍の面子を踏みにじることになっている。そのことに鈍感なあたりにも、天下独往の連中ならさもありなん、という気にもさせられる。

なお、中島次長はこの日参内、天皇の裁可をうるためにこう説明している。

「ソ連の航空部隊は最近になってようやく行動巧妙となり、わが航空基地を奇襲、あるいは制空帰還の直後に攻撃するなどと、まことに始末におえなくなっております。このためわが軍の人員器材の損耗がしだいに大きくなろうとしている次第でございます。これにたいする対策としまして、関東軍に、これを要すればわが航空部隊をもってタムスク以東の敵の航空基地を攻撃することを得べし、とのご命令をお下しいただきたく……」

天皇はこの上奏にたいして、

「われよりタムスクを攻撃するときは、敵もまた満洲内部を攻撃し、事件は拡大の形となるが、そのようなことがなきよう、あくまで不拡大を守り関東軍が隠忍するならば、このさいは異存がない。やむを得ぬこととしてとくに許可する」

と裁可している。

陸軍中央は、おかれている不利な状況を打破するためには、無責任とさげすまれようが、朝令暮改と嘲笑されようと、要はなりふりなどかまってはいられなくなっていた。やむなく泣き落としの一手で衰龍《こんりよう》の袖にすがるほかはなかった。情勢はそれほど八方塞がりであったのである。(32)

●東京・首相官邸

すでに陸軍三長官会議で決した結論をひっさげて、板垣陸相が五相会議にのぞみ、だれもが予想さえしなかった爆弾的発言をぶつけてきたのは、八月八日午前のことである。アメリカの態度の硬化に対抗するためにも、またノモンハン事件の処理の上から、ソ連を牽制して事態を有利にみちびくためにも、かつ日英会談の有利な促進のためにも、このさいは三国同盟を遅くとも八月下旬までに、なにがあっても締結させねばならない、と陸相はこの席で力説した。

「英仏軍事使節団はすでにモスクワに向けて出発している。いっぽうに独ソ接近の情報もある。世界情勢はいまや戦争か平和かの岐路にある」

といって、四人の大臣にきびしい視線を送った。そして、

「もはやあれこれと論議しているときではない。ドイツの提示条件をそのままのんで同盟を結ぶべきである。すなわち、協定を成立せしむるためには、条約上の当然の義務をすべて負い、いやしくも留保とみなさるるごとき条件を付せざることが緊要と信ず。大

島大使がこれまでやってきたドイツとの交渉の結果は、すべてこれを承認する。余計なことはいっさいなし。これが陸軍の総意である。もし協定が成らないようなことになれば、内外におよぼす影響はまことに重大なるものがある」

と、最後を脅し文句で結んだ。

あまりといえばあまりな陸相の説明のあと、しばらく沈黙がつづいたが、やがてこの〝陸軍の総意〟に、米内海相も有田外相も石渡蔵相もあいついで発言し、はげしく反撥した。これまでつとめて第三者的に、ときに陸軍寄りに、調停役の立場をとってきた平沼首相も、さすがにこれまでの長い苦しい討議をいっさい無にするような陸軍の強引な主張にはムッとして、陸相を問いつめた。

「三長官会議の決議は、つまり無条件参戦ということですか」

板垣は明確な答弁を最初は渋っていたが、各大臣に問いつめられ、「無条件参戦」である、と肯定する。とたんに平沼は声を荒らげた。

「三長官会議の決議によって本提案をされる陸軍大臣の態度は、いったいどういうものか。陸軍大臣はこれまで五相会議の一員として、政府の六月の方針決定にすでに同意されているではないか。この方針で交渉しようと、この会議でいっている。にもかかわらず、三長官会議では右と違った決議に同意された。そしてこれでいくとこんどは強弁される。これはまことに解せぬことと申すほかはない」

陸相はぬけぬけと答える。

「私は国務大臣であると同時に陸軍大臣である。国務大臣としては政府の方針に賛成したのであるが、他面陸軍を代表する意味で三長官会議の決議にも賛成なのである。政府方針でこの問題をどうしても処置されるときには、私は三長官会議の一員としてその決議に従い、責任をとるつもりである」

つまり「辞表をだす」の脅しである。

米内は、ノモンハン事件も米国の条約廃棄も予想されなかった問題ではなく、国際情勢のことはむしろ主務の外相に聞くべきであると思う、といった。有田は「三国同盟は英米の結束をますます強固にするばかりで、日本にはかえって不利になる。政府の既定方針をまげてドイツの要求に屈服する必要はどこにもない」と答え、陸相がムキになって発言しようとするのに、そっぽを向いた。ほかの大臣も陸相と目を合わさないようにした。

板垣はこうして孤立し、弁明につまるほど窮地にしばしば立ったが、ついに譲ろうとはしなかった。石渡が、それではと米内に向かって問う。

「この軍事同盟を結ぶ以上、日独伊の同盟三国が、英米仏ソの四国を相手に戦争する場合のあることを考えねばなりません。そのさい戦争は八割までが海軍によって太平洋で戦われると思います。ついては、われわれの腹をきめるためにも、海軍大臣のご意見を聞きたい。日独伊の海軍と英米仏ソの海軍が戦って、われに勝算ありますか」

米内はあっさりと答えた。

「勝てる見込みはありません。だいたい日本の海軍は、英米を向こうにまわして戦争するように建造されてはおりません。独伊の海軍にいたっては問題になりません」

陸軍の〝爆撃〟的発言も、この瞬間、無効になったといっていい。

会議はえんえんと五時間以上つづいたが、なんらの結論にも達しなかった。もともとは条約をなんとか締結したいとの意向をもっていた平沼も、この日ははっきりと陸軍に背を向けた。六月の政府決定の方針をそのまま生かすことを主張し、多数派の肩をもった。押しきられた形になった板垣はただ「なお研究する」というだけで、最後まで本日の結論をだすことに抵抗した。

会議が終ろうとするとき、蔵相が、

「さきほど陸相は、責任を云々するといわれたが、そのことについておたずねしたい。それでは後任の陸相でこの問題解決の見通しがあるのかどうか。もし陸相の引責に原因して後任問題のため政局を動揺させることになれば、世界情勢の激動のとき、その責任はより重大だということをよくよく承知してほしい」

と、目を真正面にすえていった。

「ご忠告、まことにありがとう」

と板垣はにこにこして答えた。

海軍省へ戻ってきた米内から、今日の会議のあらましを聞かされた高木は日記に痛憤の文字を記している。

「世界の情勢は日に険悪を加えるとき、一部少壮の陸軍軍人がその首脳をあやつり、国政を左右する現情のままで進んだのでは、前途ただ暗澹たるばかりである」

ところが、高木によって指弾されている「一部少壮の陸軍軍人」たちは、強行突破ならずとなっても「負けた」とは思わなかった。かれらは海軍および宮中そして財界の抵抗なんか屁とも思ってはいない。なぜならば、日本の世論が反英排英そしていまや反米へと色彩をとみに濃くしているからである。新聞や雑誌の論調は明らかに陸軍に味方していた。この民意の威力をテコにすれば国策は動かせると、いっそう策をめぐらせた。

軍務局長町尻量基少将が独伊の両駐日大使を訪ね、日本の内情を伝え、なんとかヒトラー総統とムッソリーニ首相より少しなりと妥協的なメッセージをもらえないかと訴えたのも、陸軍中央が案出した戦術の一つでもあったろう。陸軍は、どんなことがあっても、三国同盟の早期締結をのぞんでいると、町尻は両大使に強調した。

ドイツ大使オットーが、八月十一日付で本国政府に打電した電報が残っている。

「八月八日の五相会議で板垣は奮闘したが成功しなかった。だが、ぜひにも同盟締結を実現させるために、最後の手段として辞職すれば強力な反動をひき起すようなことになるかもしれないが、やむをえない。辞職は八月十五日にするつもりゆえ、独伊両国が少しく譲歩することで援助を与えてくれるよう希望する」

陸軍中央は常軌を逸する強迫観念にかられていた。

●ドイツ・鷲の巣山荘

しかし、日本陸軍の強引な策動は、かえってヒトラーの決意を固めさせた。オットー大使からの報告が、否応なしに、日本国内になお反ドイツ勢力の根強いことを、総統に知らせた。いまやヒトラーは日独伊三国同盟の思うような締結がほとんど不可能であることを確認した。そうとなれば、外交は対ソ連一本にしぼられる。ほかに余計な目をくれる必要はない。しかも、東京からのオットーの電報が到着した八月十二日は、独ソ間の全問題を論議する用意のあることを、スターリンがほのめかしてきたまさにその日にあたっていた。偶然というよりは、それが歴史の皮肉と書くべきかもしれない。

ヒトラーは、「ポーランドとバルト諸国内のソビエトの権益を尊重する」と駐ソ大使をとおしてさきに伝えたことが、スターリンを喜ばしたとはっきり認識した。

リッベントロップがいうようには、ロシアが協定を結びたがっていると、ヒトラーはこれまで楽観的に考えてはいなかった。それでこの前後にヒトラーに会った要人が書くように「非常に老けて髪の毛も白くなった感じで、かれはなにかを恐れている印象で神経質にみえた」ほどであったのである。しかし、いまやバルト諸国にたいするソ連の自由行動の要求をうまくあしらうことで、スターリンから握手をひきだすことが可能であると、ヒトラーは確信した。

しかも外相の報告によれば、独ソの間で討議すべき問題について、モロトフがドイツ大使にこまごまと、几帳面にたずねはじめたという。「ドイツは不可侵条約を締結したいと望んでいるのか」「もしそうであるとすれば、その条件はどうなるのか」「ドイツは日本に圧力をかけ、ソ連にたいし別の態度をとれと説得するつもりはあるのか」などどである。これは、ドイツの歩み寄りを歓迎するというスターリンの回答にほかならないではないか。

のちのことになる。独ソ不可侵条約が結ばれたとき「覚書」が秘密に残された。そのなかにスターリンもしくはモロトフの言葉として、つぎの文句が書かれているという。少し長くなるが引用する。

「日本との関係の好転は希望するが、日本の挑発にたいする忍耐には限度がある。もし日本が戦争をしたいなら戦争もできよう。ソ連はそれを恐れていない。それに備えて準備している。しかし、日本が平和を望むなら大いに結構なことだ。日ソ関係を調整するために、ドイツの援助を考慮しているが、さりとてそれがソ連側の発意であるという印象を日本に与えることは好まない」

これによってわかるように、春秋の筆法をかりれば、ノモンハンの戦場での日本軍の猛烈な頑張りが、スターリンをしてヒトラーに急速に接近せしめたといえる。前にもふれたように、スターリンはアジアでの戦争が拡大し、いっぽうでドイツと戦端をひらくことになる二正面作戦を、極度に恐れていた。

そしてヒトラーにとっても、ノモンハン事件は渡りに舟と利用すべき戦いであった。さも日ソ両国間をとりもつ努力をするかのような言辞を切り札のように使って、スターリンの顔をしっかりとドイツのほうへ向けさせることができる。

ヒトラーは、ソ連の真の魂胆が明白になりつつあることに、すこぶる満足している。ドイツと英仏とを相争わしめて共倒れをはかり、そのかんに漁夫の利を占めることをスターリンはねらっている。臆面もなく狡猾な本性をさらけだしている。要はスターリンのそのひそかな希望に乗ってやることである。うまくソ連と手を結ぶことによって、あるいは、あえて宣戦してくるような英仏の無謀を思いとどまらせることができるかもしれない……。

八月十二日、鷲の巣山荘を訪れたイタリアの外相チアノが目にしたのは、机上にドイツ参謀本部作成の地図をひろげて、軍事問題に没頭しているヒトラーの姿である。もしよければ、ポーランド問題の平和裡解決のために、イタリアが仲介の労をとろうという提案を、チアノは口にだせず腹にのみこむほかはなかった。それほどきびしい総統の視線なのである。

ヒトラーは意気ごんでチアノに語った。

「ポーランドは数日でやっつけることができる。あとで英仏と話をつけるとき、ポーランドはかならず英仏側に立つにきまっているから、あらかじめ敵の一つをとりのぞいておくわけである。いずれにせよ、政治的にドイツを挑発するようなことをしたら、それに乗じて四十八時間以内にポーランドを攻撃する」

チアノは思わず目を見張った。かわまずヒトラーはつづけた。

「イギリスがかりに起《た》つとしても、わずか三個師団をフランスに送るのが精一杯であろう。フランスはそれよりかなり多いかもしれないがたかが知れている。わがドイツは、生か死かの戦いのために、百個師団を西部戦線に集結できる」

それがいつのことになるのか、というチアノの問いに、総統はあっさりと答えた。

「遅くも八月の終りまでに決心する。そのあとでは秋雨のため、東方の道路はぬかるみとなり、機械化部隊が使えないからである」

二人がこのように話し合いをしているちょうどそのとき、モスクワから、ドイツの全権を迎えることにソ連政府が同意した、という電報がヒトラーにとどけられた。ヒトラーはその電報を得意そうにひらひらとチアノの前で振ってみせた。チアノは内心で驚愕し、椅子からころげ落ちそうな気分を味った。それがヒトラーの演出であるのか、それとも事実であるのか、イタリア外相はそれから長いこと悩んだが、ついにわからなかったという（事実は、ソ連政府がドイツとポーランドを含む政治問題を「漸次話し合う」用意のあることを回答してきたのである）。

ヒトラーはその電報を手にしたまま、なにごともなかったように語りつづける。

「西欧列強は、世界を分割統治したいという欲望に支配されており、ドイツとイタリアを、自分たちの仲間とは決してみていない。あらゆることに関して、侮辱という心理的要素ぐらい悪いものはない。侮辱というものは、生きるか死ぬかという闘いでしか解決できないものだ」

鷲の巣山荘に長くこもっているのを忘れさせるくらいに、ヒトラーは快活さをすっかりとり戻していた。この独善的な独裁者は、スターリンが恐る恐る手をさしのべてきたことが、鬼の首をとったかのように嬉しくてならないのである。

しかも、英仏両国の軍事使節団がモスクワに着き、交渉をはじめようとするとき。そのときに、英仏をだしぬいて、ドイツにとっては不倶戴天の敵と世界のだれもが考えているソ連と、条約を締結させるというのであるから、これ以上にヒトラーの虚栄心を満足させるものはない。これは長年の英仏の侮辱にたいする復讐にもなる。

●モスクワ・クレムリン

英仏の軍事使節団がモスクワに到着したのは八月十二日。かれらはソ連全権と同一テーブルについて、いよいよ具体的に同盟の軍事的側面を協議することになっている。しかし、なぜか一行は八月五日に出発していながら、ソ連側がのちに不快そうにのべているように「時速一三ノットに制限された」汽船エクセター号にのってレニングラードまで旅し、そこからモスクワに向かったのである。飛行機なら一日で目的地に着いていたであろうに。

使節団がようやくモスクワに着いたときは、もう遅すぎた。スターリンの心は英仏からは離れてしまっていた。スターリンもモロトフも、やがて交渉は決裂せざるをえないと承知している。それでも全権には大物のヴォロシーロフ元帥をたて、交渉に熱意あるようにみせた。

かれらは、ヒトラーと取引きをする間は交渉の継続を欲していたにすぎない。スターリンは、自分の求めているものがヒトラーとの直接交渉によって、もっともよく得られるとの決意を、すでに固めていた。

スターリンのこの決意の時期がいつであったかは、不明のこととされている。明確なのは、裏切りと暴力の生涯を送ってきた二人の独裁者が、ほぼ一カ月間じりじりとしながら相手の出方を待ち、ついに二人とも待ちきれなくなった、ということである。なるほど、二人の独裁者はたがいに相手にたいして深い疑惑を抱かざるをえないできた。この疑惑の念をぬぐいさるのは容易ではない。しかし、利害というものがすべてに打ち克った。

英仏と結ぶことで何がスターリンに提供されるか。文句なしにヒトラーの敵意と、結果を見通すことのできない大戦争への参加、という欲せざることである。たいしてヒトラーは、スターリンの望むものを提供しようとしている。それは大戦となった場合の中立と、ポーランドそれからバルト諸国からの一定の物質的利益である。それらを考えれば、胸中にある疑惑の炎など、いっときなくなったつもりになっていればいい。

スターリンのうちには、奇妙なくらいヒトラーへの親近感がうまれていたようである。それは尊敬といいかえてもいいほどの、あたたかいヒトラー観である。これもずっとのちの話になる。ドイツ軍がモスクワの郊外にまで殺到してきていた一九四一年の冬、英外相イーデンを相手にクレムリンの一室で、スターリンはこんなことを語ったという。

「ヒトラーはすばらしい天才だとずっと私は思っている。ばらばらになった敗残の国民を、たちまちに強大な列強の一つに仕立ててしまった。そして、だれもかれもがヒトラーの意志どおりに動くように、ドイツ人を組織化することに成功した。えらいものだ」

イーデンが呆然となるほど、スターリンは熱を入れていた。そして「しかし」とそこで言葉を切りいった。

「ヒトラーには一つ運命的な欠陥が見えている。かれは、どこで止《とど》まるかということを知らない男だ」

瞬間、外相は思わず噴きだしてしまった。スターリンはそんなイーデンを白い眼でじろりと見やると、じっと見つめていたが、やがて頬をゆるめていった。

「ミスター・イーデン、なぜ笑われたか、私にはわかる。あなたは、私自身がどこで止まるかを知っているかどうか、と危ぶんでいるのでしょう。それなら、保証しましょう。私はどこで止まるかをいつでも心掛けているつもりです」

こうしてスターリンは、この八月の中旬においては、もう止まることなくヒトラーとの握手に突き進むことを決めていた。そう考えて誤りはない。いや、もしかしたら八月に入ってすぐ、その決意を固めていたのかもしれない。なぜなら、ノモンハン方面において関東軍を叩き潰すべく大攻勢にでることを、八月八日までにスターリンは認可しているからである。

平井友義氏が発掘した「ソ連側史料」によれば、総攻撃開始予定の八月二十日マイナス十二日が、攻勢準備期間にあてられていた、という。ジューコフの第一集団軍の会議が策定した作戦計画（ハルハ河東岸の日本軍の包囲殲滅作戦）を、モスクワが許可したのは当然それ以前のこと。ということは八日より前ということになる。

スターリンは、ヨーロッパで大戦争の戦端がひらかれようとするとき、ソ連が中立でいられる保証もなくて、アジアで大攻勢を敢行するほど無謀ではない。それは日本からの宣戦布告をよびよせる危険がある。みずからがいうように「止まる」ことを知る男なのである。しかし、中立が可能となった暁には、つまりはヒトラーとの握手が間違いのないものとなったときには、徹底的に日本軍を潰滅させてやるとの決意を固めることが可能であった。

そうみてくれれば、スターリンがヒトラーの求愛をうけいれる気になったのは、想像よりずっと早い時期といえる。

●ハルハ河・両岸

モスクワでの、独ソそして英仏ソの虚々実々の外交交渉とはほとんど無関係に、モスクワの中央軍事会議の命のもとに、ジューコフの第一集団軍の戦闘準備は着実にすすめられている。関東軍司令部は八月十日すぎ「ハルハ河以東に敵影を認めず」と発表し、従軍記者を後方に帰したが、ソ蒙軍は実はそのころハルハ河に何本もの橋梁をつくり、河を自由に越えて決定的な攻撃に移るべく、周到にして十分な準備をすすめていた。

ソ蒙軍の前線警戒態勢は厳しくなった。日本軍の偵察斥候を完璧なまでに遮断する。関東軍情報部が神経をとがらせていることがわかるほど、無電などでさまざまな偽情報を流したりして、真偽の判断を迷わす。たとえば、ソ連軍司令部が補給困難で悲鳴をあげているような情報ばかりを、日本の情報機関はこのころしきりにとらえている。関東軍は、みずからも補給に参っているがゆえに、この情報を大いに喜んだ。ソ蒙軍の目くらまし作戦はこうして功を奏した。

平井友義氏の論文によれば、欺瞞計画の要点はつぎのとおりであったという。

「集団軍補強のためソ連国内から到着した部隊の移動および集中の秘匿。

ハルハ河東岸の防御陣地にある兵力・資材の再編成の秘匿。

部隊および物資のハルハ河渡河の秘匿。

発進地区の偵察。

作戦に参加する全兵科部隊の任務の極秘裡の作成。

全兵科部隊による事前秘密偵察。

ソ連の企図にかんして敵を誤信させるための偽情報の流布」

前線各部隊には「防禦の指針」というパンフレットがくばられる。ジューコフはこれを麾下の指揮官に徹底化せしめた。強力な音響放送機が河を渡って幾カ所にもすえつけられる。杭を打ちこむ大きな音を流し、大規模な防禦陣地の工事をしているかのように騒々しくやった。あるいは越冬の防寒設備を大々的に構築しているかのようにみせかけた。戦線に逐次到着してくる戦車、装甲自動車、火砲その他の重兵器資材は目立たぬよう分散配置し、そのための音を消そうと、夜間も砲撃をつづけた。ほとんど日本軍陣地に命中しなかったが、ソ蒙軍は意に介さない。日本軍将兵は笑って、これは不寝番が眠けざましに射つのであろうとか、夜便所に起きるものが引き金をひくに違いないと批評して、だんだんに気にもとめなくなった。

部隊の移動や工兵の作業は深夜午前二時から午前四時のあいだに限定され、しかも飛行機の爆音や軽機関銃の発射音でその気配を消した。

戦車にも改良が加えられた。大部分の戦車は日本軍の火焔ビンの攻撃を無効にするためディーゼル・エンジンにかえられる。その機関部には金網がはられる。歩兵の近接攻撃を防ぐため火焔放射戦車も輸送されてきた。また、わざわざ消音器をとりはずした数輛のうるさい戦車が、戦線にそってたえず動きまわった。日本軍に戦車の騒音になれさせ、攻撃開始のさいにごく普通の現象と思わせるため、という芸の細かさである。

ジューコフは大攻勢を成功させるために全力をあげた。戦場までの兵員や戦車や燃料や弾薬などの輸送には、大きな困難があったが、ともかくも緊要ゆえにと乗りこえた。使用トラックは四三〇〇台近くにのぼった。昼夜兼行で、草原の長い距離、急ごしらえの道路を走った。ジューコフは外蒙軍指揮官に親しげに語っている。

「疲れていない軍隊を撃破するのはそんなに簡単なことではない。しかし、敵は甚大な損害を蒙って士気は落ちに落ちている。いまが攻撃のチャンスだ。あなたがたモンゴル軍は非常に勇敢で、よく戦っている。これからが勝負だ。勇気と信念はまさに勝利の重要な要因なのである」

しかし、いかにソ蒙軍が巧みにカムフラージュしようが、また第六軍麾下の日本の各部隊の斥候が容易にもぐりこめなかったとしても、関東軍司令部が航空偵察を大いに督促していれば、敵軍の兵力集結は白日の下にあらわれていたはずである。レーダーのない当時は、空はひらかれた空間なのである。ところが、「ノモンハン航空偵察状況」によれば、八月十二日から十九日までのあいだ、

「悪天候ノタメ捜索シ得ズ」

であった、という。いったい、日本軍は、新聞記者を後方に帰すためにいった「敵影を認めず」を心から信じていたのか。あるいはこのときになっても、自分たちの国力に

照らし合わせた兵站常識にとらわれていたというのであろうか。稲垣武氏の調査によれば「関東軍情報参謀だった加藤義秀中佐の回想によると、ソ連軍が大規模な自動車輸送をやっていることもつかんでいたが、作戦担当者はソ連軍の大規模攻勢の可能性ありという情報に注意を払わなかった」という。作戦担当者とは服部であり辻である。かれらは第六軍にまかせて手を引いたゆえ、とでも抗弁するつもりでもあるのか。

こうして八月半ばには、日本軍の全正面にソ蒙軍総兵力約五万七〇〇〇人が集結した。とくに意が用いられたのは、七月の戦闘で劣勢にあった歩兵である。狙撃（歩兵）三個師団が配備された。装備についてはさまざまなデータがある。その一つをとるとすると、機甲三個旅団（装甲車三八五輌）、戦車二個旅団（四九八輌）、機関銃旅団一（機関銃二二五五挺）、火砲・迫撃砲五四二門、それにモンゴル騎兵二個旅団。そして飛行機五一五機。

ジューコフはこの大兵力を、南、北、中央の三集団軍に編制した。とくに南北の両軍が打撃集団として重視され、戦車、装甲車を主力に編制された。かれらは日本軍部隊の両翼から後方にでて、中央軍と呼応して、ソ連がいうところの国境線とハルハ河との中間の草原で包囲、殲滅する任務を負っている。中央軍は歩兵を主力に正面から日本軍を拘束する。

攻撃準備は遅くとも八月十八日朝までに完了すべし、と各司令部は命ぜられた。総攻撃の秘密がもれないように、各部隊幹部には作戦方針を一日前に、下士官・兵には三時間前に命令伝達ときめられる。偵察将校はかならず兵士の服装をしてでていった。それほどまで警戒を厳にしてその日を待っているのである。

●新京・作戦課

小松原日記を列挙してみる。

「八月九日　半晴半曇、稍《やや》涼。

此日戦線平穏」

「八月十日　曇、涼。

フイ高地ノ井置部隊ヲ巡視」

「八月十一日　曇、晴、小暑。

全満記者連盟代表慰問ノ為メ来陣。

戦線概シテ平穏ナリ」

「八月十二日　曇、小暑。

第六軍司令官荻洲中将海拉爾《ハイラル》着任。第六軍編制完結。師団其隷下ニ入ル。

戦線平穏」

ソ蒙軍の総攻撃準備を探知していないとはいえ、連日の「戦線平穏」の文字にはそぞろ悲哀の情がわきあがる。情報収集の重要さが物語られている。

最前線の将兵もまた、事なく安穏な日々を送っていることが、残された日記でわかる。嵐の前の静けさとは、人智が未来を察知できないことの皮肉さを意味している。

「八月十二日（ノロ高地）

毎日を草刈り木刈りに、戦砲隊より、観測小隊より使役が来り、冬越しの準備も大忙し。戦線の野戦風呂にて、二カ月余りの塵を落し、気分颯爽、戦わんのみと朗かなり」（独立野砲兵第一連隊・田中誠一上等兵＝既出）

「八月十二日　土　曇天

今日は屯営出発以来、初めての給料を受取る。一月分八円八十銭の割で十一円六十三銭を受取る。計で十六円十九銭手の中にある」（成澤利八郎一等兵＝既出）

戦場の平静さにのっかって、ついでに記せば、内地勤務と違って戦場では、戦地増俸といって本人につぎの月額が支給された。大将五四五円、中将四八〇円、少将四一〇円、大佐三四五円、中佐二七〇円、少佐二〇〇円、大尉一四五円、中尉一一五円、少尉一〇五円、准尉一一〇円、曹長八五円、軍曹三四円、伍長二七円、兵長一八円、上等兵一四円、一等兵・二等兵一二円。なお准尉以上の職業軍人には、それぞれ留守家族に本給が別にとどけられている。

成澤一等兵の場合、内地勤務の一等兵の本給九円がなにか諸費用を差引かれて渡されたのであろうか。いまだ「事件」にして「戦争」にあらず、と帝国陸軍がケチくさいことを考えたとも思えないのであるが。

それにしても戦地増俸の額を大将から二等兵まで記していると、当時軍隊でひそかに歌われていたという「将校商売、下士官道楽、お国のためは兵隊ばかり」というざれ歌が想いだされてくる。ただし将校といってもよく戦った中隊長小隊長クラスの下級将校のことをいうわけではない。参謀肩章を派手に吊った連中を指している。

こうして日記で示した八月十二日、第六軍が編制を完了した日、関東軍作戦課は越冬を前提とする『ノモンハン事件処理要綱』を策定した。

それまでに関東軍部内で激論が闘わされた。それというのも、せっかく参謀本部が腰くだけともいえるタムスク爆撃を裁可してきたのであるが、航空部隊は人員や飛行機も疲労困憊《こんぱい》の極致にあって、とうてい実行はできかねるというのが現状であったのである。それだけでなく、全部隊にわたって同様であり、士気もかなり落ちている。そのことに我慢ならない参謀たちがいたのである。なんとかして、ソ蒙軍に一撃を加えたいという希望をもちつづけた。

先頭に立つ服部は、強気そのもので、

「このままで、どこへ来るか不明の敵の八月攻勢を迎えるわけにはいかないではないか。可能ならいま一度攻勢をとって敵を撃破したのち、国境線に布陣して越冬ということにしようではないか」

たいして珍しく辻が否定的であった。戦力的にも攻勢は不可能である。零下五〇度の砂漠に、いまから全力をつくしても、一万数千の将兵を冬越しさせることすら難事業となる。

「それに万に一つ、全面戦争を決意する場合をも考えて、全般の作戦計画をたてなければならない秋と思う」

辻の関心は国境紛争よりすっかり全面戦争の場合のほうに向けられている。

服部の主張する攻勢案は放棄され、策定された『処理要綱』は守勢を再確認したものである。ただし、磯谷参謀長が東京からもち帰った参謀本部の『処理要綱』とはずいぶんと違っている。三宅坂上がいう「冬季までに」紛争地域から全出動兵力を撤収しようというものではなく、なんとか抵抗しつつ既得の戦果を確保してこの冬を越し、翌春以後に攻撃作戦の再興はありうるとしていた。

「敵にして長期抗戦を企図する場合に於てはあくまでこれを圧倒撃破す」

と、なお意気旺んである。航空部隊にたいしても撃滅企図を明示した。タムスク航空侵攻作戦は十分な準備を完整し、八月二十一日に実行することとした。実は二十一日といえば、ソ蒙軍が総攻撃を開始した翌日なのである。

●東京・霞ケ関

〝離れて遠き満洲の〟戦場では、関東軍も第六軍も第一線諸部隊も、戦機が刻々と近づいていることをまったく予期していない。それ以上に状況に無知である東京では――陸海軍の中央部のあいだで、なんということか、一触即発の戦闘の危機に直面しつつあったのである。敵とではなく、陸海相撃の危惧なのである。

八月八日、三長官決議による全陸軍の意思は、五相会議の席上で見事にくだけ散った。陸軍中央は、この会議での政府のまたしても優柔不断の決定に、本気になって怒った。平沼内閣を倒すほかはない。陸相辞任だ、いや、もっと激越な実行あるのみ。すなわち戒厳令を布き、軍政施行の暴挙を考えているらしい、という情報が巷に流れていった。

天皇はこのとき葉山の別邸に静養中である。天皇が留守ということも戒厳令施行の噂がまことしやかに流れでる一因であった。畑侍従武官長の八月十日の日記にある。

「陛下は、昨今政情不安定にしてあるいは（東京に）還幸の必要あるにあらずやと思うが、陸軍大臣は（辞職を）考え直す出来ざるやと、御下問ありたるところ、（閑院宮）殿下は従来の行きがかりもあり、それは困難なるべし、と奉答せられたる由なり。御軫念《しんねん》に堪えず。政情すこぶる不安にして急転直下というほどにあらざるべきも、あるいは御還幸が急速となるにあらざるや。内大臣は月半ばと見当をつけあるものの如し」

この日記にもあるように、八月半ばには陸軍が暴挙にでる、との情報はかなりの信憑性をもって霞ケ関の海軍省にも伝わっている。軍務局長井上成美は、海軍部内をあずかる責任者として、その行動で即決の速さを示した。

八月十一日、井上は省内の非常警戒を命じた。

「海軍トシテハ陸軍ト一戦交フルモ之ニ屈スル能ハズ。故ニ万一ニ備ヘ海軍省ヲ警備スル必要アリ」

十四日朝、麹町付近で小演習をしていた近衛師団の一中隊が、海軍省の前に姿をあらわして包囲するかのように展開、示威行動を行って去った。陸軍部隊による海軍省襲撃の噂がしきりであったし、物情騒然たるとき、何があっても不思議ではなかった。

井上は山本五十六次官と相談し、横須賀鎮守府に陸戦隊一個大隊の常時待機を命じ、大阪にあった連合艦隊の主力艦艇にも東京湾回航を指令する。いざとなれば陸軍と戦う覚悟をいっそう強固にしたのである。海軍省内に兵器・弾薬・食糧をはじめ、停電にそなえ自家発電装置をととのえた。持久戦をも辞さぬため井戸を掘る計画準備にも心をくばった。

「いいか、水と電気を切られると、省内籠城の三千人が、水洗便所を使えなくなるぞ」

悲壮きわまりない情勢のなかで、謹厳そのものの井上が、部下三千人分の糞尿の始末を真剣に心配しているのを、山本がにこにこして眺めている。

籠城の用意は完整した。連合艦隊も東京湾に向かっている。すべてにおいて、二・二六事件のときの警備計画書類が大いに役立ち、それをかなり上回った防備をつくりあげた。

しかし、結果はすべて無駄な戦闘準備ということになる。ヨーロッパ情勢が急転回したからである。

●モスクワ・クレムリン

ドイッチャーによると、「スターリンが遂にもはや〝眉をひそめ、すねる〟まいと決めた時間は、きわめて正確にいい当てることができる。――それは八月十九日午後三時十五分ごろであった」という。このとき、スターリンはヒトラーと条約を結ぶことを決意し、政治局にそれを通告した。

年譜ふうにそれまでを追ってみる。すでに書いたように、八月十二日、スターリンはヒトラーに「ソビエト政府はドイツとポーランドを含む政治問題を〝漸次話し合う〟用意がある」旨の回答をした。あからさまな外交交渉はそこからはじまる。

八月十四日、〝漸次話し合う〟ことのまだるっこしさを望まぬヒトラーは、駐ソ大使シューレンブルグをとおしてスターリンに「独ソ両国が東ヨーロッパにおける領土問題を協力して明確にするため」討議したい、と通告。外相リッベントロップをモスクワに派遣したい、と申し入れ、「その承認を一日も早く」と強く要請した。しかも外相は「総統の名において」行動する自由をもっている、と知らせた。

八月十五日、駐ソ大使がさらにモロトフをとおし、「独ソ両国のイデオロギーの相違が、新しい友好的な協調を阻げることがあってはならない」とソ連政府に申し入れる。

このときのモロトフは、ソ連との関係を改善しようとするドイツの意図を「あたたかく歓迎した」と、シューレンブルグ大使の目には映った。

八月十六日、ヒトラーがスターリンに、独ソ不可侵条約を結ぶ用意がある、ソ連政府が望むなら二十五年間の期間廃棄を許さぬものとしたいと通告する。つけ加えて「ドイツは日ソ関係の改善強化のため仲介の労をとる用意がある」と伝えた。

八月十七日、モスクワでの英仏ソ軍事会談はなんらの進展もなかった。会談は二十一日まで延期されることになった。

八月十八日、リッベントロップより、字義どおり「招聘を請願する」電報がスターリンへ。

こうまではげしい求愛をうけて、ついにスターリンは心を決する。相手をじらすにも限度があろう。ヒトラーのあせりがどんな利益をソ連と自分にもたらすかを見抜けるまで、日時の問題でも、議題についても、ねばれるだけねばってきたが、これ以上のばすことは逆転する可能性もある。スターリンはそう政治的判断を下したのである。

八月十九日午後、大使シューレンブルグとの、もう日課ともなっているような会談をすませたモロトフが、その報告をスターリンにした。

「リッベントロップの訪ソ日時を早く決めてほしい、との抗議にも似た大使の要請でありました。そのためにはいい加減な日程でなく、徹底的準備を必要とするから、日時を大体ですら決めることができない、と答えておきました。ドイツ大使はがっかりしていま帰りました」

モロトフもまた、相手のあせりからうまれる果実を期待する男である。その日も、スターリンの命令どおり振舞った。ところが、首相は思いもかけないことをいい、外相をびっくりさせた。

「すぐシューレンブルグを呼び戻してこい。かねて用意の、わがほうの条約草案をいますぐ手渡し給え。そして、私が約一週間後にリッベントロップと会う用意があると、そういってやってくれ給え」

それが午後三時十五分ごろ。運命的な決定といっていい。モロトフはドイツ大使に三時三十分に連絡をとり、「午後四時三十分、ふたたびクレムリンに訪ねるように」と告げた。

この日、ポーランド外相ベックは、英仏政府の「ポーランド政府がこれ以上対ソ強硬策をつづけると、全同盟体制が崩れるから」という要請にも、昂然としていい放っている。

「わが国は、いかなる形でも、外国軍隊がわが領土の一部たりとも利用することを認めない。そのことで議論することも認めない。これはわれわれにとって原則の問題である。われわれはソ連といかなる軍事協定も結んではいないし、また結ぶ意志もない」

そんな意気がった演説は、心をきめたスターリンにとって、勝手に絶叫しているがいいという程度にしか響かなかった。

●ドイツ・鷲の巣山荘

八月十四日には、ヒトラーはもう永遠の仇敵スターリンの心を疑ってはいなかった。ヒトラーは、ポーランドを含めた東ヨーロッパを、ソ連と分割してもいいという覚悟である。露骨なといっていいほど餌をつけた釣竿には、ぴんぴんと当りがきている。英仏ソ同盟のためのモスクワ会談に、英国外相もフランス外相も行こうとしなかった。わがほうは外相がただちにでもモスクワへ行くと申し入れた。これも疑い深いスターリンには好印象を与えるであろう、とヒトラーは正確に計算している。明らかにスターリンから断られることはないと、かれは強く確信した。

いまは、ずっと悪態だけをぶつけてきたスターリンのご機嫌をとることが大事なのである。ソ連が、東ヨーロッパで集団安全保障条約を結ぼうという英仏の希望にそっぽを向きさえすれば、ポーランドは孤立することになる。この段階にあっては、スターリンの意のままにいい思いをさせたとしても、いずれあとになって取り返せばいい。ヒトラーは、用がなくなったら条約を破棄することくらい、なんとも思ってはいなかった。

八月十四日、ヒトラーは国防軍の司令官たちを鷲の巣山荘に招集し、戦争の計画とその見通しについて長時間の講演をしている。

「大きなドラマが、いまや、そのクライマックスに達しようとしている」

とヒトラーは口を切った。そして、ポーランドを攻撃する決意をふたたび明らかにした。

「そのことによって、英仏は決して起つことはなく、戦わないことを確信している。英仏軍の参謀部は武力衝突の見通しについて、きわめて冷静な見解をいだいており、参戦に反対をしている。おそらくは、敵はポーランド一国だけですむことと思う。しかし、一、二週間で屈服させねばならない。そうすれば、世界はポーランドの崩壊を認め、これを救おうなどと試みるようなことはしないであろう」

ヒトラーはスターリンとの秘密裡の交渉が功を奏していることを語ろうとした。「スターリンは」とのどまででかかったのを、ぐっとのみこんだ。「ソ連は」と話を一般論にし「火中の栗を拾うつもりは、いささかももってはいない」とはっきりいい、

「ソ連は西方諸国にたいして、なんの義理も感じていない。ポーランド抹殺をソ連は了解している」

と断言した。

ヒトラーの長い演説を、参謀総長ハルダー元帥も、陸軍総司令官ブラウヒッチュ元帥も、空軍総司令官ゲーリング元帥も、だれもが黙って聞いている。ドイツを第二次世界大戦へとかりたてようとするヒトラーの計画を、全員が認めたのである。演説が終っても、質問の手をあげようとしたものすらいない。英仏は戦おうとはしない、ソ連が局外に立つ、という保証は、ただヒトラーが確言しているだけであるのに、伝統あるドイツ

国防軍の指揮官たちのなかにひとりとして疑問視するものはいなかったのか。

冷静に世界情勢を分析すれば、ポーランドへの攻撃は「隔離された戦争」にとどまるどころか、世界的な規模での全面戦争に発展するであろうことは明白である。そうなれば不可避的に長期戦となり、国力消耗戦となる。ドイツは強力な同盟国もなく、単独で大戦争を戦いぬけるだけの国力があるのか。

ただひとり国防軍経済装備局トマス大将が、公然と総統に挑戦する勇気をもった。数日後にくわしい覚書をつくり、国防軍統合司令部総長カイテルにこれを提出した。総統のいう「迅速な戦争、すなわち迅速な平和」は完全な妄想にすぎない、とトマスは主張した。

カイテルは腹立たしげに覚書を突っ返して、一気にまくしたてた。

「君の臆測はすべて単なる机上の論にすぎない。フランスは堕落しきっており、イギリスもまた頽廃しているし、アメリカはポーランドのために戦うほどの利害を有していない。君は敗北主義的平和主義に感染してしまっている。少し休息してみたらどうだ」

ドイツ国防軍の将星はほとんどが、長いあいだのヒトラーへの阿諛追従《あゆついしょう》や無抵抗従順になれきってしまっており、まともな判断力を喪失していたかのように思われる。強力な独裁者のもとでは良識や常識は不必要であり、必要なのはいつでも保身のための判断停止という手続きだけなのである。

こうして九月第一週に予定され、日本からも寺内大将が出席することになっていた二ュルンベルク党大会は、八月十五日、秘密裡にとりやめとなった。西部軍のため二十五万の男子が召集された。ヒトラーは着々と戦争準備をすすめて、スターリンからのよき返事を待った。海軍のポケット戦艦グラーフ・シュペーとドイッチェランド、そのほか二一隻のUボートの大西洋への出撃準備はできていたが、八月十九日、モスクワの返事がとどくまで現根拠地にて待機せよと、命令が変更された。

そこにとどけられたのが、シューレンブルグからの「極秘・最大至急」の電報であった。

「ドイツ外務大臣は八月二十六日または二十七日にモスクワに到着されたしと、モスクワは告げた。モスクワはまた、独ソ不可侵条約のロシア側の草案を、私に手交した」

ヒトラーは顔を真っ赤にした。網のなかに獲物は入った。しかし、八月二十六日まで待つことはできない。ポーランドへの侵攻作戦の開始をまさにその日に予定しているからである。一つ一つ段階を追ってではなく、一足とびにスターリンとの取引きをすませ、心おきなくポーランドへ攻めこみたかった。

ヒトラーは外交上の遠慮はかなぐり棄てることにした。若干の誇りもかみつぶすことにする。あのスターリンのやつが大歓迎するにちがいないと、直接に書簡を送ることを決心する。それは、

「モスクワ、I・W・スターリン殿」

と書きだされた。そのいちばん肝腎の部分は――、

「ドイツとポーランド間の緊張は堪えがたいものとなりました。いつなんどき、危機が生じるか測られません。ドイツは、いまからのち、あらゆる手段をもってドイツ国の権益を守る決意であります。

私の意見では、新しい関係に入ろうとする両国の相互の意思にかんがみ、時を失しないことが望ましいと考えます。したがって、私は貴下が、わが国の外務大臣を八月二十二日火曜日、遅くとも八月二十三日水曜日に引見されることを重ねて提案します。ドイツ国外務大臣は不可侵条約とともに付属議定書を起草、署名する全権をもっています。わが国の外務大臣は、国際情勢からみて、最大限一両日以上、モスクワに滞在することは不可能であります。

貴下のさっそくのご回答をえられれば欣快のいたりであります。

アドルフ・ヒトラー」

この歴史的な書簡は、八月二十日（日）午後六時四十五分に発信された。(33)

●ハルハ河東岸・戦場

ヒトラーの私信をまだスターリンはうけとっていなかった。が、もうほとんど関係のないことであったかもしれない。ヨーロッパで大戦争がはじまる前に、ソ連がその局外に立つことは、いろいろな駆け引きがあったが、確実となった。ヒトラーと握手できるという見通しは、いくら疑い深いスターリンでも、もう大丈夫と自分にいいきかすことができた。となれば、そのかんにアジアの問題に集中できる。

スターリンは計画されている総攻撃に「ゴー」の命令を発するのに、なんらの躊躇もみせなかった。

スターリンが、ドイツ外相との最終的な会談を二十六日ないし二十七日と提案したのは、実はそれまでは関東軍を敵とする戦闘のほうに全神経を集中したかったゆえ、とも思える。その日ぐらいまでには日本軍相手の戦闘にけりがついている。そうスターリンは皮算用していた。

八月二十日午前五時四十五分、ソ蒙軍は日本軍を包囲、殲滅するための総攻撃を開始した。数百機の編隊による爆撃、つづいてコマツ台地を中心とする砲撃、実に二時間四十五分。ジューコフは回想している。

「日曜日のことだった。暖かく、静かな天気だった。日本軍兵団司令部はソ蒙軍の攻撃を考えず、準備もしていないと信じていた。日本軍の将官、高級士官たちは多くが日曜休暇で、部隊から遠く離れて、あるものはハイラル、あるものはカンジュル廟などへ出かけていた。われわれはこの日曜日に作戦開始を決定するために、このことは有難い状況とみなした」

事前の敵情視察が十分であったことを誇るかのような筆致である。自信にあふれている。事実、第六軍の軍司令官をはじめほとんどの参謀がこの日ハイラルに出かけていた。

ソ連側史料によれば、八月二十日払暁までに、第六戦車旅団をのぞく全部隊が、新設のいくつもの軍橋からハルハ河を渡り東岸に到着していたという。その展開は七四キロに達する。日本軍陣地正面は南北三〇キロ余であるから、大きく両翼から包みこむような展開をしていたことになる。

ソ蒙軍の総攻撃はさながら戦術のよき標本のごとく空襲から開始された。ノロ高地を守備する長谷部支隊第一大隊（長・杉谷良夫中佐）の戦闘詳報はその様を克明に報じている。

「六時―七時、約百三十機の大空襲を受く。爆撃・地上掃射等猛威を逞うす。大隊は第一線はもちろん予備隊その他の全火力をあげて、これを邀撃し、ことごとくこれを撃退す。此間、一機は第一中隊陣前に、一機は敵陣内に墜落す。敵機空襲終るやこれにひき続き、七時二十分より猛烈なる砲撃を開始す。敵砲の位置は従前と大差なきも、ややその数を増加したるが如く……」

戦場には、その朝うっすらと朝霧がかかっていて、ソ蒙軍歩兵の進撃に味方した。日本軍第一線に知られることなく近接し、空襲・砲撃につづく午前九時の攻撃開始となったとき、思うような戦果をあげることができた。それくらいソ蒙軍は日本軍の不意を襲うことに成功した。

しかし、戦局が推移すると、日本軍歩兵は頑強に抵抗した。ホルステン河のいちばん南を守っていた満洲軍騎兵部隊が撃破され、ソ蒙南方軍の侵入を許したものの、最北のフイ高地付近では井置捜索隊が猛烈に反撃し、包囲されながらも戦車の進撃をたちまちに停頓させている。また、バルシャガル高地付近でも、力ずくで進撃してくる中央軍を山県部隊の将兵が押し返し、主陣地への反覆攻撃もそのつど撃退している。ノロ高地もまた然りの猛反撃で頑張りぬいた。

戦力は――ソ蒙軍についてはすでに書いた。迎え撃つ第六軍の兵力についてはどうも明確ではない。八月の定期人事異動（戦場でも行われていたのである！）やら補充兵着任の遅速やらがあって、資料によってそれぞれ違っている。攻撃をうけたときの兵力は、第二十三師団、第七師団の一部、第八国境守備隊の一部、砲兵団などの兵員三万人未満、戦車ゼロ、装甲車ゼロ、砲兵火砲（七五ミリ以上）一〇〇門程度と判断したらいいか。

要すれば、ソ蒙軍は、日本軍にたいして、歩兵が一・五倍、砲兵が二倍、飛行機は日本軍の一一三機にたいしてソ蒙軍は五一五機で約五倍、戦車・装甲車は日本軍ゼロであるから比較のしようがない。ソ蒙軍は日本軍を撃滅しうる平均三倍近くの兵力をととのえて、総攻撃をしかけてきたのである。

たいして日本軍は寡兵のうえにあまりにも防禦正面をひろげすぎている。一個師団の防禦正面はふつう七〜八キロ、せいぜい一〇キロである。それを三〇キロ余というのでは、歩兵中隊、歩兵大隊の間隔が広すぎて、いかに勇戦しても敵の侵入の防ぎようもない。各中隊、各大隊はそれぞれが孤立して、四周から包囲攻撃をうけねばならなくなった。関東軍作戦課が守勢持久の作戦命令をだしたとき、翌春の攻撃再興の拠点として、奪取した高地をすべて確保しようとしたところに結果的に最大の敗因がある。防禦正面を当然のことながら狭縮しておかなければならなかった。ソ蒙軍の圧倒的な兵力と火力による総攻撃をうけた第一日目から、第一線将兵は勇戦すれど、戦況はどこの日本軍にも容易ならざることになっている。そして日をおって絶望的になる。

八月二十一日付の小松原日記に悲痛な文字が残されている。北のフイ高地は完全に包囲され猛烈な砲撃をうけている。南のノロ高地付近は各大隊が孤立して悪戦苦闘している。中央の山県部隊の右翼にでている生田大隊（須見部隊の一部）は大損害を蒙った、と記したあと、小松原は書く。

「防禦ニ立ツ程心苦シキハナシ。曰ハク戦車陣地間隙ヲ進入シテ砲兵放列ヲ襲フ、糧秣支庫ヲ焼夷ス、戦車橋梁ヲ扼シテ交通連絡絶エ、保線、伝令共ニ通ゼズ。曰ハク兵力集結ナラズシテ兵力分散。曰ハク包囲攻撃弾薬欠乏。等悲観スベキコトノミ現ハレ、精神ヲ悩シ命ヲ縮ムルコト之ヨリ大ナルハナシ」

策に窮した指揮官の絶望がつたわってくる。攻撃の機を求めて忍耐の持続、というより、つぎには理性を喪失した暴発の気配だけがある。

関東軍司令部が、ソ蒙軍の全面攻撃開始の報告をうけたのは八月二十一日朝。第二十三師団参謀長から関東軍参謀長あての秘至急電報がとどけられた。

「本朝来敵の戦勢頓《とみ》に活気を呈し、殆ど全正面にわたる戦場に転移せり」

発信は午前四時三十分、受信八時五十五分。事前にこれを予期すべき情報のかけらももっていなかった作戦課はさすがに驚いたが、この時点ではまだ楽観視していた。築城は相当の強度に達しているであろうし、第七師団から抽出された二個大隊がすでに将軍廟付近に集結中である。それに第六軍の戦場統帥もようやくなれてきたであろうから、存分に戦えるにちがいない。服部や辻たちはそう期待していたからである。

同日午後六時十分、急ぎハイラルから戦場へ戻ってきた第六軍司令官から、関東軍司令官あての秘至急電が着信した。

「二十日の戦況より判断するに、第二十三師団正面に現出せる敵第一線兵力少くも狙撃二師団および機械化部隊にして、目下に於ける重点はホルステン河南方地区にあるものと判断す」

このとき関東軍司令部第二課（情報）のソ蒙軍戦力の判断は、狙撃師団は二ないし三、戦車二ないし三旅団というものである。そして作戦課はその二倍は集結しているかもしれないとした。それだけでも大変な戦力であるが、このときになっても、敵の兵站路は鉄道の端末駅から七五〇キロの自動車輸送であり、それはありうべからざるもの、という自分本位の判断がかれらの頭を支配している。

服部の『機密作戦日誌』にはきわめて強気な言葉が記されている。

「このさい作戦参謀の受けたる感覚は、我のもっとも好機に敵が攻勢に転じたるものにして、この機会に於て敵を捕捉し得るものと信じたり」

そこで関東軍司令部では加藤報道班長が同日夕刻に談話を発表し、勝算われにあり、と大いに太鼓を叩いてみせている。

「敵はふたたびわが軍の両翼において、新たにハルハ河を渡河し大規模に反撃し来たったのである。いまやノモンハン事件はソ連邦をして武力行為の無益なるを反省せしめ、満洲国国防は磐石の重きを悟らしむるため、大なる意義を有するに至った。軍は敵の新企図にたいしこれを破摧するため、ふたたび攻撃を開始、一挙にこれが撃滅を期している」

しかし、戦場で撃滅を期されているのは日本軍のほうであったのである。

●モスクワそしてベルリン

日本時間八月二十一日午後六時は、モスクワでは正午である。このころ、スターリンは煙草をうまそうにくゆらしながら、ヒトラーあて書簡のペンを走らせていたにちがいない。

「ドイツ総統アドルフ・ヒトラー閣下
閣下の書簡に感謝いたします。私は独ソ不可侵条約が、われわれ両国間の政治関係の改善に、決定的な転機を画してくれるよう望んでおります。
私はここに、リッベントロップ氏が八月二十三日にモスクワへ御来訪くださることにたいして、ソビエト政府が同意する旨を、ソビエト政府より委任された権限によって、閣下に通知いたします。

ヨゼフ・スターリン」

東方の、ノモンハン方面での軍事行動は順調に進行している、作戦どおりに日本軍の抵抗をいたるところで撃破し、勝利は確実になりつつある、というジューコフからの報告がとどけられている。スターリンには後顧の憂いはなにもないのである。あとはちょび髭の独裁者のほうにだけ顔を向けておけばいい。

スターリンの返事は、簡潔であり、丁重であり、しかし他人事であるかのように冷たい。ヒトラーの書簡が「私は歓迎する」「私は受諾する」などと、やたらに一人称で叫んでいるのに、スターリンの意思は「ソビエト政府」のうしろに隠されてしまっている。世紀の取引きをするのに興奮などいささかもみせてはいない。個人的な感情とは無縁で、事務そのものである。

鷲の巣山荘のヒトラーには、友情を示すような文言があろうがなかろうが、それは第二義のこと。むしろなんら曖昧なところのない書き方を大歓迎した。八月二十一日午後九時三十五分（ドイツ時間）ベルリンの外務省に入電、そこから電話で伝えられてきたのは午後十時すぎ、待ちに待ったスターリンからの回答をうけとり、ヒトラーは狂喜した。

前夜、神経が昂ぶり、ひどく心配になり、かれは一睡もすることができなかった。真夜中にゲーリングに電話し、自分の不安をおろおろと語り、ロシア人の鈍重さに怒りをぶちまけた。スターリンのほうから不可侵条約を提案してきたことの真意は何なのか。そう疑えば疑うほど、自分を一杯くわせようとしているのではないかとの、疑心暗鬼からのがれられなくなった。

しかし、いまや決定は下されたのである。電話をうけたとき、同席者によれば、その瞬間ヒトラーは聞きとれぬ叫び声をあげ、拳でがんがんと壁を打ちはじめ、最後に大声で、

「ついに全世界が俺のポケットに入った！」

と怒鳴ったという。

ベルリンの大島大使が、リッベントロップから電話で、独ソ不可侵条約が二十三日にモスクワで調印されるであろうと知らされたのは、午後十一時である。

「実は、ダンチッヒ問題がこじれ、ソ連が英仏に接近する可能性があったゆえ、こうする以外に道がなかったのだよ。それに、三国同盟の早期締結というわれわれの求めに、日本は半年も沈黙したままではなかったか。そうだろう。だから、ドイツはやむを得ずほかの道を探らねばならなくなったのだ」

大島は夢のなかで話を聞いている気分であり、聞き終ったあとは啞然として二の句もつげなかった。ドイツともっとも友好的である日本が、ソ連軍とノモンハン付近で戦闘を交えていることを、まさかリッベントロップは知らないはずがないではないか。

大島は「ドイツの行動は防共協定違反である、厳重に抗議したい」というのが精一杯である。完全にうちのめされた。いままで日独提携を夢みて全力をつくしてきた歳月は何であったのか。軍人である大島は、これでソ連がアジア戦線に全力を結集し、日中戦争にも介入してくるであろうと、そのことをとっさに懸念した。

ドイツ国営放送は、午後十一時すぎ、音楽番組の放送を中断し、ドイツ外交の大転回のニュースを早くも伝えた。ヨーロッパ諸国は驚きながら、さっそく敏速な対応ぶりをみせた。

●東京・三宅坂上

ベルリン時間午後十一時は、東京の二十二日午前七時である。

日本にあってほかのどこよりも仰天したのは参謀本部作戦課である。「進んで全責任を負い断乎たる決意」で、倒閣を含みとしながら、三国同盟の無条件成立に向かって最終的狂奔にのりだしている真っ最中のことである。本来は戦略戦術が本務なのであるが、このときには骨の髄までこの政略の実現に没頭していた。

このために八月十八日、関東軍司令官名で参謀総長あてに「……［ノモンハン］事件処理に関し、中央と当部との間に認識を一致せしむること極めて肝要と存ぜられるにつき、参謀次長を至急現地に派遣する如く取計われたし」という電報（起案・服部）がとどいたときにも、作戦課はせっかくの申し出をとり合おうとはしなかった。

これは植田軍司令官が稲田作戦課長の実兄坂西一良少将にしみじみと述懐した話が端緒となって起きたことなのである。

「関東軍は中央から見放されたようで心淋しい思いがしてならない。自分としては常に中央あっての現地であるとの考えをもっているだけに、その感が深い」

この植田の心痛を、坂西が稲田に伝えたところから、参謀本部と関東軍の〝和解〟の途がひらかれようとしたのである。ふつうこの種の案件は幕僚連絡か、少しく格式ばるが次長と参謀長との間で議せられるのが常識である。それを総長への軍司令官名の電報となっているところに、植田のなみなみならぬ気持がこめられている。

稲田も「大本営としては、タムスク空襲以後の関東軍作戦課の態度にたいし強い反撥を感じていたが、その問題以外、別に感情的になっていたわけではなかった。それでさっそく参謀次長の渡満について研究をすすめた」と戦後に記している。中島次長も「万難を排して新京に飛び、実状を視察すると同時に、とくに軍司令官以下現地における意見を聴取したならば、事件に対する最終処理はさらに手際よく運ばれたであろう」と回想する。

ともにかなり弁解じみてはいるが、唯我独尊同士の、参謀本部作戦課と関東軍作戦課の手打ちの好機が、たしかにこの時点にあったことに間違いはない。八月上旬、東京・新京間の連絡はほとんど途絶えたままであった。その関東軍がどのくらい反省していたものか、それはわからないとしても。

辻の手記にはこの件についてこう書かれている。

「軍司令官から度々次長の来満を希望したものの、遂に拒絶された。（中略）次長は自ら来満するの勇気なく、責任を恐れたものと断ぜざるをえない」

そうではあるが、関東軍首脳が辞を低くしたのは確かであり、仲直りの最後のチャンスがあったことも事実である。

しかし、三宅坂上の秀才たちはほかの重要案件に没頭していて忙しすぎた。なにがそれほどかれらを駆りたてていたのか。予定の筋書きによれば、八月十五日に陸相辞表の提出である。それをおしとどめて、半ば絶望しつつも、独伊にたいし日本が最終的にイニシアチブをとる妙案の実現を、かれらは必死に研究中であったのである。

それは作戦課の中佐参謀秩父宮雍仁《やすひと》親王が提起した計画、すなわちヒトラーおよびムッソリーニと会談させるため、平沼首相をヨーロッパに派遣するという壮大なプランであった。秀才参謀たちは、この計画を五相会議に提示すべく不眠不休で研究し、討議をつづけていた。いってみれば背水の陣を布いてこの妙策を提出しようとしていた。

それゆえ、せっかくの関東軍司令官名の申し出ではあるが、三宅坂上は新京につれなくも袖を振ってしまう。

「目下の情勢上、貴軍司令官御希望に添うことは差当り困難なるにつき、次長の現地派遣は行わざることに定められたるにつき、御伝を乞う。右命に依り」

関東軍参謀長あての参謀次長電で、発信は八月二十一日午後六時二十五分。

こうして関東軍にたいし統帥放棄ともいえる電報を打ったその十二時間後に、秀才参謀たちの意図する政戦略をすべて無にする報道が、ベルリンから東京に入ってきたのである。ドイツとソ連が同盟するとは。三宅坂上では声も出なかったに違いない。

陸軍の長老宇垣一成はその日記で、後輩たちの驚愕ぶりを笑っている。おそらくは、真実そこに書かれているとおりであったことであろう。

「独蘇の不可侵条約締結の報は、何だか霞ヶ関や三宅坂辺には青天の霹靂であった様に見える。驚天し狼狽し憤慨し怨恨するなどとりどりの形相が現われているが、余は何にも驚くに値せぬ、来るべきものが当然に到来したのであると考えている。有頂天になりてフワフワしている連中には、心ここに在らざるをもって見れども見えず、聞けども聞こえなかったらしい」

海軍の高木惣吉日記も面白い。

「政府も陸海軍もそれぞれ違った意味で開いた口が塞がらない格好である。平沼内閣の立場は全くゼロということになった。しかし考えると、……英国も日英同盟を米国に売ったし、独逸が防共協定をソ連に売ったからといって、さまで驚くにあたらないであろう。ソ連でもまた独ソ不可侵条約をいつ英米に売らないとは保障できない。今日の国際信義は要するに国家的利害の従属にすぎないと見なければならぬ」

長すぎる引用となったが、そのとおりで、国際信義の頼りのなさは昔も今もそれほど変ってはいない。昭和八年の国際連盟脱退いらい、「光栄ある孤立」でいい気になっていた当時の日本が、国際外交の苛烈さに無知蒙昧であったとしても、それは当然のことでもあったであろう。

それはともかく、驚愕から少しく平常心をとり戻すと、陸軍中央はさっそく今後の国家方針についての検討会議をひらく。いつもの侃々諤々《かんかんがくがく》の論議をどこかへ置き忘れたように、ぼそぼそと、意気のあがらぬ低い調子での提議がつづいた。結局は、

一、独・伊・ソとの連合でいくか。

二、英・米・仏との連合でいくか。

三、孤立独往の道をあえてとるか。

という三つの道がある、という自然なところに落着く。

いずれにしても、これからは憎っくき海軍と協調し、フランクに意見を交換して今後の世界政局の変転に対処していかねばならないのである。なによりもヨーロッパではポーランド情勢をめぐって、戦争は必至となろう。日本のとるべき道はいっそうむつかしくなる。

こうして三宅坂上は元気のでないままにその日の夕刻を迎えようとするとき、作戦課をいっそう沈痛させるような報告が入ってきた。ノモンハン方面のソ蒙軍が総攻撃に転じ、さる二十日から激戦となり、小松原師団は優勢な敵に包囲され苦戦中という。ソ連からふりおろされた鉄槌は、二度までも秀才参謀たちの幻想を打ち挫《くじ》いた。ソ蒙軍が総

攻撃を企図しているらしいとの報告はあったものの、それがこんなにも早くハルハ河東岸で敢行されるなど、だれが予想していたというのか。このまま冬季まで対峙するはずではなかったのか。

●ハルハ河東岸・戦場

「八月二十二日　晴、暑。

敵ノ優良戦車現出。

BT戦車ハガソリン車ニシテ、サイダ壜攻撃ノ為メ容易ニ焼却炎上セシメ、我軍ヲシテ戦車攻撃ヲ恐レズ、寧ロ之ヲ興味ニ覚エ、必勝ノ信念甚ダ大ナルモノアリ。然ルニ、新ニ現出セル戦車ハガソリン車ニアラズ。サイダ壜ヲ以テ肉薄攻撃スルモ効果ナク、我軍ヲシテ失意セシメタリ。兵器ノ意表化ハ大ナル効果アリ」

この日の小松原日記の一部である。ほかにもいろいろとソ蒙軍が十全なる攻撃準備をととのえていることを指摘し、こう結んでいる。

「攻勢ヲ企図スル敵ノ準備周到ナル、我軍ニ比較ニナラズ。人ノミ作ルガ戦ノ準備ニアラズ」

この日、関東軍作戦課が三宅坂上に離反してまでも主張しつづけたタムスク侵攻爆撃がやっと敢行された。発表された戦果は、敵機九七機を撃墜破という。日本機は十数機未帰還で、期待どおりの戦果をあげたはずであるが、ソ連空軍の勢いには変りがない。痛打を蒙った気配はまったくなく、ハルハ河戦場上空の制空権はいまやソ連空軍がにぎることとなる。

戦場は東岸のあらゆる日本軍陣地で死闘が展開されている。前線も第二線もない。火焰ビンもアンパン（地雷）もなかった。ソ連の戦車が真っ向から日本軍部隊に突っこんできて、兵士たちを踏みつぶしていく。速射砲も直撃弾をうけ宙高く飛び散った。とくに火焰放射戦車が威力を発揮し、陣地の掩蓋と地下壕はつぎつぎに焼かれ、日本軍の組織的抵抗は完全に破砕された。それでもなお、日本軍兵士は包囲下で頑強に抵抗しつづけた。

作家伊藤桂一氏の、綿密な取材にもとづく作品『静かなノモンハン』の、印象的な場面を引用しよう。

「夕方になって、戦車軍が後退して行きますと、かわりに、衛生車が出て来て、私どもの眼前で、死傷者を収容して行きます。私たちは、それをただ黙ってみているのみです。衛生車は赤十字のマークをつけていますし、乗員は非戦闘員なので、これを撃つわけにはいきません。また、私たちも、戦闘間に収容しきれなかった死傷者を、収容せねばなりませんでした。つまり、一日ずつ戦っては、その日の戦場掃除をし、翌日はまた戦う、という、殺戮のし合いが重ねられて行くのでした」

こうした状況下では、破壊された陣地から退き、後方の、ノモンハン付近の台地に防禦陣地を固め直すのが、自然というものではないか。しかし、戦場の指揮官や参謀たちの頭には、そんなシロウト的構想は浮かばなかったらしい。

第六軍司令部は、二十二日午後、守備固めどころかそれと正反対の、攻勢移転の軍命令を小松原に下達している。

「第二十三師団はその主力を挙げてホルステン河南方地区にある敵にたいし、重点を東方に保持し、敵を捕捉殲滅する如く準備すべし」

攻撃開始は二十四日払暁を予定。これをうけ午後五時三十分には師団の攻撃準備命令が発せられた。第六軍も第二十三師団も「敵を捕捉殲滅」できる戦力があると、どこを押したら信じることができたのであろうか。制空権はなく、敵の兵力が三倍以上とはっきりしているとき。しかも味方は消耗した戦力の恢復もなく、補給もなく、火力の増強もない。

なかんずく小松原である。須見の戦後の手記にあきれるほかない場面が書かれている。日付は明確ではないが、恐らくは二十二日夜のことと判断される。

その夜、ウズル水方面で防備についていた須見は、呼びだされて司令部の幕舎に急行した。小松原は、参謀長だけを侍立させて、須見と対坐するとすぐに口を切った。師団長じきじきの命令である。

「須見君、ご苦労でももう一度君の部隊に働いてもらいたい。師団は一部を現陣地にとどめ、主力をもってホルステン河左岸地区から攻撃に転ずることとなった。君の部隊は、ホルステン河左岸の師団主力のさらに遠く左方にでて、ハルハ河東岸に進出している敵の右翼を突破し、爾後ハルハ河東岸地区を席捲して、当面の敵の退路を遮断してもらいたい。君の考えは、どうか？」

須見は舌打ちする想いで聞いた。

敵の戦車が駈けまわるなか、しかもコマツ台地の敵の重砲が筒先をならべている前面を、あたかも分列式でもやるようにわが部隊が大きく転進する。そんなことは考えられるだろうか。およそ架空の夢物語とはこのことである。

「閣下！　私の部隊は、連隊といってもほうぼうに分散派遣され、いまは二個中隊あまりしかありません。生田大隊を前線に出し、フイ高地に二個中隊、師団司令部に一中隊、ウズル水に一中隊をすでに割かれているのです」

と須見が答えるよりも早く、小松原は別に驚くふうもなくいった。

「生田大隊のことは知っているが、ほかのことは僕は知らない」

あまりの返事に、須見は呆気にとられつつさらにいった。

「第一線部隊長としては、師団命令である限り、その命令が師団長の意志にでたものか参謀かぎりの処置であるか、そんなことはわかりません。閣下がご存知なくとも師団命令で、事実はそうなっているのです」

小松原は、作戦参謀がもっているであろう部署にもとづく師団の兵力表を、自分の目でみて、その上で十分に検討してこの攻撃命令を下したのであろうか。この須見との一件からしてとてもそうとは考えられない。とすれば、勝手な自分の思いこみの戦力を基礎に、攻勢移転の準備命令を全軍に通達したというのか。

　須見は書いている。

「師団長は、真面目の顔で答えた。『そうか!?』。侍立の参謀長終始黙々たり。馬鹿らしい、一体何をして居るのだ。実戦に臨んで……。この師団長は、初めから一種の迷想に捉われて居るらしい」

　そう考える須見大佐は明確に答えた。

「只今承ったような重要な任務は、いまの情況で私の部隊ではできません。お引請けできません。私の部隊はいまの陣地を保つことで精一杯であります。……私の陣地が崩れたら、師団の攻勢の支点も何もみな根柢から覆されてしまいます。支点のない攻勢移転は土崩瓦壊だと思います。私の部隊は現在の陣地で頑張って最期を遂げる考えです。もはや軍旗の処置もきめております」

　意見を問われたゆえの須見の返答であるが、一種の抗命として小松原の頭には残ったらしい。事件後の須見の処遇にそれがあらわれるが、それはのちの話である。

　結局、須見の意見具申は採用されなかった。ただし、正式に下達された攻撃計画では、最左翼の敵の側背迂回部隊には、須見の部隊ではなく、新たに編制した独立守備歩兵第六大隊基幹の支隊（長・四ツ谷巌大佐）があてられている。また、現陣地死守の願いも空しく、須見部隊も、森田範正少将指揮の左翼攻撃隊に配属されていた。

敵を知らず己も知らずの攻勢移転は、決定された。攻撃にでるべきときでないのに防禦をすてて攻撃をとることは、前線の潰滅を早め、悲惨なものにするだけである。須見のいう土崩瓦壊はすぐそこに迫っている。

●モスクワ・クレムリン

須見大佐が小松原師団長からたわけた作戦計画を聞かされていたころである。モスクワ時間の午後一時すぎ、クレムリンの応接間で、日本大使東郷茂徳はソ連の外相代理ロゾフスキーから、思いもかけない言葉を聞かされ、われとわが耳を疑っている。

「ご承知のとおりノモンハン地区で不幸な事態がつづいております」と外相代理はいきなりいった。「日ソ両国にとって直接の関係のない紛争ではありますが、それゆえにわれわれの外交的努力によって解決は可能だと思われます」

東郷は思わずせきこみそうになるのをやっとこらえて、低い調子で「といいますと」と聞いた。

「大使閣下の同意をえられるなら、停戦についての交渉に入りたいとソ連政府は考えております」

とロゾフスキーがいった。

東郷は、いつか自分のほうからいい出さなければならなかった提案を、したたかな相手の口から直接聞けたことに感謝した。しかし表情にはださない。

「交渉開始には同意します。しかし、わが国論は領土侵犯にたいし怒りを燃やしております。そのことを十分にご承知おきいただいた上で、交渉にのぞまれることを望みます」

外相代理の目が怒りで赤くなった。

「大使閣下、ご存知かと思いますが、二十日いらいソ連、モンゴル軍は、戦場において明らかに優勢を保ちつつあるのでありますぞ」

そのことの報告はとどいている。しかし、東郷は負けてはいない。

「辺境の紛争に、日本軍は満洲国軍のために、貴国のような大兵力を投入しなかったまでです。もし必要なら中国および朝鮮から大部隊をただちに北上させるでありましょう。しかし、それでは日ソ戦争になる。和平交渉は望むところです。いま申しあげたことを十二分にご配慮いただくことを要望いたします」

ロゾフスキーは嚙みつくような顔になったが、それ以上は居丈高にはならず、おだやかな話し合いをすすめた。

作家阿部牧郎氏は「和平交渉を申し入れてこない日本側の態度に、なにか尋常でない気配を彼らは感じていた」ゆえと説くが、それは的を射ている。東郷のねばり勝ちというところであろう。そろそろ悲鳴をあげてくるのではないかと期待しているのに、無表情に終始する東郷の姿勢のうしろに、なにか大きな日本陸軍の作戦計画でもあるのではないかと、不気味なものをソ連側は感じざるをえなかった。本気になって日本は全面戦争を覚悟しているのではあるまいか。いまのソ連にとってはもっとも望ましくない選択ということになる。

こうしてともに真意と意地をおし隠したまま、日本大使とソ連外相代理は合意した。停戦についての条件を次回の会議でおたがいに提出しあうことにする。予定は九月九日である。

またしても持ちだすことは気が引けるが、〝もしも〟第六軍司令部や第二十三師団司令部がこの事実をいち早く知ることができたら、である。攻勢移転をあえてすることを思い直すであろうか、と仮定してみたくなる。いや、外交交渉を有利にみちびくため、より躍起となって無理をしたかもしれない。やっぱり、歴史に「ｉｆ」はないのである。

翌二十三日、クレムリン周辺はお祭り騒ぎとなった。広場にはナチスの鉤十字旗がいっぱい、槌と鎌をあしらったソ連国旗とならんでひるがえった。鉤十字旗は反ナチ映画を製作していた映画撮影所から、急ぎあわてて調達されたものである。軍楽隊がくり返しナチス党歌と「インターナショナル」を演奏した。

その夜、独ソ不可侵条約が正式に調印された(34)。その要点は、㈠たがいに武力行為にはでない、㈡第三国と戦争となった場合にはその第三国を支持しない、㈢共同の利益について常に通告協議する、㈣直接でも間接でも敵となる第三国には加担しない、ということである。同時に、重大な秘密協定が結ばれている。バルト諸国の領土にかんする独ソ勢力圏の境界線と、ポーランド分割の独ソの境界線とをきめたものである。

スターリンは坐したまま大きな獲物を掌中にすることができた。

夜も遅く、クレムリンの一室で小さなパーティがひらかれた。いま新たに成立した〝友人〟同士はなんども握手しつつ、惜しげもなく注がれるシャンパンをのみ、「間抜けな」英国を愚弄しながら祝盃をあげた。スターリンはなんどめかの乾杯の音頭をとったときに、最大の陽気をふりまいていった。

「私はドイツ国民がいかに深く総統の恩恵に浴しているか、よく知っている。総統を愛しているか、よく知っている。卓越せる総統閣下のご健康を祝して、乾杯！」

モロトフは、リッベントロップとシューレンブルグの健康のため乾杯し、さらにスターリンのために盃をあげた。

「独ソ両国関係の転換を最初にもたらした偉大なる首相に、乾杯！」

こうして、たび重なる乾杯の音頭とふれ合うグラスの響きのなかに、長年の敵対関係のどす黒い霧は消えて、いつの間にかうまれた親近感が、かがやかしい光をともなってそこにあらわれてきたようである。スターリンのヒトラーにたいする祝福の乾杯は、言葉だけのものではなかった。ヒトラーのなかに、同時代に生きる自分と同質同等の人間を見出し、それに敬意をはらったものであった。

スターリンは、葡萄酒をちびりちびりとのみながら、夜がふけるまでリッベントロップと語り合った。そして真顔で、しっかりとした言葉でこの夜の宴をしめくくった。

「ソビエト政府は、この条約をきわめて真剣に考えている。私はソビエト連邦が、この条約の同盟国を決して裏切らないということを、名誉にかけて保証する」

同じ日、英仏の軍事使節団は下級のソ連の将官に見送られてモスクワを発った。ソ連全権のヴォロシーロフ元帥は鴨猟にいっていて、残念ながら見送れなかったと釈明している。

●ハルハ河東岸・戦場

クレムリンの一室で談笑のうちに盃が重ねられているとき、ノモンハン付近の戦場は八月二十四日の朝を迎えた。このころの朝の草原にはカッコウが鳴き、万の舌をもつという雲雀がさえずっていたという。この日は、厚い霧がたちこめていた。ハルハ河の水はいつもと同じく静かに流れている。

話を少し戻すが、前日、第六軍司令部は関東軍に戦況報告を打電している。

「敵は重点なく、両翼包囲を企図せるも迫力微弱なり。その砲撃も本二十三日午後をもって峠を越えたり。軍はその左翼方面を爾後の企図のため自主的に後退せしめたるほか、各方面とも陣地を堅持しあり、御安心を乞う。

明二十四日予定のごとく一撃を与う。

敵の後方擾乱は実質的には軽微にして全く問題とするに足らず。

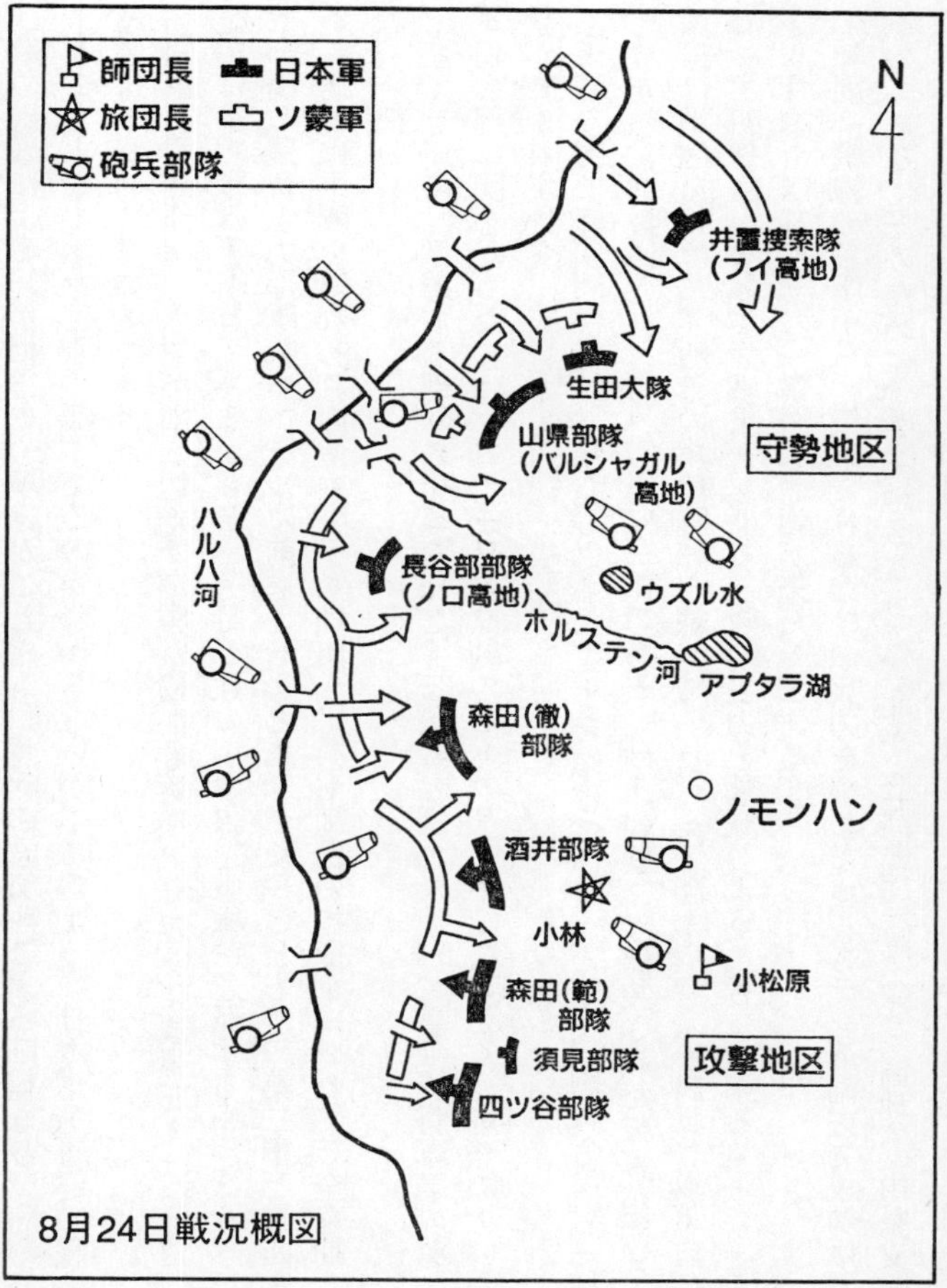
師団長
日本軍
旅団長
ソ蒙軍
砲兵部隊
N
井置捜索隊
(フイ高地)
生田大隊
山県部隊
(バルシャガル
高地)
守勢地区
ハルハ河
長谷部部隊
(ノロ高地)
ウズル水
ホルステン河
アブタラ湖
森田(徹)
部隊
ノモンハン
酒井部隊
小林
小松原
森田(範)
部隊
須見部隊
攻撃地区
四ツ谷部隊
8月24日戦況概図

敵の砲撃によるわが損害やや多きがごときも、将兵の志気すこぶる旺盛なり」

どこからこの敵を呑むの概がでるのかわからないが、このように日本軍上層部の戦場感覚はきわめて楽観的であった。

関東軍司令部は、さすがにこれまでの痛い戦訓もあり、事態を楽観視してはいない。植田は第六軍は不慣れであるからと、矢野と辻の両参謀を戦線に急派するいっぽう、第七師団の残留主力部隊をハイラルに前進させよと指示した。とともに、第三軍と第四軍から速射砲中隊をそれぞれ四個中隊ずつ抽出し、第七師団の指揮下にいれて万全を期した。

ハイラルで、到着する部隊の指導を任とする矢野と別れた辻が、単独で将軍廟の第六軍司令部に顔をだしたのは、二十三日の夕刻のこと。その手記に楽しくも威勢のよい一景が書かれている。

「天幕の内では荻洲中将は、今しもウヰスキーを傾けている。『やあ、御苦労、君一杯どうかね、前祝いに』。景気のよい空気である。砂丘の蔭に、偽装された天幕がある。幕僚は地図を拡げて、明日の攻勢移転を練っていた。……藤本少将（参謀長）以下自信満々、明日はかならず大戦果をあげて、敵の主力を撃滅しようと考えている」

八月二十四日、その「撃滅」の朝が来たのである。

師団は戦線の各所から、集められるだけの兵力を集めてホルステン河南方で攻勢にでるのである。そのために、守勢地区として、北から井置捜索隊（フイ高地）、山県支隊

（バルシャガル高地）、長谷部支隊（ノロ高地）の歩兵約七個大隊基幹が現陣地を確保する。そして反撃作戦が、危機に瀕しているホルステン河南部地域を、攻勢地区として大々的に展開される。攻撃部隊は、右翼隊（小林兵団長の指揮する森田〈徹〉部隊と酒井部隊の基幹）、左翼隊（森田範正少将の指揮する須見部隊と芦塚部隊の基幹）、さらにその外側の最左翼に四ツ谷支隊である。つまり歩兵全九個大隊基幹をもってモホレヒ湖付近から打ってでて、敵主力の側背に向かって攻撃前進する。そして計画では敵の南方軍を「捕捉殲滅」することになっている。

しかし、現実は図上演習のようにはいかない。戦術上の常識を型どおりにやってみたまでで、ろくな準備もできていない攻勢移転が成功するはずはない。ソ蒙軍の猛攻下に、二十四日朝、予定どおり攻撃を開始したのは約五個大隊の戦力だけである。右翼隊では森田徹大佐の部隊が到着しなかった。左翼隊では、須見部隊が輸送してくれる自動車がこないため、遠いところから移動しようにもできなかった。

しかし、第六軍司令部にあった辻は、午前九時四十五分発信、関東軍参謀長あて電報で勇ましいことをいっている。

「……師団目下の態勢は敵右側背を急襲し得る公算大なり」

歴戦の勇猛参謀にしてこの観察である。この参謀は、出陣のとき自己過信でかならず勇み立つのであろうか。ソ蒙軍第一線まで三キロ弱、主陣地までせいぜい五キロ、猛攻をもってすれば一撃で殲滅できる、とでも思ったのか。

実は、それどころではない。攻勢作戦の成功のためにも現陣地を確保していなければならない、とされているフイ高地の井置捜索隊は、ソ蒙北方軍の猛攻下にあって激闘すでに四日間、二十四日の夜明けには全滅の危機に瀕していた。その捜索第一中隊の戦闘詳報の一部——。

「衆敵は天明とともに陣地近くにあり、交通壕は埋没し、弾薬尽き、井戸は占領され、渇《かつ》はなはだし。数日来欠食のまま不眠不休のため、将兵の困憊はその極に達す。患者は大部分手榴弾により全滅せり」

第六軍司令部参謀たちの頭には、ホルステン河南岸への攻撃作戦のことだけがあり、守勢地区のフイ高地のことはまったく忘れ去られている。

ソ連側の史料では、フイ高地のあくなき抵抗に讃辞を惜しまない。歴史家坂本是忠氏の記事を引用すれば「この戦闘では文字どおり壕から壕へと手榴弾と銃剣で日本兵を倒さなければならなかった。一人も捕虜にならなかった。戦闘後六〇〇以上の将兵の死体が壕から引出された」という。

前にも書いたが、わたくしにはこの本で詳細な各部隊の戦記を書く意図ははじめからない。悲惨をいくら強調しても強調しすぎることはないであろうし、一つの部隊、いや大隊、いや中隊、いや小隊、いやひとりひとりの兵士の戦いを丁寧に書くことの大事なこと、そしてそれが戦死者への鎮魂になるであろうこともわかっているが、それには尨大な紙数が要る。それに過去に出版されたいくつかの「戦記」でそのことはかなりなされている。それらに譲って、本書では割愛することを許していただきたい。

午前十時、楽観と大いなる期待のもとに、霧がはれると同時に開始されたホルステン河南部への攻撃はどうなったであろうか。と書くだけでもう筆はとどこおりがちになる。多くの将兵の壮絶な敢闘と空しい死がそこにあるだけである。

日本軍の攻撃前進はその日の太陽が地平線に沈むころに頓挫どころか、逆に衆をたのむ敵の猛攻をうけ、退却せざるをえなくなった。一キロほど離れて攻撃部隊のあとにつづく小松原の司令部が、ようやくに受けることができた右翼隊からの電話連絡は、悲痛なことをつげた。

「右第一線は敵陣地に突入、敵戦車の逆襲をうけ蹂躙され全滅に近い。小林兵団長重傷、酒井連隊長重傷、大中隊長はほとんど死傷す」

日本軍が死にもの狂いの突撃であったことは、小林兵団長が長靴《ちょうか》に将官服姿で、みずから軍刀をもって突入したということからもわかる。しかし型も大きく快速となり、火焔ビンではもはや発火しなくなったソ連戦車の猛撃の前には、日本軍部隊の将兵はただ殺戮されるだけの存在でしかなかった。

酒井部隊は潰滅状態となった。このままでは軍旗が危ないとみた第五中隊長原田中尉が、これを腹にまいてやむなく後退していく。

次いで小松原に森田範正左翼隊長からも連絡が入った。こちらは敵火力に前進をはばまれ、突撃を敢行せず、圧倒的な敵主力を前にして停止、戦機をうかがっている、というものである。作戦目的を達するどころではない。

小松原日記には、攻勢頓挫の理由の第一に命令の不徹底、準備不十分があげられている。

「作命［作戦命令］二十三日二時各隊命令受領者ニ伝達セルモ、遠隔セル部隊例ヘバ森田範、森田徹、長谷部、井置部隊ニハ本命令届カズ、単簡ナル無線要旨命令ヲ下セル為メ、各隊大局ヲ知ルニ困難ナリヤ、各隊ハ命令実行ニ関スル心ノ準備モ動作ノ準備モナス閑ナカリキ」

これで必勝を期して突撃し、作戦目的を達しうると考えたのであろうか。戦場における日本軍には、攻勢移転の第一日目にして、すでに惨憺たる敗色のみが濃かった。ソ連戦車は全戦線にわたって、鉄のローラーをかけると同様に戦場を駈けめぐっている。(35)

第六軍司令部とともにあった辻参謀は、戦況すこぶる悪化とみてとると、勇猛参謀の名に恥じず戦場へ急行した。日没後に、かれが最前線でみたものは、ほとんどパニック同然となって退却してくる右翼部隊の将兵の姿である。負傷した酒井部隊長にも、戦場の小さな壕のなかで会っている。酒井は語った。

「正午ごろ旅団長小林閣下と一緒に突撃したが、敵戦車の猛攻をうけてなんとしても前進はならず、閣下は重傷を負われた」

辻は作戦の失敗を実地に確認する。師団命令どおり明朝再攻撃など思いもよらないこと判断した。辻は独断で、命令を酒井に下達した。

「一、師団は明払暁より、左翼森田部隊方面から攻撃を続行す。
一、小林部隊（右第一線）は師団予備隊とす。死傷者を一名のこらず後送した後、兵力をまとめて明払暁までに、師団司令部の位置に集結すべし」
辻は手記に書いている。「師団参謀でない者が、あえてこういう命令を下さねばならないことは、現実の必要からである。これ以外に手はない。全責任を一身に引き受けよう、と覚悟した」。自画自讃的ではあるが、この場合は正しく判断したといえそうである。

ところが、遠く北方のフイ高地には、〝現実的な必要〟から命令するものがいなかった。小松原日記にあるように、作戦命令そのものも無線による簡単なものである。フイ高地の井置捜索隊はもうこの日の夜、このまま勇戦をつづければ全滅するほかないぎりぎりのところに追いつめられていた。

なぜ、かれらは戦うのか。陣地は最北翼の要点である。将来この方面からふたたび渡河し越境侵攻の場合には、この高地は最重要陣地となる。それゆえに確保を命ぜられているのであるが、二十日すでに攻勢移転を南翼方面から実行することに決定している。その成果は師団との連絡途絶ゆえに不明ではあるが、フイ高地確保の意義はそのとき失われたといっていい。

井置捜索隊長がフイ高地を脱出して後図を策そうと決心したのは、当然の判断といえるであろう。圧倒的優勢な敵の包囲下、孤立して戦うこと四日間、捜索隊両中隊長以下将兵の大半は死傷し、第二中隊にいたっては戦えるもの四、五名にすぎない。それほどよく戦った。

「夜二十二時を期し当面のソ軍を攻撃して血路を開き、マンズテ湖（フイ高地南東約八キロ）を一般方向として前進する」

井置中佐は、指揮下の生き残り各隊長の意見を個別に聞いたうえで、この命令を下した。「前進」とあるが「退却」とは書けない。日本軍に退却はないのである。

しかし、『作戦要務令』にはこうある。

「戦闘ノ経過遂ニ不利ナルニ方《あた》リ退却ヲ実行スルハ上級指揮官ノ命令ニ依ルヲ本則トス」

捜索隊のフイ高地撤収は上級指揮官の命令なしの無断退却にあたるのであろうか。捜索隊七五九名のうち脱出したのは二六九名。日本軍隊において、五〇パーセントの損害をうけたことは、日露戦争などの戦訓により殲滅的打撃をうけたとみなされる。井置捜索隊は殲滅的打撃をうけながらパニックにおちいることもなく、つぎの作戦行動のために整然とフイ高地から脱出していくのである。

●ベルリン・総統官邸

八月下旬、毎日のように息苦しい蒸し暑さがつづいた。太陽が照りつけるアスファルトの街上を、ドイツ国防軍の兵士たちがくる日もくる日も隊伍をなして鉄道の駅に向かっている。

八月二十四日夜、ヒトラーはベルリンに帰り総統官邸に入った。スターリンとの握手という世界的な放れ業をやってのけたあとであるというのに、かれは不機嫌な表情をあらわにしている。翌二十五日も、機嫌は少しもよくならなかった。理由はひとつである。独ソ不可侵条約というとっておきの切り札が、イギリスとフランスにさしたる効果を与えなかったことに、ヒトラーは大いなる失望を感じていたからである。

イギリスのチェンバレン内閣と、フランスのダラディエ内閣とがともに倒された、というニュースがかならずやもたらされるであろうと確信していたのに、実際にはなにも起らなかった。ヒトラーは少しのあいだ茫然自失したが、たちまちに憤怒がうちからつきあげてくるのを感じた。これではっきりとした。もしドイツがポーランドを攻撃すれば、イギリスとフランスは宣戦を布告してくるにちがいないことが。かれはそうとわかればひるむことなく、ただちにつぎの手を打つ男なのである。

ヒトラーはただちに駐独イギリス大使ヘンダーソンを総統官邸によんだ。二十五日午後一時から一時間余、ヒトラーはさかんに大使をくどいた。要は、紛糾しているのはドイツとポーランド間の問題であり、イギリスはそれに首をつっこまないでほしい、ということ。そして干渉をつづければ危険をいっそう発火点に近づけることになるであろうと、威嚇をまじえながら語った。

ヘンダーソンが、もう自分が何とかできる段階は過ぎたことをいうと、ヒトラーは大きな溜息をついた。そして、

「私はそもそも、無情で馬鹿げた政治の世界には関心のない男なんだ。生まれつきの芸術家で、政治家ではない。ただドイツを元に戻したいだけなのである。ポーランド問題が片づいたら、戦争屋としてではなく、芸術家として静かな一生を終えたいと思っている。私はドイツを大きな兵営にするつもりなんかさらさらない。やむをえずポーランドと話し合っているだけで、この問題が終ったら、引退するつもりである。イギリスは、この私の気持をわかってほしい」

と、くどくどといった。ヘンダーソンはもうまともな返事ができなかった。

そしてこの日の午後五時三十分に、ロンドンの外務省で正式に英国・ポーランド同盟条約が調印された。その報は、二十分ほどのちには、もうヒトラーの耳に入っている。

ヒトラーは無念そうに唇を嚙みしめながら、参謀総長ハルダー元帥に「二十六日早朝に予定されているポーランド進攻作戦を、延期する」と電話した。

●ハルハ河東岸・戦場

第一集団軍司令官ジューコフ大将の命令は、ヒトラーのそれと正反対のものである。

やや攻撃をひかえていたが、八月二十七日、ソ蒙軍の三方面兵団の各部隊に命じた。

「やむをえない、包囲中の日本軍をさらにいくつかのグループにわけてこれを殲滅せよ」

ソ蒙軍の狙撃機甲師団、戦車機甲旅団の全部隊が、砲兵部隊の援護のもとに、戦闘を終らせるための再度の総攻撃に移った。

広大な戦場にばらばらに散ったそれぞれの陣地で、敵に包囲された態勢下、独力で頑強に戦いつづけてきた日本軍のどの部隊も、このころにはほとんど潰滅しようとしていた。弾薬、飲料水、食糧、燃料などはすべて砲爆撃のために焼尽、上級本部または司令部との通信連絡も途絶、隣接部隊との連絡も切れ、孤立したままの奮戦の連続なのである。(36)

たとえば、穆稜《ムーリン》重砲兵部隊が最後の運命を迎えたのは、前日の二十六日夜である。砲兵部隊を護っていた須見部隊が無理矢理移動させられたため、敵の戦車は思うように攻撃を砲兵部隊にかけてきた。部隊長染谷義雄中佐は、あらかじめ用意してあった絶筆に最後の日時を記入し、伝令下士官に託して砲兵団長に報告させたのち、観測所で自決した。ほとんどの将兵も火砲を撃ちつくしたのち敵中に突入して果てた。

野戦重砲兵第一連隊は、連隊長三島義一郎大佐負傷後送ののちに、第一大隊長梅田恭三少佐の指揮のもと戦いつづけてきたが、八月二十七日に最後のときを迎えた。少佐は遺書を書いたあと、同じく砲兵団長への報告をすませると、観測所で自決した。部下は、各自一本の銃剣と少数の小銃をもって、歩兵となって戦闘し、全滅した。

梅田少佐の遺書の冒頭を引用する。

「あらゆる手段を尽くし、最後まで奮闘し、よく皇軍砲兵の面目を発揮せるものと信じ、愉快に堪えず。あとまだ二時間くらいの余裕あるやも知れず、全弾薬を撃ち尽くせば敵線に突入し、最後の忠節を完うせん。……」

ノロ高地では、長谷部理叡大佐指揮のもと、第八国境守備隊の長谷部支隊が、梶川大隊を麾下にいれ敢闘をつづけてきたが、すでに戦力は尽きていた。死傷者は七割を超えた。攻勢移転のためには絶対確保しておかなければならない高地ではあったが、それが失敗し攻撃隊が後退したあとは、完全に孤立化した。

八月二十六日午後七時十分、長谷部はノロ高地より離脱の命令を支隊に発した。

「敵情諸官ノ知ル通リニシテ、支隊ハ既ニ弾薬尽キ現状ノママニテハ全滅ヲ免レズ。支隊ハ今夜半敵ヲ突破シテ後退シ、七四九高地ヨリ其東南方千米ノ無名砂丘及ビ七五八東北方千五百米ノ無名砂丘（俗称コブ山）付近ヲ占領シ、敵ヲ拒止シ師団ノ右側ヲ掩護セントス。……」

長谷部大佐は、攻勢移転前の幕僚指導によって、当面の戦況上やむをえない場合は、七四九高地（ノロ高地北東約四キロ）付近まで後退し、隣接部隊との連携をとることを前から考えていた。そこで、二十六日夜から二十七日朝にかけて敵中突破、守地を予定どおり七四九高地付近に移した。

後退にさいしての、第一大隊長杉谷良夫中佐の残した貴重な覚書が残っている。

「迫撃砲隊は徒手にして全く戦闘力無し。砲は全部埋没せしむ。背嚢を負いては運動軽快ならざるにつき、背嚢は全部現地に放置せしむ。退却援護のための部隊は一兵も之を残さず。一部を残置して死生を今日迄共にしたる将兵を犠牲にするに忍びず」

容易ならざる撤退行動であったことがわかる。

しかし、ソ蒙軍はその後退した防衛線にまで強圧をかけてきた。ついに防ぎきれず、二十七日夜にはふたたび窮地を脱するために後退せざるをえなくなっていた。

八月二十七日の夜のとばりが戦場におりた。日本軍部隊は潰滅するか、後退につぐ後退で戦線から離脱するか、かなり後方で辛うじて態勢を保持しているかで、完全に駆逐された。戦場のかつての日本軍陣地には赤旗が林立するにいたっている。ジューコフの殲滅命令は字義どおりに実行され、実現した。日本軍の攻勢移転はかえって潰滅を早める結果となった。(37)

このとき、バルシャガル高地一帯をなおひとり死守している部隊があった。山県武光大佐指揮の山県支隊（歩64主力）と伊勢高秀大佐指揮の野砲部隊とがそれで、この両部隊はソ蒙軍の猛攻に耐え、激闘をつづけていたのである。いや、「ひとり」と書いたが、バルシャガル高地へ向かって救援のために急行しているもう一つの部隊があった。小松原師団長が直率する部隊である。

この日の午後一時、戦況の激変とバル西高地からの報告もあり、小松原は救援に赴くことを決意する。直率の部下一五〇〇名に訓示していった。

「予も死を覚悟す。諸士も予と同心となり、崇高なる犠牲的精神により任務を完うせよ」

小松原日記によれば、岡本参謀長が小松原に無断で第六軍参謀長藤本鉄熊少将に「これが実行されれば師団は死滅する。第二十三師団全滅は国際的問題をひき起すゆえに、なんとか止めてほしい」旨の意見具申をしたらしい。藤本は重い腰をあげて師団司令部に、小松原の翻意をうながすためにやってきた。これが午後九時、師団長直率部隊が出発しようとしているそのときである。

小松原日記に記されている二人の将軍の問答を少しくほぐして書く。

「軍司令官の命令であります。即刻軍司令部に来られたい」

「軍司令官は、夜襲をご存知なのか」

「もちろん、知っておられる」

「では、夜襲前進を実行していいとお考えなのか。中止すべきなのか」

「夜襲前進の実行は可なりと考えます」

「ではなんのための師団長招致なのか。内容を知っているか」

「承知しておりません」

「予は決死前進をすでに命じている。わけもわからずこの命令を中止することはできぬ」

「夜襲の指揮はほかのものに命ぜられて、実施せらるるとよいのでは」

「いや、なんのため軍司令部に行かねばならぬのか、任務を明示せらるることなく、夜襲出発前にわが行動を束縛されることは、不可解千万である。予定どおり実行する」

ともに真意を示さぬままのこのやりとりで時間が大幅にとられた。救援部隊が出発したのは真夜中の午後十二時。

バル西高地の山県と伊勢は、しかし、このころには完全に孤立化した陣地を離れノモンハン方面へ後退すべきではないかと相談し、きめあぐねていた。師団長が直率の部隊をもって来援することを、山県は午後早くの段階で知っていた。その後の敵の攻撃のため通信不能で連絡は絶えたが、救援部隊が来るものと信じている。ところがいつまでたってもその気配すらない。しかも第一線の苦戦苦闘は全滅を覚悟しなければならない状況なのである。ソ蒙軍の戦車は陣地に三〇メートルと迫り、砲撃銃撃は陣地に雨注している。わが砲兵の火砲はぜんぶ破壊された。

ここにいたって山県は、救援部隊もソ蒙軍の攻撃のために前進不能と判断した。日付の変った二十八日午前二時すぎ、山県と伊勢は麾下の部隊に、撤退命令をついに下達することになる。上級指揮官の命令なき退却である。

総指揮をとる第六軍司令部は、こうした麾下の諸部隊の惨たる状況に直面しながら、なんらの適切な命令を下せないでいた。全滅に瀕している将兵にたいして、撤退させ、もしくは攻撃前進を中止させる必要を感じながら、参謀たちはだれもが口をつぐんでいた。

公刊戦史が載せている〝当時の関係者〟（参謀となぜはっきり書けないのか）の感懐を読むと、なんとも歯がゆいというより地団駄をふみたくなってくる。

「八月二十七日には後続第七師団の配備も決定したのであり、この一両日が軍として第二十三師団の前方部隊を撤退せしむべき最後の時機であった……。しかるに軍は遂に撤収の命令をだすことができなかった。戦闘司令所に立って、はるかバルシャガル高地の、それも次第に残り少なくなりつつあった陣地から立ち昇る砲爆烟を望見する軍司令官以下は、胸を締めつけられるような気持ちに堪えながら、……心の中で小松原師団長以下に詫びていた」

作戦指導者の杜撰な計画と前後を考えぬ指導、そして優柔不断によって、刻一刻と多くの将兵の命が失われていく。

●東京そしてベルリン

独ソ不可侵条約の締結[38]という一大衝撃が加えられたあと、亀が甲羅のなかにちぢこまったように、なんらの動きも示さなかった平沼内閣がやっと総辞職したのが八月二十八日である。頼みにしていたドイツに裏切られたの思いはある。といって、独ソ条約が成ったからと内閣がすぐ辞めたのでは、日本の内部に動揺があるような印象を与えて面白くない。軽率に進退すべきではないと、ひとまず平静を装ったのである。しかしながら、平沼はもう辞めたくてじりじりしている。湯浅倉平内大臣に真情をもらしつづけた。

「とても今日のような状態では政治はとれない。この独ソ不可侵条約の成立によって、日本外交はほとんど捨身を喰ったような状態である。それもやはり陸軍の無理から来た外交の失敗である。自分が日本独自の臣節の道をつくすことは、一はもって陸軍に反省を求めるというか、他はもって陛下にたいして申訳ないからお詫びのために辞めることだと思う[39]」

たしかに政策は根柢から破綻してしまっている。いつまでも無責任に頑張れるというものではない。「欧州の天地は複雑怪奇なる新情勢を生じましたので」という名文句を残し、独ソ条約締結の発表があって五日後に、平沼はやっと退陣した。後継は陸軍大将阿部信行ときまり、天皇はきびしい条件をつけた。

一、英米にたいしては協調しなくてはならない。

一、陸軍大臣は自分が指名する。三長官の決定がどうあろうとも梅津（美治郎）か畑（俊六）のうちどちらかを選任せよ。

一、内務、司法は治安の関係があるから選任に特に注意せよ。

このときの天皇の態度は厳然たるもので、阿部は「お叱りを受けた」と感じ、酢をのんだように顔中まるで朱の瘤《こぶ》ができたようであったという。天皇はたしかに叱ったのである。それも陸軍を叱りつけたのである。三国同盟問題をめぐる陸軍の横暴には許せないものを感じていた。そのことは、閣僚の辞表をとりまとめて平沼が提出したあと、わざわざ畑侍従武官長をよんで語った言葉にもあらわれている。『畑俊六日誌』にある。

「先刻首相は辞職を申出でたるが、陸軍大臣の辞表は形式とはいえ、他の閣僚と同一の通りいっぺんのものなり。不満に思う。さきに前言を飜して五相会議において問題を紛糾せしめたるものなれば、陸軍大臣は責任を痛感しあるや否や。進んで陸軍全体が責任を感じあるやを疑うものなり」

天皇の激怒をあび、平沼にも「陸軍に反省を求める」ために総辞職するとまでいわれ、陸軍中央は四面楚歌の状況におかれた。さすがに外には剛気一本でとおしてきた参謀本部にも、少なからぬ反省の空気もうまれてきた。

こうなると、とにかく当面これ以上に問題を大きくしたくないのは、ノモンハン方面の戦闘である。いかに糊塗しようが、たて直しがきかないほどに第二十三師団が潰滅的戦勢になっている。しかし関東軍作戦課がなお強気の姿勢を崩していないのは、二十八日に稲田課長あてでとどけられた寺田の親展の手紙でも明らかである。

「ソ連軍が無謀な攻勢にでてきたからこれを逆用し、四個師団を集中して、一撃を与える。そのうちに十月ともなり極寒で大きな作戦ができなくなる。冬の間に十分準備し、来春には全軍動員し、対ソ決戦にでる。参謀本部もその覚悟をしてくれ」

との旨をその書簡はのべていた。

事実、関東軍は第七師団のみならず、満洲東部に備えていた第二、第四師団、さらに第一師団の一部までも動員した。対戦車の軽砲はほとんど全満洲を裸にしてかき集められた。そして断乎として結氷期までに攻撃を再興し、敵を撃破するという第二十三師団の弔合戦を企図している。結氷期となれば全面戦争にはならない。それまでの短い期間をチャンスとみている。

関東軍はまさにルビコンを渡ろうとしている。参謀本部は震え上った。怒りでもあり暴走にたいする恐怖や憂慮でもあった。自由裁量を許したのは一個師団までである。それを全満洲の半数に近い師団を動かすとは。うちつづく敗北にすでに常軌を逸したか。その上に、冬営、来春は対ソ全面戦争をも準備せよ、とは自暴自棄もきわまれりというほかはない。世界情勢の激変をよそに関東軍の連中はなにを考えているのか、

「およそ悍馬を御するに道は二つある。思いきり尻を叩いてへとへとになるまでやるか、冷水をぶっかけて先手をうって押さえるか、の二つである」

「これまで関東軍の面子を立て、なんとか穏便に丸くおさめようとしたのが、われわれの失敗であった」

「このさいは、心を鬼にしても断々乎として抑圧すべきものと思う。それがおびただしい英霊にたいするせめてものつぐないである」

作戦課の参謀たちは真剣に論じあった。関東軍との正面対決も辞さぬまでに、いきり立ったといえようか。こうして、すみやかに事件を終結させることを命ずる大陸命を下

達することを、やっと秀才たちは決意したのである。

ほとんど時を同じくして、と書いてもいいであろう。八月二十八日の昼近く（ベルリン時間）ヒトラーは、総統官邸の自分の部屋で、どのような犠牲を払おうが、ポーランドとの戦争を断行しないわけにはいかない、との覚悟をきめた。

モスクワとの提携という一撃が威嚇にもならず、イギリスにたいする期待が消えたあとも、かれは愛憎半ばする自分の気持に揺れていた。しかし、日がたつにつれて憎悪のほうが増大した。避けることができぬのなら、やむをえない、戦いに応ずるまでである、と自分を悲劇の主人公にみなして納得した。

ヒトラーは寝不足で疲れ、声はすっかりかすれた。そのかすれた声で、集まったナチス党と国防軍の高級指導者たちにいった。

「諸君は哀れみの感情に心を開いてはならない。野獣的に振舞うことを私は望んでいる。戦争は非常に苦しいもので、あるいは見込みがないかもしれない」

しかし、かすれ声ながらその顔には決然たるものが浮かんでいた。

「私の生きているかぎり、降伏ということはありえない。ドイツ民族の生存が確保されねばならぬ。最強のものこそ正義なのである」

そして、正確なスケジュールはあとできめるにしても、ポーランド攻撃の新しい期日を九月一日とする、と淡々としていった。

●ハルハ河東岸・戦場

八月二十九日午前八時付の作戦命令で、荻洲第六軍司令官は、最終的に、

「ノモンハン付近に兵力を集結し、爾後の攻撃を準備する」

ことを決定した。麾下全軍にたいする撤退命令の下達である。

第七師団にたいしては、攻撃も撤退もならず敵包囲下で悪戦苦闘をしている左翼隊の森田部隊や、須見部隊・芦塚部隊を後退させ、主力はモホレヒ湖南側地区を守ることを命じた。

第二十三師団にたいしては、無線によって「速やかに敵線を突破してノモンハンに向かい前進すべし。吾等の責任は最後の企図遂行にあり。このさい自重し現状の如何にかかわらず本命令の実行を厳命す」と命令した。

この命令は簡単には伝わらなかった。なぜならこの日の夕刻ころの戦場に残って力闘をつづけているのは、なんとか後退脱出しようとしている山県部隊と伊勢部隊の残存将兵、それとこれを救援すべく前進しようとしている師団長直率の部隊だけである。すなわち小松原その人が敵中深くあった。これでは命令がただちに伝わるわけがない。

その上に、山県大佐も伊勢大佐も、ともに敵の包囲下ですでに自刃している。この両部隊は、師団長直率部隊の来援を知ることもなく後退に移ったが、夜明けとともにソ蒙

軍に発見され、猛追をうけ混戦ののち各隊は分散した。多くの隊がホルステン河ぞいの道をえらんだことが、発見が容易となりかえってまずかった。両部隊長のまわりには少数の部下しかいない。山県は歩兵第六十四連隊の軍旗を完全に焼くひまがなかった。焼け残った軍旗の房の布地と旗竿を地に埋め、その上に身を伏せて自決したという。(40)

小松原が率いた部隊の惨たる状況は、その日記によって知ることができる。

「……我方ノ速射砲及自動砲破壊セラレ、工兵及歩兵ノ肉薄攻撃ニ依リ之ニ対抗ス。狙撃兵ノ側射ニヨリ斃ルルモノ多ク、司令部窪地ハ之ガ為ノ損害相当大ナリ。……兵ノ中、敵弾ヲ受ケ全身血ニ染リ銃ヲ高ク上ゲテ万才ヲ高唱シテ倒ルルモノアリ。弾薬、糧食及衛生材料欠乏ス。砲弾ニ悩サルル。日没ノ待チコガルル、心情切ナルモノアリ。此日、軍ト無線不通。田中、渡辺、村井、三中尉ヲ決死伝令トシテ軍ニ派遣ス。……」

荻洲の命令が達していなかったことがわかる。絶望的な抗戦はまだつづけられる。

●新京・関東軍司令官室

参謀本部作戦課が策案したノモンハン事件の作戦終結命令は、天皇の親裁をうけて、八月三十日、大陸命すなわち天皇命令となって発せられた。

「一、大本営ノ企図ハ支那事変処理ノ間満洲方面ニ於テ帝国軍ノ一部ヲ以テ『ソ』連邦ニ備ヘ北辺ノ平静ヲ維持スルニ在リ

之カ為『ノモンハン』方面ニ於テハ勉メテ作戦ヲ拡大スルコトナク速ニ之カ終結ヲ策ス
二、関東軍司令官ハ『ノモンハン』方面ニ於テ勉メテ小ナル兵力ヲ以テ持久ヲ策スヘシ」
この天皇命令は、作戦を中止し兵力を撤退させる、そこに根本趣旨がある。ただ撤退のため必要な小作戦は認める、とやむをえない条件が加えられている。

しかも今回はその徹底を期すために、中島参謀次長みずからが新京にとぶことになった。三十日夕方、関東軍司令部に入った直後に、参謀本部から直通電話によって「第二十三師団の部隊はほとんど戦場より後退し終っていることがわかった。したがって、すべての積極行動の打ち切りを断行すべきときである。そのように作戦指導を願う」旨を、中島は丁寧に説明までうけていた。

ところが――ことは妙ななりゆきになった。関東軍司令官室で、大命を植田にたしかに伝達したのち、中島は戦況報告および将来の企図などを関東軍参謀から聞かされた。このとき、十分な兵力をもって冬季前に攻勢にでて、できるだけ短期間に敵に大打撃を与えたのち、速やかに全兵力を撤退する計画をもっていることを、関東軍は明らかにした。

中島に随行した参謀本部の高月保中佐が、ちょっと驚いて質問した。

「冬季前の攻撃というが、第四師団を加えずにやることはできないのですか」

寺田高級参謀ははっきりといった。

「第四師団は絶対に必要である。できれば大本営から加えられる第五師団も、早く到着すればこれも加えようと思う。徹底した兵力を使用して至短時間に目的を達して引き揚げたいからである」

関東軍の敗北の連続にも屈せず、なおやる気満々の態度に圧せられて、高月は黙ってしまう。植田軍司令官がおだやかに問うた。

「ノモンハン方面に於て勉めて小さな兵力をもって持久を策すべし――とは、いま説明した関東軍の攻撃の策案を容認せられるのですね」

中島は考えることなしに答えた。

「勉めて小なる兵力で持久の意味は、要するに戦略的持久の意味で、その範囲内にて戦術的攻撃をとることは妨げません」

これでは奉勅命令の第一項の「速ニ之カ終結ヲ策ス」はすっとんでしまうではないか。ほとんどの後退が終っているいま、攻撃作戦はすべて必要はない。中島は全面的に攻撃停止を指導しなければならなかったのに、なんということか。

えたりや応と、磯谷が念を押す。

「それでは、われわれがいま考えている第四師団を加えてする攻撃はよろしいのですね」

中島はあっさりと、

「よろしゅうございます」

と明言した。それだけではない、その夜、関東軍司令官邸でひらかれた招宴では、ますます打ちとけた態度を示したし、酔った勢いもあるのかどうか、

「とにかくいままで、参謀本部作戦課と関東軍作戦課とは、ノモンハン事件に関していろいろと意見の疎隔がありすぎた。もはや本日をもってそれも解消した。君のほうにてなにか中央部にたいする要望事項があれば、事の細大となくどんどんいってよこすべし。中央部においてもできるかぎり努力するから」

と、中島は寺田の肩を大いに叩いて激励した。参謀次長に叩かれて寺田は感激した。

「そういっていただければ感謝の至りであります」

そういって涙ぐんだ。

これが服部が記した『機密作戦日誌』と、辻の手記だけに書かれている驚くべき大命伝達のさいの内容なのである。公刊戦史は「この時の次長の意中ならびにこの次第はその回想録にも明らかにされていない」と不明のこととしている。しかし、いずれにしても次長のなんらかの同意をえて、関東軍の士気は大いにあがり、その後は攻撃準備を鋭意促進した、というのは確かのようであるから、大筋このような和気あいあいとしたやりとりがあったのであろう。

参謀総長は閑院宮で、海軍の軍令部総長の伏見宮と併列して、いわばお飾りの存在である。戦略戦術の総本山の参謀本部を実質的に統率するのは次長なのである。その次長

のノモンハン事件にたいする認識がこのざまとは、ただただあきれるほかはない。その無計画、無智、驕慢、横暴のゆえに関東軍の秀才たちを責めねばならないのは当然のこと、いや、それ以上に三宅坂上の秀才たちの無責任さにノモンハン事件の悲惨の許すべからざる最大原因がある。

それにしても、一献傾け大いに慰め合いつつ大言壮語することで水に流せるような東京と新京の確執であったのであろうか。

なお、辻参謀はこの大命伝達のときには新京にいなかった。辻の手記ではこの夜は将軍廟の第六軍司令部にとんでいっている。そして、ここで辻も着任の申告にいき唖然とせざるをえない言葉を耳にしている。軍司令官の荻洲はウィスキーなしではいられなかった軍人で、その夜もかなり酔っていた。申告が終ると、

「辻君、僕は小松原が死んでくれることを希望しているが、どうかねえ、君っ」

と荻洲がいったというのである。辻の手記によると、事件の勃発いらい「こんなに癪に障ったことはいまだかつてなかった」という。怒り心頭に発した辻は、身分も忘れて天幕もぬけるような大声で怒鳴った。

「軍の統帥は、師団長を見殺しにすることですか。小松原閣下としては、数千の部下を失った罪を死をもって償おうとしている心は当然であり、ご胸中は十分わかります。それだけに軍司令官としては、なんとしてでも、この師団長を救いだすべきではないですか。これが閣下の部下にたいする道ではありませんかッ」

これは、辻のいうとおりである。

ほんとうとすれば、荻洲もまた中島同様に私情だけの、大局をわきまえぬうつけた将軍と評するほかはない。日本陸軍はよくもまた自分の使命の本質を忘れた無能なる将軍を頭にいただいていたものである。

どうでもいいことながら、孫悟空ではない辻は、同じ夜に将軍廟と新京にいられるわけがない。中島の大命伝達の日を八月三十一日と手記に書いている。こざかしいことである。

この夜、十一時ごろ、第六軍司令部との間に無電が通じたことを知らされた小松原は、「ノモンハンに向かい前進すべし」の軍命令をうけとった。小松原は状況を報告し、その不可能を返電したが、しばらくしてまた「今夜帰れ」の厳命が入電された。

ここに及んで小松原は、八月三十一日の午前零時を期して、各隊に命じて撤退を開始させた。

「陣中日誌」にはこう記されている。

「敵ハ我陣地ヲ戦車、機関銃、狙撃兵ニテ二重三重ニ包囲ス。森田（部隊）、司令部、通信隊、工兵ノ順序ヲ以テ敵線突破脱出ス」

●東京、ベルリンそしてモスクワ

阿部新内閣は三十日の午後に成立した。翌三十一日の木曜日に、陸海軍両省で新旧大臣の交代が行われた。

陸相には板垣にかわって、天皇の希望どおりに侍従武官長の畑俊六大将が着任する。陸軍中央はなお若干の画策をして関東軍参謀長磯谷中将あるいは第三軍司令官多田駿中将の名をあげたが、天皇はその横車をもはや許さなかった。

新陸相となって宮中から去る畑に、

「よくやってくれたからこれを遣《つか》わす」

と、天皇は常用の硯《すずり》箱を直接に手渡した。その期待の深さが有難く感じられ、畑は覚えず目を真ッ赤にした。

海軍は大臣・次官ともに交代する。新海相には連合艦隊司令長官吉田善吾中将、新次官には住山徳太郎中将がきまった。山本は、海兵同期の吉田の下で、時局重大なときゆえ次官にとどまっていいといったが、米内は山本を連合艦隊司令長官として海へだすことにきめた。

「キミをこのまま中央にとどめておくと、殺される恐れがあるからねえ。有名な占い師が、キミの顔に剣難の相があらわれているといっていたし……」

と、米内はそのわけを山本に語った。

交代のひきつぎなどをすませると、山本は海軍省の自動車で東京駅へ向かった。午後一時定時、見送りの視線を一身にあつめるなかを、山本をのせた「かもめ」は静かに動きだした。山本は三国同盟締結をめぐって奮闘したこの一年の長さを思いながら、流れゆく東京の街をぼんやり眺めていた。

東京時間午後一時はベルリンは三十一日午前五時である。夜が明けるとともに、早起きの人びとはふだんのごとく働きだしている。ほとんどのベルリン市民は戦争に反対していた。しかし、かれらは何も知らされていない。だれもが「なにが起っているかを、なぜわれわれに教えてくれないのでしょう」と不満を訴える。そして、その反面で、あのちょび髭の偉人が、なんとか窮地を脱しようと外交的妙手を打ってくれるにちがいないと、漠然と信じこんでいた。

そのちょび髭の偉人ヒトラーは戦争の決意をすでに固めていた。前日の三十日に、ポーランド政府に十六カ条にまとめた要求事項を手渡してあった。そして代表がベルリンへくることを要求した。ドイツ国民に、総統がやってきたことはすべて平和維持のためのものであったことを、のちに納得してもらうためにそれは必要であった。ポーランド政府がそれを拒否し交渉は決裂する。それを待って九月一日に宣戦を布告する。

ポーランド代表はベルリンに来ようとはしなかったが、事態はこの日程どおりに間違いなく進んだ。外相ベックは「ポーランドは見棄てられても、闘い、ひとりで死ぬ用意がある」として、ベルリン駐在大使に午後十二時四十分、十六カ条の要求拒否を電報で指示した。

ほぼ同じ時刻、ヒトラーは「戦争指導上の指令第一号」に署名した。

「ドイツの東部国境における耐えがたい状況を、平和裡に解決するいっさいの政治的可能性がなくなったので、私は力による解決を決意した。ポーランド攻撃はきめられた計画にしたがって行われる。……攻撃開始日一九三九・九・一、攻撃開始時間四・四五。……」

このときモスクワは午後三時近く、郊外の日本大使館別荘で各国外交団の園遊会がひらかれている。親睦パーティに各国の大使公使が家族づれで集まり、小オーケストラ楽団が各国の歌をつぎつぎに演奏するが、さっぱり盛り上らなかった。ドイツ中心と、英仏を中心とする二つのグループが形成され、それぞれが横眼で相手をみながらひそひそと話し合うことが多かったからである。

クレムリン宮殿のうちのスターリンの気持もまったく盛り上ってはいなかった。微笑ひとつせず、黙々として考えこんでいる。プレオブラジェンスキー廊といえば、朝に夕に愛妻のローザと腕をくんでスターリンが散歩する、いわばスターリン・プロムナードといえる廊下であるが、そこをいまはただ腕組みしながら行ったりきたりしているのである。

ここ数日、ヒトラーはまったく沈黙を守っている。あれほど宣伝戦でポーランドを攻撃し、いまにも戦争かというすさまじい勢いはなぜか急激にしぼんでいる。

〈なにをぐずぐずしているのだ〉

スターリンはまずそのことを考えて苛々《いらいら》している。刻一刻とポーランド問題は破局に近づきつつあるようにみえるが、情報はぷつんと切れたままである。

〈ヒトラーが英仏とここで妥協するようなことがあったら、それこそわが計画はすべて水泡に帰してしまうのだ〉

このとき、ただひとつ、スターリンの憂鬱をなぐさめているのは、ジューコフよりとどけられたノモンハン方面の戦闘の戦勝報告である。ソ連とモンゴル共和国が主張する国境線の外へ、日本軍はすべて駆逐された。ソ蒙軍の総攻撃は戦史に残るような勝利をもって成功したのである。スターリンは、しかし、ぶつぶついっている。

〈いいか、国境線で進撃を中止することを厳守せよ。全面戦争をひき起すような行動をしたものは銃殺に処するぞ〉

どう変化するかわからないヨーロッパ情勢を目の前にして、ソ連の運命のかけられているような不気味な瞬間はいぜんとしてつづいている。そのようなときに、アジアで全面戦争が起るようなことがあれば……国際問題における政治技術というものは、敵の数を減らすことであり、昨日の敵をよき隣人に変えることである、とスターリンはそんなことを考え、苦虫を嚙みつぶしたような表情のまま、廊下の往復をつづけていた。

スターリンの命令どおりアジアのほうでは、ソ蒙軍が、かれらのいう国境線の手前で、進撃を停止した。

ところがこのころ、ヨーロッパではポーランドとの国境線に向けて、戦車、砲車、トラック、そして何個師団ものドイツ国防軍部隊があとからあとからと進撃をつづけている。ドイツ軍は電撃作戦という新しい方式の戦争を、全世界に示すため明日に向かって前進を開始したのである。スターリンの身の細る思いは十数時間後には消しとぶことになっている。

（31）長谷部支隊の第一大隊（長・杉谷良夫中佐）の「戦闘詳報」によると、支隊は八月四日夕刻に戦場につき、翌日午前二時までに各隊が所定の陣地に達し任務についている。第一大隊命令の一部には「大隊は爾今長野支隊第一大隊及第三大隊と交代し、右地区隊（第二大隊主力）左地区隊（梶川大隊）と連繋し中地区隊となり、七四二高地よりその北方約二千五百米にわたる付近を占領し、敵を陣前に殲滅せんとす」とある。守勢持久のため「陣前に」敵を殲滅の文字が泣かせる。また、「昼間は兵力を休養せしめ夜間全力を挙げて陣地の補修増強に努め、第二、第三中隊と大隊本部との間に交通壕を全通す。但し大部は屈身して到り得る程度なり」との苦闘を示す文字もみえる。

（32）昭和天皇はこのころ意気軒昂としていた様子が、『西園寺公と政局』（原田日記）でみてとれる。平沼首相が陸軍の倒閣気構えに屈服し気味であった八月上旬、とくに平沼にたいして「統帥権について――言葉を換えていえば陸軍について、何か難しいうるさいことが起こったならば、自分が裁いてやるから、何でも自分の所に言って来い」とさえいって、平沼を激励しているのである。

(33)　八月二十二日、ヒトラーは軍首脳を前にしてこう語ったという。

「日本がこれで脱落してもやむをえんだろう。私は、日本にほぼ一年間の余裕をもたせてやった。日本の天皇は、ロシア最後の皇帝そっくりだ。弱体で、臆病で、なんの決断も下せない。天皇など革命の餌食になってしまえばいい。日本と協調していって人気のあった例はない。われわれはこんごアジアとアラビアにおける不安をかき立ててやろう。主人であるわれわれには、これらの地域の民族は、紐でくくられた猿人としか思えないからだ」

ニュルンベルク裁判に提出された米ジャーナリストのロッチナーの記録による。かれはこれをヒトラーの幕僚の一人から聞いたという。しかし事実かどうかについては、かなり疑問なしとしないが……。

(34)　独ソ不可侵条約をドイツ国民が歓迎したことは、W・シャイラー『ベルリン日記』(筑摩書房)に書かれている一節を読むことで、明瞭に察せられる。八月二十四日のベルリン市民の様子である。

「ヒトラーのこの人の度胆を抜くような手が大衆のあいだで好評を得ていることは疑いない。地下鉄や高架鉄道や市電バスに一わたり乗って歩いてみた。誰もが新聞を持ってこの報道を読んでいる。彼らがこのニュースを喜んでいることを読み取ることができた。なぜか？　それが彼らにとって、恐れていた包囲――二正面戦争――の悪夢が明らかに一掃されたということを意味していたからである。昨日はまだその悪夢があった。今日はなくなった。今度はロシアにたいして長い戦線を守る必要はない」

（35） ノロ高地で頑張っている長谷部支隊の杉谷大隊の戦闘詳報は、二十四日の攻撃が失敗に終わったことを早くに察している記録を、わずかに残している。

「支隊本部は無線を以て反復師団司令部と連絡に努むるも全く応答なく、師団方面の戦況は全然不明なり。大隊長は高地に登りて師団主力の進出する方面を望見するも、全然その徴候なし。二十四日夕刻までには長谷部支隊陣地付近に進出する計画なりしことを想到すれば、師団主力の攻撃は恐らくは頓挫したるならん」

（36） 八月下旬、全滅をいとわず頑強に抵抗をつづける日本軍にたいし、ソ蒙軍陣地から拡声器で日本語の謀略放送が流されてきたことが、多くの資料に残されている。

「日本軍の兵隊の皆さん、馬鹿な戦争はやめて内地の親兄弟、妻子のいるところへ帰りなさい。馬鹿な戦争をして何になるのですか。命あっての物種、将校は商売だ。あなたたちは命令に服従する必要はない。早速一線から逃亡しなさい」（歩兵第六十四連隊・山下義高の日記）

「第七師団の諸君、将官は胸を勲章で飾ってゆくのに、君らはいつまで出血をつづけてゆくのですか。日本国民の拷問者である将官と士官を殺し、武器を持ってわれわれに降伏して下さい。君らにはよい生活を保証します」（伊藤桂一『静かなノモンハン』）

（37） 最前線で戦う将兵の悲惨な状況については、伊藤桂一氏が取材にもとづいて書いた作品中の、生田大隊の小野寺衛生伍長の談話の一部をもって示すことにしたい。これ以上のことをくどくどと書くに及ばないと考える。

《第三中隊の救援行動のはじまりました時、私たち本部の下士官や兵隊は、だれかが死んだら、ひとりがその小指を切りとり、その者の認識票とともに、持ち歩こう、と申し合わせました。死者が出ると、その死者の小指を切りとり認識票を外すと同時に、その死者が預かっている、他の死者の小指と認識票をも、さらに別の者が預かって持ち歩く、という仕組にしたのです。こうしておきますと、かりに自分が死んでも、だれかが小指を切りとってくれ、認識票とともに持ち歩いてくれ、最後には、だれかがそれを、チチハルの原隊へ届けてくれるのです。だれが最後に残るにしても、その者が届けてくれるのです。つまり、最低限安心して死ねる――ということになります。

ところが、七三一高地にとじこめられ、戦況が、驚くべき状態で悪化し、同時に、死者が驚くべき速度でふえて行きますと、混戦の中で、死者の小指を切りとるのはむろん、その死者の所持している他の死者の小指や認識票を預かることさえ、不可能になる事態が生じてきました。この身ひとつをどう生きのびさせるかが精一杯で、他者の遺体の小指にまでは、関心の持ちようがなくなってきましたのです。そんなゆとりのある状態ではなくなったのです。(中略)

「早いか遅いかの違いで、みんな死ぬ。この状態で、どうして生きられるんだ？　生きられるわけがない。小指や認識票を持ち歩く、というのは、死者を弔う者が残るからいえることだ。みんな死ぬとしたら、それをする意味はなくなってしまうだろう」

一人がそういい出しました時、その言葉は、だれもの心理をいい当てている言葉だったのです。だれもが自分で自分に問いを発し、自分で納得した言葉、といってよいかしれま

せん。そうして、死者の小指を切ることも、認識票を外すことも、とりやめることにしたのです》

なお、生田大隊は八五〇名の将兵のうち、将軍廟に帰りついたものは三六名という。

（38）昭和天皇は独ソ条約の報を聞くと、ただちに「これで陸軍が目覚めることになれば、かえって仕合わせなるべし」と側近のものに語った。陸軍の横暴に手を焼いていたことがわかる。

（39）「独ソ不可侵条約が締結されたからといって、内閣がすぐ辞めることは、日本のトップに動揺があるような印象を内外に与えて面白くないゆえ、軽率に進退すべきではない」という意見が日本の政界上層部には当時かなり強かった。枢密院議長の近衛文麿、内相木戸幸一らがその代表である。たいして平沼首相の総辞職の意思は即座に固まっていたようである。二十三日、書記官長をとおして近衛、木戸に伝えた首相の決意のほどのなかに、なかなかに印象的な文言が残されている。

「陸軍などは怪しからん、責任を取るべきに取らず、責任を取るべきものが栄転したり論功行賞を持ちだしたり、まったく滅茶苦茶で、今度のことなどもあれだけ見透かしを誤ったのであるから責任を免れぬ次第である。元来日独伊の問題は、陛下がお進みにならぬのを無理にお願いしてお許しをえたのである。……陸軍などでは国のためなら思召《おぼしめ》しに背いてもやむをえぬ、満洲事変などはその好例ではないかなどというものもあるが、……日本の臣節というものはそういうものでない。思召しに副わぬことをやりながらこうなったのは恐懼《きょうく》に耐えず。しかるに軍は責任を解せず、日本臣節を紊《みだ》るような有様だ。自分は身をもってこれを正す決意である」

天皇を天皇とも思わぬ陸軍の下剋上の気風に、さすがの平沼も怒りをあらわにしている。

（40）　軍旗とは、陸軍の歩兵・騎兵の各連隊にある連隊旗を指す。連隊が編制されたとき、天皇がみずから連隊長に軍旗を授与し、勅語を下される。連隊では連隊本部に軍旗衛兵をたててこれを大事に護った。竿頭に菊花の紋章をつけた旭日旗（中央の赤い丸から二二・五度の間隔で四方に十六本の光芒を走らせた図柄）で、旗のまわりには絹糸で固く編んだ房がついていた。

連隊においては、この軍旗こそが最重要な精神的団結の象徴であった。天皇の軍隊としての象徴、いいかえれば大元帥の分身的象徴として軍旗を将兵はひとしく仰ぎみたのである。そのことは軍旗が大元帥陛下にたいする以外には、絶対にだれにたいしても敬礼を行わなかったことからみてもわかる。

すでにふれたように、連隊が全滅するも軍旗だけは護りとおさねばならなかった。敵の手に渡すことなどは想像であっても許されないことである。

それゆえにノモンハンの戦場では、各連隊が最後の最後にいたって軍旗の処理に最大の努力をはらっている。歩兵七十一連隊は八月三十日に軍旗の下に連隊玉砕を決し、連隊長代理東宗治中佐は、連隊旗手に軍旗奉焼を命じた。そして完全に焼尽したのをみとどけ、午後八時すぎ、残兵十七名とともに中佐は突撃して果てた。

歩兵二十八連隊（芦塚部隊）では、村川軍旗護衛小隊が部隊本部と離れて孤立し、乱戦の渦中にまきこまれた。小隊は全滅に瀕している。これをみた歩兵二十七連隊の小甲速射砲中隊が救援にかけつけ、速射砲四門で軍旗のまわりに円陣をつくって応戦し、敵戦車一九台を炎上させて、これを護りぬいた。残った砲弾はわずか二発。小甲中隊の戦死六名、負傷十五名、中隊長も全身六カ所の傷を負った。まさに殊勲甲の働きであったが、軍旗をかかる危険におとしいれたのは部隊の不名誉であるゆえに、というわけのわからない理由で、せっかくの奮闘も「殊勲乙」にされたという。

たしかに団結の象徴であったことに間違いはないが、これを護るために多くの悲惨がうまれたことも否定することはできない。

第七章　万骨枯る

●ポーランド国境・戦争……

九月一日未明、フォン・ボック、フォン・ルントシュテット両元帥指揮の一五〇万のドイツ軍部隊が、南北からポーランド国境を越えた。十数カ所から国境線を突破したドイツ軍は、オートバイ、軽戦車、装甲車、自走砲からなる機甲部隊を先鋒にし、後続に重戦車も投入した。二〇〇〇機以上の戦爆連合の大編隊が、あわただしく集められたポーランド軍を攻撃し粉砕する。ドイツ軍の進撃は迅速であったと同時に、周到に計画されている。ポーランド軍は抵抗する暇もなく撃破されつづける。そのために前線というものは早くも存在しなくなった。

午前十時少し前、ヒトラーの国会での演説がラジオから流れでた。平和への熱情と限りない忍耐の日々を強調したあとで、ポーランド政府への非難を矢のようにつぎつぎと放った。いつもと違ってその声には奇妙に張りがないように、ドイツ国民には聞こえた。

「ポーランドは昨夜わが国土を正規軍でもって攻撃してきた。今朝五時四十五分からわれわれは反撃している。爆弾にたいしては爆弾をもって報いるまでである」

ヒトラーは、いまよりドイツの一兵士として戦うことのほか何も望んではいない、と二度くり返した。

「それゆえ私は、もっとも神聖で貴重なものである兵士の制服を身にまとった。私は勝利の日までそれを脱がないであろう」

ゲーリングの宣誓演説がそれにつづいた。

「総統は命じたり。われらはただ服従、そして忠誠あるのみである」

ポーランドへの宣戦布告がそのあとではじめて発せられた。

第二次世界大戦はこうしてはじまった。

西側では、あわただしい外交活動がはじめられた。フランスは、イタリアのムッソリーニ首相のドイツ対ポーランドの仲介に非常な期待をかけていた。九月二日の夜、仲介などをあてにしないイギリス首相チェンバレンは、ついにフランスとの共同行動をとることをあきらめ、ヘンダーソン駐独大使に最後通牒をドイツ外相に手交するよう指令した。

九月三日の日曜日の昼すぎ、イギリス国民は首相の疲れはてた悲痛な放送に耳を傾けた。

「本日の午前十一時までに、ポーランドに侵攻したドイツ軍が撤収することを通告せぬ場合には、わが国とドイツが戦争状態に入る旨、最後通牒をドイツ政府に手交した。私は、このような撤収通告がついにドイツよりなされなかったことを、諸君に告げなければならない……いまからわれらが戦わんとする相手は悪そのものなのである。私は正義が勝利を得ることを確信している」

同じ日に、フランス首相ダラディエもやむなく誓約を守って、ドイツにたいして宣戦を布告した。しかし、直接に援助を送る道はすべてふさがれているため、英仏両国にはポーランドの崩壊を救う力はなにもなかった。

アメリカでは、ルーズヴェルト大統領が国民にその決意をつげた。

「私は米国がこの戦争に局外者でいられることを衷心より願う。わが政府が、参戦せざることに全力を傾けることを、強く、強く、私は約束する」

ヒトラーは、そうならなければ最上である、と願ってはいたものの、西側諸国のこうした動きはほぼ予期していたこと。問題はソ連であった。東方からソ連軍が進撃を開始してこないことに、むしろ不安を感じている。八月二十三日の秘密の協定で、ポーランドを独ソで半分ずつ分割することになっていた。電撃作戦の成功で、割りあてられた西部区域の占領にドイツ軍はそれほど時日を要しない。それを知っていながらスターリンが動かないのは、この分割がソ連にとって十分な餌《えさ》ではなかったのではないか……。

ヒトラーは、モスクワ駐在ドイツ大使に公電を送り、ポーランドは一、二週間以内に潰滅するぞ、とモロトフに通告するよう命じることにした。ソ連が積極的な同盟者であることを英仏米に示すためにも、スターリンの尻をせっつく想いなのである。

ところがスターリンは、英仏が宣戦布告をするまで、妻のローザが身の細る思いをするくらいに苛々《いらいら》し、まわりのものに怒りをぶつけていたのである。しかし、英仏が対ドイツ宣戦布告をしたと知らされたとたん、大そうご満悦となった。革命いらいはじめてといっていい微笑を満面にうかべ、ローザに最上のやさしい言葉をなんども浴びせ、すっかり落着いた。

「私のとってきた政策は、これで完全に目的を達した。私のために火中の栗を拾わされたのは、ヒトラーばかりでない。チェンバレンもダラディエも、そしていまにルーズヴェルトも……」

スターリンはこういうと、壁面に飾られていた世界地図の前に歩みよって、ポーランドを真っ二つにわける赤線を、力強くぐっと引いた。そして、

「ジューコフは命令を守っているだろうな」

といい、さも愉快そうに安楽椅子に深々と身を沈めた。

――はるか東、ノモンハンの戦場では、まさしくジューコフは命令を忠実に守っていた。日本軍を国境の外へ駆逐したあと、それ以上に追撃もせず、九月一日から、ソ蒙軍は長大な国境線にそって、防衛線を強化するために陣地を築きはじめている。交通壕で結ばれた二重の塹壕が掘られ、陣地前面に二重三重に鉄条網がはられる。とくに重要な高地には強靭な要塞を築きはじめている。

ジューコフによって、積極的な攻撃行動は厳に戒められている。その点にかんしては一兵にいたるまで徹底化された。何事かを日本軍から起してこないかぎり、目的を達し

たソ蒙軍の戦闘は終ったのである。そしてその日本軍は、いまや国境の向こうからときどき、機銃や小銃の射撃を送ってくるだけとなった。

●新京・作戦課

関東軍司令部は戦闘は終ったとは考えてはいなかった。一個師団が潰れるほどの大打撃をうけながら、いや、うけたればこそ、いっそうつぎの戦闘での勝利を期すべく新しい作戦計画を企図するのである。

新京にまで来た参謀次長を完全に同調させることに成功し、意気投合することによって、これで第七、第二、第四の三個師団を戦場へ投入し、さらに第五、第十四の二個師団の増派をうけるという明るい前途がひらけた。それで関東軍の意気は大いに揚がっている。

さらにまた、第二次世界大戦の勃発が、ノモンハン事件に好影響をもたらすであろうと確信している。この急テンポの戦乱はソ連政府や軍部の目をヨーロッパ情勢に釘づけにする。アジア方面に展開している兵力のヨーロッパへの移動も考慮にいれざるをえない。当然のことながら、満洲での全面戦争の可能性は消えた。この方面で日本軍と事を構えているのが得策とは、ソ連軍も考えるはずはない。

そうした戦略的観察も、関東軍を大いに力づけるのである。つぎの反攻のための大作戦の研究と討議はぐんぐん進められた。ただしそこには、彼我の戦力差や情報の収集・分析や作戦の巧拙についての反省が微塵もみられなかったが……。

九月二日、関東軍司令官は全軍の士気を鼓舞すべく、つぎの訓示を令達する。

「皇国内外多事なるの秋、将兵は益々滅私奉公の大義に徹し、愈々《いよいよ》必勝の信念を鞏《つよ》くし万難を克服し、勇戦奮闘暴戻《ぼうれい》不遜なる蘇蒙軍を撃滅し、以て皇軍の威武を中外に宣揚せんことを期すべし」

五月のノモンハン事件勃発の当初のような意気ごみである。すべてやり直しとでもいうのであろう。

しかし、翌三日午後四時すぎ、事態は急変する。

参謀本部が、関東軍司令官あての参謀総長名の電報で、ノモンハン方面におけるすべての作戦中止（大陸命第三四九号）を命令してきたのである。

「一、情勢ニ鑑ミ大本営ハ爾今ノモンハン方面国境事件ノ自主的終結ヲ企図ス

二、関東軍司令官ハノモンハン方面ニ於ケル攻勢作戦ヲ中止スベシ」

関東軍作戦課の参謀たちは愕然となるよりさきに激昂した。この命令は三宅坂上の秀才どもの裏切り以外の何ものでもない。中島次長の約束はどこへいったのか。また、九月一日に福岡で行われた参謀本部・支那派遣軍・関東軍の参謀会同のさいの、参謀本部の荒尾中佐の承認もあるではないか。ノモンハンに投入しないことを条件に第五、第十四師団の満洲転用を、荒尾は認めていたではないか。つまりは、手もち三個師団による

反攻作戦を参謀本部は抑止しない、ということではなかったのか。

しかし服部、辻を中心に関東軍の参謀たちは、怒りの虫をひとまずなだめて、苦心の末に、軍のとるべき処置案をまとめた。大命にもとづいて攻勢作戦はたしかに中止する、ただし、

「大命の『攻勢作戦を中止』の字句を謹みて按ずるに、これ従来軍が企図せるが如き大規模の攻勢を中止するものにして、短切なる戦闘動作に依り、死体・兵器を奪還することをも中止すべき大御心にはあらざるべし」

実に都合よく解釈して、第二、第四、第七師団による数夜連続の夜襲をかける、つまりは死体や兵器の収容という戦場掃除の名目をかかげての攻撃作戦計画の実行を、かれらは計画した。まだやる気満々なのである。大命は尊重するが、同時に無視することもまた「大御心」にそうことになると、詭弁をも弄した処置を考えだした。

かれらはこの案をつくって、中島参謀次長が司令部に到着するのを待った。別電で、翌四日にふたたび新京へ赴くという通知があったからである。前回同様に、次長をとり囲んで言をつくせば、処置案の承認は容易ならんかの多大の期待をそこにかけていた。

四日夕刻、高月参謀をともなって、中島はたしかにやってきた。笑顔もなく、かつ口数も少なく、中島は前回とは別人のように終始振舞った。大陸命第三四九号の正式伝達を終えると、すべての作戦の中止が大命の趣旨である、とあとはくり返すばかり。最小限度の戦場掃除を認可されたいという植田の懇願に近い説得にも、

「中止が大命である」

といっただけで、あとは口をつぐんだ。中島が東京へ帰ってから、作戦部長以下の作戦課の秀才たちに徹底的にその弱腰を突きあげられたのは、だれの目にも明らかである。泣き落としにも脅しにも、中島はいっさい応じなかった。せいぜいのところ、「困った、困った」という弱音を、磯谷参謀長と矢野副長とがわずかに聞いた。

翌五日午前八時、中島は飛行機で東京へさっさと飛び立った。植田が最後にもう一度「戦場掃除をするのが大御心というものではないのか」と切に懇願したが、中島は「大命はすべてを禁じている」と答えて機上の人となった。

とりつく島もなく捨てさられた関東軍作戦課の痛憤の思いは『機密作戦日誌』にあますところなく記されている。長いが引用する。

「関東軍の苦慮しつつある問題は、謹んで大命の御趣旨を奉体し、しかも関東軍の統率を如何にして全うせんとするやに存す。閫外《こんがい》の重任を帯ぶる軍司令官が、戦場掃除を実行することが、大命の範囲内部すなわち大命遵奉にともなう当然の処置なりと判断する……」

それゆえに中島次長にひたすらに企図を説明した。それも中央と現地との不和をくり返さないためであった。ところが聞く耳もたずで次長は「大命」「大命」で片づけてさっさと帰ってしまった。

「次長は果して関東軍の苦衷、否、むしろ苦悶とも称すべき心中を察知せしや否や。東京に帰還後、果して如何なる言辞を以て関東軍の心情を伝うるや、疑問なり。此の上はさらに関東軍の意のある所を中央に通ずるあらゆる処置をとるに如かず、すなわち電報により意見具申をなすと同時に、寺田参謀上京して中央に説明するを可とす」

東京と新京とが最終段階になってもなお、不信と猜疑と憎悪とをたがいにぶつけ合っていたことがわかる。

意見具申の電報は、軍司令官から総長あてで、九月五日昼から夕刻にかけて、四通がたてつづけに打たれた。いずれも激越な感情むきだしの文面である。

「……万一認可せられざるにおいては、本職が従来隷下《れいか》にたいし強く要求しきたれる道義を、本職みずから破壊するのみならず、忠死せる数千の英霊を敵手の凌辱に委するにいたり、将来とうてい軍を統帥し得ざるにより、速に本職を免ぜらるる如く執奏《しっそう》を乞う」（十二時十分発信）

執奏とは、天皇にそういってくれとの意である。

「……本職は臣子として忠死せる部下の骨を拾うことは、大元帥陛下の大御心なりと確信しあり。皇軍無二の伝統を永遠に保持し、大元帥陛下の御高徳を顕現せらるるため、とくと深慮せられんことを重ねて具申す」（十六時〇分発信）

二通とも起案者は辻である。天皇をまきこんでまで戦場掃除（実は数夜の連続夜襲作戦）を訴えているが、戦場の死体を収容したいのであれば、停戦協定を一日も早く結ぶことが大事なのである。そのことには「無視」の一語があるのみ。

もう一通は服部が起案したもので、参謀長名で参謀次長あてに打たれている。戦場掃除は「至短期間に達成し、爾後迅速に敵と離脱する確信を有」しているから是非にも認可されたい、とした上で、こう記している。

「以上の企図をも認められざるにおいては、関東軍主任幕僚としてその職責を全うすること能わざるにより、軍の全幕僚はその職を免ぜられたく申出でたるも、差当り本職のほか左記のものはただちに各その職を免ぜられ、追てその責任を明にせらるる如く取計らわれたし」(十七時十分発信)

そして矢野、寺田、服部、村沢、辻、島貫の作戦課の全参謀の名がつらねられている。〈勝手にクビにしやがれ〉と尻をまくったような啖呵が裏側から聞こえてくる。かれらは死体収容を名目にもう一戦やってのけ、こんどこそ勝ってやろうと意地になったのか、あるいは夢みたにすぎない。

辻はその著書で「第一線の心理を無視し感情を踏みにじって何の参謀本部であろう」と書いている。なんども書くが、真の統帥を無視し、出先軍の心理や感情で勝手に兵を動かせるというような国は、滅びるにきまっているのである。

関東軍は五月いらいずっと「確信」をもって作戦を実施し、そのたびに失敗した。将兵を飲まず食わずで、弾薬がつきてもなお戦わせた。しかも補給や救援の手段はいっさい考えていなかった。そして幻想と没常識な作戦指導で、いかに多くの将兵を死なせたかに思いをいたすものはなかった。いま、こっちの思うとおりにならないのなら「職責を全う」できぬといい、全員をクビにせよとはなんという言い草か。職責を全うしようとするなら腹を切ったほうがいい。

三宅坂上は、はじめて毅然たるところをみせた。世界情勢を観察しながら、机上において冷静沈着に、かつ断乎として大局的判断を下すというその本然の任務に目ざめたのか。第一線の心理や感情に惑わされず、合理的な大方針を示している。九月六日、参謀総長名で軍司令官あてに電報が打たれた。

「意見具申の企図は、大命の趣旨に鑑みこれを採用せず」

関東軍作戦課の大兵力をそそぎこむ弔い合戦的な最後の決戦計画は、これで空無と化した。事件は完全に終ったのである。

●三宅坂上・陸軍中央

ノモンハン事件の責任を明らかにする人事異動は、翌九月七日から三宅坂上より発令されはじめる。こんどは迅速であった。

中央部では、参謀総長は皇族なので別格とし、中島参謀次長と橋本作戦部長が予備役に編入された。つまりクビである。稲田作戦課長は化学戦を研究する習志野学校付を命ぜられる。

関東軍では植田軍司令官、磯谷参謀長が予備役に編入、矢野参謀副長は参謀本部付、寺田高級参謀が千葉戦車学校付とされた。「付」とは、それぞれ最上長からの特命事項だけを処理すればいい閑職で、つぎの補職の待機位置である。

辻参謀は第十一軍（在漢口）司令部付に発令された。荻洲第六軍司令官は、「辻が勝手に第一線にいって部隊を指揮したりしたのは軍紀をみだす行為であり、責任をとらせて予備役に編入すべきである」と強く主張した。陸軍省人事局長もこの見解を支持する。しかし、参謀人事をにぎる参謀本部総務部長の笠原幸雄少将が、将来有用な人物であるとして、現役に残す処置をとった。

服部作戦班長は、翌八日に、千葉歩兵学校付に転出した。

このように幕僚にたいする処断はきわめて甘い。予備役になったものはいない。陸軍にあってはそれは当然のこととされた。人事当局は、原則どおりノモンハン事件敗退の責任は、最高指揮官と幕僚長にあり、多少の越権行為はあっても担当幕僚にはない、としたからである。それが慣例であって、戦闘失敗の責任は、しばしば転勤ということで解決をみるのが従来からのしきたりである。

同時に、積極的な軍人が過失を犯した場合には、人事当局は大目にみるのを常とする。処罰してもその多くは申訳程度ですました。いっぽう、自重論者は卑怯者扱いされることが多く、その人が過失を犯せばきびしく責任を追及される場合が少なくなかった。

こうした信賞必罰ならざる悪しき慣例が、最前線で勇敢に戦った指揮官たちの上に適用されていった。結果としての連隊長クラスの犠牲をみると、ノモンハン戦がいかに熾烈な戦いであったかがわかる。かれらは戦死または自決し、あるいは自決を強いられてほとんどが逝った。

そのために、この戦争における統帥の非合理さと拙劣さ、作戦計画の粗雑や誤断、指揮の独善などへの現場からの批判は、すべて曖昧たるものとなった。真の「大命」であったかどうか不明のまま、「奉勅命令」の威力は絶対的にひとり歩きし、多くの将兵を死に追いやったその事実も。

のみならず戦いの終ったのちの、誤解や上長の悪感情が、悪戦苦闘した部隊長を殺した。捜索第二十三連隊長の井置中佐は、九月十六日夜、フイ高地よりの無断撤退の責を負わされて将軍廟の草原で自決した。第八国境守備隊長の長谷部中佐も同じく、ノロ高地よりの撤退の責を負わされて、九月二十日にノモンハンの塹壕内で自決。歩兵第七十二連隊長の酒井大佐は、負傷後送され、病院で責任をせまられて九月十五日朝にチチハルの病院で自決した。

小松原師団長は、かれらの自決前の九月十三日付の日記に、こう記している。

「軍隊ヲ率ヰ故ナク守地ヲ離ル

陸刑四十三条

司令官軍隊ヲ率ヰ故ナク守地若《も》クハ《し》配置ノ地ヲ離レタルトキ、敵前ナルトキハ死刑ニ処ス。本則ヲ知ラズシテ或ハ認識十分ナラズシテ、軽易ニ軍隊ヲ進退スルモノアリ。

1　井置部隊長ハ八月二十四日無断ニテ『フイ』高地ヲ部隊ヲ率ヰテ撤退セリ。

2　長谷部部隊長ハ八月二十六日正午ノロ守地ヲ離レ瘤山ニ向ヒ後退命令ヲ下セリ。二十七日日没前師団主力ニ命ズニ決ス。

両者トモ火砲、重火器破壊セラレ、弾薬欠乏、守地ヲ守ルニ戦力ナキヲ理由トスルナランモ、之ハ理由トナスニ足ラズ。要スルニ将校ガ陸刑ヲ知ラズ或ハ軽視シ、守地ヲ離ルヽコトヲ軽ク考ヘアルニ源因ス」

長い引用となったが、書き写しているだけで腹立たしくなってくる。みずからの責任を毫も考えず、また状況の考慮もなく二人の部隊長に、問答無用に「死刑」を宣告しているにひとしい。

その小松原は、師団の善後処理が一段落ついた十一月に、関東軍司令部付となり、つづいて予備役に編入された。荻洲も同様に十五年一月に予備役となった[41]。また、師団参謀長（元歩兵第七十一連隊長）の岡本大佐は、東京の第一陸軍病院で負傷入院加療中に、十五年五月に精神錯乱で入院中の将校に斬殺された。もちろんノモンハンでの敗戦責任にからんでいる。そして今日まで犯人の将校の名は明らかにされていない[42]。

戦場で自決したのは第六十四連隊長山県大佐、野砲兵第十三連隊長伊勢大佐、穆稜《ムーリン》重砲兵連隊長染谷中佐、野戦重砲兵第一連隊長代理梅田少佐。そのほか戦場で戦死、あるいは部隊ぐるみ全滅した連隊長はほかに五人を数える。

連隊長で生き残ったのは第二十六連隊長須見大佐、野戦重砲兵第七連隊長の鷹司大佐と、負傷して早く後送された野戦重砲兵第一連隊長三嶋大佐[43]の三人だけである。

その須見大佐も、生き残ったものの十二月には予備役に編入された。理由は、小松原の命令を、手兵は実兵力二個中隊にみたずとうてい実行不可能と拒否した「抗命」ゆえ、という。すでに記したように、戦いの全経過をとおして、須見部隊ほど終始敢闘をつづけ、そのうえに兵力を他方面に抽出分派され、ばらばらにされて難戦を戦わざるをえなかった部隊は、ほかに例をみない。よくその任を全うしたといえる部隊長も、自重論者すなわち卑怯者とみなされて処断された。

これら連隊長クラスの悲劇をみれば、大隊長、中隊長、小隊長そして下士官・兵のおびただしい犠牲については改めて書くまでもないであろう。いかに救いのない死闘があったか。これまで明らかにされている第六軍軍医部調整の資料では、第二次ノモンハン事件にかんして、出動人員五万八九二五人、うち戦死七七二〇人、戦傷八六六四人、戦病二三六三人、生死不明一〇二一人、計一万九七六八人となっている。正しくは、第一次事件の損耗、安岡支隊および航空部隊の損耗、満洲国軍の損耗もこれに加えなければならない。さらにいえば帰還後の捕虜となったものの処分も。

これを第二十三師団にかぎっていえば、師団軍医部の調査によると事件の全期間をとおして、出動人員一万五九七五人中の損耗（戦死傷病）は一万二二三〇人、実に七六パーセントに達したという。実質の損耗率はもっと大きいともいわれる。ちなみに日露戦争の遼陽会戦の死傷率が一七パーセント、奉天会戦が二八パーセント、太平洋戦争中もっとも悲惨といわれるガダルカナル会戦の死傷率が三四パーセント。この草原での戦闘の苛酷さがこれによってもよく偲ばれる。

昭和四十一年十月十二日、靖国神社でノモンハン事変戦没者の慰霊祭が行われたとき、翌日の新聞は戦没者を一万八〇〇〇人と報道している。死者は黙して語らないから正確な数はとうてい知ることはできない。わかることは、第一線の将兵がおのれの名誉と軍紀の名のもとに、秀才参謀たちの起案した無謀な計画に従わされて、勇敢に戦い死んでいったということだけである。

そして辻参謀は戦後になって記すのである。

「（敵が）まさかあのような兵力を外蒙の草原に展開できるとは、夢にも思わなかった。作戦参謀としての判断に誤りがあったことは、何とも不明の致す所、この不明のため散った数千の英霊に対しては、何とも申しわけない」

そしてこうも書く。

「戦争は、指導者相互の意志と意志との戦いである。……もう少し日本が頑張っていれば、恐らくソ連側から停戦の申し入れがあったであろう。とにかく戦争というものは、意志の強い方が勝つのだ」

あるいはまた、いう。

「戦争は敗けたと感じたものが、敗けたのである」

服部参謀の事変観はこうである。

「ノモンハン事件は明らかに失敗であった。その根本原因は、中央と現地軍との意見の不一致にあると思う。両者それぞれの立場に立って判断したものであり、いずれにも理由は存在する。要は意志不統一のまま、ずるずると拡大につながった点に最大の誤謬がある」

いかにも秀才幕僚らしい観察であり、批評である。変り身の早さともいえる。無責任ともいえる。だが、その不統一をあえてもたらしたものはだれなのか。当事者はだれなのか。ただただ敵を甘くみて、攻撃一辺倒の計画を推進し戦火を拡大したのは、いったいだれなのか。

ソ連軍の死傷者も、最近の秘密指定解除によって、惨たる数字が公開されている。戦死六八三一人、行方不明一一四三人、戦傷一万五二五一人、戦病七〇一人。これに外蒙軍の戦傷者を加えると、全損耗は二万四四九二人となるという。圧倒的な戦力をもちながらソ蒙軍はこれだけの犠牲をださねばならなかった。ジューコフは、モスクワに凱旋したとき、スターリンから日本軍の評価をただされた。そのとき、日本軍の下士官兵の頑強さと勇気を、この猛将は心から賞讃した。慰めとはならないが、その理由がわかるようである。(46)

●モスクワ・クレムリン

事件の停戦交渉は、東郷大使とモロトフ外相との間で、モスクワのクレムリンにおいて九月九日からはじめられた。現地の戦闘がほぼ停止していることから、東郷はそれほど焦燥にかられることなく交渉をすすめることができた。(47)十日、十四日、十五日と交渉はつづけられた。東郷はねばれるだけねばった。このころ、ソ連はポーランドへの侵攻準備、さらにはフィンランドやトルコへの進出もめざそうと、各地で頻発している紛争事件をかかえていた。エネルギッシュなモロトフもさすがに疲労の色をうかべている。そこが東郷のつけめである。

東郷は話がかみ合わないと出発点へ戻ってなんどでもやり直した。モロトフは苛立たしさをかくさなかった。深夜の十二時、クレムリンの大時計が高らかに「インターナショナル」を奏でても、東郷は動こうともせず、諄々と説きつづけた。もともと少しくどもりがちであったものを、ますます言葉をつまらせながら、モロトフも頑張ってやり合った。

感情が激してくると、ときにこんな場面もあった。

「私は職務上とにかく多くの人と会ってきたが、キミのように屁理屈をならべ、ああでもないこうでもないという人間に出会ったのははじめてだ」

と、モロトフが不機嫌な顔をむきだしにすると、東郷はそれ以上に不快さをもろに示して、いい放った。

「私も長い間、世界中を回っているが、キミのようにわけのわからない人間をみるのははじめてだ」

残された問題は捕虜の交換と国境線なのである。前者は比較的早く合意をみたが、後者は難航した。東郷は、戦場での日本軍の敗勢を、さも知らぬかのような顔をして押しとおした。

十五日深夜、国境線については双方の代表による国境確定委員会を設置し、そこでの話し合いにゆだねる、として、日ソ両軍の対峙する現在線での停戦を、モロトフがうけいれるかどうか、にまで話し合いはおしつまってきた。モロトフは「われわれは勝っているのだ。なんで譲歩せねばならないのか」とくり返していたが、ついに決心したように立ち上ると、ヴォロシーロフ国防相を電話口によびだした。

「いま日本の大使が来ている。現状のままでの停戦が二十四時間以内に可能であるか」

とモロトフはいった。「ダー（諾）」と、電話の向こうの声が東郷にまでとどいた。電話を切ったモロトフは笑って、

「ちょっと待ってくれ。もう一人、相談しなければならない人がいる」

と、隣室に姿を消す。そこはスターリンの執務室である。やがて戻ってきた外相はもう一度いい笑顔をみせた。

「大使よ、あの人の承認をえましたよ」

東郷はそっと小さく息をついた。ソ連がこんなにあっさり譲歩するとは予想外であった。[48]

●ハルハ河東岸・旧戦場

午前零時をまわって九月十六日となったホロンバイルの高原には、美しい中秋の名月がのぼっている。すでに零度に近い凍てついた草原に身を横たえた将兵は、十六日午前七時を期し一切の敵対行動をやめよ、という司令部からの嬉しい指示をうけた。九月十五日午後六時現在の線において全軍の駐止もすでに命ぜられている。

ノモンハン一帯はふたたび静かな草原へとかえる。日本本土にもそのことは知らされた(49)。

九月十七日午前六時、ソ連軍は国境線を越えて東部ポーランドへの侵攻を開始した。ノモンハン方面の停戦をまって、十分な戦備をととのえた上での猛進撃である。モロトフは「東部ポーランドに居住するウクライナ人と白ロシア人を戦争の被害から保護するために、ソ連軍が移動している」と巧妙な理由を発表した。

ポーランド騎兵部隊がソ連の戦車に向かって突撃した。その雄たけびは、ソ連戦車兵にとっては、ノモンハンの戦場で経験ずみのものであったであろう。ポーランド人がもっているのは勇敢さだけで、敗北は決定的である。十八日には、ドイツ軍とソ連軍が東西から進攻し、ブレスト・リトウスクで相会した。第一線にでてきているヒトラーは、ベルリンに指令を送る。

「ワルシャワが陥落したら、毎日十二時から十三時の間、鐘を一週間にわたって鳴らせ」

同じころ、ノモンハンでは――。

十八日から二十一日までの四日間、両軍代表による現地交渉が行われた。

一、停止位置は相互に地図上に赤線をもって示しこれを確認する。

一、死体収容は相互に協力して相手方陣地内に入りこれを行う。

一、日本人俘虜は少数かつ重傷患者なるためソ連飛行機により引渡しを行う。

この協定にもとづいて、一週間を予定して日本軍の遺体収容がはじめられた。各中隊ごとにトラック一台が支給され、遺体や遺品を確認してつみこんだ。狭い区域にほんとうに多くの人が重なって死んだ。死屍累々たる旧戦場をまわりながら、生き残った兵たちが抱いた感懐は、

「ああ、みんな死んでしまったなあ」

この一語につきたという。

五位鷺が三羽四羽、砂丘の蔭の湿地に静かに舞いおりるのがみえた。爆弾に斃れた軍馬の肉を鷲がついばんでいる。まだ腐ってはいない。曠野のまん中にもの寂しくとり残されたソ連軍戦車の残骸に、断雲からもれた秋の陽がやさしく差している。

そんな静かなハルハ河東岸の草原をトラックで走りながら、戦闘たけなわのころに戦場にやってきていた外国人記者との一問一答を、ふと想いだした若い日本軍将校がきっ

といたにちがいない。

「この下にダイヤモンドがあるのか。石油があるのか。石炭があるのか」

「何もない」

「じゃ、何でこんなところで戦うのか」

「それは満洲国の国境を守るという日本の節義から戦っているんだ」

「節義？　よくわからない。ほんとうにそれだけで戦うのか」

●補遺

いまさら詮ないことながら、あとは日本陸軍がこのノモンハン事件からどんな教訓をえたかの問題が残る。たしかに、陸軍中央は事件後に当時としては大規模な「ノモンハン事件研究委員会」を組織して、失敗を今後にどう活かすかを研究した。しかし、その結論はどうみても落第点をつけるほかはない。要はほとんど学ばなかったのである。そして太平洋戦争で同じあやまちをくり返した。

その根本は、ノモンハン事件を日本軍がソ連軍と戦った最初の本格的な近代戦とみなさなかったことにある。局地における寡兵による特殊な戦いと出発点から規定してしまえば、いくら検討しようが、結論はまともなものとはならない。

結果としては一年もたてば、ノモンハン敗戦の責任追及は終了したということになる。

しかも小松原中将は事件の一年後には世を去っている[50]。いったんは責任を問われて左遷された服部と辻が、いくばくもなく三宅坂上に華々しく復帰してきても、そこにはなんの不思議はないのである。

服部は一年後の、小松原が死んだ十五年十月には、なんと三宅坂上の参謀本部作戦課に栄転してきた。ただちに作戦班長となり、翌十六年七月には作戦課長に昇格し、八月には大佐に進級する。辻はやや遅れるが、十六年七月にひっぱられて参謀本部員となり、作戦課戦力班長として服部作戦課長を補佐し、太平洋戦争の発動に得意の熱弁をふるうのである。いや、むしろ辻がまたしても作戦課全体をリードした。

十六年夏、不可侵条約をホゴにした予想どおりの独ソ戦の開始によって、大本営はその戦略方針の新たな決定をせまられる。十五年九月に締結した日独伊軍事同盟にもとづいてソ連を攻撃するか、米英との開戦を覚悟で南方の資源地帯へ出るか、である。

服部作戦課長はいった。

「いま必要なのは、南北いずれにも進出しうる態勢を完整することだ。北にたいしては、ドイツ軍の作戦が成功してソ連がガタガタの状態になったら、北攻を開始する。いわゆる熟柿《じゆくし》状態を待つ。南方にたいしては好機を求めて攻撃を決断する。すなわち『好機南進、熟柿北攻』の方針あるのみだ」

これまた秀才が考えそうな手前本位の、絵にかいた餅のような方針である。若い参謀が反論する。好機南進はかならず米英との戦争となる、独ソ戦の見通しもつかないうちに、日本が新たに米英を相手に戦うなど、戦理背反そのものではないか、と。

辻参謀が、とたんに大喝した。

「課長にたいして失礼なことをいうな。課長は広い視野に立っておられるのだ。課長もわが輩もソ連軍の実力は、ノモンハン事件でことごとく承知だ。現状で関東軍が北攻しても、年内に目的を達成するとはとうてい考えられぬ。ならば、それより南だ。南方地域の資源は無尽蔵だ。この地域を制すれば、日本は不敗の態勢を確立しうる。米英恐るるに足りない」

若い参謀はなおねばる、「米英を相手に戦って、勝算があるのですか」。

辻参謀は断乎としていった。

「戦争というのは勝ち目があるからやる、ないから止めるというものではない。今や油が絶対だ。油をとり不敗の態勢を布くためには、勝敗を度外視してでも開戦にふみきらねばならぬ。いや、勝利を信じて開戦を決断するのみだ」

いつか、どこかで聞いたような辻参謀の啖呵である。こうして〝太平洋戦争への道〟は強力にきりひらかれた。そして服部と辻が「不明のため」に詫びねばならぬ〝英霊〟は、数千のノモンハンと異なり、数百万におよぶ悲惨を迎えることになる。

ノモンハン敗戦の責任者である服部・辻のコンビが、対米開戦を推進し、戦争を指導した全過程をみるとき、個人はつまるところ歴史の流れに浮き沈みする無力な存在にすぎない、という説が、なぜか疑わしく思えてならない。そして人は何も過去から学ばないことを思い知らされる。

（41）　参謀次長就任の内示をうけた沢田茂中将が、いずれ着任後はノモンハン事件の後始末に当らざるをえないと思い、参考のためにハイラルにて荻洲軍司令官、小松原師団長の胸中を打診した。そのときの、両人の主張はやはり一読に値する。

荻洲「僕は着任直後、ただただ関東軍の命令を実行したるのみ。この事件につき何等の責任を感ぜず。又責任をとる必要なしと考えあり」

小松原「いろいろと僕を慰めくれる人あるも、現在の事態かくの如くなる上からは、理由の如何を問わず責任をとることが武将の本心なり。僕をして臣節を全うせしめられたし。一時は自決まで考えたるもその機を逸し（恐らく攻撃中止となりし為ならん）今や決行の意志なし」

敗軍の将に徹することはむつかしいようである。

（42）　岡本大佐を、入院加療中の東京陸軍病院で殺害したのは、陸軍大佐米岡米吉である、と明示している書物がある。甲斐克彦氏の『人物陸大物語』である。岡本大佐の死去は昭和十五年五月十三日、そして陸大同期の米岡は同じときたしかに同病院に入院していた。しかしほかに確証がないので、一応は不明としておいた。ちなみに米岡は翌十六年四月二十八日に免官処分に付せられている。

（43）　ノモンハン戦の総括ともいうべき二つの研究会が、十四年秋、新京とハイラルで実施された。野戦重砲兵第一連隊長三嶋大佐はそこによばれた。表向きは戦訓を得るためということであるが、事実上は「査問委員会」であった。三嶋大佐はその席で臆することなく、異常なほど率直な陳述を行っている。

楠裕次氏の著書が列記しているポイントだけをあげる。

(一)ノモンハンで戦わなくてはならない必然的な理由がなんなのか、結局わからずじまいに終わった。

(二)指揮命令の失態、軍事的失敗は下級部隊ではなく、上層部にある。作戦はあまりに煩雑な指揮命令系統と、必要以上に多数の高級将校を経由しなくてはならなかった。

(三)日本軍の装備・組織が不適格であった。とくに、輓馬を使うにいたっては論外である。軽傷を負っただけでも輓馬は役をしなくなる。

(四)広漠たる平原では機動性が決定的に重要である。自動車化が必要である。

(五)(六)略

(七)ソ連軍を甘くみた。中国戦の経験は通ぜず、日本軍は「煉瓦の壁」に突き当った。

(八)結論として、武士道精神がノモンハンでは間違って解釈されていた。指揮系統という動脈に血が通っていなかった。何事も公式的、事務的で温かみがなかった。戦場で多くの部下を戦死させた指揮官の悲哀が言外にこめられている。

(44)　ノモンハン事件の損耗についてはもう一つ重要なことに、日本兵の捕虜の問題がある。生死不明の一〇二一人(うち将校一九人)という数字のうしろにこれが秘められている。捕虜交換で帰ってきた一四六名を差し引くと、八百余人が行方不明となる。すべて捕虜というわけにはいかないが、かなり多数の捕虜がいたとみられよう。のちのソ連側の発表は五六七人ということであるが、これもかならずしも正確とはいえないようである。

（45）帰ってきた捕虜の処分について当時、新京憲兵隊公主嶺分隊所属であった林次郎憲兵上等兵の、凄惨というべき証言がある。

「（停戦して）半月も過ぎたころ、関東軍司令部から将校を長とする特設軍法会議が乗りこんできて、非公開で、おもに将校が裁判に付された。午前十時から午後四時ごろまでで終わった。その場に居あわせた憲兵の話では、裁判官は終了後、将校にはケン銃を与え、何もいわずにさっと引き揚げたという。／その直後、憲兵といえども将校室に近寄ることを禁ずとの命令が出、間もなくケン銃の発射音がひびいた。自決だった」（『ノモンハンの死闘』）

（46）スターリンの質問にたいして答えたジューコフの見解は、あっぱれな正答である。「日本軍の下士官兵は頑強で勇敢であり、青年将校は狂信的な頑強さで戦うが、高級将校は無能である」

（47）停戦交渉はモスクワの東郷大使に一任されていた。そのねばり強い交渉も見事であるが、交渉成立の理由の一つに、東郷が停戦交渉と国境交渉を分けたことがあげられる。東郷は「満洲国側がハルハ河を国境であると主張している」とモロトフに語った。これを「日本帝国が」といえば、モロトフは断乎として譲ることはできなくなったのである。満洲国がそう信じているまでと、満洲国の責任にしたところに東郷のあざやかな外交術があった。

(48) 停戦協定をふくむ東郷・モロトフの共同声明が発表されたのは、九月十六日午前三時(モスクワ時間)である。

「(一)日満軍及びソ蒙軍は九月十六日午前三時(モスクワ時間)を期し、一切の軍事行動を停止す。(二)日満軍およびソ蒙軍は九月十五日午後一時(モスクワ時間)、その占め居る線に止まるものとす。(三)現地における双方軍代表者は、ただちに本合意(一)および(二)の実行に着手す。(四)双方の捕虜および屍体は交換せらるべく、右につき現地における双方軍代表者はただちに相互に協定し、実行に着手す」

さらに共同声明は、ノモンハン地区国境画定のための混合委員会(ソ蒙側代表者二名、日本側代表者二名)をすみやかに設置することについても、合意が成立したことを明らかにした。

なお、後日談を付記しておくと、結局は国境画定は混合委員会でうまくいかず、交渉は翌年のモスクワでの東郷・モロトフ会談にもちこされた。二人の例によって烈しいやりとりの挙句に、十五年六月九日に国境線の図上画定がどうやら成立した。

(49) 宮城与徳がゾルゲに報告したという日本国民の「反応」がさすがに正確な観察と思わせ、かつ的を見事に射ている。

「停戦の発表で、一般の国民はほっとしている。……日本国民は政治的な水準が低いから、勝つと強くなるが、負けるとそれが局部の戦闘であっても、容易に悲観的となる。だから、国民はソ連恐るべしとの感情を抱いている。が、日本は支那事変があるからノモンハン事件を打ち切ったのであって、ソ連はこの戦勝を過大評価してはならない」

ゾルゲがこの報告をクレムリンに送ったことは書くまでもない。

(50) 小松原中将は昭和十五年十月にガンで死んだ。そのときのことを元参謀の鈴木善康氏が語ってくれた。

「小松原さんの死の直前に荻洲将軍が見舞われました。もう口のきけない小松原さんに『おい、小松原、第二十三師団の始末は、オレが引き受けるから安心せよ』と荻洲将軍が耳もとで伝えたら、小松原さんが『頼む、頼む』というように、鉄の寝台の角をかすかにコンコンと叩いたというんです」

あとがき

横光利一の遺作に『微笑』という短篇がある。なかに、不利な戦況を逆転するために、殺人光線を完成させようとしている二十一歳の天才的な数学者がでてくる。「ぱつと音立てて朝開く花の割れ咲くやうな」笑顔をみせるこの青年は、殺人兵器が完成に近づいたとき戦争が終り、発狂死してしまう。戦争という狂気の時代を積極的に生きた横光の、戦後のつらくはかない想いが、この幼児のような「微笑」をただよわせながら殺人兵器をつくろうとしている青年を造型させたのであろう。

戦後少したって元陸軍大佐の辻政信氏とはじめて面談したとき、この『微笑』の青年が二重写しとなって頭に浮かんだ。眼光炯々、荒法師をおもわせる相貌と本文中に書いたが、笑うとその笑顔は驚くほど無邪気な、なんの疑いをも抱きたくなくなるようなそれとなった。

横光の小説のけがれのない微笑をもつ青年は発狂死した。まともな日常のおのれに帰れば、殺人兵器を完成させようとしていたことは神経的に耐えられない。精神を平衡に保とうにも保たれない。ふつうの人間とは、おそらくそういうものであろう。戦後の辻参謀は狂いもしなければ死にもしなかった。いや、戦犯からのがれるための逃亡生活が終ると、『潜行三千里』ほかのベストセラーをつぎつぎとものし、立候補して国家の選良となっていた。議員会館の一室ではじめて対面したとき、およそ現実の人の世には存在することはないとずっと考えていた「絶対悪」が、背広姿でふわふわとしたソファに坐っているのを眼前に見るの想いを抱いたものであった。

大袈裟なことをいうと「ノモンハン事件」をいつの日にかまとめてみようと思ったのは、その日のことである。この凄惨な戦闘をとおして、日本人離れした「悪」が思うように支配した事実をきちんと書き残しておかねばならないと。

それからもう何十年もたった。この間、多くの書を読みつぎながらぽつぽつと調べてきた。そうしているうちに、いまさらの如くに、もっと底が深くて幅のある、ケタはずれに大きい「絶対悪」が二十世紀前半を動かしていることに、いやでも気づかせられた。かれらにあっては、正義はおのれだけにあり、自分たちと同じ精神をもっているものが人間であり、他を犠牲にする資格があり、この精神をもっていないものは獣にひとしく、他の犠牲にならねばならないのである。

それほどに見事な「悪」をかれらは歴史に刻印している。おそけをふるうほかのないような日本陸軍の作戦参謀たちも、かれらからみると赤子のように可愛い連中ということになろうか。およそ何のために戦ったのかわからないノモンハン事件は、これら非人間的な悪の巨人たちの政治的な都合によって拡大し、敵味方にわかれ多くの人びとが死に、あっさりと収束した。そのことを書かなければ、いまさら筆をとることの意味はない。ただしそれがうまくいったかどうか。

それにしても、日本陸軍の事件への対応は愚劣かつ無責任というほかはない。手前本位でいい調子になっている組織がいかに壊滅していくかの、よき教本である。とはいえ、歴史を記述するものの心得として、原稿用紙を一字一字埋めながら、東京と新京の秀才作戦参謀を罵倒し嘲笑し、そこに生まれる離隔感でおのれをよしとすることのないように気をつけたつもりである。しかしときに怒りが鉛筆のさきにこもるのを如何ともしがたかった。それほどにこの戦闘が作戦指導上で無謀、独善そして泥縄的でありすぎたからである。勇戦力闘して死んだ人びとが浮かばれないと思えてならなかった。

原稿執筆中には花田朋子さん、本にするにさいしては松下理香さんに大そうな世話になった。また参考にした文献の著者と出版社にも。彼女たちともども、お礼を申しあげる。勝手ながら、小松原日記をのぞき、大陸令をはじめ、引用の日記、手記など漢字は常用漢字、新カナ遣いとし、読みやすいように句読点をほどこしたものもある。

一九九八年三月　　　　　　　　　　　　半藤一利

〈参考文献〉

『戦史叢書関東軍〈1〉』防衛庁防衛研修所戦史室　朝雲新聞社

『現代史資料10・日中戦争3』みすず書房

『続・現代史資料4・陸軍』みすず書房

『満洲国軍』満洲国軍刊行委員会編　蘭星会

『戦闘詳報』長谷部支隊杉谷大隊　未刊行

『ノモンハン』辻政信　亜東書房

『私評ノモンハン』扇廣　芙蓉書房

『実戦寸描』須見新一郎　須見部隊記念会

『須見新一郎遺稿抄』須見部隊会

『ノモンハン事件』越智春海　図書出版社

『ノモンハン』五味川純平　文藝春秋

『闘魂』田中栄次　湯川弘文社

『あゝノモンハン・全五冊』楠裕次　私家版

『ノモンハン戦場日記』ノモンハン会編　新人物往来社

『静かなノモンハン』伊藤桂一　講談社

『撃墜』松村黄次郎　教学社

『ノモンハンの死闘』三田真弘編　北海タイムス社
『戦場・学んだこと伝えたいこと』長嶺秀雄　並木書房
『ハルハ河会戦・参戦兵士たちの回想』O・プレブ編　恒文社
『ジューコフ元帥回想録』G・K・ジューコフ　朝日新聞社
『ノモンハン空戦記』A・B・ボロジェイキン　弘文堂
『赤軍野外教令』沢辺哲彦編　偕行社
『服部卓四郎と辻政信』高山信武　芙蓉書房
『参謀辻政信・伝奇』田々宮英太郎　芙蓉書房
『作戦参謀辻政信』生出寿　光人社
『辻政信』堀江芳孝　恒文社
『いっさい夢にござ候』角田房子　中央公論社
『三国同盟問題と米内光政』高田万亀子　勁草出版サービスセンター
『危機の外相東郷茂徳』阿部牧郎　新潮社
『臣下の大戦』足立邦夫　新潮社
『夕陽と怒濤』三好徹　光文社
『参謀の戦争』土門周平　講談社
『ある作戦参謀の悲劇』芦沢紀之　芙蓉書房
『陸軍の反省』加登川幸太郎　文京出版
『日本陸軍用兵思想史』前原透　天狼書店
『高木惣吉日記』高木惣吉　毎日新聞社

『参謀次長沢田茂回想録』 芙蓉書房
『風雲の満ソ国境』茂森唯士編 太陽閣
『アドルフ・ヒトラー』A・バロック みすず書房
『ヒトラー』J・フェスト 河出書房新社
『戦うソヴィエト・ロシア』A・ワース みすず書房
『スターリン』I・ドイッチャー みすず書房
『スターリン』A・ジョンジュ 心交社
『暴虐の人スターリン』B・ハットン 新潮社
『第三帝国の興亡』W・シャイラー 東京創元社
『使命の失敗』N・ヘンダーソン 岡倉書房
『大戦から大戦へ』M・フット 東進社
『ナチスドイツと軍国日本』T・ゾンマー 時事通信社
『ヒトラーの外交官』J・ワイツ サイマル出版会
『赤軍』A・ギヨーム 黄土社書店
「ソ連史料からみたノモンハン事件」平井友義 『歴史と人物』増刊・S58年1月号
「ノモンハン事件」坂本是忠 『中央公論』S44年7月号
「小松原師団長ノモンハン陣中日誌」『歴史と人物』増刊・S59年12月号
「ソ連極東軍との対決」稲田正純 『別冊知性』S31年12月号
「風雲ノモンハン事件の悲劇」稲田正純 『人物往来』S31年2月号
「情報を〝無視〟したノモンハン事件」稲垣武 『情報戦の敗北』近代戦史研究会編 PHP研究所

解説

土門周平

昭和十四（一九三九）年五月から九月にかけて、満洲西北部の国境付近で、当時ソ連の実効支配下にあった外蒙（モンゴル）との国境紛争があった。日本側が国境線と考えるハルハ河を渡って、ノモンハン付近に進出した外蒙軍と満洲国軍との衝突から、日ソ両軍の戦闘に拡大し、日本軍は壊滅的な打撃を受けた。

「ノモンハン事件」と言われるもので、第一線将兵の敢闘にもかかわらず、上級司令部の指揮、指導が拙劣であったため、戦史的にも珍らしい死傷率三二パーセントという完敗振りは、二年後に開始される対米戦争のために貴重な教訓を残しているのであるが、何故か当時の陸軍は、ノモンハン事件の本格的研究をしなかった。

そんな雰囲気であったので、戦後の戦史研究でも、ノモンハン事件そのものの怜悧な研究は極めて少ない。ある時、朝日新聞社の仲介で司馬遼太郎氏から「ノモンハンを書いてみたいので話を聞きたい」と連絡があった。四、五時間話をしたと記憶しているが、氏の急逝で司馬氏によるノモンハン事件は消えた。ところが一九九七年になって、別册文藝春秋に『ノモンハンの夏』と題する連載が始まった。著者は半藤一利氏である。私はホッとした。この著者ならば本当のことを書いてくれるに違いないと思ったからである。

果して美事な展開であった。間然するところがない。その『ノモンハンの夏』が、今回文春文庫に収録されるという。喜んで、そのすばらしい切れ味を見て行こう。

まず巻頭の第一章。「参謀本部作戦課」という標題で、東京、満洲、天津、ベルリン、モスクワと自由自在に視点を移して、ノモンハン事件の背景となる参謀本部作戦課の編制、人事の特色が語られる。三宅坂の名称の由来から、建物の設計者まで登場するのであるから、著者の博覧強記にまず驚く。参謀本部の原点標が二四・四一四メートルとあるが、一体どこから仕入れたデータなのだろうか。

次いで事件の背景となる軍事情勢に移る。日中戦争は、漢口まで攻略したが、もう攻勢の限界点に来ている。四〇〇〇キロに及ぶ満蒙の国境線に対峙するソ連軍の脅威をどうするか。「中国一撃論」にうかうかと乗って始めた対中国戦争が、今や日本の足を引っぱっている。

そんな時に、防共協定を強化し三国同盟に格上げしようとする動きが表面化する。陸軍には親ドイツ派が圧倒的に多い。海軍が反対する。外務官僚も親独派と親英米派に二分して、論争が繰返され、日本国内はガタガタになった。そこに〝国境紛争〟が起きた。

第二章は「関東軍作戦課」である。まずソ満国境の歴史的考察から、事件の理論的根拠になった関東軍の「満ソ国境紛争処理要綱」の分析に入る。それとこの「要綱」に対する参謀本部との見解の相違について、戦後の昭和三十年代に及ぶ論争まで、丁寧にフォローしている。

それと「満洲国・新京①」という節に問題の人辻政信少佐が登場する。著者が昭和二十九年に辻本人と実際に面談する場面の描写が圧巻である。間然するところのない文章は、美事な正確さで記述されている。

この章のもう一つのポイントは、事件の真犯人とも言える作戦主任の服部中佐と作戦参謀辻政信の奇妙な関係の考察である。辻は、縦横無尽に暴れたが、組織の反対にあった時には服部の力が必要だった。逆に、官僚的軍人である服部にとっては、斬りこみ隊長が必要な時には、辻が最適の駒であったと、著者はズバリ分析している。

第三章は、第二次大戦直前までのヒトラーの描写から始まる。筆者の才筆は読者をはなさない。続いて視点は東京に移る。三国同盟をめぐる政治的混乱は、板垣陸相の手腕ではどうにもならない。そこで作戦課は宮中工作に移る。昭和天皇は当然反対される。

この辺の記述は正に『聖断』を書いた著者の独壇場である。

記述はノモンハンに移る。まず地名の考証。それはラマ僧の役職名に由来するという。

そして国境線の歴史的観察。「五月四日、外蒙兵がバルシャガル高地を偵察していたので、満洲国警察隊がこれを包囲攻撃し、少尉一と兵一を逮捕した」、ここから日本近代史上最大の悲劇が幕を開ける。

「このとき、国境での衝突があのような大戦争になろうとは、だれひとり考えてもいなかったことを証明する。なぜならだれもがソ連軍の猛反撃などあるべくもないと思っていたからである。当時の陸軍軍人は高級であればあるほど、自国の軍事力への過信と、それと裏腹なソ連軍事力への過小評価の心情をもっていた」

この要約のあと、日本軍の第一次攻勢の記述に移る。辻回想、師団長日記、参謀本部作戦課資料を使って戦況を主体的に記述する。

注で内外の関係者の当時の満年齢まで掲記してあるのは有難い。

第四章は、「ソ連首相スターリンはクレムリンの奥深い一室でパイプをくゆらせながら、いそがしく思案をめぐらしている」という書き出しで始まる。第二次大戦直前の緊迫した国際情勢を、独ソを中心に記述する。スターリンはヨーロッパでの戦いの前に、日本軍を一度思いっきり叩きつけ、好戦的な関東軍の自信を挫くことが最緊要と判断、ソ連軍随一の戦略家ジューコフ中将をノモンハンに送り込む。

もう一つ、諜報員ゾルゲの正確な情報活動についても著者は忘れない。現地に着いたジューコフが諸情勢を視察し、作戦計画の構想をモスクワの国防人民委員部に打電すると、四十五分後にスターリンからの返電があったとある。残念ながら、美事な横綱相撲である。

同時多発的に天津のイギリス租界で暗殺事件が起きる。その容疑者四人の引渡しの外交交渉をめぐって、日本とイギリスは真っ向から対立し、交渉は悪化する。北支那方面軍は租界を封鎖する強硬手段にでる。著者はここで、何故日本海軍部内に対米英強硬派が多くなったかを腑分けしてみせる。海軍通の著者ならではの文章である。

そして第二次ノモンハン事件は、六月十八日のソ連機による空襲から始まった。辻、服部が関東軍司令部を動かし、参謀本部では稲田作戦課長が賛成して反撃作戦が認可される。問題は辻が東京に無断で外蒙領内爆撃を計画したことである。正気の沙汰とはいいがたい。

辻の追放を進言する作戦課長に、板垣陸相が「まあいいじゃないか。そんなに辻を過大評価するな」と答えたと言う。この頃の日本陸軍は、組織としての神経を完全に麻痺させていた。その様子を著者は淡々と描く。読み進めるのに神経が耐えられない読者が居るのではあるまいか。

第五章は、七月一日から始まった日本側の攻撃を扱う。一九八九年にノモンハン五十周年を記念して参戦者と遺族の慰霊団が戦場となった地域を訪れたが、その際の資料まで使用しているので、正に立体的記述である。

ソ連軍の作戦原則「赤軍野外教令」や、ソ連軍中尉の戦陣回想、戦闘場面では火焔ビン、砲塔射撃、ピアノ線といった用語から、戦車や砲弾の製造価格まで紹介されている。あらゆる資料を使ってのハルハ河両岸の戦闘状況の描写は圧巻である。そして、この章の総括とも言える次の文字がある。「いったい服部も辻も小松原も安岡も、何をしていたのかといいたい（中略）、かれらがそろって陸軍大学校で学んだのは、保身と昇進と功名と勲章の数を誇ることだけであったのであろうか」

第六章は、七月下旬から持久に入った日本軍と、これに対する八月下旬からのソ連軍の大攻勢を扱う、本書最大の章である。

戦場の蚊、機銃掃射、不断の砲撃、昼の炎熱。夜の気温は零下に下り、飲料水は無い。そんな戦場を著者は膨大な資料を使って描く。

ヨーロッパではソ連とドイツの外交交渉が続く。東京では陸軍が何とか三国同盟を成立させようと工作が進む。満洲では、ノモンハンの作戦指導を関東軍司令部から新設の第六軍司令部へと移した。そして八月七日、それまで厳禁していたタムスクまでの再空襲を認めた。

その翌日の五相会議で、三国同盟締結に反対する米内海相が、石渡蔵相の海軍は戦って勝算ありやの質問に対し、「勝てる見込みはありません。だいたい日本の海軍は、英米を向こうにまわして戦争するように建造されてはおりません」と、現代史上有名な発言をする件《くだり》がある。海軍問題は著者の独壇場である。

ジューコフのハルハ河東岸日本軍包囲殲滅《せんめつ》作戦では、ソ蒙軍総兵力約五万七〇〇〇人が集結された。七四キロ正面に、日本軍陣地を大きく両翼から包みこむよう展開した。その兵力は、日本軍にたいして、歩兵一・五倍、砲兵が二倍、飛行機は五倍。日本軍は標準の四倍の広正面に陣地を占領していたので、各部隊は陣地の四周から包囲攻撃をうけた。戦略的には完全に奇襲されていた。

第一線陣地の交通壕は埋没し、弾薬尽き、井戸は占領され、数日来の欠食と不眠不休のため、将兵の困憊はその極に達した。負傷者は大部分が手榴弾で自決した。小松原師団では、兵団長が重傷、連隊長も重傷、大中隊長はほとんど死傷等、状況は最悪になった。辻参謀が見たものは、ほとんどパニック状態で退却してくる右翼部隊将兵の姿であった。

この章の終末は、各部隊が火砲を撃ちつくしたあと敵中に突入して果てる状況を、集め得る資料を全部集めて、記述している。

堕落した高等司令部、自我だけの強い参謀たちのツケを第一線部隊の将兵は全部背負って死んで行った。著者は、なんとも歯がゆい、地団駄をふみたくなると憤慨している。その少し後で著者は言う。「無計画、無智、驕慢、横暴のゆえに関東軍の秀才たちを責めねばならないのは当然のこと、いや、それ以上に三宅坂上の秀才たちの無責任さにノモンハン事件の悲惨の許すべからざる最大原因がある」と決めつけている。抑えても抑えても出てくる著者の正義観からの文字である。

第七章は「万骨枯る」と題して、事件処理の問題を扱う。関東軍作戦課の参謀が、戦場掃除の名目で停戦後の行動を要請した。参謀次長の拒否にあって、今度は「職責を全うすること能わず、その職を免ぜられたし」と、作戦課の全参謀が名をつらねた。この史実に対して、著者は「全員をクビにせよとはなんという言い草か。職責を全うしようとするなら腹を切ったほうがいい」と毅然としてきめつけている。余程、腹に据えかねているのであろう。気持ちのいい文章である。

この章は最後の章であるので、停戦後の記述は委曲を尽くしている。損害の考証、敗戦責任、モスクワにおける外交交渉、事件から教訓を得るために組織された「ノモンハン事件研究委員会」が、おざなりの結論を出して、太平洋戦争で同じあやまちをくり返したこと。そして、著者の最後の一行が「そして人は何も過去から学ばないことを思い知らされる」である。

公式の諸資料の他に、ノモンハン事件を中心にした研究、回想は二十種類を越えるが、広範囲の資料収集と深い分析・考察という点で本書は群を抜いている。それに巧緻な文体については他の追従を許さない。ノモンハン事件の定本として長く残ることは確かである。

（戦史研究）

初出＊別册文藝春秋　二二〇号〜二二三号（一九九七年）
単行本＊文藝春秋刊　一九九八年四月二十日

文春文庫

ノモンハンの夏《なつ》

定価はカバーに
表示してあります

2001年6月10日　第1刷
2021年2月20日　第24刷

著　者　半藤《はんどう》一利《かずとし》
発行者　花田朋子
発行所　株式会社 文藝春秋

東京都千代田区紀尾井町3-23　〒102-8008
TEL　03・3265・1211㈹
文藝春秋ホームページ　http://www.bunshun.co.jp

落丁、乱丁本は、お手数ですが小社製作部宛お送り下さい。送料小社負担でお取替致します。

印刷・凸版印刷　製本・加藤製本
Printed in Japan
ISBN978-4-16-748310-4

（　）内は解説者。品切の節はご容赦下さい。

半藤一利
指揮官と参謀
コンビの研究

陸海軍の統率者と補佐役の組み合わせ十三例の功罪を分析し、個人に重きを置く英雄史観から離れて、現代の組織における真のリーダーシップ像を探り、新しい経営者の条件を洗い出す。

は-8-2

半藤一利
漱石先生ぞな、もし

『坊っちゃん』『三四郎』『吾輩は猫である』……誰しも読んだことのある名作から、数多の知られざるエピソードを発掘。斬新かつユーモラスな発想で、文豪の素顔に迫ったエッセイ集。

は-8-4

半藤一利
ノモンハンの夏

参謀本部作戦課、関東軍作戦課。このエリート集団が己を見失ったとき、悲劇は始まった。司馬遼太郎氏が果たせなかったテーマに、共に取材した歴史探偵が渾身の筆を揮う。（土門周平）

は-8-10

半藤一利
ソ連が満洲に侵攻した夏

日露戦争の復讐に燃えるスターリン、早くも戦後政略を画策する米英、中立条約にすがってソ満国境の危機に無策の日本軍首脳――百万邦人が見棄てられた悲劇の真相とは。（辺見じゅん）

は-8-11

半藤一利
【真珠湾】の日

昭和十六年十一月二十六日、米国は日本に「ハル・ノート」を通告、外交交渉は熾烈を極めたが、遂に十二月八日に至る。その時時刻々の変化を追いながら、日米開戦の真実に迫る。（今野　勉）

は-8-12

半藤一利
日本のいちばん長い日　決定版

昭和二十年八月十五日。あの日何が起き、何が起こらなかったのか？　十五日正午の終戦放送までの一日、日本政府のポツダム宣言受諾の動きと、反対する陸軍を活写するノンフィクション。

は-8-15

半藤一利　編著
日本史はこんなに面白い

聖徳太子から昭和天皇まで、その道の碩学16名がとっておきの話を披露。蝦夷は出雲出身？　ハル・ノートの解釈に誤解？　大胆仮説から面白エピソードまで縦横無尽に語り合う対談集。

は-8-18

（　）内は解説者。品切の節はご容赦下さい。

江藤　淳
閉された言語空間
占領軍の検閲と戦後日本
アメリカは日本の検閲をいかに準備し実行したか。眼に見える戦争は終ったが、アメリカの眼に見えない戦争、日本の思想と文化の殲滅戦が始った。一次史料による秘匿された検閲の全貌。
え-2-8

加藤陽子
とめられなかった戦争
なぜ戦争の拡大をとめることができなかったのか、なぜ一年早く戦争をやめることができなかったのか――繰り返された問いを、当代随一の歴史学者がわかりやすく読み解く。
か-74-1

小泉信三
海軍主計大尉小泉信吉
一九四二年南方洋上で戦死した長男を偲んで、戦時下とは思えぬ精神の自由さと強い愛国心とによって執筆された感動的な記録。ここに温かい家庭の父としての小泉信三の姿が見える。
こ-10-1

高木俊朗
インパール
太平洋戦争で最も無謀だったインパール作戦の実相とは。徒に死んでいった人間の無念。本書が、敗戦後、部下に責任転嫁、事実を歪曲した軍司令官・牟田口廉也批判の口火を切った。
た-2-11

高木俊朗
抗命
インパール2
コヒマ攻略を命じられた烈第三十一師団長・佐藤幸徳中将は、将兵の生命こそ至上であるとして、軍上層部の無謀な命令に従わず、師団長を解任される。「インパール」第二弾。
た-2-12

『特攻　最後の証言』制作委員会
特攻　最後の証言
太平洋戦争末期、特攻に志願した8人の生き残りにロング・インタビューを敢行。人間爆弾や人間魚雷と呼ばれた究極の兵器に身を預けた若者たちの真意とは。詳細な注、写真・図版付。
と-27-1

「特攻　最後のインタビュー」制作委員会
特攻　最後のインタビュー
多くの〝神話〟と〝誤解〟を生んだ特攻。特攻に生き残った者たちが証言するその真実とは。航空特攻から人間機雷、海上挺進特攻まで網羅する貴重な証言集。写真・図版多数。
と-27-2

（　）内は解説者。品切の節はご容赦下さい。

近藤紘一
サイゴンのいちばん長い日
目前に革命政府軍側の戦車が迫っていた。南ベトナム政権が消滅する瞬間を目撃した数少ない記者の一人が、混乱の只中で見た戦争の国に生きる人間の悲しみとしたたかさ。（福田隆義）
こ-8-3

五味洋治
父・金正日と私 金正男独占告白
故・金正日総書記の長男でありながら、祖国を追われ、海外を放浪するプリンスの肉声を、世界で初めてスクープした新聞記者による衝撃の書。インタビュー7時間＋メール150通！
こ-45-1

沢木耕太郎
テロルの決算
十七歳のテロリストは舞台へ駆け上がり、冷たい刃を老政治家にむけた。大宅壮一ノンフィクション賞受賞の傑作を、初版から三十年後、終止符とも言える「あとがき」を加え新装刊行。
さ-2-14

沢木耕太郎
キャパの十字架
史上もっとも高名な報道写真、「崩れ落ちる兵士」。だが、この写真には数多くの謎が残された。キャパの足跡を追ううちに、明らかになる衝撃の真実とは。『司馬遼太郎賞受賞。（逢坂　剛）
さ-2-19

沢木耕太郎
キャパへの追走
多くの傑作を撮影したロバート・キャパ。故国ハンガリーを出てからインドシナで落命するまで、その現場を探索し、著者自らの写真により克明に追跡する。（田中長徳）
さ-2-20

佐々淳行
平時の指揮官　有事の指揮官 あなたは部下に見られている
バブル崩壊以後、国の内外に難問を抱え混乱がいまだ続く日本の状態はまさに〝有事〟である。本書は平和ボケした経営者や管理職に向け、有事における危機対処法を平易に著わした。
さ-22-6

佐々淳行
私を通りすぎた政治家たち
吉田茂、岸信介、田中角栄、小泉純一郎、小沢一郎、不破哲三、そして安倍晋三。左右を問わず切り捨て御免、初公開の「佐々メモ」による恐怖の政治家閻魔帳。（石井英夫）
さ-22-19

（　）内は解説者。品切の節はご容赦下さい。

沖浦和光《かずてる》
幻の漂泊民・サンカ
近代文明社会に背をむけ〈管理〉〈所有〉〈定住〉とは無縁の「山の民・サンカ」はいかに発生し、日本史の地底に消えていったか。積年の虚構を解体し実像に迫る白熱の民俗誌！　（佐藤健二）
お-34-1

小野一光
新版 家族喰い
尼崎連続変死事件の真相
63歳の女が、養子、内縁、監禁でファミリーを縛り上げ、死者11人となった尼崎連続変死事件。その全貌を描く傑作ノンフィクション！　新章「その後の『家族喰い』」収録。　（永瀬隼介）
お-71-1

小野一光
連続殺人犯
人は人を何故殺すのか？　面会室で、現場で、凶悪殺人犯10人に問い続けた衝撃作。『家族喰い』角田美代子ファミリーのその後、〝後妻業〟筧千佐子との面会など大幅増補。　（重松　清）
お-71-2

大竹昭子
須賀敦子の旅路
ミラノ・ヴェネツィア・ローマ、そして東京
旅するように生きた須賀敦子の足跡を生前親交の深かった著者がたどり、その作品の核心に迫る。そして、初めて解き明かされる作家・須賀敦子を育んだ「空白の20年」。　（福岡伸一）
お-74-1

大杉　漣
現《げん》場《ば》者《もん》
300の顔をもつ男
若き日に全てをかけた劇団・転形劇場の解散から、ピンク映画で初めて知った映像の世界、北野武監督との出会いまで——。現場で生ききった唯一無二の俳優の軌跡がここに。　（大杉弘美）
お-75-1

梯　久美子
愛の顚《てん》末《まつ》
恋と死と文学と
三角関係、ストーカー、死の床の愛、夫婦の葛藤——小林多喜二、近松秋江、三浦綾子、中島敦、原民喜、中城ふみ子、寺田寅彦など、激しすぎる十二人の作家を深掘りする。　（永田和宏）
か-68-2

春日太一
あかんやつら
東映京都撮影所血風録
型破りな錦之助の時代劇から、警察もヤクザも巻き込んだ『仁義なき戦い』撮影まで。熱き映画馬鹿たちを活写し、東映の伝説秘話を取材したノンフィクション。　（水道橋博士）
か-71-1